中公文庫

だまされ屋さん

星野智幸

中央公論新社

だまされ屋さん　目次

主要登場人物

夏川《なつかわ》　秋代《あきよ》　七十歳。夫・柊一《しゅういち》を亡くし、公団に一人で暮らす。

夏川　優志《やさし》（ヤッシ）　秋代の長男。

池《ち》　梨花《りか》（イファ）　優志の事実婚相手。

夏川　春好《はるよし》（ハリー）　秋代の次男。

夏川　月美《つきみ》　春好の妻。

夏川　星南《せいな》　春好と月美の長女。

夏川　光人《らいと》　春好と月美の長男。

夏川　巴《ともえ》　秋代の長女。

夏川　紗良《さら》（サリー）　巴の長女。

中村未彩人《みさと》　秋代の家に現れた謎の青年。

山下　夕海《ゆうみ》　巴と同じ団地の住人。

だまされ屋さん

1　秋代

古い公団の玄関の、鉄製扉が重く感じられるのは、秋代《あきよ》が昨年、古希《こき》を迎えたからか、あるいは引っ越す前の戸建てのドアが軽かったせいか。今は、高齢者くつろぎルーム「よみがえり」で毎週月曜の午後に団地自治会が開いているフォークダンス教室で体を動かし、その足でスーパー「ラビーダ」まで行って買い物をしてきたため、なおさら体が重い。新天皇即位の長い連休中、うちに籠《こも》ってドラマを見続けるばかりだったので、体がなまっている。

錆《さ》びついているのか、のんびりとしか閉まらないその鉄ドアを力を込めて引いていたら、「ただいまー」という声とともに、そのドアを外から開く者がある。優志《やさし》や春好《はるよし》のはずはない、と思いながら、ドアの向こうの相手の顔を見るが、そのスーツ姿のひょろ長い若い男には、まったく見覚えがない。

「どちらさま？」

「あ、ぼくです」爽やかで自然な笑みをたたえて、若者は言う。

「ぼく？　ここはぼくのうちじゃないと思いますよ」

秋代はドアの横の、白いボール紙に黒のマーカーで「夏川《なつかわ》」と手書きした表札を、指で示す。若い男はちらりと目をやって確認し、「あ、大丈夫です、合ってます、うちです」と言い、秋代が押さえているドアを大きく開けて入ろうとした。

「ちょっと待ってよ。私はあなたを知りません」

「そうですね、初めまして」

入ってこようとする若者を、秋代は体でブロックしながら、「初めてなら、ここはお宅じゃないでしょ。勘違いです」と強く言った。

「確かに初めてお会いするけど、勘違いでもないんです。ミサトと言います。巴《ともえ》さんから聞いてないかなあ。聞いてるわけありませんよね、まだそんな段階じゃないから」

娘の名が飛び出てきてひるみ、ノブを握る手の力が落ちるや、ミサトと名乗る男はぐいとドアを引いて素早く中に滑り込み、鍵まで掛けた。

「巴の何なんです」

狭い三和土《たたき》で間近に立っている見知らぬ若い男に、秋代は苛立《いらだ》ちを隠さずに尋ねる。

「巴さんの家族になろうとしているところなんです。だから、おかあさんとも家族になりうるわけじゃないですか。それでお会いしとこうと思って」

「まだ家族じゃないでしょう。母親扱いしないでください」

「いやあもう、まずはおかあさんから家族になっちゃいましょうよ。ぼくはそのつもりなんです」

「巴から紹介されるのが筋でしょう。こんなやり方する人とは、家族になれません」

若者はやれやれというように首を振って、ため息をついてから、「巴さんが紹介してくれると思いますか?」と、深刻なまなざしを秋代に向けた。秋代は返答に窮し、目線を落とす。

「巴は何て言ったんです」秋代の声が小さくなる。

「うちはいろいろあるから無理、って。それで仕方なく、こうしてぼく一人でこっそりお訪ねせざるをえない、というわけです」若者はまたため息をつく。

　うちはいろいろあるから無理。巴の言いそうなセリフだ。その言葉は鋭利すぎて、何の抵抗もなく秋代の胸をえぐる。痛みはあとで来るんだろう。歳《とし》とともに感覚も鈍くなるというし。

　秋代は諦めに支配されて、靴を脱ぎ、若者にも上がるよう促す。

「ミサトさんとおっしゃいましたね」

　秋代はダイニングの食卓の席を勧め、茶を淹《い》れるために湯を沸かす。

「はい、中村未彩人と言います。未だ彩《いろど》られていない人、と書きます」男はネクタイを外しながら答える。

「わざわざお越しくださって、すみませんね」

「おかあさん、すみません、はやめましょうよ。日本の悪い癖ですよ、ありがとう、の代わりに、すみません、って謝っちゃうの。迷惑かけてる、って思うからなんですかね。素直にお礼言えばいいだけじゃないですか。そのほうが言ったほうも、言われたほうも感じいいし。あっ、今お礼を言ってくれって言ってるんじゃないですよ、ぼくはお礼を言われるようなことはしてないんで。しくったなあ」

　秋代は買ってきたふーちゃんぷるー用の食材を冷蔵庫に入れながら、一人でボケて一人で突っ込んでいる未彩人の様子にほんの少しだけ微笑《ほほえ》んだが、すぐに沈む。

　つきあっている相手が単独で挨拶しに来るなんて、未来永劫《えいごう》絶対に顔は出さない、と巴から宣告されたようなもので、このおしゃべりで邪気のなさそうな軽い青年が、秋代を海底に引きずり込んで息の根を止める、とてつもない錘《おもり》に感じられてくる。つまり秋代は、孫の紗《さ》良《ら》と会う機会も、失い続けるのだ。

「子連れなんかでいいんですか。未彩人さん、まだお若そうなのに」

「ああっ、それもダメですよ。歳食ってたら相手は子連れでも仕方なくて、若かったら、子連れじゃない、何て言うんですかね……新品の人と一から自分の子作りしたほうが価値がある、って思うの、感じ悪くないですか」

「未彩人さんが気にならないならいいんです。紗良はいい子だし」

　最後に会ってから、もう三年以上が過ぎている。子どもは覚えが早いから、もう日本語も達者になっただろう。そして、私とは身内だという感覚を育《はぐく》まないままに大人になっていくのだろう。

「おかあさんは、つまり紗良ちゃんともご無沙汰ってことですよね」

　孫と会えない現実を確認する未彩人の言葉に、秋代はうなずく。

「きついですよねえ。紗良ちゃんに罪はないのに」

秋代は再び深くうなずき、「緑茶でいいですか」とつぶやく。

「おかあさん。ぼくに計画があるんです。今夜はお近づきのしるしに、ぼくが夕飯を作ろうと思うんです。と言っても、簡単なカレーライスなんですが、レパートリーがまだあれなんで、許してください」

「私は未彩人さんを夕食にお誘いしてませんよ」

未彩人の申し出に、秋代はムッとした口調になる。この若者はどこまで図々しいのか。

「失礼と思われるでしょうけど、残念ながらぼくはこういうの、失礼だと思ってないんですよ。いいじゃないですか、これから積もる話もあるし、一緒にご飯食べましょうよ。それとも、どなたかと会食の予定でもおありで？」

「ありません。でも今晩の献立は決まっていて、もう買い物もしてきたところなんです」

人を孤独な老人だと思ってるな、と秋代は頭に来て、かたくなになる。

「ドンマイです。ぼくの特製カレーなら、たいていのものは具にできちゃうんです。しかも、まずくないんです」

緑茶を差し出すと、未彩人は一息で飲み干した。

「あーうまい。緊張して、のど渇いてました。あ、自分で淹れるんで、休んでてください」

お代わりを淹れようとする秋代をさえぎり、未彩人は席を立って、電気ポットから急須にお湯を注いだ。

「紗良ちゃんもカレーは好物なんです。まあ、子どもはたいてい、カレー好きですけどね。

ひょっとしておかあさんはカレーがお嫌いですか」

「その、おかあさん、っていうの、やめてくれませんか。こっちは未彩人さんのこと、何も知らないんですから」

「それはそうなんだけど、でも他に呼び方、ないじゃないですか。おばさん、じゃ他人行儀だし、名前を呼ぶのはまだ馴《な》れ馴れしいし」

　こんな土足で踏み込んでくる人と、巴は本当につきあっているんだろうか、と秋代は訝《いぶか》しむ。巴らしくない。何よりも独立自尊を大事にして家族でさえ容易に踏み込ませない娘だったからこそ、母である秋代ともこんなに疎遠になってしまったのに。

「とりあえず、苗字でいいんじゃないでしょうか」

「夏川さん、ですか。何かよそよそしいなあ。でもそれがお望みなら、そうしましょう。それで夏川さん、鍋とフライパンはどこですか。お米とぎは任せちゃいますね」

　この人、夕暮れに蚊柱を立てている河原の羽虫みたいだ。払っても払っても、あちこちから寄ってくる。見るのも拒みたい不快害虫というわけではないが、そこはかとなく鬱陶《うっとう》しい。それでもカレーに押し切られることにしたのは、巴と紗良の話を聞きたいからだ。

　未彩人が口と手を休めることはなかった。

「紗良ちゃんのことは普段、何て呼んでます？　サリーでしょ？　やっぱりね。でも巴さんのことは、トミーとは呼んでないですよね？　おかあさん……じゃねえや、夏川さんは、あだ名は何でしたか」

「うーん、普通に、秋代かな。たまに、あきちゃん」

「うわあ、あきちゃんって呼びてえ！　でもまだ早いですよね。ぼくはね、いっつもミサトなんですよ。つまんないから、ジェシーって呼んでほしい、って頼むんですけど、誰も聞いてくれないんです」

「そりゃ、ジェシーは無理でしょう。何でジェシーなの？」

「自分で好きな名前、つけたいじゃないですか。芸名っていうんですかね」

「私の知ってるジェシーと言えば、高見山《たかみやま》かな。ジェシー・クハウルア」

「まさにそれなんですよ、ぼくがジェシーにしたのは！」

「まあ、調子いいこと」

「マジ、高見山に憧れてたんです」

　などとたわいもないおしゃべりを畳みかけながら、手は存外にそつなく軽快に動いていて、肉野菜を刻み、炒《いた》める手つきも慣れたものである。レパートリーが少ないなどと初心者をにおわせておきながら、タマネギを細かく素早く刻むリズム、ニンジンの皮を包丁でむく手さばき、トマトを湯むきして刻む手ぎわ、それらを無駄なく効率よく同時並行でこなす熟練度は、とても素人ではない。タマネギを炒める前にフライパンを熱しながら、Ｓ＆Ｂのカレーパウダーを素で炒めて香りを立てておいているのには、よだれが出た。

　ちゃんぷるー用の島豆腐を未彩人は手で小さく千切り、水分をよく切ってから炒めて焼き目をつけ、戻して水をよく絞った車麩《くるまぶ》とともに卵と絡めて炒め、それらをカレーを煮込んだ最後に投入して、食べてみたら思いのほか合うのだった。

「けっこう、いけるじゃないの。これをチャチャッと作っちゃうなんて、未彩人さん、何か隠してることがあるんじゃありません？」

「いえいえ、カレーしか作れないんですよ。それで何年間もカレーばっかり作ってたら、カレー作りの能力だけ発達しちゃって。だから、レパートリーがないのは嘘じゃないんです」

謙遜しながら、どこか自慢げな表情が顔にすぐ出てしまうところが、かえって未彩人への警戒心を下げさせる。

「ほんと美味しい。紗良が羨ましくなるわあ」

「それでサリーちゃんとは、どのくらい会ってないんです？」

せっかく舌が心地よくなって忘我の境地なのに、現実に引き戻されて、秋代はまた肩に重い生き物が乗っかった気がした。

「三年になるかな」

「あの年ごろの三年は大きいですよね……」

「前に会ったときは、まだ小学校に上がる前でしたからね。もうあどけなくはないでしょうね」

「巴さんも頑固ですからね。その……三年前に会えたときは、まだ巴さんとは問題なかったんですか」

秋代は背中の肉が風化して削《そ》げ落ちていくような疲労を覚えた。

「いつから問題が始まっていたのか、今となってはわからないです。巴は私たち家族のことをずっと我慢して、機を窺《うかが》っていたんだと思います。避けられてるってはっきり気づいたのは、サリーが生まれたときかな。あるいは、お父さんが亡くなる直前に、サリーを連れて一時帰国したときか」

「本格帰国したのはいつでしたっけ」未彩人が問う。

「それは四年前でしょ。それでもなかなか会ってくれなかったんだけど、ハリーのうちがあんなだからね、優志があれこれ画策して、梨花《りか》さんも巻き込んで、ようやく巴とサリーも来るようになったんですよ」

優志があんな小賢《こざか》しいというか余計な画策をしなければ、今ごろ、こんな惨めで貧乏たらしい、古い公団住宅なんかに引っ越す必要はなかった、と秋代は長男のことを恨めしく思う。おかげで家族みんなと切れてしまった。

「すみません、今のお話、ちょっとつかみ損ねてるんですが」

「そうですよね、うちはいろいろあるからね。巴も全部は話してないでしょうね。一家の恥をさらすような真似《まね》、したくないですもんね」

「身内の恥、ですか」未彩人は思案げに言うと、少しためらい、それから覚悟を決めたという顔をして言葉を継いだ。

「夏川さん、出すぎた真似かもしれませんが、それは身内の恥なんですかね。巴さんは、身内の恥だから言わないんじゃなくて、問題から距離を置きたいから、考えたくないから、あまり話さないんじゃないですかね。もしかしたら、身内の恥、と自分の母親が考えていることと自体が、巴さんの見たくない姿なのかもしれませんよ」

「ろくに知りもしないくせに、何を偉そうに言ってるんです」秋代は小さく声を荒らげた。

「出すぎた真似かもしれないことは、重々、承知してます。巴さんはただ、悪循環の渦に巻き込まれたくないだけかもしれませんよ。今、優志さんが巻き込んでとか何とか、おっしゃってましたよね」

「優志に巻き込まれるも何も、優志と巴はむしろ結託してるじゃないですか。優志にはまだお会いになったことない？」

「まだお名前だけしか。とても真面目な方だそうですね」

「融通がきかなさすぎるんです」

「はは。みなさん、頑固なようで、やっぱり家族だ」

緊張を和らげるように未彩人は笑った。

確かに、優志と巴はその頑固さが似ていて、それで気が合うのかもしれない、と納得しかけ、でも私は違う、あの子たちみたいに人の心を気にしないで我が道を行くなんてことはできない、だから私は頼りなくて弱いところのあるハリーのほうが近くて理解できるのかもしれない、と秋代は考える。

「その、ハリーさんというのは、もしかして、紗良ちゃんのお父さんか、その関係者ですか」

未彩人のあまりにトンチンカンすぎる質問に、秋代は「はあっ？」と驚いてから、笑ってしまった。

「ごめんなさい、ハリーは春好のことですよ。アメリカ人だと思いましたか。巴は、ハリー、なんて絶対に呼ばないものね。巴にとっては、お兄ちゃん、は優志のことで、下の兄の春好のことは呼び捨てですからね」

「ああ、春好さん」

未彩人はしばらく宙を見つめて、ゆっくりうなずいている。

春好の起こしたことを、この人は知っているのだろうか。身内の恥ではないかもしれない、なんて言ってたけど。でも、巴が話していたら、もっとはっきり言うだろうから、知らないのだろう。ただ漠然と、春好には何か問題があるらしいと感じているぐらいだろう。私にとってはやっぱり身内の恥以外の何物でもないから、自分の口からは言わないようにしよう。少なくとも、この人が本当に信頼できて、確実に身内になるとはっきりするまでは。

そこまで考えて、秋代は「もうこの話はやめましょう。気持ちが暗くなるばっかり。それよりサリーの話を聞かせてくださいな」と頼んだ。

「サリーちゃんね。サリーちゃんは魔法使いですよ。みんなメロメロですよ。おかあさんは……じゃねえって、夏川さんは、アニメの『魔法使いサリー』はご覧になってましたか」

「もう成人するころだから、見てないですよ」

「大学生でしたかあ」

「いいえー、社会人でしたよ。あのころはまだ大学に進学する女の人は少なかったですからね」

「えーと、一九七〇年代ですかね」

「あらやだ、六〇年代よ」

「団塊の世代？」

「花の子どもたち、って言ってほしいわね」

「そんな言い方するんですか。ぼく、物知らずなんですよ。あっ、まさか、札幌オリンピックをリアルタイムで見たクチですか！」

「そう！　私、ジャネット・リンの大ファンでね、札幌まで見に行ったんですよー！」

「うっひゃあ、もろ昭和の青春すね。フィギュアスケート、今も見てます？」

「それはもう。今も昌磨《しょうま》くん、応援してるわよう」

「ひょっとして、韓流ファンだったりもします？」

「あ、それ聞く？　話、止まらなくなってもいい？」

　かくして、十一時近くまで、秋代は巴と紗良の話を聞くどころか、ひたすらフィギュアスケートやら韓流やらの話を未彩人に熱く語らせられていたのだった。

「あらやだこんな時間。ごめんなさいね、私ばっかり話して」

「いいんですよ、おかあさんのこと、知りたかったんですから。それで、ぶしつけなお願いなんですけど、今晩、ここに泊めてもらってもいいですか」

「へっ?」

「踏み込みすぎですよね。わかってます。でも、ぼくが無遠慮なタイプだってことも、もうわかってくれてますよね。食卓の下とかに布団なしで転がしといてくれてかまわないんで、泊めてくれないですかね。明日はここから出社しますんで」

「さすがにそれはちょっと……。巴に、ここに泊まるって連絡してくださるのならまだしも」

「ですよね。もうちょっと慣れてからでないと、難しいですよね。じゃあ、今日はこのへんで失礼します」

言うなり未彩人は慌ただしく鞄《かばん》をつかむと、靴を履くのもそこそこに、「じゃあまたお邪魔しますんで、よろしく」と言い残し、小走りで去っていった。

はあ、と秋代は深くため息をついた。予期せぬ緊張を長時間強いられて、呼吸が浅くなっていたようだ。何度かゆっくりと深呼吸を繰り返すと、ようやく落ち着いてくる。

一緒にご飯をなんて言っても、作るだけ作ってあとはやっぱり食べっぱなしなんだ、と愚痴を小声に出してつぶやき、でも後片付けもしてくと言われてもそれはそれで面倒だったしな、などと考えながら、洗い物をする。それからお風呂に浸《つ》かるが、ダイニングにまだ未彩人がいるような気がして落ち着かない。

寝巻きに着替えて、気分転換に少しだけ韓国ドラマを見ようと、先ほど未彩人に説明しているうちにまた見たくなったお気に入りの『王と王子』を、インターネットテレビ「K-nexTV」で再生させたとき、リビングの隅に名刺入れが落ちているのに気づいた。迷ったが、突然押し入ってきたんだから、こっちもちょっとぐらい非礼に及んでもいいわよね、と思い、中を確かめた。

　カラフルな虹色の革製カードケースで、Ｓｕｉｃａ《スイカ》、カラオケやラーメン屋のポイントカード、耳鼻科の診察券、名刺が入っている。耳鼻科の所在地は百葉《ももは》市丸浜《まるはま》区で、名刺には「日本国営放送　地域スタッフ　中村未彩人」と書いてある。

　ＮＫＨの集金人か。強引なのもうなずける。ああいう仕事をしてると、押し切ることが普通になって、人に迷惑かけてることなんか何ともなくなっちゃうのかしらね。とはいえ、Ｓｕｉｃａは返さないとまずいんじゃないだろうか。下手な濡《ぬ》れ衣《ぎぬ》を着せられても困るし。まあ、また来る、と言ってたから、それを待つのがいいか。巴には連絡してほしくなさそうだったし、名刺の職場に電話するのもはばかられるし、そこまで親切にする気もないし。

　ドラマを流すものの、気がそぞろで、未彩人周辺のことばかり考えてしまうので、秋代はもう寝ることにした。

　いつもは開けっぱなしの寝室の扉を閉めて、ベッドに入る。家の中は静まり返っているが、まだダイニングに未彩人が座っているような気配を感じてしまい、ドアノブの円筒錠も押す。

　未彩人という人物は本当にうちに上がって、カレーまで作っておしゃべりしていったのだろうか。自分の心のうろが作り出した幻影ではないのか。

　こちらの常識を超えている巴は、しょっちゅう突飛《とっぴ》な行動を取ってきたから、たとえ私の目には齟齬《そご》のある者同士のように見えても、あんなつかみどころのない奇妙な男とつきあうこともありうるのかもしれないが、それにしても、娘の恋人がこんなふうに一人でこっそりと相手の親元を訪ねてくるものだろうか。

　勢いに押されてうちにまで上げてしまったけれど、じつは大がかりな詐欺なのではないか。その不安に焦点を当てると、にわかに恐怖に駆られて、じっとしていられなくなる。すぐさま、巴なり優志なりに電話して話したくなる。

　だが、それは叶《かな》わない。二人とも、こちらからかけたとしても、私だとわかれば電話を取ってくれない。巴とも優志とも春好とも、自分の子どもたちすべてと切れてしまって、私にはもう何もわからない。

　今日の出来事を鵜呑《うの》みにしてはいけない気がした。どこかで距離を置いて見ていないと、痛い目に遭いそうだ。

　にもかかわらず、秋代は未彩人に振り回されたことに意外なほど嫌悪感を抱いておらず、乗せられていることを楽しんでいる自分を発見してもいた。怖いのに、予測がつかないことがちょっと楽しいというか。どうせ、もういいことなどない余生なのだ、不安なんかどうでもいい。

　そこまで腹が据わると、いつもと違うエネルギーをたくさん使ったせいか、宙を落下するような感覚で急速に眠りに落ちた。

2　優志

いつもどおり、先に帰宅したのは、職場の退勤時刻が早い優志だった。住まいは優志と池《ち》梨《り》花《か》、双方の職場の中間である東京湾岸のマンションを選んだのだが、百葉市役所勤務の優志に対し、日本に暮らす外国人の支援をしているNPO「ともくら（共に暮らすための内外サポート協会）」理事の梨花のほうが、緊急の任務も多く、どうしても残業時間が長いのだ。

シャワーを浴びた後、梨花から「帰るメッセージ」が届くのを待って、肉野菜炒めを作り始める。会話がなくなることがすれ違いの一番の原因だと、六年前に危機を迎えたときに二人とも学んだので、夕飯はどんなに遅くなろうとも必ず一緒に取ることにしている。食事にこだわりの強い梨花には、それが大事なのだ。

優志とて勤め帰りで料理するので、手間はかけられない。それでも経験を積んで、簡単だけれど梨花好みに仕上げられるようになった。不惑の誕生日には、チタン製の軽い中華鍋もプレゼントしてもらった。

優志はアプリで鉄道情報と梨花の位置情報を照らし合わせながら、炊飯器のスイッチを押す。梨花が帰宅し手を洗い着替えるのと、ご飯が炊きあがるのはほぼ同時だ。

「ぼくの同期の玉の富士って覚えてる？」

食べながら優志は、梨花に今日の出来事を話し始めた。優志も梨花も、人の名前を覚えるのが苦手なので、互いの知らない人物の話をするときは、覚えやすいようにニックネームをつける。上背があって二枚目なのだが、どこか暗くてつかみどころのない同期は、元大相撲力士の玉の富士に似ているのだ。

百葉市役所の議会事務局議事課で長年、議事録作成に携わっている玉の富士は、おとなしくてあまり笑わないけれど本当は親切ないい人として、誰からも信頼されていたし、本人もそう認識していた。しかし、同じ部署の若手女性職員から、これ以上玉の富士さんが踏み込んでくるようならセクハラですと訴えがあったので、もう関わらないように、と先週課長に忠告された。その女性職員は、玉の富士の属している、手作りお弁当に血道をあげる仲間の新入りだった。

二週間前の昼休み、玉の富士と女性職員は例によって一緒にお弁当を見せ合った。玉の富士が湿気を吸いにくい海苔《のり》を自慢したら、女性職員からたいそう羨ましがられた。職場からそう遠くない店だし今度一緒に買いに行きましょうか、と提案したところ、女性職員は確かに、「うわあ、そんな、いいんですか」と応じた。それで先週、誘ったのだが、都合が悪いと断られた。玉の富士は、また都合の合いそうなときに誘いますよ、ＬＩＮＥ《ライン》とかやってます？　そっちのほうが連絡とりやすければぼくもこれを機にＬＩＮＥ始めちゃおうかな、よろしかったら使い方教えてください、と言ったのだが、次に誘われたらもうそんなハラスメントには耐えられない、と女性職員は課長に訴えたという。

「これっぽっちも邪《よこしま》な気持ちなんかなかったのに、先輩で男だっていうだけで、お弁当仲間にはなれないんだな」と、玉の富士は重い疲労と諦念に満ちた声で、男女共同参画課に配属されていたことのある優志にぼやいた。うちの係長なんか俺とほとんど年齢変わらないのに、女だからお弁当仲間でいられるんだよな。

「だからぼくは玉の富士にこう説明した」と優志は梨花に解釈を披露した。

「その女性職員は、別に玉の富士のことを嫌っているわけでもなければ、親しみを感じてないわけでもないと思うよ。でもどこかに、いつも断れない、こちらの意思は制限されてる、って気分がある中で、玉の富士と雑談してるんだと思う。まったくの自由のもとで、お弁当作りの趣味が合う者同士として出会ってるわけじゃないんだ。端的に、玉の富士の気分を害さないよう、すごく気を使いながら会話してる。気分を害したら、仕事上で不利な目に遭うかも、っていう不安はゼロにはならないから。

だから、玉の富士に距離を縮められることは、重すぎるんだよ。重すぎて、暴力を受けてる感覚に近くなってくる。だから、プライベートの領域に属するＬＩＮＥを教えてほしいなんて、アウト。職場の中では、純粋な個人として見てくれ、ってことは無理なんだよ。

完全に立場を離れた関係が無理な以上、その立場が持ってる威圧力とかは、こっちがコントロールしなければならない。つまり、個人的な親密感は表明しちゃいけないし、親密に思われてると感じさせないよう、こちらが距離を保ち続けなきゃならない。距離のキープこそが、権力は行使しません、というサインになるんだから。それは年季を積んだ者の義務なんだよ」

　優志は梨花も同意してくれると思い込んで、このように話した。今までだったら、おそらく同意してくれただろう。だが、このときは違った。

「ヤッシさあ、言ってることはそのとおりだと思うよ。でもね、何か勝ち誇って聞こえるんだよね」

　優志は絶句して、目を泳がせた。「ぼくが偽善者だっていうの？」

「まあね、ちょっとは偽善もあるかも。でも、それも大事だとは思う。当事者性のない人には、まずは偽善でいいから自分に規範を刷り込まないと、何はしてよくて何がダメか、体で覚えないからね」

「ぼくはもう完璧に体で覚えてわかってるんだぞと、玉の富士みたいなヤツに勝ち誇ってるってこと？」

「そういうことじゃなくて、ヤッシは有利な立場を得て、無敵を誇っているかのようなんだよ」

「有利。無敵。意味わからん」

「怒るかもしれないけど、できれば怒らないで聞いてほしいんだけど、ヤッシって、まるで当事者みたいなんだよね。先回りして当事者になりきっているというか」

　あんまりだという思いから優志は口を挟もうとして、梨花に「最後まで人に話させてから自分が話すって約束でしょ」とさえぎられる。

「当事者の感情を丁寧に理解してるとは思う。でも、時に、当事者が語るよりも先に、その感情を説明できちゃう。それって、当事者の声を封じることにもなりかねないでしょ。まったく同じ内容を同じ言葉で言うにしても、当事者の人が言葉を絞り出すのと、ヤッシが明快によどみなく説明するのとでは、全然意味が違う。それはわかるよね？」

「わかるけど、今ぼくは当事者のいるところで話してるんじゃなくて、まったく無関係の梨花《イファ》に説明してたんだから、それは言いすぎじゃないの」

「そう。今はいい。第三者の話だから。でも、私との関係だったり、家族の中でのことだったら、見過ごすことはできないよ」

「ぼくがイファにそうしてるって言うの？」

「してる。ヤッシが私になりきって私を理解してくれようとしてることは、ようくわかってる。それはすごく嬉しいことだし、感謝してる。でも、最近は、私を追い越して私になってる。ヤッシが私になりきることに、自信満々でいる」

「それの何が悪いのか、わからないよ。ずっと努力してきたことが実現できたってことでしょう」

優志は抗弁する。梨花の口調は穏やかだが有無を言わせない。

「それはそうなんだけど、何か変質してもいるんだよ。ヤッシが完璧に私でいると自信を持って思っていて、私の気持ちとかを私の口から聞かなくてもわかるって確信していたら、私はヤッシに何を言えばいい？　私はどこにいることになる？　ヤッシは私になったんじゃなくて、私を飲み込んだんだよ。ありていに言えば、ヤッシは男であるという形の権力を捨てて、相手になりきるという支配方法を確立した」

「その言い方はひどすぎやしないか」

　優志は激昂《げきこう》して声を張り上げようとしたが、大声で威圧するのも暴力の一種だと日ごろから刷り込まれていたので思いとどまり、抑制が効きすぎて力ない小声になった。

「去年のお盆休みに夏川家で集まった帰り、巴さんに、私の在日としての人生を語ったんだってね」

　優志はみぞおちに正確なパンチを食らったかのように、息が苦しくなった。

「巴から聞いたのか」

「ヤッシが秋代さんや春好さんを批判するのを、巴さんは上の空で聞き流してたんで、巴さんの気を引くために私の在日人生を利用しようとしたんだろう、って巴さんは言ってたよ」

　あの日は弟の春好の起こした借金問題で家族が集まり、母親の秋代の対応に優志は切れ、帰りに妹の巴に愚痴ったのだ。

「まじか。ちょっと穿《うが》ちすぎだろ」

「悪いけど私は巴さんの受け取り方を信じる。巴さんに注意を向けてもらうために、ヤッシは私の在日人生をダシにしたんだよね？」

「そんなつもりはなくて、紗良のためになるかと思っただけだよ」

「そうでしょうね。無意識のうちに使った手でしょうね。ヤッシはいつもそうだから」

「あのとき、巴からも、お兄ちゃんの口からその話は聞きたくないって、拒まれた。それですぐやめたし、ぼくも反省した。それはイファの口から語られるべきものだったって」

「反省ってのも便利な言葉だな。まさか巴さんが、今ごろになって私にチクるとは思わなかったんでしょ。私がこの件を今日ヤッシに話すことは、巴さんに了解してもらってるから」

梨花の容赦なさに、優志はうつむいて黙り込む。

「ヤッシ、知らないだろうから、教えとくね。ヤッシが知っとかないと困る情報だけど、誰も教えてくれる人はいないから。お義母《かあ》さん、もう実家を売って、引っ越したよ」

優志は目をむき、「いつ？」と問い返した。

「さあ。私が聞いたのは年明けだけどね。巴さんのとこには引っ越しの通知が来たそうで、住所とか教えてもらった。昔住んでた公団の近くの、別の団地って話」

「烏沼貝塚《からすぬまかいづか》住宅？」

「名前までは知らないけど」

優志たちが子どものころ、一家は椋《むく》の木台《きだい》団地に住んでいた。当時は真新しい大規模ニュータウンで、少し離れたところには先輩格の小ぶりな市営住宅があった。椋の木台の子たちは、少し古いその烏沼貝塚住宅を、「沼」と呼んで見下していた。夏川家はその後、近隣の葉座間《はざま》という駅にマイホームを建てて移った。母親はその戸建てを売却して、「沼」に引っ越したというわけか。

「私からこんな話は聞きたくなかったでしょうけど、どうして巴さんがヤッシに直接この情報を伝えないのか、もっと考えたほうがいいんじゃないの？」

梨花はここぞとばかりに、こちらの問題を手加減なく暴き立ててくる。

「いまだに巴さんはどこか妹分みたいだっていう感覚がヤッシの中に残ってるから、こういうことになるんじゃないの？　巴さんはたんに妹なのであって、ヤッシに都合のいい妹分なんかじゃないことはわかってるよね」

梨花の欠点は、普段は穏やかで気遣いも細やかで攻撃性などとは無縁なのに、ひとたび正しさの刃《やいば》をむき出しにすると、その刃で切れるもののすべてを切って、相手の息の根を止めてしまうことだ。

六年前の危機のときがそうだった。口論がエスカレートしていったら、梨花が溜《た》めていた不満が爆発した。私が在日であることも、五歳年上なことも、事実婚であることも、新居に在日のコミュニティがある細川《こまがわ》をヤッシから提案したことも、全部、ヤッシにとっては「よき理解者」というステータスを確立するための特典になってるよね、私にとっては自由な選択って問題じゃないのに、と指摘して、優志のアイデンティティを崩壊寸前まで打ち砕いたのだ。

これでは立ち直りようがないじゃないか。優志は心の中でそう悲鳴を上げるが、口にしたらさらに切り刻まれるので、言えない。何しろ、問題があるのはこちらなのだから。

「お得意のだんまりですか。権力を捨てた男は、とにかく口は出さないで黙って声を受け止めるのみ、ってやつですか」

　梨花は本気で怒ると、口調が丁寧になる。上の世代の女性みたいだ、と優志はときどき思う。

「そんな茶化《ちゃか》して楽しいんだ？」と暗い声でつぶやく。

「ヤッシを憎まないように、憂さを晴らしてるんだよ。こんな嫌味じゃ全然足りないぐらい、私の中にも怒りが溜まって発酵してガスが出てほんのちょっとの火で爆発しそうなんですけど」

　梨花はこの後、怒りに任せて大音響でブラジルの音楽などを鳴らし、音楽に引きこもることで会話を遮断するのだろうと、優志は他人事《ひとごと》のように予想している。そしてそんな自分は、永遠に「当事者」にはなれないんだろうな、とぼんやり思う。

　当事者になれない者の苦しみ、なんて、誰にとってもお話にならないほどお気楽で瑣末《さまつ》な問題なのだ。そんなことを悩んでいられるいいご身分の者は、理解されることなんて求めるべきではなく、一人でこっそりうじうじしているぐらいでちょうどいい、と、そういうことなのだろう。「女の腐ったの」という表現には怒るくせに、その表現が意味する、自分のような男への軽蔑はどこかに隠し持っているのだ。

「何か言いなさいよ。さもないと、私とヤッシの仲はこじれるよ？　私はそれを乗り越えたくて、こうして話してるんだからさ。ヤッシも努力してよ。もう二度目でしょ。途方に暮れてるだけってことはないよね。そんな人任せな態度はもう取らないよね？」

優志は何かを言おうとするが、言葉が出てこない。言いたいのに、言葉が見つからない。どんな言葉を発しても、自分を裏切る気がする。少しでも正確に自分の心を言い表すには、新しい言語を発明する必要がある。

「いきなりのことで混乱してる。少し時間がほしい」

梨花はうなずくでもなく、ＣＤを大音量でかけ始めた。やっぱりブラジルの音楽だ。音楽とともに大声で「クアー、クアーラ、クアクアー」などと歌い、さらには踊り始める。歌はひどく音程が外れているだけでなく、リズムも合っていない。そのリズム感で踊るので、わざとテンポを外した難しい体操をしているかのよう。ＢＧＭでかかる曲を無視して、独自の詩の朗読をし、舞踏のように蠢《うごめ》くパフォーマー、と言えばいいか。

朝鮮ルーツというだけで歌やダンスができるかのように見られることが耐えがたいので、自分は絶対に人前で歌ったり踊ったりしない、だからカラオケにもクラブにも行かない主義、と、つきあい始めたころ優志は通告された。

けれど、本当は歌と踊りが下手で、それを人前で披露するのは梨花のプライドが許さないだけなのだと、その後優志は理解するようになる。優志が、誰だか判別不能の似顔絵を何枚も描いて冷蔵庫に貼っていたら、梨花も自宅では鼻歌を歌うようになり、次第に声を張り上げ振り付けも加わっていった。下手でも、歌と踊りが本当は好きだったのである。

梨花は自分の担当である食器洗いをして風呂に入り、上がった後は偏愛している『BANANA FISH』にしばし逃避してから、常用している睡眠導入剤を服用して、さっさと一人で床に就いた。食べることを極端に大切にしている梨花は、眠剤の眠気が襲ってくると、永康《ヨンカン》の牛肉麺を今すぐ食べたいだとか、パティスリー・ヨシノのヘーゼルナッツ・シュークリームを買ってきてだの、何かしら食べ物のことを言い出す。そして明晩のメニューについて細々と注文をつけてくるのが常だが、この日は何も言わずに寝室に入っていった。

梨花の寝た後も、優志は安い発泡酒をあおりつつ、考える。

梨花の指弾と、母親の引っ越しと、それをとっくに知っていたのに今教えてきたという事実に、トリプルで衝撃を受けて、どれを先に受け止めればよいのか惑っている。しかし、梨花の非難のことを考えようとすると、不当な言いがかりだという不満が膨れ上がりそうになるので、まだ直視できない。きっと不当ではないのだが、まだ体が覚えていない批判には、習慣的な反発が先立ってしまう。

だから、すでに心の準備はできていた母親の件へと、頭は逃げ込む。

去年の夏から秋にかけて、あれほど何もかもにも反対し絶縁まで宣言した以上、母親からの転居連絡は期待していなかったが、どうせ誰かを経由して情報は伝わってくるだろうとも想定していた。ただ、これほど遅れて、経由先が梨花であったことが、優志に思わぬ動揺を与えた。

こちらに連絡してこないということは、母親のほうも、自分の身に何か起こっても連絡はつかなくていい、と覚悟を決めた証《あかし》であり、本当に縁は切れたのだな、と改めて思う。そのように言い渡したのは優志なのだから、自分が先に選択したことだ。

双方が合意したとも言えるわけで、この件はこれで終わりだ。これでいいのだ。

毎日のように自分にそう言い聞かせる。実際に母親も絶縁を選んだとわかった今もまたそう言い聞かせる。納得もしているはずだ。なのに、ぬぐってもぬぐっても滲《にじ》み出てくる地下水のように、罪悪感が漏れ出して止まらない。放っておくと、このやましさが水たまりとなり、池となり湖となって、自分を溺れさせるだろう。

結局、根本的な解決を自分も母も放棄したのだ。他の選択肢を一から創る気力は、枯渇した。何しろ、人生四十年かけてしらみつぶしに試してきた選択肢がすべて潰《つい》えた結果、唯一残ったのが、この絶縁という道だったのだから。

思考が一秒と持続しないほどに酩酊《めいてい》してから、優志は半ば自動的にベッドに入った。睡眠導入剤で熟睡している梨花が起きる心配はないため、ふらつきながら乱暴に布団に潜ったかもしれない。かくも神経質に考え込んでばかりいる優志なのに、睡眠については単純で、いつでもどこでも眠れるのだった。

だが、悪い酔いとともに寝たときは、数時間で確実に目が覚める。未明に気がかりな夢を見て、脅迫されているような切羽《せっぱ》つまった気分で。

ビクッと痙攣《けいれん》して、今のは悪夢だったか、と安堵《あんど》したのも束の間、優志は新たな胸騒ぎに襲われた。その源を目で探っていくと、薄暗がりの中で右隣に寝ているはずの梨花の部分の掛け布団がぺったんこであるせいだ、と理解する。

もう出かけたのか。いや、早く目が覚めて他の部屋にいるだけか。けれど、枕には髪の毛の塊が載っている。かすかに寝息も聞こえる。なのに、布団は誰もいないかのように真っ平らだ。寝息も、よく聞くと二種類か三種類の音が鳴っている。ブゴッというういびきも混じる。

誰だ、これは。何だ、隣で眠っている、これは。

もちろん、梨花以外ではありえない。にもかかわらず優志は、悪霊になった梨花が自分に復讐を遂げに現れた、という幻覚に支配される。

本当は自分はだいぶ以前に梨花を失っており、一人で寝起きしているはずなのに、その現実をすぐに忘れてしまうのではないか。そして、一人のうのうと生き残っている自分に、梨花の恨みが相応の制裁を加えようとしているのではないか。

存在しているだけで無関心の罪を犯し続ける、諸悪の根元の自分。ただひたすら罰を背負うために生きている自分。そんな重荷につぶされそうになって、優志は一人で無酸素無音の宇宙空間を浮遊しているような孤独に陥る。

布団をめくって梨花がいることを確かめたくなる。わざと大きくベッドを揺らすようにして寝返りを打つ。梨花も反応して小さくうなり、寝返りを打つ。こちらを向いた顔は、まぎれもなく梨花だ。寝息が複数聞こえたのは、鼻が詰まっているためにいろいろな音が鳴っていただけかもしれない。

妄想の毒気が薄れていくと、優志の心を安定した日常の重さが満たしていく。

現実の底が抜けて落下するようなこの自責に、優志は幼少期から定期的に侵されている。優志はこれを、「日常が本性を表す蝕《しょく》」と呼んでいる。特に東日本大震災以降は、頻度が増した。それが、梨花と一緒に暮らすことの後押しにもなった。

蝕の起きたあとは、梨花と温暖な毎日を一緒に過ごしていることが、奇跡のようにかけがえなく思えてくる。この時間を何よりも優先し大事にするために、どんな努力もしようと思う。梨花とともに生きられる自分に、もっと変化していこう、と。

だがこの日は、梨花との日常に結局は届いていないのだ、という思いに捕われ、優志は自分を破壊したくなった。存在しているだけで罪な者は、意志を持って努力しようが、罪を免れることはできないのだ、という諦念に吸い込まれそうになる。

もう疲れた、と思った。

二度寝は無理だった。使い古した機械のごとき体を無理やり動かし、ベッドから起き上がってトイレに行き、キッチンで水を飲む。ただの水道水が、甘い露のように美味しい。十日おきに水をやっている鉢植えの胡蝶蘭《こちょうらん》も、水をもらったときはこんな感覚で水を吸うのだろうか、と想像する。

胡蝶蘭は、リビングの東の出窓に置いてある。職人の手で仕上げたような精緻な白い花を、指でなぞる。葉の縁や茎についている球状の細かな蜜を、指にとって舐《な》める。

今シーズン最初に咲いたのが二月で、最後のこの二輪が開いたのがゴールデンウィーク前。すべての花芽が無事に開き、三か月も咲き続けていることが、やたらと誇らしい。うちの蘭が一番きれいだ、といつも思っている。花が落ちれば、次の花茎が伸びるまでの半年以上、新しい葉が二枚と太い緑の麺のような根っこがいくつか、ゆっくり育つだけだが、その姿を毎日漫然と眺めるだけで無心になれる。

胡蝶蘭だけではない。ベランダに今を盛りと咲き乱れているブーゲンビリア。薄いピンク、濃いピンク、白の縁だけほんのりピンクになるブライダルピンク、真紅、紫など、色とりどりのブーゲンビリアが七鉢もある。そしていまだに花をつけないジャカランダ、年中咲いているエリカ・ホワイトデライト、青い実が太りつつあるブルーベリー、すでに一足早く純白の花の終わったデンドロビウム。

さらに、熊童子《くまどうじ》、グリーンネックレス、臥牛《がぎゅう》、花月夜《かげつや》、カランコエ、秋麗《しゅうれい》といった多肉植物群。パクチー、バジル、ミントなどのハーブ類。植物がベランダを占拠しすぎて洗濯物が干せないと梨花はぼやいていたが、洗濯は優志がすべて引き受けることになってから、諦めた。何かを与えておかないと不満を溜める、と思ったのだろう。

秋麗は、秋代が還暦のときに贈ったものを増やして「分家」させた。ブーゲンビリアもデンドロビウムも一部の多肉も、優志が実家住まいの間に増やして、梨花と暮らす際に連れてきたものだ。だから、実家にはそれらの親株があったはずだが、母親は「沼」に引っ越すときに捨てたかもしれない。

パジャマ姿でベランダに出て朝日を浴び、植物には水を浴びせていると、梨花が顔をのぞかせ、「隠居のおじいさんじゃないんだから、部屋着に着替えてからにしてって、言ってるでしょ」と注意してきた。

「世間体なんかどうでもいいんだよ」

「世間体の話はしてない。歯止めがなくなると堕落していることにも気づけなくなるって話」

「ぼくが堕落してるって言うの？」

「堕落は言いすぎか。依存というか、溺れてるというか。わかるでしょ、身近に例があるんだから」

　スマホゲームにのめり込んで何もかもが見えなくなった弟の春好のことだ。何もかも見えなくなりたいから、のめり込むわけだが。そして、それが危ういということだ。

　優志は理解して、うなずいた。何もかも見えなくなりたいという気持ちを、乾上《ひあ》がらせたい。ハンガーストライキならぬ水断ちストライキをして、シイタケのように干からびてしまいたい。

「はかないもんだよね。事実婚は解消も楽だから、共同の生活が無理だと思うなら、自分たちを縛る法的な理由は何もないんだもんな」

　優志はさしたる意図もなく、ただ自分を抹消したい気分に任せて、ぼんやりつぶやいた。なぜそんな言葉が出てきたのか、自分でもわからない。致命的な失言だと気づいたときには、梨花はもう口を開いていた。

「ふうん。事実婚はヤッシから言い出したの、忘れたんだ？　あのとき私は、ヤッシが二人で吹きさらしの荒野を歩く覚悟なんだって嬉しかったけど、今、気づいたら私一人で歩いてるのは、いつの間にかヤッシは自分だけ安全な車に乗り込んでたからか」

「ごめん。心にもないこと言った」

「違うでしょう。心がないってことを、言ったんでしょう。私は心になくてもそんな言葉は出てきようがありません。優志は嘘でもそんな言葉が言える立場にあるってことでしょ」

　梨花は戸籍のことを言っているのだ。外国籍である梨花との婚姻は「入籍」ではない。入れる人と入れない人を選んだり序列をつけたりする戸籍というシステムは納得がいかないから、最初から法的な婚姻の外で関係を結ぶべきだと優志は考え、梨花を自分の両親に引き合わせた日、唐突に事実婚を宣言した。

「たんに自分を傷つけたくて出てきた言葉であって」

「自分？　自分って誰？　その言葉が終わらせるのは、ヤッシだけじゃなくて、私たち二人の関係だよね。何で事実婚を選んだのか、切実な選択だったら、出てこない言葉でしょう。私だけ線の向こう側に追いやられて屈辱的な思いをしていても、ヤッシは黙って見てるんだ。その悔しさを一緒に噛み締めてはくれないってことか」

「まだ理解が足りなかった」

「その理解ってのが曲者《くせもの》なんだって、昨日も言ったばかりでしょう。もういいです、墓穴掘りすぎて、底が見えないから、やめときな」

　自分を本当に消さないと、ひたすら傷つけ合うだけになる。一晩だけでも自分は失踪して、梨花の視界から姿を消さないと、梨花がもたないし自分も壊れる。そう考えて優志は、週末には御宿《おんじゅく》にでも行って一泊してこようかと思う。

梨花は、「もうやめなさいって言ってるでしょ。どうせ、これ見よがしに何か私にアピールすること企《たくら》んでるんだろうから。そんなことしたら、取り返しがつかないってことだけは、私が言わなくてもわかってるよね」と機先を制した。

優志が抵抗を覚えて言葉を返す前に、梨花は洗面所に消えた。

3 秋代

晩の八時を回ったところで呼び鈴が鳴ったとき、秋代は「来た！」と思った。ドアスコープで確認すると、やはり中村未彩人だ。

その日の昼間は、普段どおり過ごしたはずだった。

陽気がいいので、午前中は洗濯や窓ガラス拭きをしたら、汗が流れた。前の戸建てから持ってきた多肉植物とブーゲンビリアの鉢植えに水肥をやる。どれも長男の優志が熱心に世話をしていた植物だから、秋代には育て方がわからない。優志に尋ねることもできず、ベランダに放置しておいたら、真冬にブーゲンビリアの葉が全部落ち、枯らしてしまったと諦めた。それでも水をやり続けていたら、春分の日を過ぎたころから鮮やかなフクシャ色の紙風船みたいな花が次々と咲いて、秋代の心を和ませた。

秋代が椋の木台団地で子どもたちを育てていた時代のように、子どもの歓声がどこかしらで響いている、ということは滅多にない。子どもがあまりいないし、いても外では遊ばない。休日でもない限り、団地内は静まり返って人影も少ない。

午後は、高齢者くつろぎルーム「よみがえり」で開かれているエンジョイ麻雀《マージャン》に参加して発散し尽くす。引っ越して来て半年以上が過ぎて、ようやく顔見知りのご近所さんが、ちょっと友達めいてきた。けれど、家族のことなどは聞かれたくないので、濃い話には加わらないようにしている。

夕刻には愛用の電動自転車を駆使して、ラビーダで買い物をする。少し手前にある新しい馬毛《うまげ》屋のほうが品ぞろえが豊富なのだが、ラビーダは生鮮食品が安く、フロアも小さいので歩き回らずにすむし、何よりそちらでポイントを貯めているから、できるだけラビーダでまとめたい。

プラごみを持ち帰らず店で処分するため、和牛切り落としなど生鮮食品をトレイから出して、スーパーに備えつけの薄いポリ袋に詰め替え、トレイを捨てる。今のレジ打ちの若い中国人、カゴ入れの仕方がなっちゃいない、と思う。長年スーパーのレジ打ちをしてきた秋代は、少しでも下手だと気に障る。やっぱり自分はパートに出たいのか、とも思うが、半年でも離れると働くのが怖くなるのが古希という年齢だ。

変わりばえのしない日課を繰り返しているのに、今日は自分の足が地面から一ミリほど浮いているような、わずかに重力が働いていないような、ふわふわした感覚が続いていた。

夕飯の支度をしながらも、落ち着かなかった。高齢者の一人暮らしなのだから本当は数日分をまとめて作っておいたほうが楽なのだ、と自分に言い訳をして、肉じゃがや味噌汁、しょうが焼きを多めに作った。いつもより少し早く風呂に入り、ためらったあげくに食べるのは先延ばしにし、インターネットテレビ「K-nexTV」で『王と王子』の続きを再生したが、集中できずに何度か巻き戻したりした。だから、そろそろ食べ始めるしかあるまいと観念したところで呼び鈴が鳴って、秋代は安堵さえ覚えた。このまま一人の食事を済ましてしまったら、今日は何もなく終わるような気がしたから。

「忘れ物のことでしょ？」と秋代はチェーンを外さずに扉を開け、未彩人に言った。

「それもありますけど、ちょっとデザート食べましょうよ。ケーキ買ってきたんですよ、アンデスメロンのモンブラン。今、評判なんですよ」

「今日は帰ってください」秋代は言って、名刺入れを差し出した。

「そんなつれないこと言わないでくださいよ。ケーキ、一緒に食べましょうよ」

未彩人は言いながら、箱を開けて中を示そうとする。

「みっともないから、こんな玄関先で開けないでください」

「みっともなくないですよ。ケーキ、他の人に見られて恥ずかしいんですか？　ケーキって、食べるとそんなに恥ずかしいものなんですか？」

「そうじゃないけど、こんなところで開けるのは、はしたないでしょう。電車の中で、ケーキの箱、開けますか？」

「電車の中で開けないのは、急停車してケーキが飛び出て他の人にくっついたりするかもしれないからです。ここではそんなことありません。だから開けて見せて、問題ないんです」

「とにかくしまってください」

「じゃあ、しまうから、開けてくださいね」

秋代は呆れて首を傾《かし》げながら、いったんドアを閉めてチェーンを外すと、未彩人を招き入れた。

「今や時代はメロンですよ。ケーキに合わせて紅茶も買ってきたんだから」

未彩人は自分の家のように勝手に上がると、冷蔵庫を要領よく整理してケーキをしまい、やかんに水を入れてガスコンロにかけた。

「相変わらずですね」

「何言ってんですか、昨日の今日じゃないですか。もう初めてじゃないんだから、できることは自分でしますよ。お、これが昨日言ってたドラマですか。この少年が、王様に米びつに閉じ込められて殺されちゃう王子ですか」

映像が一時停止しているテレビ画面を指差す。未彩人がいると、燃え盛る焚《た》き火のそばにいるような気になる。秋代はリモコンでテレビを消すと、「わざと忘れていったんでしょう、名刺入れ」と言った。

未彩人は大きく笑い、「何かあったときのためにね」と言った。「まあ、置き忘れなくても来ましたけどね。でもあれがあったほうが、秋代さんも心の準備ができるじゃないですか」

「人が悪い」秋代が苛立ちを独り言のつもりでつぶやくと、「気づいている秋代さんも同類でしょう」と未彩人は明るく笑う。つい、秋代もつられて笑うと、本当に同類であるかのような気になってくる。

「夕飯は食べたんですか？　私はまだなんで、ケーキの前に夕飯を食べますけど、一緒に食べますか」

「あれえ、ぼくの分もあるんですか？　それならお言葉に甘えちゃおうかな」

　お見通しであることを隠さない未彩人の返答に、嫌な感じだという思いと、正直でさっぱりしているという相反する感情を抱いた。

「またいらしたのは、何か私に伝えたいことがあるからじゃないんですか」

　未彩人にも手伝ってもらって食事を温め直しながら、巴と紗良の話を聞きたくて、秋代は未彩人の単刀直入さを真似てみる。

「そんな改まらないでくださいよ。ま、ご相談というか、助言を求めにきたというか」

　秋代が巴と紗良の話を聞きたがっているのを、未彩人に見透かされていることに、秋代は慣れてきた。餌に食いついてみるのも悪くないかも、と思い始めていた。

「ぼくもいきなり小学生の女の子と家族になりそうなわけだから、紗良ちゃんがどんなお子さんなのか、お祖母《ばあ》ちゃんである秋代さんからもうかがっておきたくて」

「未彩人さんから見て、どんな子だと思います？」

「じつはまだあんまり会わせてもらってないんですよ。巴さん、慎重というか、警戒心強いじゃないですか」

「ふん、巴らしい」秋代は皮肉な笑いが浮かぶのを止められなかった。

「だからなおさら、おかあさんからうかがいたくて」

「先は長そうね」

「はい、長いです。でもご承知のとおり、しつこいタイプなんで、めげることを知らないんです」

「巴相手なら、そのぐらいでいいのかもしれないわね」

この人はじつは巴と紗良のことをまだよく知らないのだ、という失望と、助けになることで二人にほんのわずか近寄れる、という希望とが、秋代の中で交錯した。未彩人に対する、不安だから早く帰ってほしいという気持ちと、話をしていると時間が停滞せずに流れていくというほのかな充実感と、どちらが自分の本当の心なのか、混乱するばかりだ。

「初めて会ったときの紗良ちゃんはどんな感じでしたか？」

「事情聴取みたい」と秋代は少し皮肉を返しつつも、自分の人生が何倍もマシだったあの瞬間を思い出す喜びに身を任せた。

「何しろ、完全にアメリカ生まれのアメリカ育ちでしょ。言葉が通じなくてねえ」

「英語しかわからなかった？」

「いえ、巴が紗良にずっと日本語だけ使ってきたから、日本語は聞くことはできたんですよ。本当は話すこともそれなりにできたみたい。でも、何て言うのかな、雰囲気がアメリカとあまりにも違ったんでしょうね、途方に暮れたみたいにぼうっとして反応がなくてね。発達に遅れがある子なんじゃないかと思ったぐらい」

でもそれで怖《お》じるわけでもなく、二度目に会ったときにはもう好奇心の塊で、秋代のことを「ティア、ティア」と呼んでなついてきた。何を言ってるのかと巴に聞くと、スペイン語で「叔母さん」という意味で、ニューヨークにいたとき、紗良の父方の叔母が毎日面倒を見てくれていたので、その感覚で呼んでいるのだろう、ということだった。巴は紗良に、「ティアじゃないでしょ、おばあちゃんでしょ」と何度も言い聞かせたが、紗良も譲らない。

「スペイン語、ですか？」未彩人が聞き返す。

「あら、聞いてないの？　これもまだ秘密だったのかな。巴はとにかく自分のことを明かしたがらないからねえ。紗良のお父さんは、何、ヒスパニエルっていうの？　スペイン語を話すんだそうです」

「ヒスパニックですかね？」

「それかな」

「メキシコ人？」

「違う違う、アメリカ人」

「ワンちゃん、お好きなんですね」

「てへ。わかる？　昔、飼ってたから」

「お父さんとはスペイン語ってことですか。それとも日常的には英語なのかな」

秋代はすぐに反応できなかった。それも知らないのか、知らないにもほどがあるのではないか、と言いそうになったが、巴ならありうる、と思い直して、答えた。

「紗良の父親とはお会いになりましたか？」

「やだなあ、鎌かけないでくださいよー」と未彩人はニヤニヤしながら言った。「実の母親も紹介してくれない巴さんが、アメリカにいる元夫をぼくに紹介するはずないじゃないですか」

「それなら、父親と日常的に会話しているって、どうして思ったんですか」

「いや、だって、紗良ちゃんは毎日、父方の叔母さんに面倒見てもらってたって、今、おかあさん、言ったじゃないですか。つまり、アメリカにいたときはお父さんも一緒にいたわけですよね？」

「ああ、聞いてないんですね。どうしてうちの子たちはそろいもそろって、こう大事なことをきちんと伝えないんだろう……」

　秋代の脳内に、私の子育てが間違っていた、という、自分を繰り返し責め続ける呪いの言葉が現れる。

「巴は妊娠してから相手の男に暴力を振るわれたんで、別れて一人で産んだんだそうです。それで、その男の妹さんが、兄の態度はひどいって巴に同情してくれて、お兄さんにわからない場所にアパートを借りて巴と同居して、親身に助けてくれたんだとか」

　未彩人は神妙な顔でうなずく。

「そうだったんですか。そっか、叔母さんが父親代わりだったんですね、変な言い方だけど。秋代さんは、その叔母さんの代わりとして、紗良ちゃんになつかれたわけですね。なのに、それっきり……」

「あのころは月に一度くらいは会えたんです。会うたびにたくさん話すようになってね。日本語を覚えるのがすごく早くて。すぐにおばあちゃんって呼んでくれるようにもなったし。子どもってすごいです。私なんか、韓国語の教室に通ってみたけど、サランヘヨとか、ドラマで覚えた言葉以外はさっぱりよ。韓国語ペラペラの人って、かっこいいわよねえ」

「いっそのこと、韓国に住んじゃったらどうですか。ひと月でもふた月でも、語学学校通いに」

「若い方はいいわよねえ、すぐにそういう考え方ができるし、実際に不可能じゃないから」

「秋代さんだってできますよ。知り合いでいますよ、七十歳越えてから韓国に短期の語学留学行った人。他にも同じような人に会ったって、言ってましたよ」

「エネルギーもだけど、お金がありません」

秋代は言ってから、しまったと思った。まだ信用していないのに、経済状態について話すなんて。お金と健康の情報は、詐欺やアポ電強盗につけこまれる元だから、絶対に他人には教えてはいけないって、「騙《だま》されないぞ！　詐欺被害」の講習会でも叩き込まれたのに。

幸い、未彩人はお金の話には食いついてこなかった。

ひととおりのおかずを食べ終えた未彩人は、「肉じゃがもしょうが焼きも最高でした。さすが、ぼくのカレーへのお返しというだけのことはありましたね」と世辞を言って一人で笑うと、ケーキと紅茶の用意を始めた。

「話戻すと、紗良ちゃんに会ってたというのは、巴さんの手助けに行ってたんですね？　シングルマザーで帰国したてじゃ、助けがないと難しいですもんね」

「うーん、普通はそう思うわよねえ。実際、大変だったと思うんですよ。でも、巴はこっちからの援助を、何であれ全部断ってきました。会えるようになったのは、ハリーの……あの、春好ね。春好のうちに子どもが生まれて、そのお手伝いに行ったときなんです」

それは四年前、秋代が春好から要請されてのことだった。初めて身近で生まれた孫だから母さんも星南《せいな》に会いたいだろうし、うちもテンパってるし、月美《つきみ》の実家は男親しかいないから、ちょくちょく来てくれると助かる、と言うのだ。秋代もぜひ手伝いたいと思っていたから、喜んで出向いた。

春好たちが秋代の家から電動自転車で十五分の風見台《かざみだい》団地に住んでいることもあって、毎日のように通っているうち、妻の月美さんが次第に不機嫌になっていった。それで少し遠慮したが、春好は、月美は忙しすぎるのと初めての子育ての緊張で精神的に追い詰められてトゲトゲしくなってるだけだから、むしろ来てくれないと悪化する、と強く求めてくる。それで、何となく居心地が悪いながら、手伝いに行っていた。

星南ちゃんが生まれて三月《みつき》ほどたった二〇一五年七月、優志が奥さんの梨花さんを伴って、星南に初めて会いに来たときのことだった。秋代が星南を抱っこして、「ほんとにハリーの赤ちゃんのときとそっくりでしょー」と甲高い声で優志に見せると、優志は無愛想に、「親バカはみんなそう言うんだよ。こんな猿みたいなのに、まだわからないだろ。ぼくにはむしろ月美さんに似てるように見えるね」といきなり辛辣《しんらつ》に返してきた。

秋代は憮然《ぶぜん》として、でも否定するわけにもいかず、言葉に詰まっていると、梨花さんが、

「猿みたいで月美さんに似てるって、そうとう麗しい猿なのかな？」と混ぜ返し、場はいったん笑いで緩められた。秋代は半ばほっとしたものの、もう半分の気持ちは収まらず、「でも、いっつも笑ってるところとか、ハリーもそうだったでしょ」と言い足した。

「お母さんさ、毎日言ってるんだろ、それ。月美さんの前で。月美さんの子どもに、父親そっくりだ、可愛《かわい》い可愛いって繰り返してるんだろ。想像つくよ。ハリーのことも、そうやって猫可愛がりしてたから」

　優志の容赦ない非難に、場が凍りついて沈黙する。秋代は、月美に否定してほしいのに、月美は硬い顔でうつむいて口を開こうとしない。ということは、月美さんもそう思っているということ？　私は毎日、そんなこと言ってるのか？　いや誤解だ。あくまでも、私は春好の赤ん坊のときしか知らないからそう言ってるだけ。それは当然だし仕方ないじゃない。

　秋代がそんな自問自答を頭の中で展開していると、梨花が赤ちゃんを秋代の手から抱きとってあやし、月美に渡した。月美が涙ぐんでいたのには、秋代は驚いた。私が責められているのか、優志が場を壊したことに傷ついたのか。

　ようやく沈黙を破ったのが、優志の「まあ、ハリーの親バカぶりがお母さんとそっくりだってことは証明されたね」という、場を収める気のない発言だった。梨花が優志の耳元で何かを言い、優志は口をへの字に曲げながら、肩を軽くすくめてうなずいた。言いすぎをたしなめられたのだろう。梨花さんていうのはできた人だと、秋代は初対面のころから思っている。

　異変が始まったのは、あのときからだった。春好のうちを訪ねても、月美さんと星南ちゃんは留守のことが増えた。あんな小さな赤ちゃん抱えて外出ばかりして、ちょっとまずいんじゃないか、と思い、春好に忠告すると、月美はしばしば星南を連れて自分の実家に行くようになったという。

「ご実家といったって、お父さましかいらっしゃらないんでしょう」

「聖《せい》光《こ》さんもいるみたいだよ。月美のお姉さん」

「でも働いてらっしゃるんでしょう」

「俺も詳しくは知らないよ」

「あんたたち、うまくいってるの？　お嫁さんがそんなに頻繁に実家に帰るなんて、よくないサインじゃないの？」

「親がそんなこと口出すか。余計なことに介入してくるな」

　親は口出すなと言うわりには春好は、手が足りないとヘルプを求めてくる。それで秋代が出向けば、示し合わせたように梨花さんか巴が居合わせる。こちらが助言をすれば、まあ月美さんの意思を尊重しましょう、とやんわり牽制《けんせい》される。経験から学んだ子育ての知恵を伝えてあげようとしているのに、不要だと言われているようで、寂しい。

「ただ、そこで別の楽しみができたんですよ。その年の秋ぐらいからかな、巴が紗良ちゃんを連れてくるようになったんです。サリーは星南ちゃんといとこになるでしょう。すごく熱心に星南ちゃんの面倒見てね。お人形さんがおままごとしてるみたいで、二人とも可愛くてねえ」

秋代は目を細め八の字に垂らし、声を甘くした。

「巴さんもやっぱり、紗良ちゃんのためにおばあちゃんと会わせてあげたんでしょうかね」

秋代は分厚い疲労感に襲われてため息をついた。

「そうじゃないと、今ならわかります。あれは私を監視するために、優志が梨花さんや巴を月美さんのところに派遣してたんだと思います。全部優志の画策です。私が行く日は、月美さんから優志に連絡が行って、手配がなされたんでしょう。それほど私は月美さんに嫌われてるんです」

「派遣、とか、手配、とか、スパイ映画ですか」

未彩人は哄笑《こうしょう》して秋代のメランコリーを吹き飛ばそうとしたが、秋代は沈み始めた沼から這《は》い上がれない。

「優志が頼んだんじゃなきゃ、巴は私のいるときに春好の家になんか来るわけないし、ましてや紗良ちゃんを連れてくるはずないです。あの子たちはいつも結託して……」

秋代はそこで気がついて言葉を飲んだ。あの二人はいつも結託して、私と春好を追い詰める。春好の家庭にまで入り込んできて、月美さんの味方をして、容赦しなかった。だから春好は行き場をなくして借金病を再発させてしまい、私が月美さんのためにそれを返済することに決めて、優志の猛反対を押し切って自宅を売り、こんな古い団地に移って、一人で死ぬのだろう。

「でも、何であれ、そのころは紗良ちゃんとも巴さんとも会えてたわけじゃないですか。それがどうして会えなくなったんです？」

　未彩人の疑問は、秋代の苦しいところを突く。

「その翌年の春に、月美さんが星南を保育園に入れて働き始めたんです。それでヘルプの必要がなくなったって言うんですけど。私が預かるのに、水くさい。ほんとは月美さんは、働く気なんかなかったんですよ。それを梨花さんと巴と、おそらく優志が束になってそそのかして、働きに出したんです」

「そそのかして働きに出す、ってのは穏当じゃないですねえ」

　未彩人は笑い、人買いじゃないんだから、とつけ加えた。

「そうね、言いすぎかもしれない。わかってるんですよ、私だって。あの家に籠ってたら、息が詰まっておかしくなりそうだってことは。春好しかいない環境では、月美さんだろうが誰だろうが、耐えがたいってことは」

　ああ、言ってしまった。私は洗いざらいぶちまけたいのだろう。だって、誰も私の言い分を聞いてくれる人はいないのだから。誰も味方をしてくれないのだから。でも、その衝動をこの人にぶつけるのは、まだまずいってことぐらい、承知している。ここまでにしておかないと。

「ごめんなさいね、また私だけ話して。未彩人さんがどこまで知ってるか、わからないし。嫌な話ばっかりで、うんざりしてるでしょうね。巴の悪口を言いたいんじゃないんですよ。

ただ、ほんの少しでいいからこっちを向いてほしい、っていう気持ちを、未彩人さんなら巴に伝えてくれるんじゃないかって、つい思ってしまって」

「いやいや、いいんですよ。こうなることをぼくも望んで、こっそりお訪ねしてるんですから。どんな込み入った事情があるのか具体的にわからないと、ぼくもどう接していいか、戸惑うじゃないですか。でもみっちりとうかがって、少し霧が晴れました。いかなる問題があろうが、ぼくは家族になるつもりを一ミリたりとも変えるつもりはありませんので、安心してください」

　未彩人は柔らかく笑って宣言した。

　秋代は、あれ、と不思議に思った。自分が未彩人を呼んだわけではなく、あちらから勝手に来たのに、まるで私が使者を呼び寄せたかのようになっている。未彩人から話を聞くはずが、こちらが必死で聞いてもらっている。たぶん、未彩人が話しても、私には耳を傾ける余裕はないだろう。どうしたって、私は同じ話を未彩人にしているだろう。

「じゃあ、もう遅くなったし、そろそろ寝ますか」

「えっ。何言ってんですか」

「今晩はぼく、ここに泊まりますよ。ほんと、空《あ》いてる場所に放置でかまいませんから。不安かもしれないけど、大丈夫。犬が寝てるようなものだと思ってください」

「犬」

「秋代さん、犬は慣れてるんでしょ？」

秋代は苦笑し、「犬なら、室内じゃなくても寝れるでしょ」と玄関の扉を開けた。「忘れ物もないようにね」

しょげ返った未彩人は、本当に尻尾を垂れて元気をなくした犬みたいだった。

「まあ仕方ありません。犬らしくします」と言うと、昨晩とうって変わってのろのろと靴を履き、「ほんじゃまた」と頭を下げて出ていった。

かすかに気の毒にはなったけれど、泣き落とし作戦にはまってはいけない、と気を取り直し、後片付けをする。

それから一時間後ぐらいだろうか、未彩人の乱入で中断したドラマの続きを見ていたとき、呼び鈴が鳴った。舞い戻ってきたのか、と訝って、「どなたですか」と警戒した声で尋ねると、「警察です」と返ってきたのにはドキンとした。確かにドアスコープに映る姿は警官である。

未彩人が何か事故にでもあったのだろうか、と一瞬思い、いや、あの人は他人だから事故ではうちに連絡は来ない、と思い直す。

じゃあ、春好に何か？

念のためチェーンを外さずに秋代がドアを開けると、警官の後ろに未彩人が悄然《しょうぜん》と立っているのが見えた。

「夜分遅くにすみませんね。パトロールしてたら、この人がこの棟の茂みに寝ているのを発見しまして、酔っ払ってるふうでもないし、職質したら、お宅の親戚で、ケンカして追い出されて、許してもらえるのを待ってるところだって言い張るんですが、本当に親戚ですか？」

　未彩人は、雨に濡れた犬みたいにうなだれて、卑屈そうな上目遣いでこちらを見ている。このまま首を横に振れば、この人は交番に連れていかれるのだろう。こんな手を使うなら惨めな目に遭えばいい、と怒りが込み上げてきたが、巴とのことを考えると踏み切れなかった。

「はあ、まあ、そんなようなものです。すみません、しょうもないことでお手を煩わせてしまって」と頭を下げる。

「それならいいんですがね。奥さん、何か暴力でも振るわれたとかじゃないですか？」

「それはないです。この子が締め出されて当然なことをしたんですが、おまわりさんの厄介になるのなら、仕方ないので引き取ります」

「は、そうですか。ほら、入れてくれるって言うんだから、しっかり謝って反省しなさい」

　警官は、何事かもわからないのに説教だけして、未彩人を秋代に引き渡し、去っていった。

「何て卑怯《ひきょう》なの」開口一番、秋代は言い放った。

「いやあ、終電も終わっちゃって、駅で寝ると追い出されるから、ここなら誰にも迷惑かけないと思ったんですけどね」

「私に迷惑しかかけてないでしょう」

「はは、確かに秋代さんには迷惑かけています。だから、秋代さんももっとぼくに迷惑かけてください」

「じゃあお言葉に甘えて。即刻、出てってください。うちの前にも寝ないでください。未彩人さんにとっては、それが迷惑なんでしょ。あるいは、今の警官を呼び戻すっていう迷惑がいいですか」

「ははあ、一本取られたな」

きまり悪そうに頭を掻《か》きながら、未彩人は言う。

「でもね、ぼくがかけ合いたい迷惑は、楽しくなるための迷惑なんです。その迷惑が普通になれば、みんな気楽になれるような迷惑なんです。迷惑だ、って感じるのは、お互いに距離が近くて鬱陶しいからでしょ？　相手を遠ざけちゃう迷惑は、たんに人間関係の終わりですよ。家族の終わりとか。寂しいじゃないですか」

秋代の傷が疼《うず》く。このいかがわしい人には出ていってもらいたいのに、無視できない何かをいつも突きつけてくる。

「今晩だけですよ。何かあったらすぐ警察呼びますからね」

未彩人は喜び、「あとはほっといてください。ぼく、手がかからないんです。お風呂も入らないんで。秋代さんが寝るときになったら、ぼくも邪魔にならないところで寝ます」と言うと、スマートフォンをいじり始めた。迷惑かけていいって要求してるんだから、少なくとも気なんか使わなくていいってことよね、と思い、タオルとクッションとタオルケットを渡すと、要望どおり放置してすみやかに寝室に引っ込み、円筒錠をかけた。

翌朝、目覚めて布団を抜け出すと、気配が伝わったのだろう、ドアの向こうのダイニングから、「おはようございます。ぼくはちょっと表で体操をしてきますんで、その間に身支度してください」という未彩人の声が聞こえてきた。返事をする間もなく、玄関のドアの閉まる音がする。

全然気を使わないくせに妙なところは気が回るのね、と感心して着替え、顔を洗う。コーヒーでも淹れてあげようと、普段は使わないドリッパーを引っ張り出し、滅多に飲まないもらい物のコーヒー粉を冷凍庫から出す。

「いやあ、気持ちいいすね、やっぱり、屋外での朝の太極拳は。ぐっすり眠れましたか」

スーツのズボンにランニングシャツという不審な姿で戻るなり、未彩人はどちらが客人かわからないようなことを言う。

「ええ」と秋代は事実と反する答えを返した。

「ほっとしました。ぼくのせいで寝つけなかったら、やっぱり多少は責任感じますからね」

「私が寝つけなかったか気にするなんて、未彩人さんらしくない」

秋代が笑うと、未彩人はあっさり白状する。

「そうですよね、やっぱり。ほんとは全然気にしてないです。その証拠に、ぼくはぐうすか寝ましたからね。いつでもどこでも寝られるんです。いかにもでしょう？　子どものころなんか、近所のうちに適当に入って寝てましたし、今だって金が尽きて帰れなくなったときなんか、昨日みたいに、そのへんの空き地に寝たりしますからね」

「えっ？」

この人はホームレスなのか、だから泊めてくれなんて言ってきたのか、と秋代の警戒のスイッチがいきなりオンになる。

「いやだなあ、そんな異物を見る目、しないでくださいよ。若者男子の特権ですよ、どこでも野宿できちゃうのは」

「私は若者男子だったことないし、そのへんの感覚はわかりませんけど。何にも用意できないけど、コーヒーとカロリーメイトならありますよ」

「おかまいなく」と言いながら、未彩人はたちまちコーヒーとカロリーメイトを平らげた。

「未彩人さんにもっと迷惑かけていいって、おっしゃいましたよね」

「はいはい、ぼくに迷惑かけていいチケット、百枚ぐらい貯まってますよ。いっぺんにでかい迷惑かけてもらっても全然平気」

「じゃあ頼みがあるんですけど。これ、サリーに渡してくれませんか」

秋代はフクシャ色のポーチを差し出した。おととしの夏にツアーでタイを旅行した際、紗良へのおみやげとして買っておいたものだ。渡す機会もないし、携帯電話のメッセージで連絡しても返事もないから、送るのもはばかられ、そのままになっている。

「わあ、素敵ですね。サリーに似合うな、これは。色白の肌にこの真っピンク」

秋代の心臓が止まりそうになった。

色白の肌、だと？

この人は紗良にあまり会っていないどころか、まったく知らないのだ。紗良はチョコレート色をしているのだから。

私は嘘をつかれていた。

この人は誰だ？　私に何をしようとしているのか？

未彩人を激しく糾弾する言葉が秋代の喉から乱射されそうになったが、必死に思いとどまった。相手が何を企んでいるのかわからない以上、偽物だと見破っていることを知らせたら、開き直って何をしてくるかわからない。そのほうがかえって危険かもしれない。ここは何も気づかないふりをして、とっとと出て行ってもらうことが先決だろう。

しかし、驚きと不審の念丸出しで未彩人を凝視していたので、未彩人も何か失敗したと勘づいたのだろう。「ぼく、何か変なこと言いましたね」と探ってきた。

「いえ、サリーがピンクを大嫌いなこと、私、忘れてて。大失敗。何してるんだろう」

秋代は自分で頭をはたいて、ポーチを引っ込めた。未彩人は秋代の目を凝視している。

「おかあさんの失敗じゃないですよ。長らく会ってないんですもん、そういうこともありますって。そうか、紗良ちゃんはピンク、嫌いなんですね。勉強になりました」

「そう、もっと頻繁に会っていれば、こんな間違いは起こらないんです」

秋代は元気なく言う。

「また今夜も来ますよ」

「もういいです。一人の時間がほしいです」

「ずっと一人なんでしょ。問題はむしろそっちですよ。昨日も言ったじゃないですか、迷惑は一人じゃなくなるためにかけ合うんだって」

「信用できない人からの迷惑は、害悪のほうが大きいです」

「だから泊まるんです。泊まるとね、その人の本性が出やすいんですよ。寝るとか排泄《はいせつ》するとか、一番無防備な行動でしょう。それをさらすときは、どう取りつくろってもガードを下げざるをえなくて、本性が隠しきれなくなるんです。だから、ぼくは毎晩、秋代さんのいるこのうちで生活しようと思うんです。一晩なら演技できるかもしれないけど、毎晩だったら演技だけでは押し通せません。つまり、ぼくにとっても日常になって慣れができれば、ぼくの実体が秋代さんに丸見えになっていくんです。理解は誤解からスタートするって思ってるんです」

　くどくどと説明したあげく、遅刻する、と慌ただしく未彩人は仕事に出て行った。

　ポーチを持つ秋代の手が震えている。これを巴のところに届けがてら、未彩人のことをじかに尋ねてみようか、と考えた。けれど、もし万一、未彩人の言っていることが事実だったら、巴との関係を修復する機会を自ら壊すことになってしまう。そもそも、予告なく訪ねるだけで、巴は激しく拒絶するだろう。

　でもこのまま一人で抱えているのも危なすぎて、まともな判断とは思えない。

　これまでなら長男の優志に相談していた。結局、あの子が一番頼りになるから。でも絶縁した今、それは不可能だということだけは承知している。優志は、こういうときばかり相談してくる母親の都合のよさを、口を極めて非難したのだ。息子の気持ちなど理解しようともしないで、聞きたくないことは聞いたそばから忘れて、自分の困ったときには助けてくれるものだと思い込んでる、荷物置き場みたいに責任だけ預けやがって、と。優志があんな剣幕で私に怒りをぶつけてくるのは、四十年間で初めてだった。不惑の男が、まるで反抗期の子どものように。そして、最初で最後になった。

優志のことを考え始めると、こっちの気持ちもわかってほしい、言い分も聞いてほしい、という欲求が押しとどめられなくなってくる。すぐにでも未彩人を呼び返して、聞いてほしくなる。他に聞いてくれる人はいないから。

ああ、未彩人の術中にはまっているのだ。もう抜け出せないのかもしれない。

春好は論外だ。問題を作り続けている春好に問題解決を相談するのは、火事のさなかに火の中に逃げるようなもの。

月美さん。そう、月美さんしかない。月美さんは巴とうまく行っているから、未彩人のことを月美さんから探ってもらおう。私は月美さんに嫌われているから、気は進まないけど、どのみち、連絡して返事を返してくれるのは月美さんしかいないのだ。

すぐにでも電話したかったが、幼児と新生児を抱えて時間に追われている月美さんに自分の都合で電話したら、またこっぴどく罵《ののし》られるだけだ。

秋代はもう五年以上使っている折り畳み式の携帯電話を手にとって、ショートメッセージを打ち始めた。

4 月美

義母の秋代からショートメッセージが月美に届いたのは、嫌がる星南を車のチャイルドシートに座らせているときだった。

「月美さんご無沙汰してますその後お元気？巴の婚約者の件で確認したいことがあるので都合の良い時にお電話を下さいお待ちしてます」

「都合の良い時」なんかありません、と反射的に頭に来たが、すぐにスマホをしまって、春好に「お義母さんから」と冷たい声で言う。春好は何も反応せず、星南にシンクロしてむずかり出した光人《らいと》を月美に抱き渡し、運転席につくと、行ってきますも言わずに車を発進させた。出勤がてら星南を保育園に送るのだ。

巴さんは再婚するのか。つきあってる人ぐらいいるよね、と少し好奇心もくすぐられたが、お義母さんのことだ、また気を引くためにあることないこと騒いでいるだけかもしれない、と警戒心が働き、相手をしている暇はないのだから放置しておくことにする。

ぐずりつつ眠りかけている光人をベビーベッドに寝かしつけ、洗濯物を干し、掃除機をかけ、また目覚めて泣き出した光人に授乳し、しばらく一緒に遊んだら時間も場所も忘れて至福に浸り、保育園から星南が熱を出しているので迎えにくるよう連絡があり、光人を抱っこ紐で抱えて外出の準備をし、保育園まで三十分の距離を歩く。光人はまだ腰がすわっていないので、自転車には乗せられない。

保育園からアプリでタクシーを呼んで帰宅し、星南の熱を計ると三十八度三分だった。先月、小児科でもらった風邪薬と熱冷ましを飲ませて寝かせ、一息ついてソファに腰を下ろすと、立てなくなる。

星南は朝からぐずっていたのに、体調の悪さに気づけなかった自分に失望する。しょっちゅう体を壊している星南にも、つい苛立ってしまう。星南のせいではなく、自分たち親のせいなのだとは理解していても。

新天皇即位で長かった十連休の間、夫が自宅に居続けることが、月美の負担を大きくした。

春好は、まるで時給で雇われたベビーシッターにすぎないかのように、午前と午後にきっかり半時間ずつ星南と光人の相手をする以外は、自室にこもってゲームに熱中しているのだ。しかも、星南には義務的に接し、光人に対してはその時間だけは溺愛、あとは心から締め出して無関心という体《てい》である。心から締め出さないと、いつまでも光人を独占して月美にとがめられるから。

取り決めた家事もするものの、これまた雇われ仕事のように不機嫌にこなす。その間、月美との会話はほとんどない。月美が歩み寄って会話の糸口を探そうと努めても、ほとんど無視。

長い休みだったはずなのに、月美は理不尽な合宿を強いられた気分で、すっかり消耗してしまった。

春好も子どものときは病弱で大病を患って大変手がかかったというから、星南もその体質を受け継いでいるんじゃないか、などと、乱暴な疑念を振り向けたりする。不当な気分ではちきれんばかりの月美は、問題はすべて春好から発していると思いたいのだ。この不当な感覚は、春好が変わらない以上、消えることはない。そして春好はこのまま変わらないという永遠の事実も、知りすぎている。月美は金輪際《こんりんざい》、不当さを抱えたまま生きるしかない。

だから、分け与えるのだ。その不当さを、お義母さんに。春好の製造責任者である秋代に。

月美はスマホを手にすると、子どもたちに聞こえないよう春好の個室に入って、秋代に電話した。

挨拶もそこそこに「で、用件は何ですか」とぶっきらぼうに尋ねると、義母は「変な相談で申し訳ないんだけど、巴に結婚を前提におつきあいしている方がいるかどうか、月美さん、知らない？」と聞いてきた。

「そんなプライベートなこと、知りません。何でそんなこと聞くんですか」

「そう名乗る人が昨日の夜、うちに来たのよ」

巴と家族になる予定の中村未彩人と名乗る若者が、巴が実家を紹介してくれないから自分一人で挨拶に来た、と言う。

「うさん臭すぎません？」

「そう思うわよね。いい人なんだけど、怪しくもあるのよ。巴に直接聞きゃあいいんだけど、私から連絡しても無視されるから、月美さんからそれとなく聞いてくれないかしら。中村未彩人っていう人を知ってるかどうか、今結婚前提につきあっている人がいるのかどうか」

そういう態度だから巴さんに無視されるんだろ、と月美はむかっ腹が立った。

「何言ってるんですか。何で私がそんな土足で踏み込むみたいな真似、できると思うんですか」

「あなたたち、仲がいいじゃない。歳も近いでしょ」

「友達とかじゃないんです。こうやって、お義母さんの問題に振り回されてるという意味で共感し合える部分があるから、いろいろ信頼して話すこともありますけど、それ以上でも以下でもありません。それに、もう、そんな関係も、春好さんのせいでぶち壊されました。今はもう、私から巴さんには連絡取りづらいです。春好さんの借金返させるために、お義母さんに自宅を売ってもらったんですからね。本来、巴さんや紗良ちゃんに行くはずだった財産を、うちが奪ったようなものなんだから、私としては申し訳なさすぎて、合わせる顔がありません。巴さんは気にしなくていいと言ってくれますけど、内心ではどうでしょうね。それなのに、図々しく巴さんのプライバシーに踏み込むようなこと聞くなんて、できるわけないじゃないですか！　どうしてそんなこともわからないんですか」

義母と話していると、鈍感さにイライラするだけでなく、春好というお荷物を作り出したのはこの人のこの都合のよさのせいなんだということが生々しく実感されるので、責任を追及せずにはいられなくなる。あんたが悪いんだ、全部あんたのせいだ、と怒鳴りつけたくなる。

「ごめんなさい。ほんとにごめんなさい。私だって紗良ちゃんに申し訳なくて、少しでも埋め合わせしたいとは思ってるんです。でも会わせてもらえないから、もし本当に未彩人さんという人が巴のつきあってる人なら、間に入ってつないでくれて、私も紗良ちゃんに罪滅ぼしができるようになって……」

「それはお義母さんの問題ですよね。私は関係ないじゃないですか。うちは春好さんとお義母さんのせいで、星南と光人はいとこである紗良ちゃんを失ったようなもんなんですよ。悪気はなかった仕方なかったって言いながら、家族の絆をぶちぶち引きちぎっているのは、お義母さんじゃないですか！」月美はたぎるに任せて非難する。

「本当にごめんなさい、私が春好の育て方を間違ったんです。ほんとに月美さんにはこんな人生を押しつけることになって、申し訳ない気持ちでいっぱいなの。もう私の老後なんかどうなってもいいから、星南ちゃんと光人ちゃんにはできるかぎりのこと精一杯してあげたいと思ってて……」

「自分を憐《あわ》れむのは見苦しいからやめてくれません？　自業自得でしょ。あんな父親を持って生きていかなくちゃならない星南と光人に、精一杯できることって、いったい何なんです？　お義母さんにそんな力あるんですか」

言葉を吐くごとにその言葉が燃料となって怒りの炎が燃え盛って、月美の砲火は勢いを増すばかり。自分でも止められない。

「月美さんにばかり負担かけちゃって、ほんとにごめんなさい。他に相談できる人が誰もいないもんだから、つい。でもこんな相談、すべきじゃなかった。心労かけるばっかりなのに、ほんとごめんなさい。怪しい人だったら警察に頼めばいいことなのに。ほんとごめんなさい」

「ちょっと待ってください。そんなに怪しい人、本当に来たんですか」

「来ましたよ、ほんとよ。本物かどうかわからないから、困ってるんですよ」

「ということは、詐欺かもしれないってことですか。そうですよね、お義母さんが自宅を売ったことを知って、そのお金を狙ってる振り込め詐欺みたいな人、いてもおかしくないですよね。そんなのに引っかかって、またトラブル作らないでくださいよ。冗談じゃありませんよ。これ以上借金増やしたら、一家全滅です。絶対、家に上げちゃダメですよ」

「昨日はうっかり上げたんです」

「ああ、もうっ。何でそんなに軽率なんですか」

「ごめんなさい。ほんとに考え足らずで」

　秋代は泣きそうな声で言い、それがまた月美の癇《かん》に障る。

「そんな応対したら、脈ありと思われてどんどんつけ込まれますよ。もしまた来たら、今度はきちんと撃退してください」

「でも本当に巴の彼氏さんだったら、また間違った対応したことになるかもしれないし」

「わかりました。じゃあ、今度来た場合は、警察呼ぶんじゃなくて、私に電話してください。くれぐれも家に上げないこと、お金に関わる話はしないこと。そういうことで答えを要求されたら、家族と相談しないと決められないと言って、答えないでくださいね。それですぐに私に連絡してください。絶対に一人で判断しちゃダメですよ」

電話を終えて、なぜこの人はトラブルを増やし続けるのか、問題を拡大して気を引きたいだけじゃないのか、などとカッカした頭で罵りながら、春好の部屋から出ると、扉の近くの床に座っていた星南が、怯《おび》えた顔でこちらを見上げ、「ママ、許して」と言った。月美の胸はたちまち悲しい気持ちと申し訳なさであふれそうになる。自分は今、そんな恐ろしい形相をしているのか。

「ごめんね、ママが怒鳴ってたから、びっくりして起きちゃったんだね」

星南は無言でうなずき、月美はしゃがんで星南を抱き締める。熱冷ましのせいで汗で濡れている。すぐに着替えさせないと。

「ママは星南ちゃんに怒ってるんじゃないよ。悪いことした人に怒ってたの。星南は悪いことなんかしてないでしょ。だから星南は怒られないよ。怖かったね、ママが悪かったね」

「ママが悪いことしても、私は怒らない」

そうだね、星南はママに嫌われたくないもんね、と月美は胸の内でつぶやき、こんなことを娘に思わせている自分にまた一つ失望する。毎日、自分に対していったいいくつの失望を重ねているのだろう。失望するたびに、命を小さく削っている気がする。削れきって、とうとう自分がなくなってしまったあかつきには、新しい私が再生するのだろうか。

自分の選択なのだから逃げるまいと、月美は思ってきた。

挙式直前に春好に離婚歴があることが義母の口から明らかにされたときも、去年の春、第二子の光人を身ごもっている最中に、春好の二百万円にものぼる借金が発覚したときも、周囲の反対を押しきって、春好との家族生活を続けることを選んできた。放り出したからといって人生がやり直せるわけではないのだし、何より、自分が選んだことが間違っていた、と認めたくなかった。

けれど、子どもたちにしわ寄せが行くさまを日々突きつけられるにつけ、自分の選択ミスが致命傷となったのだ、という事実を受け入れざるをえない。

春好は二十八歳で最初の結婚をしたのだった。しかし、妻が流産したのをきっかけに衝突するようになり、そのまま離婚。一年にも満たない結婚生活だった。三年が過ぎて精神的に立ち直ってきたので、今度は安心して結婚したいと思い、婚活サイトに登録したのだという。月美は、こんなに社交的で見栄えもよくて明るくて優しい、つまりは結婚相手に困ることなどなさそうなモテ男が、どんなワケありで婚活サイトに登録していたのか、納得した。

「何で婚活サイトの規約に違反してまで、離婚歴のあることを黙ってたの。そんな重い秘密のある離婚だったの？　隠し事をしたまま、私と夫婦になるつもりだったわけ？」と、春好を問い詰めた。

春好の言い分は、「言わなくちゃと思ってたけど、言ったら自分たちが子どもを持つかどうかで月美に不要なプレッシャーを与えることになるから、どう打ち明ければいいのかわからないでいた。それでタイミングを逃してしまった」だった。

「じゃあ、私が子どもを産まなかったら、初婚のときと同じような過ちを繰り返すの？」と問うと、「まずは月美が欲しいのかどうか」と聞き返す。月美は正直に「まだわからないけど、たぶん子どもは欲しいと思う」と答えると、春好は、「月美と話し合いながら決めたいし、基本的には自然に任せていいと思ってる。子どもがいようがいまいが、月美と一緒に生きていきたいんだ」と言う。

　月美はとりあえず納得し、失敗から学べる人間なんだと判断した。しかし今思えば、弱みのある男だから自分は春好を選んだのだとわかる。結婚してすぐに星南を妊娠したのには、月美自身が子どもを欲しいという気持ち以外に、早々に子どもを作って春好を喜ばせておけば、この家族を自分の望みどおりに操縦しやすくなる、という計算が無意識のうちに幾分か働いていたことは否《いな》めない。

　事実、娘が誕生したときの春好の喜びようときたら、無邪気のきわみだった。月美は、人はこんなにも穢《けが》れなく喜べるのかと感動し、自分はそんな無垢《むく》な人間を救ったのだ、という予期せぬ存在価値まで覚えた。月美が、自殺した母の「諸星《もろぼし》」という旧姓から一字を取って「星南」という名前を提案したときも、やりすぎなキラキラネームだと反対されるかと思ったけれど、天使みたいな名前でこの子にぴったりだ、と涙ぐんで賛成してくれた。

　けれどそれは、春好が子どものままであることと裏腹だった。春好は月美がたじろぐほどに星南を溺愛し、自分が乳を出せないことを本気で悔しがり、父親が「授乳」できるよう母乳ではなくて粉ミルクで育てるべきだ、と言い張った。そして自分が仕事の時間にたずさわれない分を、月美に任せるのではなく、春好の母に代わらせようとした。未経験者二人での子育ては危険すぎるとか、母子二人で閉じこもっていると追い詰められるなどと言って、秋代を毎日のように呼び寄せたのだ。

　当初は月美には、義母の言葉が嫌がらせなのか、無意識の攻撃なのか、それとも何も考えずに無神経な放言をするだけなのか、判別がつかなかった。

　例えば、「この子はほんとに赤ちゃんのときのハリーとそっくり」と、しつこく繰り返す。その度に、春好もまんざらではない表情になる。

　義母はまた、「今どきはお母さんも働く時代だから、月美さんもそのうち社会復帰するんでしょ。少しでも早く仕事に戻れるように、私もフル回転でサポートしちゃう」と、月美のための援助であることを強調する。

　さらに慣れてくると、「春好の嫌なところや直してほしいところがあったら、遠慮なく相談してね。あの子、言っても聞き入れないところあるから」と促す。月美は適当に流したが、連日望まないサポートを我慢している代償として、あんたの息子がいかにどうしようもないか、ぶちまけてやる、という攻撃的な気分が募って、春好の欠点をそれとなく指摘していった。すると秋代はあからさまに落ち込み、「あの子、昔からほんとにわがままでねえ。ごめんなさいね、あんな不良品押しつけて」と自虐的な言い方をする。そして、外出するのに星南にもう一枚上着を着せるかどうかで義母と行き違いが起こった日、「月美さんが困ってるからって言って、ハリーに短所を直してもらうように注意しとくわね」と口にしたのだ。そんな忠告をしたら春好は月美に逆ギレする、とわかっての言葉だった。

わざと春好の悪口を言わせて、弱みを握ろうとした。月美は自分たち夫婦が秋代に乗っ取られていくような恐怖を覚えた。

そのころだった、義兄の優志が妻の梨花を伴ってうちに来て、星南が春好に似ていると言った義母に対し、春好ともども親バカだと否定し、月美にも似ていると証言してくれたのは。その言葉で、月美は自分が一人でどれだけ我慢してきたかを客観的に知って、涙が出てきた。兄の苛烈な非難に春好は、「ヤッシは完全に義姉《ねえ》さんの尻に敷かれてら」と茶化した。梨花は、「私は壊れ物の上に座る趣味はないですから」と笑って、場の緊張を和らげてくれた。

あのあと、梨花は義母のいない日に訪ねてきて、今後は梨花や巴ができるだけ顔を出すようにするし、月美は自分の実家に援助を頼んでもいいのだ、とアドバイスしてくれた。その支配から逃れてきたはずの父と姉の縄張りに避難するのは、月美には苦しい選択だったけれども、それでも一つところに閉じ込められている状態から脱せたことで、呪縛が解けた。

月美が解放されて平常心を取り戻していくのと反比例するように、春好は不機嫌に押し黙るようになっていった。仕事から帰ってもすぐ自室に閉じこもり、星南へ関心を向けなくなった。

決定打となったのは、月美が以前の勤務先である地方銀行に、契約社員の形で復帰するのを決めたことだった。星南はもちろん保育園にあずける。春好は、相談なく勝手に決めたと言って激怒した。保育園じゃなくておふくろに頼めば経済的にも助かるし、時間を気にしなくて安心だし、何よりも愛情面での不安がなくなる、と言い張った。ハリーが一緒に子育てしていこうとしなくなったから保育園にあずけるんだ、と月美は突き放した。

春好を追い詰めすぎたことが直接の引き金になったと、今ならわかる。けれど、では、やり直せたら春好にもっと優しくして逃げ道を与えたかというと、同じ態度をとるだろうとも思う。だから、結果はどうしたって同じだったのだ。自分で選んでいるつもりでいたが、一つしかない選択肢を選ばされてきただけかもしれない。

家に居場所をなくした春好は、ゲームに逃げた。自室に引きこもって、スマホゲームにのめり込んだのだ。時間だけでなく金も見境なくつぎ込んで。月美が働くことへの反抗として、自分の金を湯水のように使ってやる、という気分もあったかもしれない。

気がつけば借金をしていたが、もはや自分の意思では止められなかった。発覚するまでの約二年間で、総額は二百万円にまで膨れ上がっていた。

発覚したのは、ちょうど去年の今ごろ、星南による偶然のいたずらからだった。パパの留守中もパパの部屋には入ってはいけないと言い聞かせていたのに、星南は入り込んで引き出しをぶちまけてしまい、泣き出した。星南を軽くたしなめながら、散乱した書類をしまう。見覚えのない銀行の通知書を発見し、何の気なしに開いたら、巨額の借金が記載されていたのである。

月美の頭を真っ先に襲ったのは、だから春好は二人目の子作りを仕向けてきたのか、という納得と憤怒だった。借金を隠すために、子作りで注意をそらそうとしたのか。

月美はその時点で妊娠五か月だった。その五か月前の一昨年《おととし》の末、毎晩終電以降に帰宅する春好の浮気を疑っていた。今考えれば、会社かどこかで遅くまでゲームに没頭していたのであり、それを偽装するために浮気をにおわせたのだろう。星南の出産以降セックスレスだったのに、急に誘うようになったのも、浮気に注意を向けさせるためだったに違いない。

春好はかまってもらいたくて演技をしているのだ、と月美は勘違いした。ここで拒んだら春好はどんなバカをしでかすかわからないし、星南にきょうだいがいないのはかわいそうだとも感じていたので、応じた。その結果妊娠した。

借金を知った晩、春好の深夜の帰宅を寝ずに待っていた月美は、「何でいつも遅いの？」と尋ねた。

「残業だって言ってるじゃん」

春好は不機嫌に答える。お酒を飲んできたようではない。

「いくら何でも毎日こんなに遅くなるわけないでしょう」

「今大きなプロジェクトが動いている最中だから、時間が全然足りないんだよ」

「そのプロジェクト、説明してよ」

「ツッキミー、課長みてえ。勘弁しろよ、俺はもうボロボロになるまで働いてるのに、まだ説明させられるのかよ」

「何でそんなに働いてるのに、残業代全然入ってこないの？　何でうちの家計はこんなに苦しいの？」

「だから言ってるじゃん、うちはダーティー企業だから。全部サービス残業」

「給与明細、見せて」

「いいよ。前も見せたじゃん。気の済むまで見てくださいな」

　そう言って自室へ入っていく春好の後をついていく。春好は電気をつけ、引き出しを開けようとして、その上に置かれている、銀行の借入れ明細が記載されたハガキを、さりげなくしまおうとする。体が緊張しているのが、月美に向けた背中から見て取れる。

「ハリーがダーティーなせいじゃないの？　うちの家計が苦しいのは」月美は言った。

　春好の体は固まり、何秒かしてから、背を向けた格好のまま、「見たのか」と返事した。

「黙ってただけじゃなくて、たった今嘘ついたよね。その借金が何なのか、説明してほしいけど、その説明でも嘘つくかもしれないって、私が思うのは仕方ないよね。信じられるわけないよね。どうする？」

　春好は石像のように動かない。窮地に陥ると、人頼みの気分しか出てこないから、自分で打開できず、しようともせず、こうしてフリーズするのだ。惨めだな、と月美は軽蔑を覚え、かすかに復讐の快楽を感じるが、あまりにかすかすぎて復讐とは呼べない。離婚なんかさせない、そんな自由は与えない、一生刑に服させてやる。

「今ごろその小知恵の回る頭の中で、いかに仕方ないことだったのか、自分の責任を小さく見せる言い訳を懸命に考えてるんでしょうね」

　ごめん、と聞き取れないほど小さく、春好は吐き出した。

「私の目を見て言いなさい」

　春好はナメクジのようにゆっくりと顔を振り向け、恨めしそうな上目遣いで、「ごめんなさい。俺がいけなかった」と言った。

　月美は自分が反省しないように、必死で己を律した。何でこの人と結婚したんだ、と思い始めると、自分の判断力の低さ、人を見る目のなさ、幻想にすがりやすい体質、危険信号を自動的に無視する甘さ、自己愛など、自分のすべてを罵り否定したくなる。

　つまり、自分のせいなのだ。でも私はもう自分一人ではない。自分一人なら「自分のせい」と言って自分をいたぶっていられる余裕もあるけれど、私には子どもがいて、いたぶるための自分をも脇に置いておかねばならない。星南がいて、最悪なことに、第二子を身ごもっている。「最悪なことに」なんて思われて生まれていいのか、そんなこと思われながら生まれてくる子はあまりに不憫《ふびん》じゃないか。それは私のせいなのか、この自己チューなでかいガキのせいなのか。

　月美は生まれてくる子どもに対して涙が出そうになったが、涙を見せたら春好を思い上がらせるだけなので、無表情を貫く。

「どうするの」

「何としてでも返済します。家族に迷惑はかけません」

「もうかけといて何言ってるの」

春好はうつむいてまた黙り込む。

「どうやって返すの。その間のうちの家計はどうなるの？」

これから下の子も生まれてくるのに、という言葉を飲み込む。言ったら、こちらの感情の乱れが隠せなくなる。

春好はまたうつむいて黙り続けている。卑屈さの攻撃性みたいなものが、背中からにじみ出てきている。その卑屈さに月美は燃えるような憎しみを覚え、弱っているからこそ徹底して破壊したい衝動に捕われる。

「お金、何に使った？」と静かに聞く。

春好は顔を上げて月美を見るが、目を合わせられず、微妙に視線をそらせて、「ゲーム」と言った。

「え？　バカラとか？」

「賭博じゃなくて、スマホのゲーム」

「はあ？　何言ってんの？　そんなわけないでしょ。ゲーム？　もうちょっと信じられそうな嘘つけよ」

「嘘じゃない。ガチャにハマると、あっという間に金が消えてく」

「私が疎《うと》いからって、適当なこと言うな！」

「ほんとだって。パチンコとかだって、一回は大した額じゃなくても毎日つぎ込んでたら、あっという間に何百万かになるだろ」

「知らないよ、パチンコなんか。とにかく、いまだにお金をつぎ込んでるわけでしょ。今日だってそれで遅くなったわけでしょ。そのことは嘘ついてたよね」

春好は小さくうなずいた。

「借金の元は、やめられるの？」

「やめます。もう絶対にしない」

「あと、他からも借金してるでしょう？」

「あ、いや、それはない」

「ほんとに？　嘘ついてない？　誓える？」

春好はうなずき、「誓う」と言う。

「まあ、それは書類で証明してもらうから。それでどうやってこの大金を返すの？　子育てしながら」

月美の追及に春好はまたうつむいたが、一瞬、月美を上目遣いで睨《にら》んだ。

もう逆恨みかよ。あんたは無策無能だから、この件はお義母さんに報告してお義母さんに埋め合わせてもらう、と言い放ってやりたくなるが、それを言ったら逆ギレではすまなくなるとわかっているので、こっそりと義母に責任を取らせよう、と決める。さもないと、月美の気持ちの収まりがつかない。

秋代に電話したのは、翌週の昼休み中だった。息子さんについて相談がある、と冷たい声で言うと、即座に、浮気か、借金か、と聞いてきた。

「前科、あるんですね。また隠してたんですね、お義母さんまでグルで」

「ごめんなさい。謝る言葉もありません。離婚歴のことがあったもんだから、これ以上何かあったら破談になると思って、言い出せなくて」

　月美は破裂しそうなほどの頭痛に襲われ、そのまま会社を早退してバファリンを多めに服用し、秋代の家を訪ねた。

　秋代の話では、春好は二十代の後半に、不動産営業の仕事で知り合った投資家の口車に乗り、三百万の借金を抱えたことがあるという。高校まで本格的にサッカーをしていた春好は、返済のためにその投資家に紹介された「ナイトサル」なるストリートでのギャンブル・フットサルの選手となり、仕事の後の真夜中に稼がされた。最初の結婚相手は、そこで春好のファンになった女だったが、結婚してみたら女にもギャンブル・フットサルで負った借金があった。借金を増やすだけのその女との離婚を条件に、春好の借金の残りは、秋代とその当時は存命だった父親の柊一《しゅういち》が、夫婦の貯金を取り崩して返済した。それが離婚の真相だった。精神的に不安定になった春好は、オンラインゲームに依存して引きこもりになったので、今の塗装会社に転職させた。その職場でフットサルチームを自分で作って人気者になって、ようやく立ち直ったという。

「私の育て方が間違ってたんです」

　このとき初めて秋代の口をついて出たこのセリフは、この日の間、何度も繰り返され、さらには口癖と化して今に至る。

「くどいです。そんなことはわかってます。あんまり何度も言われると、こっちも見る目がなかったって責められるみたいで苦しくなるので、やめてください」

　自分を責めることで責任を免除されようとする義母の言い草を、月美は許さない。

「月美さんは本当にできた人で、春好にはもったいないぐらいで、それでもこんな人と人生送ってくれたら、春好も少しはまともになるんじゃないかと思って、どうしてもこの結婚は実現させたかったんです」

「私はあの人をまともにできなかったってことですね。それなら用済みですから、別れたほうがよさそうですね」

　月美は激しい怒りに身を震わせて口走った。

「離婚されても仕方ありません。それが月美さんの真に求めることなら、春好に飲ませます。ただ、星南ちゃんのことも考えてほしいのね。いきなりあの年齢で片親になるのはしのびないでしょ。私も人生かけて協力するから、月美さんも、もう少し考えてくれると嬉しいです」

　あんたが孫と離れるのが嫌なんだろ、と思うが、月美も、片親になることを三歳の娘に強いていいのか自信がない。あんなろくでなしでも星南にとっては大好きなお父さんだし、それを奪うのはこちらのエゴではないのか。自分が復讐したいだけで、星南のためではないんじゃないか。そう思うと離婚には踏み切れない。

「わかりました。全人生かけて償ってもらいます」

「ありがとうね、チャンスをくれて。どうせこの家は私しか住んでいないし、私一人には大きすぎるから、ここを売ります。そのお金で返済します。私はもう生活保護をもらって施設に入るとかでもいいですから、星南ちゃんを大事にしてね」

月美は借金問題について調べ、自己破産やら債務処理やらといった方法を知る。二週間ほど悩んだあげく、どの方法も春好が受け入れるわけがないと思い、義母に借金を返してもらうことを選択した。自分は安易なほうに流れたとわかっていても、これ以上、自分に厳しくする余力は残っていなかった。

春好には当然の義務として、義母に立て替えてもらった分を二十年分割という形で毎月一万円ずつ返済させ、給与も全額、月美が管理することにした。月美たちの家計が苦しくなるのでは意味がないと言って義母は、返済分を子どもの将来の学費等のためとして月美名義で積み立てることにしたが、春好には教えなかった。

汗をかいて熱の下がった星南に、夕飯として卵おかゆとみかんゼリーを寝床で食べさせ、念のため薬を飲ませ、光人に授乳し、自分の食事をし、後片付けを終え、光人を寝かしつけて手早くシャワーを浴び、子どもが二人ともよく寝ていることを確かめると、ようやく何も考えずにいられる時間が訪れて、月美はベランダに出た。

公団内のそこここで芽吹いている緑の香りが、心地よい。満開のハゴロモジャスミンの濃厚な匂いには、酔いそうになる。

満月に近いアーモンド形の月が輝いている。月美は少し欠けた満月を、黒い三日月と呼んでいる。見えない部分を主にすれば、影でできた三日月。月美の月は、影の月。そう思うと、なぜか楽になる。このまま子どもを置いて団地内の散歩をしたい衝動に駆られるが、春好はまだ帰ってこない。ときおり、スケートボードを操る音と男の子たちの中国語のやりとりが響く。

　星南が熱を出して早引けしたことはメールで伝えてあったが、返信もなく、帰ってきたのは八時過ぎだった。今日はこれでも早かったが、新年度が始まってから春好の帰宅はまた徐々に遅くなり、理由を尋ねてもまともに説明しない。目を見ても何を考えているかわからず、月美にとってはもはや大脳の発達していない爬虫類みたいだった。

　星南の具合を聞くでもなく、春好は無言で風呂に入る。また苛立ちが募ったが、月美はこらえて風呂場の外から母の電話の件を伝える。

「振り込め詐欺に狙われてるかもって話」

　だが反応はない。風呂場の扉を開けて、「聞いてるの」と言うと、湯船からちらりとこちらを見て、「俺にどうしろっての。おふくろは俺にはもう何も関わってほしくないんだから、もうどうしようもないでしょ」と、抑揚のない声で言う。

「ハリーにどうにかしてなんて頼んでないよ。でも知っといてよね。自分の蒔《ま》いた種なんだから」

　どうせ何もできないくせに、という言葉は飲み込んだ。

　情報を握って隠しておけば夫婦の間で優位に立てるとは思うけど、それが春好さんを追い詰めてきた原因でもあるので、どんな情報も二人の間で共有することを原則にしたほうがいい、と梨花さんにアドバイスされたのだった。あちらに隠し事を作らせないためには、自分からも何でも打ち明けないと、と。

「あとさ、少しは心配でもしたら。お義母さんのことも、星南のことも」

　月美の文句に、春好は珍しく答えた。

「星南は風呂入る前に部屋のぞいたよ。触ったらもう熱はないようだったし、よく寝てたから」

「そう。それならいい」

　風呂から上がった春好は夕飯を取りつつ、今日の星南と光人について月美が話すのを、黙って聞いてあいづちを打つだけだった。そっちの仕事はどうなの、と聞いても、いつも通り、としか返ってこない。食べ終わるや、さっさと自室に引っ込んで、またぞろスマホゲームに逃避する。

　ゲームの課金だけで信じがたい額の借金をこしらえたのだから、もうゲームもスマホも禁止だと月美は息巻いたが、これも梨花の助言により、月美が春好のスマホ使用を制限できるペアレンタル・コントロールを設定して、無課金のソーシャルゲームだけで遊べるようにした。依存していた人を追い詰めると、別の依存に逃げ込むだけなので、依存先への依存度を緩めていくほうに向かわせるのがいい、と言うのだ。

この繰り返しで毎日が過ぎていく。梨花さんはああ言うけれど、この人と情報を共有して信頼を作り直すなんてことは、どだい不可能だと思う。心を閉ざすばかりだし、最近は星南を叩いたりする。星南のことを、梨花さんや巴さんの手で自分から奪われた敵の子、と思っているふしがある。だから光人を溺愛する。

月美は自分が自棄《やけ》を起こさないように、ただひたすらするべきことを続ける。そして爆発しそうになったら、秋代に当たる。

秋代からその日二度目の電話があったのは、夜九時近くだった。

また中村未彩人が来ているのだと言う。追い返そうとしても、秋代の棟の入り口で野宿すると言い張るらしい。昨日も実際にそうして警官に職質されたので、今度警察に見つかったら留置場に入れられるかもしれない。もし本当に巴の恋人だったら、まずいことになる。

月美は腹の底からため息をついた。何で私がこんな骨を折らなくちゃならないんだ。

月美は巴に電話した。

5　巴

「あ、お帰んなさい。ちょうど今、夕海《ゆうみ》ちゃんとハンバーグ作ってて、できあがったとこ」

巴が帰宅するなり、紗良はそう報告してきた。

「ただいま。遅くなってごめんね」

紗良は、かがんだ巴の頬にキスをし、巴も同時に紗良の頬にキスをした。

ダイニングから山下夕海も姿を現し、お帰りなさい、と眉を八の字にして微笑む。まだ知り合って半年弱だけど、すっかり家族同然だ。

巴がキッチンのフライパンをのぞき込むと、いびつな肉の塊が並んでいる。

「失敗したの？」

夕海は苦笑して、「臓器ハンバーグ」と言った。

「はあ？　モツで作ったとか？」

「そうじゃなくて、このハート形のが心臓でしょ。そのソラマメ形のが腎臓」

「長いうねうねのは腸。私が作った。腸詰じゃなくて、腸そのものってとこが新しい！」紗良がドヤ顔で告げる。

「このまん丸のは？」

「目ん玉。それも私」

「この三角のは、胃？」

「肝臓」夕海は困ったように笑いながら訂正する。

「この半円球のは？」

「ははは。脳みそ、のつもり」

「夕海のアイデア？」

　夕海は首を振り、紗良を見る。

「体ハンバーグしようって、私が決めたの」

「今日、学校で人体の仕組みを教わったらしい」

「なるほど」

　部屋着に着替えて、食卓につく。巴と夕海は発泡酒で、紗良は冷たい緑茶で乾杯をして、特製臓器ハンバーグの夕飯が始まる。

「何か、人肉食をしてる気分」巴が言うと、夕海も「カニバリズムだね」と応じる。

「カーニボー、カーニボー！」と紗良は英語の発音で言い、腰を振る。

「いいね、カーニボー！」と夕海も合わせて一緒に腰を振ると、紗良が調子に乗って椅子の上に立ち上がり腰を振るので、巴が「紗良。ご飯中は立たない」とたしなめる。再びテンションの高さで手を焼かせられるようになったことが、巴には嬉しい。

「サリー、よく知ってるね、カーニバルとか」夕海が感心する。

「だって私、ニューヨーク住んでたとき、プエルトリケーニョスのカルナバルを見てたでしょ」

紗良の説明を、「今のはスペイン語。プエルトリコ人のカーニバルね」と巴が補足する。

「カニバリズムとカーニバルって、関係あるのかな？」と夕海。

「日本語だと謝肉祭だから、肉と関係あるんでしょう」巴が応じる。

「同じ肉だし、毒があるわけでもないのに、この生き物の肉は食べてよくて、あの生き物はダメっていうのも、不思議だな」

夕海の少しずれたコメントに、巴が応じる。

「ほんとにね。クジラやイルカや犬はかわいそうで、食べるためだけに飼育されてる牛はかわいそうじゃない、とか、よくわからない。何か人種差別と似てるなあ、って私はアメリカにいたときに思ってた」

「どういうこと？」夕海が尋ねる。

「動物にも命のランクがあるっていうかさ。クジラやイルカは白人扱い。でも、その序列に根拠はないんだよ」巴が答える。

「なるほど。人肉だって、物理的に見れば他の肉と変わらないよね」

「人間の肉を食べる動物もいるでしょ。サメとかTレックスとかゾンビとか。おあいこだよ」紗良が真面目に言う。

「ゾンビは動物じゃないでしょ」と夕海が笑う。「Tレックスも恐竜だから、実際にはいないし」

「『リメンバー・ミー』って映画に出てくる骸骨って、動いてるけど、ゾンビなのかなあ」

紗良が気になっている疑問を口にする。

「人を襲わないし、うつすわけじゃないから、ゾンビではないね」夕海が勝手な定義で答える。

「ゾンビの肉ってどうしていつも腐ってブラブラしてるの？　どうして全部骸骨にならないの？　骸骨のゾンビがいてもおかしくないでしょ」紗良はこだわる。

「肉を食べながら話す話題じゃないな」と巴が言うと、夕海も苦笑いを浮かべて、「臓器ハンバーグのせいだ」と言った。

「ハンバーグのこと、ミリアムはアルボンディーガって言ってたでしょう」紗良が言う。

「ハンバーグはアンボルゲッサでしょ」

「あっ、そうだ」

「アルボンディーガは、肉だんご」

「夕海ちゃん、今度は体肉だんご作ろう！」

「それじゃ体ハンバーグと同じになっちゃうでしょう」

夕海が来るようになってから、食卓はいつも笑いの渦だ。

ニューヨークに住んでいた時分、紗良は一時《いっとき》もじっとせず、ネズミ花火みたいに動きまくっては弾《はじ》けていた。それが二年前に日本の小学校に入ってからは暗くなるばかりだったのに、もとの無軌道な元気を取り戻したのは、ひとえに夕海のおかげだった。夕海の人あたりがどこか、ニューヨーク時代にお世話になったミリアムを感じさせてくれるから。

夕海が初めて現れたのは、去年の暮れだった。仕事納めの翌日の晩、トイレを使わせてくれないか、と二十代後半ぐらいの女性が訪ねてきたのだ。不審な頼みだったので、最初は断ったが、夕海は粘った。

自宅のトイレが壊れて流れなくなって、小はやむなく風呂場で足しているが、大は近くの公園まで行って済ませている、でも緊急時にはいつも時との戦いになるし、深夜などの公衆トイレは正直不安だし寒いし、もう限界で修理を頼むべきなのだが、うかうかしているうちに休みに入ってしまった、とりあえず年末年始にいつでもトイレを安心して借りられる場所を探している、男性のいる家は論外だし、いろいろと観察して、母娘二人住まいらしいお宅なら大丈夫だと直感した、自分の部屋はこの東十王《ひがしじゅうおう》団地六号棟の同じフロアの四三五号室で、吹き抜け廊下を挟んで対角線上にある、何なら来て確かめてもらってもいい。

巴は夕海の背後に誰もいないことを確かめると、トイレを貸した。

トイレから出てきた夕海は、紗良の前でしゃがんで目線を同じ高さにすると、「山下夕海です。よろしく」と言って、手を差し出した。紗良は引き気味ながらも、その手を握った。

巴は紗良が握手に応えたことに驚いた。日本での毎度毎度の経験から、紗良は外見を好奇の目で見られていることに過敏になり、初めての人には近寄ろうとしないし、声をかけられても応答せずに後ろを向いてしまうのが常だった。「外人」「外国人」はもちろん、「ハーフ」だとか「混血」だとか「チョコレート」「コーヒー」「小麦色」「かわいい」「お人形」という言葉が聞こえると、表情が落ちる。夕海に対しても身構えていただろう。

紗良が外見へのまなざしに敏感なのに対し、夕海はその繊細な部分にまったく触れなかった。口に出したり視線を意識させたりしないだけでなく、まるで紗良が「違う」ことに気づいていないかのようだった。

といって、あえて素知らぬふりをしている、というような白々しい感じでもない。ごく自然に、紗良の縮れて長い髪を束ね、自分の髪をまとめていた黄色いシュシュで留め、少し巻いてから後頭部の高い位置まで上げて端っこを扇のように広げると、「ほら、こうすると大人っぽくなる」と言い、鏡のところへ手を引いていって、見せたのだ。

硬い表情でされるがままになっていた紗良は、鏡の中の自分を見たとき、わずかに表情を緩めた。巴には、紗良が微笑んだのだとわかった。愛想笑いではなく、紗良は嬉しかったのだ。

そのあと、紗良が寝室へ逃げてしまったのは、怯えからではなく照れ隠しなのだと、巴には見て取れた。

夕海はそれから毎晩、トイレを借りに訪ねてきた。紗良は日ごとに夕海になついていった。巴も警戒は解かずとも、夕海に好感を抱いた。それで、夕飯に誘ったりお風呂を貸したりもした。夕海は、何か対価を払わないと落ち着かないと言って、家事のお手伝いを提案してきた。

年が明け仕事始めが過ぎても、夕海はいっこうにトイレを修理しようとせず、通い続けてきた。たぶん、トイレは壊れていないのだろう。はなから私たちと深く関わろうとして接してきたのだなと巴は判断したが、それを下心だとは感じなかった。他人が自宅のように出入りすることには、ニューヨークで慣れていた。ミリアムが友人やご近所をしょっちゅう招いて、敷居を低くしていたから。

巴の内縁の夫カルリートは、巴が紗良を身ごもったとわかったとき堕胎を迫り、巴が拒否すると、暴力を振るって流産させようとした。それを知って激怒したのが、カルリートの妹であるミリアムだ。巴を兄のアパートから救い出すと、DV夫に見つからない部屋を借り、兄の分の稼ぎは自分が埋め合わせるからと言って、巴と同居を始めた。

ミリアムは兄がつきまとってくることへの警戒も含めて、友達や自分の親族を呼んでは、出産前後の心細く大変な時期の巴を、大いに助けてくれた。巴より若く、当時はまだ十九歳だったのに、その落ち着きと経験知の深さと貫禄は、巴の姉か伯母みたいだった。

紗良はそんなミリアムとその同年代の女友達や、ミリアムの家族たちに囲まれて育った。プエルトリコ人コミュニティの、英語とスペイン語がまるで同じ一つの言語であるかのように溶けてかしましく飛び交う中で、若い女たちの笑い声や泣き声、おしゃべりや罵りを吸って、乳幼児期の五年間を過ごした。巴は負けじと日本語で紗良に話しかけ続けてきたが、他に日本語環境がない以上、やはり紗良には遠い言葉だった。

あのまま成長していたら、紗良は日系プエルトリコ系アメリカ人として、今ほど深い劣等意識も葛藤も持たずにすんだのかもしれない。ヒスパニックへの差別はあっても、自分への誇りで応じられただろう。

細かな迷いとためらいと屈折があったのは、巴のほうだった。分かれ道が多すぎて、自分がどこを歩いているのか見当もつかなくなるような、寄るべなさが。

紗良を日本と無縁のままにしていいのか。日本を深く知って、自分で選べるようにするのが、親の責任じゃないか。でもその場合、何歳で日本に住めばいいのか。どちらも中途半端になりやしないか。そうなったら子どもに傷を負わせることにならないか。そもそも、日本という選択肢も与えたい、と巴が思うのは、日本人というアイデンティティを子どもにも受け継がせたいという親のエゴからなのではないか。子どもがどんなアイデンティティを持つか、親に決める権利なんてないのだから、そんなことは考えずに、生きられる場所で生きていくべきなのではないか。

東日本大震災が起きたのは、そんな惑いが頭をもたげ始めたころだった。原発事故が発生した際は、日本の実家や友人たちを心配し、飛んでいきたいという焦燥に悶《もだ》えつつ、アメリカに住んでいることに安堵する気持ちがあったのも事実だ。乳児の紗良がいる以上、やはりアメリカで生きていこうと、いったんは吹っ切れた。

けれど、アメリカの友人たちからあれこれ言われると、深く傷つく自分もいた。あんな汚染された島に住むべきじゃない、なぜ日本人たちはほとんど逃げ出しもせず大人しく留まっているのか、洗脳されているんじゃないか、日本人は洗脳されやすいと思う、そうやって戦争も起こしたし、今はアメリカに情報操作されて、放射能汚染も問題ではないと信じ込んでいる、などと軽々に言われると、自分が人種差別されているようで、巴は裏切られた気持ちになる。そして、紗良がこの地で日系人としてよりプエルトリコ系アメリカ人という意識で育っていけば、まわりから影響を受けて、紗良の中にもそんな日本観ができ上がってしまうのではないか、自分の中の日本ルーツを否定的に捉えるようになるのではないか、という不安を抱くようになった。

さらに、巴の混迷を深める問題が続発した。震災の直後、巴の父、柊一が末期の膵臓癌《すいぞうがん》であることが判明したのである。

その年の冬、巴は父親を見舞うために、紗良と一緒に一時帰国した。巴にとっては留学中の二〇〇七年に帰国して以来四年ぶり、一歳の紗良には初めての日本だった。滞在中に父は亡くなり、結論は出せないまま、アメリカに戻った。

さらに四年を迷ったあげく、巴の勤め先である中国系の旅行会社が、日本での仕事を打診してきたことが、直接の決め手となった。新事業として、東京の大久保に外国人向けの日本語学校をスタートさせるので、その運営スタッフになってくれないか、という。ちょうどミリアムも結婚してアパートを出て行くことになり、経済的にも厳しくなるから、潮時だった。

紗良にあたう限りの選択肢を用意できるよう、巴が選んだり決めたりするのでない道をとったら、こうなった。だから、なぜ帰国を決めたのかと説明を求められても、論理的な経緯など答えられない。いくつもの矛盾した決断を重ねた結果、としか言いようがない。

五歳になる前の紗良は、ミリアムとの別れに、自分の体の一部を切り取られるかのように苦しみ泣き喚《わめ》いたが、抵抗はしなかった。紗良も理解していたのだと思う。

経済的に厳しいためと、紗良が日本語もおぼつかないままいきなり幼稚園などの団体生活にはなじめないだろうことを考慮して、巴は勤め先の日本語学校に頼み込み、出勤の際に一緒に連れていき、教室の隅に置かせてもらった。幸い、紗良はもともと母親の言葉は理解できたので、猛スピードで日本語を覚えていった。教室の日本語学習者たちは、中国や東南アジアを中心に、年齢性別国籍さまざまだったが、皆、紗良をとても可愛がってくれた。おかげで巴が心配したほどには、紗良は孤独にならずにすんだ。

問題は二年後に小学校に上がってからだった。言葉には不自由しなくなったものの、初めての日本の子どもたちとの集団生活に手ひどく打ちのめされた。紗良の中では親しみの薄い、日本の人間でもある、というアイデンティティと向き合わざるをえなくなり、危機を迎えたのである。その衝撃は、ミリアムとの別れの比ではなかった。

容姿が目立つこと、肌の色が違うこと、言葉遣いが同じでないこと、アメリカでは自然に受け入れられていた行動がほとんどすべて叱られる対象になったこと、自己を表して突出しては注目されてしまうこと、そして直接的ないじめ。音楽がないこと、踊りがないこと、匂いが薄いこと、何事にも反応が少ないこと、湿度の違い。

少しでもニューヨーク時代に近い環境をと思って選んだ東京深北部の東十王団地には、中国人をはじめとする外国人が多く住んでおり、紗良の通う十王小学校のクラスにも三十四人中、少なくとも六人は外国ルーツの生徒がいた。

その中の一人、両親がバングラデシュ人の女の子アーミナからまず、紗良は苛烈な嫌がらせを受けた。初めての学校生活がスタートした直後、クラスで真っ先に目立つ肌と容貌をしているのはアーミナと紗良であり、アーミナは自分が周囲からの攻撃を受けないよう、紗良とは同類ではないとアピールして機先を制したのである。アーミナの狙いは当たり、紗良はのっけからクラスで異物扱いされてしまった。

紗良が頼ったのは、まだ日本語を覚えきれていない中国人の宋雨涵《ソンウィーハン》だった。日本語学校にいた経験から、紗良は雨《ウィー》ちゃんに寄り添うことで孤立を免れ、二人は仲良くなった。同じ団地に住んでいたので、互いに行き来した。鍵っ子の紗良を雨ちゃんのうちであずかってもらえるのは、巴としてもありがたかった。雨ちゃんの家には、近所の学年やクラスの違う中国人の子も出入りした。そうして友達を増やしていった。

六月の授業参観では、異国暮らし経験のある者同士として、巴がアーミナの母親と意気投合した。すると、翌日からアーミナは態度を一変させて紗良に急接近し、仲間の輪に入れてしまった。アーミナも本当は友達になりたかったのだ。クラスを仕切っているアーミナに気に入られれば、クラス中が認めてくれることになる。

こうして日本に溶け込むことができた紗良は、しかしニューヨークで生きていた紗良とは違う紗良だ。おとなしく、人の顔色をうかがい、はしゃぐことはなく、分別くさくふるまう紗良だ。

巴は、紗良の選択肢を壊さないでおきたいと思って帰国したのに、紗良自身を壊す結果となって、強い自責の念を覚えた。日本に戻ったのに、日本に触れたくない気持ちが強まるばかりだった。

そこに、夕海が登場したのである。もしここがニューヨークなら、そんなに不審にも思わなかっただろう現れ方をして。ご近所にトイレを貸してほしいと言われてあれほど警戒したことに、巴は自分がすっかり日本の日本人に戻ったなと、苦々しく思い知らされた。ニューヨークでは、ミリアムの知り合いや隣人がバスルームを借りに来るなんてことは、日常茶飯事だった。安アパートの水やガスは簡単に止まるので。

紗良は夕海に対し、頻繁にミリアムの話をする。驚くべきことに、夕海と話していると、日本ではもうすっかり使うこともなくなった、英語とスペイン語が境なく混ざった「ミリアム語」が、まれに紗良の口をついて出るのだ。「そんなの簡単、私、できるもん！」と言う代わりに、「It's so easy, yo lo puedo!」と叫んでいたりする。英語を話してみて、と頼まれても、もう忘れて出てこないのに、夕海と興が乗ったときだけ、自動的に飛び出してくる。

最初は、紗良が幼児返りしたのかと心配になった。けれど、そうではなくて、夕海の前では紗良は無邪気になるだけなのだった。今の大人びた紗良の姿は、実際に成長したからだけではなく、そうしないと学校を生き延びられないから、大人を演じているのだ。夕海といると、その必要がなくなる。

自分には理解できないミリアム語を紗良から向けられた夕海は、「私、だんだん自分がミリアムな気がしてきた」と笑う。

「そうだよ、夕海ちゃんは日本のミリアム！」

外見はむろん、体型もたたずまいも性格もまるで異なるのに、夕海は二人にミリアムと一緒にいる気分をもたらす。巴も、挨拶のときについ夕海を固くハグしたりする。夕海には不自然な習慣のはずだが、少しのぎこちなさもなく、ごく滑らかにそれを受け入れる。

夕海と知り合ってまだ五か月だが、巴にはニューヨークの時代から地続きで夕海が一緒にいるかのように感じられる。帰国してから夕海が現れるまでの窒息しそうな四年弱が、幻だったかのよう。

でも、じつは夕海のほうが幻で、突然行方をくらますんじゃないか、と不安に駆られたりもする。夕海のことは、まだ謎だらけだから。携帯電話販売店に勤務しているというが、夕刻にはうちに来てくれているし、働いている感触が薄い。聞いたら夢から覚めるような気もして、触れないようにしていたが、この日はとうとう、その話題になった。

映画『リメンバー・ミー』の話で盛り上がっていたら、夕海がぼそっとつぶやいた。

「この映画見てると、故郷を思うメキシコ人の気持ちにウルッとくるのに、私自身はふるさとなんて全然大事に思ってないというか、帰る気も場所もないというか。何か自分、都合いいなって、苦笑したくなるんだよね」

実家の話をしたくない巴は、夕海に質問する側に回った。

「夕海の実家ってどこだっけ？」

「高崎」

「裕福なの？」

「何で？」

「夕海ってあんまり仕事してなさそうだから。実家から仕送りでもあるのかなって」

珍しく夕海は疲れた顔になって、首を振った。

「いやいや。親とは縁、切れてるから」

「ははあ、ちょっと似てるか」

巴はうっかり呼び込んで焦ったが、まあいいか、と思い直す。

「巴ちゃんもやっぱり疎遠？」案の定、夕海は家族の問題に触れてくる。

「やっぱりって何」巴は警戒する。

「いや、だって、サリーにおばあちゃんおじいちゃんの影、ない感じだから」

「確かにね。それで夕海の仕事は？」巴は力ずくで話を戻す。

「適当」

「携帯のショップで働いてるって言ってたよね」

「バイトなんで、仕事入ってる期間とない期間があるから」

「生活は大丈夫？」

「いやあ。もう家賃厳しくなってきてるし、引き払ってここに住んじゃおうかな」

「そう来たか」

「私は賛成！」紗良が叫ぶ。「だってもう、事実上住んでるじゃん」

どう反応しようか考えたとき、巴の携帯が鳴った。驚いたことに、春好の妻の月美からだ。巴の母親が自宅を売却して春好の借金を返済して以来、月美は夏川家の財産を使わせたという罪悪感にまみれて心を閉ざしてしまい、交流も途絶えていた。

「ごめんなさい、突然」と月美は申し訳なさたっぷりに切り出した。

「元気してる？　星南と光人も元気？」

「なんとか。そっちは？　紗良ちゃんは？」

「元気すぎて大変。月美は元気じゃなさそうだね」

「うん、こんな電話しなくちゃならないことが申し訳なくて。すごく失礼で踏み込みすぎなこと聞くんだけど、さっきそちらのお義母さんから電話があって、巴さんと家族になる予定だと言っている男の人が、お義母さんのうちに現れたんだって。それで、巴さんに本当にそんなつきあってる人がいるのか、聞いてくれないかって頼まれたの」

月美の話がすぐには飲み込めなくて、巴は理解に時間がかかった。それを怒っていると勘違いしたのだろう、答えられずにいる間に、月美は「ほんとごめんね。やっぱりこんな非常識な質問、答える義務はないよ。お義母さんにはそう言っとくから」と言って、電話を切ろうとする。

「待って待って。びっくりしただけだから。私にそんな人はいないけど、母のとこに来た人って誰？」

「ナカムラミサトと名乗る青年だって。家族になる前提で巴さんとつきあってて、でも巴さんが実家と疎遠だからお義母さんを紹介してくれないので、こっそりお義母さんにご挨拶に来た、って言うんだと」

「うーん、本当だとしたら気味悪いけど、本当？」

「そう思うよね。私も疑ってはいるんだけど、演技にしてはだいぶ切迫してるんだよね。だから、本当だったら気をつけたほうがいいから、一応そのつもりで様子見てるところ」

「なるほどー」

巴には月美の心がだいたいわかった。無視もできなくて引き受けたものの、自分がこんな役回りをしなくてはならないことに、理不尽な思いを抱いているのだろう。親子の不仲のとばっちりをどうして自分が受けるのか、と。

「わかった。私から母に連絡しとく」

「ありがとう。そうしてくれると助かる。ほんと、失礼な電話で煩わせちゃって、ごめんね」

「こっちこそ。月美の声聞けてよかった。また電話してよ」

「元気でね」

また電話してよ、に答えない月美のわだかまりを確かめ、巴は軽くため息をついた。だからこそ月美にかまい続ける必要がある、ミリアムが私にそうしたみたいに。わかってはいるものの、巴も忙しくてそこまで手が回らない。それゆえ、月美もこんなトラブルに巻き込まれざるをえないのだろう。後ろめたいのはこっちだ、と巴は思う。

「もう一件、電話かけてくる」と夕海と紗良に言うと、紗良は「私たちのことは気にしないでゆっくりりね。さっきの件、こっちで話進めとくから」と企みに満ちた顔で挑発するように言った。夕海が「え、私は同意してないよ？」と笑うと、紗良は「裏切りかよ！」と豚の鼻をし、鳴き真似をする。夕海がカラスの鳴き真似で返すと、紗良は羊の声を出し、動物ものまね合戦が始まる。

巴は寝室に入って扉を閉め、母親の携帯に電話する。待ち構えていたのだろう、コール二回ほどですぐにつながった。

「巴？　月美さんから聞いた？」

余計な挨拶をしないのはいいが、いつになっても自分の用件しか頭にない。

「私はそんな人知らないよ。そのナカムラミサトとかいう人、私とは関係ないから」

「あら、そうなの？　やだよう、ずっとそのつもりで応対しちゃったじゃない。あんた、ほんとに、結婚前提でつきあってる人、いないの？」

巴はそのまま答えずに電話を切りたくなった。この人はいつになったら、私は「結婚」なるものはしない、ということを理解するのだろう。恋人がいようが、パートナーとして一緒に暮らす人がいようが、「結婚」はしないと、あれほど説明したのに。わからないのは頭が古いからではなくて、わかろうとする気がないからだ。その姿勢に、巴は子どものときからずっと難儀してきた。だからアメリカに渡ったのだし、帰国してからも家族づきあいをしないのだ。

「その質問には答えない。とにかく、その訪ねてきてる男は、嘘ついてるから。自分でうまく対処して」

「もう帰ったよ。月美さんが、絶対にうちに上げるなって言うから、追い返した。でもいい人なんだけどね」

「あなたがその人をうちに上げようが追い返そうが、好きにしなよ。自分の問題なんだから。トラブルになろうが、いい関係を築こうが、自分次第でしょ」

「実の娘でもない月美さんのほうが、よっぽど親身だよ」

「月美の気持ち考えたら、そんな言葉出てこないけどね。まあ、好きに考えなよ」

「あんた、ほんとにつきあってる人、いないの？　もしいたとして、その人が本当に訪ねてきて、私がうっかり邪険な態度とっちゃったら、その方に申し訳ないよ」

「私に何も言わないでそっちに挨拶行くような人と、私がつきあうと思う？」

「そりゃまあ、あんまりなさそうだけどさ。でもあんたの選ぶ人は私は皆目見当もつかないから、どんな突飛な行動とるか、わかったもんじゃないやね。それより紗良ちゃんは元気？　声聞かせてくれない？」

　これが嫌だから、秋代に電話をしないのだ。祖母を紗良から奪っているようで、巴はやましさを突きつけられるから。

「元気にしてるよ。今はお風呂に入ってるから無理」

「ろくに電話も通じないし、たまに通じれば、サリーはいっつもお風呂。ずいぶん、お風呂好きなのね」

「じゃあ、もう切るから」

「はいはい。全然心配もしてもらえないし、警察に頼むことにするよ」

警察、という言葉を聞いたとたん、巴は強い違和感を覚えた。本当に不審者なら、警察沙汰になってもおかしくはない。なのに、この件を警察沙汰にすることに、大きな違和を感じる。なぜだ。

「ちょっと待って。急に思い出した。もしかしたら、その人のこと、心当たりあるかも」

「知ってる人？　以前つきあってた人とか？　もしかして、あんた、ストーカーにつきまとわれてるの？」

「いや、そんなんじゃない。ちょっと度を越したイタズラ好きの知り合いがいるので、その人が仕掛けてるのかもしれない。今度確認しとくから、少し時間ちょうだい」

「少しって、どのくらい？」

「うーん、数日。来週にはまた連絡するから」

「いいけど、その人、毎日来るんだよ」

「そうなの？　今日初めてじゃないの？」

「うん。月美さんには曖昧《あいまい》に言ったんだけどね、じつはおとついの晩に初めて来て、昨日は泊まっていったのよ」

「泊めたの！」

「だって、ほんとにあんたの婚約者だと思い込んでたでしょ。あんたには連絡つかないし、確かめようがないんだから、仕方ないじゃない」

「偽物ならすぐわかるでしょう！」

「それが妙にあんたやサリーのことに詳しいのよ。だからまったく無関係の人なんて思わなかったわよ」

「うーん。それって、話術巧みに、何でも知ってるように、お母さんに思い込ませただけじゃないの？　お母さんがじつはしゃべっちゃってて、それをじつは自分も知ってたってそぶりを見せてるだけじゃないの？」

「ああ。そう言われると、私ばっかり話してたね。話を聞くのがうまい人なのよ。それでサリーのこと白人だと勘違いしたから、ああこれは紗良のこと本当は知らないな、ってバレたのよね」

「ほうら」

「でも少なくとも、あんたの名前は知ってたよ。あんたんとこが母子家庭だってことも。それ以外は確かに、婚約者にしちゃあ、わかってないふうだったねえ。優志のことも春好のことも、ちゃんとは知らなかった。でもあんたのことだから、てっきり家族のことは恋人にもろくに話さないんだろうって思ったのよ」

その推測は的を射ている、と巴も内心で苦笑した。

「それで向こうに乗せられて、家族の問題もペラペラ話しちゃって、月美は心配してるわけか」

「月美さんにはそこまで言ってないわよ。でも怪しい人につけ込まれてるのかもしれないからって、心配してくれてるの」

「まあ、とにかく、心当たりを調べてみるから。それまでは月美のアドバイスどおりにしてなよ」

「あんたたちが一晩でもうちに来て未彩人さんに会ってもらえると、簡単に解決するんだけどねえ」

「とにかく調べるから」

　放っておけばいつまでも話を引き延ばすので、巴は強引に切った。

「度を越したイタズラ好きの知り合い」など、いはしない。警察を呼び込むことを避けるための出まかせだ。

　にもかかわらず、この件を自分はもう知っていた気がした。予測していたわけでもないのに、ああ、起こったか、と腑《ふ》に落ちる感覚がある。自分は何かしらの手がかりをつかんでいる。視界には確実に捉えているのに、まだ見出すことができない。ヒントは、その男が私の名前を知っていること、母子家庭であることを把握していること。

　あとほんの少し見る角度を変えれば意識に飛び込んでくるはずなのに、と、もどかしく思いながら巴は食卓に戻った。

「さっきの件、決着ついた！」と紗良が報告してくる。「私が夕海ちゃんに部屋を貸すことになった。夕海ちゃんが自分ちからベッド持ってきて、私も一緒に寝るの。あくまでも私の場所を貸すから、お母さんに口出す権利はなし」

「サリーの部屋は私の部屋でもあるでしょう。うちはリビングダイニングと寝室一つしかないんだから」

「だから私の寝る部分だけ貸すんだってば」

夕海はただ微笑んでいて、見解を示さない。

「まずは一泊してみる？」と夕海に振る。「それとも、最初はサリーが夕海のうちに泊まるのでもいいかもしれないね」

「冗談だと思われてるかもしれないけど、じつは私、案外本気なんだよね」夕海はにこにこしながら言った。

「誰も冗談だと思ってないよ。ねえ、サリー？」

「うん、冗談じゃない。シャレにならない、お話にならない！」紗良はふざける。

夕海は困ったように笑い、「あんまりまともに受け止められるのも重すぎるんで、ちょっとは冗談と思ってほしかったんだけど。だって大した話じゃないから」と言った。

「ほほう。その心は？」

「ほら、そこ。このテーブルとテレビの間のとこ。一人分あるでしょ」

夕海は席を立ち、テレビの横の壁際のスペースに横たわった。

「ここをね、私に貸してくれないかな。家賃は払うから。本棚を一個入れたようなもんだと思って」

「えー、ベッド入れて一緒に寝るって約束したでしょ」紗良が頰を膨らませる。

「ベッドは無理かもだけど、そこで一緒に寝よ？」

「要するに、ルームシェアしたいと？」

巴の問いに、夕海は「うーん、そう言われるとちょっと違うかな。だって、そこのスペースはルームじゃないから」と言った。

「でもそこのスペースじゃ、仕切りもないし、プライバシー、ゼロだよ」

「それは大丈夫。私は見られて困ることって、あんまりないんだよね。変な言い方だけど、見られて困ることって、見られて困ると思い込んでるから、困るって感じることが大半だと思う。わかる？」

巴は苦笑して首を振り、「わかるわけない」と言った。

「例えばさ、インフルエンザ予防とか花粉症とかでずっとマスクしてるとするでしょ。それが何か月も続いてマスク姿が普通になると、マスク取るのが心細くなったりするじゃん。マスクなしだと、ウイルスや花粉を吸い込んだり喉を痛めたりするんじゃないかって不安になったり、人に顔を見られたときに無防備だと感じたり。サングラスをずっとかけてる人も、心もとなくてサングラスが手放せないのかもしれないよね。逆に、他人がマスクなしでせきやくしゃみをするのを見ても不安に感じて、何でマスクしないんだよ、非常識だ、とか非難したくなるっていうのもあるかも。

私が思うに、プライバシーって、こうして作られていくんじゃないかな。不安だとか恥ずかしいって感じる回路ができて、衝立《ついたて》を作るっていうか」

「慣れの問題ってこと？」

夕海は「巴ちゃん、まとめすぎ」と笑った。「でも、一言でいえばそういうことかも。ビーチでビキニ着ても恥ずかしく感じないのに、交差点で下着姿だったら恥ずかしいし」

「それは街で下着姿でいたらジロジロ見られるから、恥ずかしいんでしょ」

どこかピント外れな論の進め方が、夕海らしいなと巴は思う。そして、ピント外れだと思っていると、いつの間にか核心を突いていたりするのだ。

「そう、だから、双方の慣れの問題。街でも下着姿が普通になれば、ジロジロ見る人は減ってくでしょ。海だって、みんなにジロジロ見られたら、ビキニなんて着れないよ」

「でも夕海は見られても恥ずかしくないんでしょ」

「交差点の下着姿は無理だけど、このうちでなら問題ない。慣れってのは、最低限の信頼関係が作れてるかどうか。私が防御しなくても、巴ちゃんもサリーも攻撃してこないってわかってるから」

「私は攻撃するかもよ」紗良は夕海の腋《わき》の下をくすぐろうとして、返り討ちに遭う。

「サリーの攻撃なんて怖くないよー」

「私も夕海ちゃん怖くないし」

これでもか、と夕海に足の裏までくすぐられて、紗良は「全っ然、怖くない」を繰り返しながら恍惚《こうこつ》としてあくびをする。まぶたが半分になっており、もうすぐ寝るな、と巴は思い、紗良に歯を磨いてくるよう命じる。

「私は、自分が見られて困らないことは、人のを見ても気にしない。無防備でもお互いに攻撃しないって、わかり合ってるわけでしょ。だから、巴ちゃんやサリーが何をしてても、気にならないよ」食卓を片付けながら夕海は言う。

巴が食器を洗う。「私は気になるかも。まだ慣れてないだろうから」

「そのときはそう言ってくれればいいよ。散歩するなりベランダで過ごすなりして、私は巴ちゃんの視界から消えるんで。あるいは本棚と思ってくれればいい。私も時には、巴ちゃんたちを照明器具ぐらいに思ったりするだろうし」

「でも慣れるのって、時間が必要でしょ。夕海がたいていのことは見られても困らないぐらいに慣れたのは、そういう人生経験があったわけ？」

「さすが、鋭い。確かに、そういう生活してたんで、それが普通になっちゃった。ここ、家賃安くないじゃん？」

「安くない。古い公団なのに。だから不思議だったんだ、あんまり稼いでなさそうな夕海がよく維持できてるなって。うちは勤め先から家賃補助が出てるから何とかなってるけど。

そっか、つまり、何人かで共同生活してたから、家賃払えてたわけか。その共同生活の結果、人の目は気にならなくなったのか」

「まあ、そんなとこ」

「なのに、ワケあって一人暮らしになったもんだから、経済的に苦しくなった、と？」

夕海はうなずいたが、一人暮らしになったワケや共同生活していた人たちがどうなったかなど、巴の知りたいところには触れず、「でも、私みたいな人、増えてるらしい。こないだ道で知り合った友達も、もう今の仕事で食ってけないし、どこか余裕のある家の一員になっちゃおうか、本気で考えてる、って言ってたし」と言った。

道で知り合った友達って、何？

巴は直ちに追及したかったが、踏みとどまった。もっと情報が必要だと思った。「うちは余裕のある家じゃないけどね」と無難に返す。

「これは私の勝手な憶測だけど、巴ちゃんたちもそういう生活、あったんじゃないかなあ。こうやってつきあってて、そう感じるけどな」

巴の心臓が波打つ。

まさにそうなのだ。私はミリアムとの生活で、人の視線や関心に慣れていた。むしろ、その生活を居心地よく感じていた。今の夕海との生活はあのころみたいだから、紗良は紗良らしくいられる。

でも、ミリアムとの生活のことは、夕海にまだあまり話していない。紗良がミリアム、ミリアムと口にするから、紗良の叔母であり、一緒に暮らしていたことは教えたけれど、巴からは語らないようにしていた。

「まあね。隠し事はできないってわけか、まだ一緒に暮らしてないうちから」

「ほら、隠し事、って発想が、プライバシーとセットだよね。気にしなければ、隠し事っていう考え方もなくなる。ただ、互いに知ってるだけ。それでどうこうってことじゃない。でも知ってる、気づいてるってことは、無関心でもない。そりゃそうだよね、近くで生活を一緒にしてれば、そうなるよ」

「確かに」

巴は考える。隠し事なく互いを知り尽くし、些細《ささい》な変化や心の動きにも敏《さと》く反応する、という意味では、兄の優志とはまさにそんな関係にあった。そして巴はそこから脱出したい気持ちもあって、わざと遠い横浜の大学を選び、百葉市の実家を出た。そうしてアメリカまで行き着き、今はまた日本に戻ったけれど、親きょうだいとは距離を置いている。

優志と、ミリアムや夕海との違いはどこにあるのだろう。

優志に対しては、巴は衝立を築いている。プライバシーの壁が必要だ。でもミリアムには不要だった。ミリアムは、いろいろわかっていても、こちらが助けを必要としていないときは、放置してくれたから。逆に、本当に必要なときは、こちらが遠慮しても、強引に構ってきた。

優志は放置してくれなかった。常に、自分は妹のことをすべて承知している、ということを匂わせてきた。だから自分を頼れ、と。頼らないでいることを、巴が負い目に感じるように強いていた。実際、大いに頼りにはなるのだが、巴が自分で決めたことでも優志が決めたことにされてしまう場合も少なくなかった。そう、強制だったのだ。巴が自分一人で選んだり決めたりすることを、最終的には許していなかった。夕海の言うような「ただ、互いに知ってるだけ。それでどうこうってことじゃない」では、済まなかった。つまり、対等ではなかった。

夕海はミリアムほど暑苦しくはない。むしろ爽やかすぎるほどだ。でも、これからは鬱陶しくなるかもよ、と宣言しているのだろう。

いや、逆だ。もっとこちらを向いて関心を持ってほしい、と求めているのだ。私に、鬱陶しくなってほしいのだ。

私は夕海の心にもっと踏み込んでもいいのかもしれない。

「テレビの横はいくら何でもあれだから、寝室にしよう。ぎりぎり三人は入るから。ベッドは無理だけどね」

夕海は笑顔を弾けさせて、巴にハイタッチをしてきた。本当なら一番はしゃいで夕海に抱きついたであろう紗良は、テレビの前でうたた寝を始めている。

寝ぼける紗良を無理やり寝室に行かせ、パジャマに着替えさせ、布団に押し込む。

そろそろ夕海も引き上げようというとき、呼び鈴が鳴った。インターフォンで応じる。

「あ、梨花です。ごめんなさい、こんな夜分遅くに突然押しかけちゃって。電話したけど話し中だったんで、一か八《ばち》か、来ちゃった」と声が返ってきた。

巴がほんの一瞬、梨花を自宅に入れることをためらったのは、夕海の存在を梨花に知られることがいいことなのか悪いことなのか、判断がつかなかったからだ。知られてはまずいという頭もあったのは、我が家や実家で起きつつある出来事がトラブルに発展するかもしれず、そこに梨花を巻き込みたくなかったから。いや、その言い方は正確ではなく、そのトラブルに梨花を通じて優志が関わってくるような事態は避けたかったから。

それでも、「隠し事」の概念を夕海に解体されたばかりの巴は、「知られてはまずい」と感じた自分をやましくも感じ、なるようになれと思って、梨花を普段どおりに家に上げた。

仕事帰りと思《おぼ》しき格好をした梨花は、「メールもしたんだけど、見てないようね。昨日の夜にヤッシと紛争が起こって、テンポラリーな家出することにしたから、二、三日、泊めてくれる？」と言った。

「何でうちは突然人気急上昇なの」と巴は瞠目《どうもく》してつぶやいた。リビングで夕海がもじもじしながら、「こんばんはー。初めましてー」と会釈《えしゃく》した。梨花もつられて「あ、これはどうも」などと言いながら、不思議そうな表情で会釈を返し、巴を見る。

巴は、何かが弾ける予感に身震いする。

6　月美

「月美までうちに来るの！」

　星南と光人を連れてそちらに泊めてもらえないかと、意を決して義妹の巴に携帯電話で打診したら、まず最初に返ってきたのが、そんな言葉だった。

　巴さんはやはり私たちのことを快く思っていないのだ、その本心が思わず出たのだ、そりゃ当然だよね、と月美は自嘲的な気分を強めながら、甘く考えようとした自分をたしなめた。

「やっぱりそうだよね、図々しすぎるよね。ごめん、忘れて」

「違う、違う、そうじゃないの。今ね、梨花さんも家出してうちに泊まってるし、近所の若い子まで同居することになってて、何でうちは突然、駆け込み寺になったんだろうって、びっくりしてるところ」

「梨花さんが家出？」

　あのしっかりしている梨花さんが家出をするなんて、想像しにくい。夫婦でトラブルがあっても、優志さんが追い出されたりむくれて家出したりという場面しか、思い浮かばない。

「そうなの。私も驚いた。昨日の夜遅く、あの電話の後にいきなり現れて。でも、梨花さんのことだから、衝動的というわけじゃなくて、何か考えあってのことみたいだけどね」

「そうなんでしょうね。でもそんな立て込んでるなら、私たちがお邪魔する余地なんかないよね。新生活始めようってときに、ごめんね」

　さりげなく「近所の若い子」と同居と言っていたが、それはつまり秋代さんの言っていた巴さんの新しい恋人のことで、察してくれ、ということなのだろう。巴さんが昨晩、そんな人はいない、と私に断言した理由はわからないけど、私に話したくない気持ちはよく理解できるから、私にはそれを詮索する権利なんてない。

「あああ、もう月美はほんとじれったすぎる。新生活とか、変な勘ぐりしないでよ。私は月美に嘘なんかついてないよ。近所の子っていうのは、団地の同じフロアに住んでる二十代の女の子。山下夕海っていう名前で、去年の年末からご近所づきあいが始まって、紗良がなついててね。家賃が払えなくて行き場がなくなるっていうんで、ルームシェアしようかって話になってるの。こっちも助かるし」と巴は説明する。

「ああ、そんな展開」

「そうしたら梨花さんも現れたんだよ。もうこうなったら、月美たちも来るしかないでしょう。みんな困ったら来ちゃえばいいの。そんで集まってワイワイやろう」

「そんな人数、入れないでしょう」

「雑魚寝《ざこね》でよければ、どうにでもなるって。困ったら寝袋でも買いに行こう」

「なんか巴さん、破れかぶれになってない？」

「逆、逆。猛烈に楽しくなってるだけ」

「それならいいんだけど」

月美は違和感を覚えていた。巴は人を寄せつけないバリアのような空気を常にまとっていて、こんなふうに人を招き寄せる態度は、どこか無理をしているようにも感じる。

「月美もさ、思い切ってうちにそんな頼み事してくるぐらいだから、よっぽど切羽つまってるんでしょ」

「まあ、何と言うか、瀕死《ひんし》というか、限界というか」

「だったら、とにかく来なよ。それで私んとこにいるのも気忙《きぜわ》しいって感じたら、ご実家なりに移ればいいでしょう。私も、月美に夕海と会ってもらいたいし。それでどう思うか、月美の意見も聞きたいし」

「わかった。じつはもう、しばらく泊まる用の支度もしちゃってるんだよね」

「確信犯じゃない」

「はは。面目ない。じゃあ、星南を保育園に迎えに行ってから、その足でうかがうんで、夜七時には着くかな」

「オッケー。私も早く帰るようにする」

冷静だったら自分には無理なお願いを強行したのに、歓迎されている、という展開に、月美はだまされたような気になった。大ごとになりそうな不穏な予感もある一方、巴の言うとおり、オープンエアのフェスにでも行くかのような解放も感じる。

それほど、自分は閉塞感に苛《さいな》まれている。毎日、人間の死に絶えた街を、子どもを連れて三人でさまよっている気分。春好との一方通行の会話は、音も伝わらない無人の真空で独り言を繰り返すかのよう。もう耐えられない。

星南の熱が落ち着いた昨晩、まるで溜池に汚水が集まって澱《よど》むかのように、四方八方から自分にばかり責任が押しつけられて溺死寸前だという被害者意識がきわまり、春好に「もっと人間として一緒の生活してよ」と要求した。

「俺のどこが人間じゃないんだよ」

「タイマーで動いてる掃除機とか洗濯機みたいじゃないの。会話もろくにできないし、言われた家事を不機嫌そうにするだけで、ロボット以下」

「俺なんかいないかのような態度とってるのは、ツッキミーのほうだろ。俺に言ったってどうせ変わらないから、給料だけ入れさせてあとは無視、って思ってんだろ。俺みたいなロボット以下のバカだって、それぐらいわかる。でもすべての元凶は俺なんだから、非難する権利なんかなくて、ツッキミーの望むように従うだけだよ。だから会話なんて無意味なんだよ」

春好が久しぶりにまともに反論してきたことに、月美は少し驚く。

「その、どうせ俺が悪いんだろ、って態度、ほんときついんだけど。それって、自分の責任を認めてるんじゃなくて、私に不満をぶつけてるだけでしょ。ハリーの負担は減らしたのに、何で私が何もかも背負わなくちゃいけないのよ。一緒に暮らし続けてるんだから、もっと協力する気持ち見せてよ」

もっと激しく怒り罵倒したい衝動を必死で抑えて、春好を追い詰めない言い方にとどめる。

「だから、こっちはすべきことはしてるだろ。ロボット以下の家電程度にはさ」

「いじけるのはもうたくさんだから、私の気持ちを酌《く》んでって言ってるの。私の負担を減らすためにすべきことは、それも込みなの」

「なるほど。そういうことなら俺も考えてたよ。余計なこと言うと、かえって火に油だから黙ってただけで」

「何よ」

「この週末は俺が光人の面倒見てるから、星南と二人でどこか泊まりがけで出かけてきなよ。ツッキミーもずっとうちの中で子どもと向き合ってちゃ、息が詰まるだろ。それでとげとげしくなるんだから、息抜きしてきなよ」

月美はどの点から反論すればよいのかわからなくて、言葉の出ないまま春好の顔を見つめた。その目には感情がない。本当にこれでは家電だ。

嫌悪感にまみれて月美が立ち上がると、春好はさっさと自室に引っ込んだ。借金発覚以来、春好は自室の小さなカウチで寝ている。

月美は生気をすべて吐き出すような深いため息をつく。

こっちの気持ちを酌んだ答えが、これか。生活をもう一度ともにするという意思を示してほしいと言ったのに、光人だけの面倒を見るという。星南が乳児のときも、同じような言い分で、義母を毎日呼び寄せた。要するに、自分にとって煩わしい妻と娘を厄介払いして、一人で心おきなく光人を溺愛したいのだろう。そして、星南のように「敵」に奪われる前に、光人を自分の味方へと乳児のうちから洗脳したいのだろう。

そのような分析が脳内で自動的に進み、月美は自分に嫌気がさした。春好の言葉を悪いほうへ読解するのは、自分の中でくすぶる悪意のなせるわざだ。憎しみというフィルターを通すから、春好の言動の何もかもがこちらへの報復に見えてくる。もしかしたら春好は、本当に私をねぎらいたくて、でもちょっと的外れな提案をしているだけかもしれないのに。春好なりに歩み寄ろうと努めているのかもしれないのに。

疲れた。春好を読み取ろうとしてはあれこれ考えすぎ、自分を批判し、結局は何もわからないままでいることに、疲れた。春好の言うとおり、週末は星南と外出してこようかと考える。

だが、外出したら、もう二度と春好のいる場所には戻らないかもしれない。ともすると、光人と引き換えにであっても戻らないんじゃないかという気がして、自分が恐ろしい。私が今すぐに心の奥底から必要としているのは、春好のいない世界だ。

けれど、そのチャンスがあったのに「春好のいない世界」を選ばなかったのは、自分だ。だからこれは自分のミスだ。星南から父親を奪う権利はない、などと言い訳をしたけれど、その結果、星南をより苦しめている。選ぶ力のない子どもに選択権があるかのように言うのは、責任逃れだ。選択肢を前に逃げたのは、自分だ。春好の言ったとおり、給料だけ搾り取って、自分の復讐を遂げようとしたのだ。どこが子どものためだ。

深夜二時を回っているにもかかわらず、月美は義母に電話をかけた。さすがに出ないだろうと思ったけれど、呼び出し音を十回以上鳴らしたら、義母は電話を取った。月美は義母の「はい？」という声を聞くなり、挨拶も抜きに怒りを浴びせかけた。

「何でお義母さんが不審者につきまとわれてることまで、私が背負わなくちゃならないんですか。それは春好さんの役割のはずなのに、何で全部私に回ってくるんですか。私はもう春好さんの問題でいっぱいいっぱいなのに。春好さん、お義母さんから電話があったこと話しても、とりあってもくれないんですけど。自分の母親ですよね。どういうことなんですか。私にはあの人の頭の中はまったく理解できないんで、製造責任者のお義母さんに説明してほしいんですけど。星南と光人から父親を奪うのはよくないってお義母さんが言うから、私も思いとどまったのに、子どもたちを傷つけるばっかりなんですけど。その責任、お義母さんはどう取ってくれるんですか」

「ああもうほんとどうしようもない。ごめんなさい、本当に申し訳ないです。悪いのは私です。どこでどう間違えたのか、私がもっときちんと育てていればこんなことにはならなかったのに」

「その話は聞き飽きました。お義母さん、自分が間違ってたせいだとか言ってますけど、ほんとは私が苦しむのがいい気味なんじゃないですか。本心では、息子ばっかり苦しんでるのは不当で、私もその苦しみを分担すべきだとか思ってるんじゃないですか」

月美は自分の吐いている言葉の毒に驚く。ここまで堕《お》ちたか、と自分を軽蔑しながら、秋代にお門違いの憎しみをぶつけるのを止められない。本気で春好さんを変えようと努めてない、だの、自分を責めるふりして責任逃れしている、だのと言い募る。

さすがに月美の理不尽な攻撃に耐えられなくなったのだろう、義母は泣きわめくような声で「月美さん！」と悲鳴を上げた。

月美がひるむと、「月美さん。ごめんなさいね。私にはもう春好をどうにもできないんです。じつは春好とは縁を切ったんです」と言った。

「そんなことできっこありませんよ」

「月美さんをこれ以上苦しませたくないから一生黙っているつもりだったんですけど、やっぱり無理ね。春好にはね、月美さんには内緒の借金がもう三百万円あって、私に助けてほしいって、すがってきたんです。月美さんの返済計画が厳しいから、三百万円の借金を返す余裕はなくて、また別の借金をするしかない、って脅してきたんです。私ももう心が壊れそうでした。頭がおかしくなるかと思いました。もう無理なんです、私も。それで、葉座間のうちを売ったお金の残りを渡す代わりに縁を切る、って告げたんです。これ以降、あんたは私の子ではないし、私もあんたの親じゃない、無関係な他人だからもう何も助けることはない、そのつもりで生きていきなさいって。だから月美さんに何を言われても、私にはどうしようもないんです。何もできないし、もうしないことになったんです」

月美はしばらく言葉が浮かんでこなかった。両者の間に沈黙が横たわる。

凍りついた魂が少し解凍され、月美は口を開いた。出てきたのは、「三度目ですね、春好さんの問題を隠したの」という言葉だった。

「これで最後のつもりだったのよ」

「わかりますか、何度裏切られてもまた裏切られる、筋金入りのマヌケの気持ち。バカの極みですよ、平気で夫にもお義母さんにも何度も裏切られるなんて。学べない愚か者だから、繰り返すんですよ」

「そんな言い方しないで。悪いのは、無能な親の私なんです……」

「黙りなさいよ。その言葉、うんざりだ」

「ごめんなさい」

「春好さんが言ってきたの、いつなんです？」

「去年の年末。光人ちゃんが生まれた翌月」

「半年も知らないままでいたわけか、私。呆れますね」どうせそんなことだと薄々感じてたけど、という言葉は飲み込んだ。

　そうと知らされてみれば、義母の態度が年明けから微妙に変化したのも理解できる。成人の日にヘルプを頼んだとき、義母は初めて断ってきたのだ。

「ごめんなさいね、やめとくわ。母親が余計な介入をするから、こういう問題が止まらないんだって、ようやくわかったから、私は控えたほうがいいんです。月美さんが仕事に復帰するまでは、平日であればたまに行くけれど、基本は春好と二人でどうにかしてほしいの。星南ちゃんと光人ちゃんの経済的サポートはしますけどね。あとはたまにうちに二人を連れてきてくれれば嬉しいけど」

むろん月美は怒り倒した。

「都合のいいこと言わないでください。私が必要なときは駆けつける義務がお義母さんにはあります。あなたの息子に欠けてる部分がある以上、お義母さんが補わなきゃならないんです」

義母は月美の言い分を飲んだと思っていた。けれど、やましさからこちらに反論するのはやめただけで、実際には宣言したとおりに行動していた。その事実をはっきりさせるのが怖くて、月美も平日以外は義母の手を借りないようにしていた。そして、しばらく落ち着いていた春好の帰りが再び遅くなり始めたのも、同じころからだった。

義母はフェイドアウトするつもりだったのだ。春好を私に押しつけて。

結局、私はババ抜きに負けたということだ。最後の最後にババを手元に残してしまったのは、自分だった。ただそれだけのこと。バカで浅ましいから、こういう選択をしてしまっただけのこと。

助けてほしい、と叫ぶ声が、腹の奥のほうからかすかに聞こえる。このままでは生き続けられない。自分が自分を引きずり落とし続けるしかないこの無間《むげん》地獄から、救い出してほしい。

その衝動から、翌日午後、巴に電話をしたのだった。

巴と会うのは、昨年八月の家族会議以来だった。秋代が実家を売却して春好の借金の穴を埋めるという案を、夏川家の家族全員に了解してもらうために集まったのだ。

会議とは名ばかりで、長男の優志にどれほど批判されても、秋代はもう決めたことだからと突っぱねた。その秋代の固い決意の黒幕は自分だと皆に思われているような気がして、月美は暗に断罪されている気分だった。それでも、子どものためであり、自分の名誉は地に落ちても構わないと心を鬼にして、耐えた。だから、巴ともまともに話せなかった。

それ以前となると、星南がまだ乳児だった三年前になる。真正面から顔を合わせるのは本当に久しぶりだった。

玄関の扉を開けた巴は、無言で月美の姿をまじまじと見つめた。月美は、これまでも感じてきた居心地の悪さを覚えた。それどころじゃないはずなのにまたこんな隙のないお洒落《しゃれ》をして、どうしてこの人は解放されないんだろう、と憐れまれている気がした。

冷静沈着で判断を間違わないという意味では、巴と梨花は似ている。巴は不良で梨花は優等生という違いはあるけれど。

月美は二人といると、心強く感じると同時に、どこか上から目線で同情されているような肌触りもあって、気分がささくれ立つ。それは、月美を常に従わせようとしてきた模範生の姉の感触と結びつく。

だが、次の瞬間、巴は「月美ー！　よく来た！」と叫んで月美を大きくしっかりとハグした。落ち着き払った巴のイメージとは異なる行動に、月美は面食らった。巴は体を離して、間近で月美の顔をもう一度眺めると、「何か懐かしいね」と満面の笑みで言い、月美が抱いている光人のほっぺたを触って、「光人ちゃん、初めましてだねー」と言った。

巴はさらに「星南ちゃん、会いたかったよ！」と星南も抱きしめ、巴のことは覚えていないだろう星南は固まってしまう。すぐに巴の後ろから紗良が走り寄ってきて、「星南ちゃん、お久しぶり！　大きくなったねえ。もうお姉さんだね。これあげる」と、女の子に絶大な人気のプリティアのシールを差し出すと、星南の顔が輝いた。

三年前にはお人形さんのようだった紗良が、すっかり大人びた姿になっていることに、月美は目を瞠《みは》った。長身で手脚が長く、褐色の肌にショッキングピンクのワンピースがみごとに映え、カーリーな髪を後頭部の高い位置でまとめて扇のように広げているスタイルは断然かっこよい。外見だけなら中学生にも見まごう。

以前はもっと内気で無表情でおとなしかった記憶があるが、今は無邪気で明るく、月美は喜びを感じた。それで紗良を褒めたくなったが、容貌について間違った言い方をしてはいけないという不安があり、結局何も言わないでおく。

靴を脱ぐのもそこそこに、紗良が星南の手をつないで、奥のリビングダイニングへと誘う。料理の温かくてよい香りが漂ってくる。月美もその後をついていき、キッチンで夕飯の支度をしている梨花に挨拶をし、「あはは、来ちゃった。梨花さんの真似して」と言った。

「運命、運命」と梨花は微笑む。そして、横で一緒に調理をしている若い女性を、「謎の夕海ちゃん」と紹介した。

あ、どうも、と夕海は頭を下げると、「いやあ、私なんて質流れみたいな人生なんで、謎なんて何にもないですー」と、泣いたような垂れ目の笑顔の前で、手を縦にして振った。

「巴のうちは初めて？」と梨花が尋ねる。

「三年前に一度来たことあるかな」

「何か落ち着くよね。私の母とか叔母たちが、わりとこの近くの朝鮮学校に通ってたんだよね」

「そうなんだ。じゃあ、梨花さんもこのあたりの育ち？」

「いやいや、私は大田区。母は朝鮮大学校出て、大田区の朝鮮学校の先生してるから。それで、鶴見で個人塾開いてた父と知り合って」

「ほう、学校でお母さんに教わってたんだ？」巴が興味深そうに聞く。

「ううん、私は朝鮮学校には行ってない。地元の小中学校出て、都立高校行って。母は民族学校に入れたかったみたいだけど、父の方針でね」

「お父さんは日本の人だっけ？」と巴。

「在日二世。というか、二歳だかで日本に来たから一・五世というべきなのか。全共闘世代で、学生運動してたクチ。済州《チェジュ》島の四・三事件で逃げてきた祖父母は、そういう抵抗活動から距離を置いてほしいと願って息子を日本人の学校にやったのに、学生運動しちゃったから、ずっと折り合いが悪くて。そんな生き方してきた父なので、自分の生きている社会が自分の居場所であり持ち場であり、よくする責任がある、っていう考え方」

「そっかー。なるほどー。どちらの気持ちもわかるなあ」巴は深いため息をついた。「梨花さんはネイティブの朝鮮語話者じゃないんだよね？」

「うん。でも私、前に出版社で編集の仕事してたでしょ。それ辞めた後に韓国留学して、語学堂で韓国語勉強した」

「それって、そのう……ルーツは朝鮮にあるのに、言葉を他の外国人とかと一緒に勉強するって、大変じゃなかった？」

月美は息が苦しかった。自分にはとても聞けない、と黙っていた。巴の質問は梨花の心に土足で踏み込んでいるようなものではないのかと、冷や冷やだった。けれど、梨花はご機嫌な様子で答えている。

「最初の授業で自己紹介したときはね、逃げたかった。この人がここで勉強する必要あるの？って見られてる気がして。でも、始まって慣れちゃえば、ひたすら楽しかったよ。……サリーちゃんのことでしょ？」

梨花は最後を小声にして尋ねる。巴は何も言わずにうなずく。

「パスポートはどうしたんですか」

そんな繊細な領域に、夕海までもが何の屈託もなく切り込んでいったのには、月美は度肝を抜かれ、ひどく気後《きおく》れした。

「それまで朝鮮籍だったけど、韓国籍にして、あっちに行ったの。だから、肩に力が入りまくってってね」

緊張に耐えられないから、もうこの話はやめようよ、と月美は心の中でみんなに呼びかけた。こんな話題をありふれた調子で気軽に話すこの人たちから、そこに乗れない月美は、わかっていない、意識の低い人と見なされている気分だった。

「国籍の決断って、容易じゃなかったでしょうね……」と巴が重そうにつぶやいたとき、月美はいたたまれなくなって、調子を合わせるように、「確か、紗良ちゃんも二十歳《はたち》ぐらいまでに決めないとならないんでしょ」と、日常の話題をする感覚で軽く口走った。

その瞬間、巴と梨花がちらっと目を合わせたのを、月美は見逃さなかった。また下に見られてる、と月美は反射的に感じた。

「その人の置かれた立場とか国籍を与えられたときの状況とかが複雑にからみ合って、それぞれ違うんだよね。紗良の場合は、アメリカ国籍を離脱する必要は、ずっとないの。二重国籍だからって、日本の国籍が失効することはないんだよね。ほら、そのあたりは梨花さんは専門家だから、私もよくわからなくて説明してもらって、ようやく知ったんだよね」

「そう、在日とはまたケースが違うの」

月美は恥ずかしくて顔が火照《ほて》った。無知なのは自分だし、二人はこちらを気遣って丁寧に教えてくれているのに、屈辱を感じることを止められない。惨めさが怒りとなってくすぶる。

「そっか。勉強になるなあ」と言ってから席を立ち、リビングの床でプリティアごっこをしている星南と紗良の脇にしゃがんで、「そろそろご飯の時間だよ」と告げる。

「月美おばちゃんはティア・ムーンね」と紗良がすぐに役を振ってくる。「私はティア・サリー、星南ちゃんはティア・セーナ。光人ちゃんは妖精！」

「そのままだね。私だけティア・ツキミじゃなくて、ティア・ムーンなんだ？　みんなもそのままじゃなくて、少し変えてみようか。星南は星っていう漢字と南っていう漢字を使うから、ティア・スターかティア・サウスとか」

「あっ、知ってるよ、南の星、サザンクロスでしょ！　ティア・サザンクロス！」アメリカで教わったことなのか、「サザンクロス」のところだけ英語ネイティブ発音で、「ティア」は日本語発音なのが面白かった。

「じゃあサリーちゃんは……」

「そうだ、ティア・ミリアムがいい！」

「それでは戦士じゃなくて、『ミリアムおばさん』でしょ」と、紗良の叫びを耳にした巴が笑う。

「紗良ったら、学校ではもうプリティアなんて小さい子向けだからバカにされるって見向きもしなくなったのに、星南ちゃんが来るとなったら、熱心に準備してたね」

　巴は明かし、子どもたちを食卓に促す。

「星南ちゃんの年ごろなら、ふさわしいでしょ。買いに行くの恥ずかしいから、夕海ちゃんにつきあってもらった。忙しいところ、申し訳なかったね」

　紗良が偉そうに言ったのを取り合わず、夕海は「そしたら、お店に雨《あめ》ちゃんが来てたんだよねー」と言った。

「そう、雨ちゃん、ちょっと子どもっぽいところがあるから。そこがあの子の魅力でもあるんだけどね。今度、雨ちゃんもうちに呼んで星南ちゃんと遊ぼう！　友だちは多いほうがいいでしょ。美奈やあっぽんも呼ぼう」

「アメちゃんて、大阪のおばちゃんみたい」と月美が言うと、巴が「雨涵《ウィーハン》っていう中国人の子で、名前に雨っていう字が入っているから、あだ名が雨ちゃんなんだよね。舐める飴《あめ》じゃなくて、天気の雨ね」と説明する。

「雨ちゃん、前はウィーちゃんて呼んでたけど、最近はそう呼ぶと怒るから、雨ちゃんって日本語の読み方しないといけないんだよね」紗良が付け加える。

「え、そうなの。何か切ないな」と言ったのは夕海だった。月美にはよくわからなかった。雨ちゃん、可愛いと思うけど、と思ったが、今度は口に出さなかった。

「アーミナがね、三年生になったとき、私の名前は美奈に変えたからって言って、美奈って呼ばないとすごく怒るようになって、それから雨ちゃんも呼び方変えたわけ。でも美奈は、雨ちゃんがアメちゃんて呼ばれるのが気に食わなくて、美奈だけアメちゃんのこと、ソン・ウィーハンってフルネームで呼ぶんだよね。一緒になってソン・ウィーハンって呼ぶ子もいるけど、私は雨ちゃんて呼ぶ」

　月美はまた苦しくなってきた。無邪気なように話しているけれど、紗良は告げ口をしていると思えた。なぜそう感じるのか、自分でもわからないから、よけい息が詰まる。

「そうしちゃう気持ちはおばさんもちょっとわかるな。おばさんも本当は池《ち》って苗字だけど、ずっと池田って名乗ってたからね。日本の中では朝鮮や中国の人は、そうすると日本の人と区別つかなくなるから。美奈ちゃんはバングラデシュから来たんだっけ。美奈ちゃんのこと、サリーも大目に見てあげてね」

「私は美奈とマブダチだよ。ねぇ、お母さん、そうだよね」

紗良が助けを求めるような、よるべない目つきと声を、巴に向ける。巴は笑顔でうなずいた。

月美は目を逸《そ》らすようにして、プリティアの絵をタブレットに描いている星南に寄り添う。中国や韓国の人なら日本語っぽい名前だと日本人と区別がつかなくなれるって、紗良ちゃんは区別がつけられちゃうって言ってるようなもんじゃないの？　梨花さん、ひどくない？　美奈ちゃんと紗良ちゃんは同じような状況なのに……。

そこまで考えて、ハッと気づいた。梨花さんは、まさにそのことを言っているのか。だから紗良ちゃんは、美奈ちゃんとも雨ちゃんとも仲良くできるって、言いたいのか。

月美は自分に恥ずかしさを覚える。深い考えもなく、自殺した母の旧姓「諸星」から一文字もらうという動機だけで、「星南」なんて外国風の名前をつけたことに、かすかな罪悪感を抱く。同時に、罪悪感を覚えたことを理不尽にも感じる。

月美と星南をぼんやりと見た巴が、夕海に小声で、夕海の部屋借りてもいいかな、ちょっと梨花さんと話があるんで、と言うのが耳に入る。ようやく緊張から解放される、と月美は思ったが、夕海が思わぬ反応をした。

「そんな、コソコソするような真似、しないほうがいいかな。それが隠し事ってやつかも。隠さないといけない理由、本当にあるのかなー。そうじゃないと、この人たちには理解できない内容だから二人で話そうって言ってるみたいに見えちゃうかも。ねえ？」

夕海は「この人たち」の部分で自分と月美を指差し、いたずらをするような目で月美を見て同意を求めた。

鼓動が早くなって、月美は汗ばんだ。スルーもできないけど、うなずいたら巴さんと梨花さんにケンカ売ってるみたいになってしまう。

この夕海って子は何なのだ。場の空気を読まずに言いたいことを言って人を気まずくさせるトラブルメーカーなのか。ただの天然ボケか。すごく気に障る。

それほど不愉快なのに、自分の中に夕海を本気で責める感情を見出せないのは、夕海が月美の心の声をあっさりと口にしてくれたからだ。端的に、爽快さがあった。この子は私に、わざわざ意思表示をする機会を作ってくれたのだ。ここは言え、ということなのだ。夕海がそう求めているというより、自分が巴のうちに来たというのは、そういう意味なのだ。

一瞬のうちにそこまで考えをめぐらせると、月美は腹が据わるのを感じた。それでにっこりと笑い、「理解できないのは事実だけど、事実だからこそ、理解できるようになりたいって気持ちもあるよね」と言った。

自分の中で何かが噴火した気がした。その噴火で、つかえが取れたようだった。逃げ出したいと思っていたはずなのに、もっと知りたいなどと言い出すとは、自分でも予測がつかなかった。巴と梨花が意外そうな顔でこちらを見ている。

「巴ちゃんは私と同類じゃん」と夕海が言うと、固まりかけていた巴の体が緩んだ。巴は苦笑いを浮かべ、「観念するしかないらしい」と梨花に言い、梨花も微笑んでうなずき、巴は「というわけで、うちに避難してきた理由、みんなで聞いてもいい？　ヤッシと紛争が起こったんでしょう、理解という名の支配の件で」と梨花に促した。

梨花はうなずき、「よし。今夜は夜更かし覚悟で飲もっか。まだ木曜だけど、こんなそろったのも運命だし」と、皆の無意識の望みを的確に言い当てる提案をする。いよいよフェスっぽくなってきた、と月美は胸が躍った。


子どもたちを風呂に入れ、興奮して動き回るのを何とか寝かしつけた後、梨花が買ってきた高級そうな「アンドロメダ・ビール」で乾杯する。授乳中ゆえ控えている月美は、一口だけつきあう。

「巴だけなら慣れてるけど、やっぱり複数の人相手に話すのは恥ずかしいね。もう恥ずかしいついでに、なれそめから話すかな」

月美は、梨花が手のひらをしきりに指でこすっているのを見た。梨花さんも緊張してるんだ、と気づく。梨花さんの完璧さは、私が外で隙のない装いをするのと同じかもしれない、と思い、敷居が低くなるのを感じる。

「え、そこから？」

「巴はもう知ってることだけど、夕海も月美さんも知らないことだから。正確に理解してもらうためには必要でしょ」

「あの、私も『さん』付けじゃなくていいです」普段なら流す場面でも、今日は率直に言う、と月美は決めている。

「了解」と梨花は言い、少しためらうように間を置いてから、「その代わり、私のことも『イファ』って呼んでもらってもいいかな」と尋ねた。

「イファさん、かわいい！」巴が言い、月美もうなずき、夕海は「何、転校生の自己紹介みたいなこと、し合ってんですか」と笑った。

「いい歳してね」と笑った梨花は、「でも今って、高校の修学旅行の夜みたいだよね」と声を弾ませる。そして、最初に好きになったのは彼のほうからでー、私はそれほどでもなかったんだけどぉー、と修学旅行の深夜の恋愛話を装って話し始めた。

　最初に会ったのは、東日本大震災の前年の春だった。優志が百葉市役所の総務局国際交流課に異動になって、外国系児童の日本語教育問題と関わるようになったため、梨花の勤めるＮＰＯ「ともくら（共に暮らすための内外サポート協会）」とコンタクトを取る機会が多かった。

　優志はやがて、「ともくら」が休日に開く親子ピクニックやキャンプなんかにも顔を出すようになり、梨花は、これは活動に熱心なだけじゃないな、自分も目当てだなと察した。

　あるイベントの打ち上げで飲んだとき、優志は在日のことについて根掘り葉掘り尋ねてきた。韓国に留学して以降は民族名を名乗り、基本的に隠すことはないという姿勢でいた梨花は、厭《いと》わずに答えたものの、あまりに踏み込んでくるので、熱心なのはいいけれど、ちょっと個人的な領域に入り込みすぎじゃないか、と牽制した。すると、妹がアメリカで生活していて、たぶんこのまま日系一世となっていくんだと思う、それで移民の人生のことが気になって仕方がないのだ、と答えた。

「え、そんな早い段階から、私は餌にされたの？」と巴が口を挟む。

「もちろん私の気を引くためもあっただろうけど、あの当時は、本当にそれが気になっていたみたい」

「心配と支配も紙一重だからなあ」と巴はため息をつく。

　巴についての話を受けて、梨花はニューヨークに移住した韓国の親戚の話をした。そして、自分が在日でなかったらアメリカ移民になっていたかもしれないし、そうしたら巴さんと出会っていたかもしれない、と言った。たいていの人はその意味をつかみかねて、今からアメリカに行ったっていいのではないか、と応じたりするが、優志の反応は独特だった。「ぼくが男側から女側に移民したら、少しはその気持ちもわかるんだろうなあ」と言ったのだ。

「ぼくは身も心も男で恋愛対象は女という、ありきたりの多数派だけど、にもかかわらず男社会の文化からはどうしても外れてしまうので、女の文化に移住してみたいんだよね。そしたらきっと、女の人にとっては常識だったり理解し合えることがぼくには理解できなくて疎外感を抱くんだろうし、時には批判もされると思う。それは仕方のないことだけど、でもそのとき、ちょっとだけ梨花さんの存在に触れられるかもしれないでしょう」

　なぜそんなナイーブでややこしい、こじらせたような悩みを抱えているのか、と梨花が尋ねれば、子どものころからの長すぎる歴史があって語るのが難しい、それが癒着して大きな固まりになっていて解《ほど》かないと言葉にもできないけれど、どこが糸口かもわからない、と途方に暮れたように優志は答える。

「ああ」と嘆息し、心底から疲労したようにうなだれたのは巴だ。「それは私にとっても、すごくスイートな地獄だった」とだけ言った。

「一緒に暮らしてからその長い物語は全部聞いたけどね、ここでは割愛するね。巴が話せばいい」と梨花が言うと、「あるいは優志さん自身が」と夕海が付言した。巴と梨花は目をむいて夕海を見、無言のまま、何考えてるの冗談でしょ、とまなざしだけで却下し、梨花は話に戻る。けれど、月美は優志の話を聞いてみたいと思った。

　優志の反応に、梨花は好感を持った。自分たちには共有している部分がある、という気分が醸成された。それで二人はときどき、食事したり飲んだりするようになった。

　いつしかつきあうようになっていたが、両者ともそれ以上の接近を望んではいなかった。ともに実家暮らしだったので、小さな旅を繰り返した。二人で会うのは非日常の時間であり、日常をともにしていく気はなかったのだ。優志は過去にパートナーシップを考えてつきあった女性がいたのに失敗した経験のせいで。梨花は、他人に自分の許す線を越えて入ってこられたくはなかったから。

それが変化したのは、二〇一一年の夏だった。

優志はニューヨークの巴を訪ねて、紗良を連れて帰国するよう説得しに行ったけれど、巴ににべもなく断られ、深傷《ふかで》を負った。それで、自分も家を出て伴侶と苦楽をともにすべき時が来た、と決断した。そしてその秋に、以下のような言葉で、一緒に生活することを梨花に提案してきた。

震災と父の癌があいまって、実家との絆に縛られてしまった。巴までその絆に巻き込もうとした。結果、これは自分自身の生活じゃない、と気づいた。自分にとって実感を持てる生活は、梨花との時間であり、実家の絆という呪縛から解放された今、梨花との生活に踏み出すことを妨げるものは何もない。二人で未知の挑戦をしたいから、とにかく試してみよう。

梨花も、優志と生活をともにすることは幾度となく考えてみてはいたので、試すことに異論はなかった。

優志は、梨花の親や親戚が、「日系日本人」である自分と一緒になることを許すかどうかをひどく気にしたが、梨花は「私とつきあってわからないの？　そういうことは私は自分の意思で決めるの。親や一族が私の生き方を気に食わないって思うんなら、こちらからつきあいをやめればいいだけのこと。以上」と言い渡し、この問題を化膿させることを禁じた。両親は梨花の選択をあっさりと受け入れた。

晩秋にそれぞれの両親に挨拶に行った。

優志は事前に、偏見を持たないよう親にきつく言い聞かせたらしい。秋代は梨花をいたく気に入り、「こんな厄介で扱いづらい子を、梨花さんみたいにできた人間が引き取ってくださって、もったいない。本当にありがとうね」と涙ぐんだ。

「厄介で扱いづらいのにはワケがあるんですよ」と梨花が笑うと、優志も苦笑する。

柊一が「孫はいつごろかな」と口にすると、優志は「病人だからってそこは容赦しないよ。それは今はアウト。差別になるから言っちゃダメ」とたしなめる。

そして、憤慨しかける柊一を制して、「あたりまえだけど、ぼくらは入籍はなくて事実婚だから」と、梨花とも事前の相談なしにいきなり告げた。優志の両親は動揺して言葉を出せずに、それでいいのか、と問うように梨花を見た。優志は、「籍を入れようにも外国籍の人はそもそも日本の戸籍に入れないんだから、そんな区別をするほうがおかしい以上、その区別には従わないってこと」と説明した。

梨花はうなずいた。相談なしに告げたことには腹も立ったが、話し合っていないのに梨花の心に寄り添う結論を示されたことで、梨花は深く理解されているという実感を抱きしめてもいた。

柊一が「でも、法的な保証や保護はないんだろ」と心配げに言うと、優志は「それはそうだけど、公正証書を作ってもらったり、いろいろ対応方法はあるらしい。その件は梨花は仕事上、専門的な知識があるから」と答え、仕事内容を説明するよう梨花に振った。

梨花の話を聞くと秋代は了解して、「内縁だからって軽々しく考えてないなら、それでいいです」と言った。柊一も同意する。

「そのう、式とかはどうします？　そちらの伝統とかもおありでしょうし」

　秋代が、怯えたような表情でためらいがちに尋ねる。

「しません」と梨花はきっぱり答えた。不安げにこちらを見ていた優志も安堵したようにうなずき、秋代と柊一は梨花の有無を言わせない様子に、それ以上、聞いてはこなかった。

　梨花の両親と優志が顔を合わせた日は、優志は石膏像に変えられたかのように蒼白《あおじろ》く固まっていた。気の毒にと梨花も同情的な気持ちになったのは、父が強面《こわもて》で寡黙だからだ。これでもうちはマシなほうだと梨花は思うが、優志には十分、威圧的だろう。でも、これも試験だから、と梨花は観察に徹する。

　父親は優志の言葉にあいづち一つ打たないから、優志はうろたえまくっていた。梨花の母は梨花と似て堂々としていて、率直な物言いで優志を他意なく上げたり落としたりする。

「感じいいし、きちんといろいろ理解してるじゃない。これなら日本人でも問題ないかな」

などとはっきり言うので、優志は強張ったり引きつった笑いを浮かべたりと、遠隔操縦されている人形のようだった。

　教育行政の仕事をしてるなら、一度ぼくの塾を見に来たらいい、いい子なんかいないから軽々しく多様性などと口にできなくなるし、学ぶことがたくさんあるだろう、と父に言われ、優志は見学の予定を入れさせられた。そして後日、本当に鶴見に見学に行って、お義父さんはすごい、とすっかり感動して帰ってきたので、試験は終了した。

　年末に柊一は息を引き取り、正月から四十九日までは葬儀その他で慌ただしかった。葬儀のおかげで双方の親きょうだいが交流できたのは、柊一の贈り物だった。

　優志が新居としてうってつけなのだがどうだろう、と示してきたのは、湾岸の比較的古い埋め立て地域にあるマンションだった。タワーマンションの建設ラッシュで人気の一帯だが、少し離れたところに手頃な物件を見つけてきたのだった。

　梨花は住所を見て、血流が増すような感覚を味わった。そこはかつて朝鮮人のゲットーがあった細川《こまがわ》のすぐそばだった。今も朝鮮学校があり、在日が多く暮らしている地域だ。自分たちが歴史の上にいることを優志は自覚し、先住者への敬意を表しているのだ、と梨花は解釈した。二人とも口に出さないけれど何を大事に思っているのか気持ちは通じている、と確信した。だからそのときは感激とともに、優志の提案を受け入れた。

　実際のところ、細川は優志の職場である百葉市役所と、梨花の職場のある目黒とのおおよそ中間地点にあり、通勤の面からも公平な選択だった。ベランダからは海に通じる水路が見え、陸地の果てから海の外の違う場所へ移動していきたい気持ちに常に衝《つ》き動かされている梨花には、適切な眺めだった。

　新生活を始めるにあたり、「梨花を朝鮮語読みの『イファ』と呼びたい」と言い出したのも、優志からだった。

　最初に勤めた人文系の出版社でたまたま、日本に生きる外国の人たちの本を作り、それまで深く考えないようにしてきた自分のルーツとアイデンティティに頭を乗っ取られたようになり、出版社を辞めて韓国への語学留学を決めた際、梨花は本名の「池《ち》」を名乗るようになっていた。けれど、名前は日本語読みの「りか」が自分の本体という実感があるので、そのままにしていた。

だから、優志に朝鮮語読みを提案されたとき、かえって困惑した。勝手に変えてほしくない、あなたの問題ではない、という気分があった。

しかし、優志から「二人の間だけの呼び名があってもいいでしょう。だからイファって呼びたい」と言われると、フレッシュな生活の初期であるがゆえ優志のロマンチシズムが愛らしくも思え、それはそれでいいかもという気分にもなり、応諾した。

「じゃあ、優志のことはヤッシって呼ぶね」と思いついて言うと、優志は顔を曇らせ、「うーん、それは嫌かなあ。うちでもそう言われてたからなあ」と難色を示したが、梨花はなぜか少し暴力的な気分になり、「私は今思いついたのであって、このヤッシという言葉は私の発明で、ご家族の呼ぶヤッシとは少し違う」などと屁理屈をつけて押し切った。

ただ一点、二人が口に出さない問題があった。子どもを持つかどうか、である。

二人での生活を始めた二〇一二年二月の時点で、一九七三年十月生まれの梨花は三十八歳、五歳下の優志は三十三歳だった。だから、先延ばしにするわけにはいかなかった。けれど、それとなくその話題をにおわせるだけでも、優志は敏感に察知して逃げてしまう。ご両親の前で子どもの話をさえぎったのは、本当は自分が避けたい話題だからなのか、優志の気遣いだと思っていたものはじつは気遣いとも違う厄介なわだかまりなのか、と訝しむ心が、梨花に芽生えた。

優志の考えをつかむ手がかりすらも得られないまま、一方で梨花は、では自分自身はどうしたいのかもわからないでいた。

成人する前から梨花には、子どもを持つことで理不尽な目に遭う機会が激増するかもしれないという不安、そしてそうなったら自分はパンクして悲劇を起こすのではないかという怯えがあり、長いことその壁を越えられないでいた。

だがそれ以前に、女である、という条件を外して、自分が子どもを産んでみたいのかどうかを考えることはできなかった。

子どもを産まないという選択肢には、罪悪感を引き受けるという負債が、抱き合わせで漏れなく付いてくる。あたりまえのことだが、いつだって女は女だとまわりから見られるし、まわりから女だと思われていることが自分の意識を作っていく。女である以前に　個の人間として自分を考えたい、と渇望しているけれど、「一個の人間」観の中に、いやがおうでも女の像が入り込んできてしまう。

在日についても同じ。何人《なにじん》だとか何民族だとか男だとか女だとかを除いた純粋な人間像、みたいなものは不可能なのだ。それは自分が望んだことではもちろんないし、生まれたときから備わっている考え方でもない。

社会なしには人は生きられないが、社会で育てば必ずその社会の考え方の枠組みにはめられる。その枠組みが自分を苦しめるものであっても、枠組みから完全に自由になって考えたり感じたりできるようには、なれない。目に見えない「常識」や「普通」の縄が、自分のどこを縛って不自由にしているのか、完璧には解明できないのだ。自分独自の意思と、自分の中に植えつけられている社会の意思とを、明確に切り分けることは、じつはとても難しい。

若いころなら、くだくだしく考えることはやめて自然に任せてしまうという選択もできただろうけど、この歳になると、高齢出産に伴うリスクへの覚悟まで決めないと、避妊をしないという選択すらできない。その結果、「選択できない」という選択を余儀なくされるほうへ、追い詰められていく。

自分で自分の意思がわからないのに、それをどう優志に伝えて相談すればいいのか、茫漠《ぼうばく》とするばかり。自分も苦しいから、あえて直視せずに通りすぎるうち、翌年十月の梨花の不惑の誕生日が近づいてきた。

毎日取り乱したいような気分でその前のひと月間、一人で考え抜いた結果、誕生日に梨花は憤怒とともに、子どもは産まない宣言を優志に突きつける。

「今日、決まったことがある。私は子どもを産まないことになりました」

そう告げると、予想どおり優志は絶句して何も言えない。

「どう。これでヤッシもほっとしたでしょう」

「いや、ほっとしたとかはなくて、イファがそれでいいんなら、ぼくはかまわない。いいと思うよ」

「かまわない、じゃなくてさ、ヤッシ自身は子どもを欲しかったのかどうか、ヤッシの意思を言ってほしかった。でもはぐらかし続けたよね。そのおかげで、私は一人で決めることになったから、これはヤッシの決断じゃありません」

「ぼくも子どもはいらない」

「私は、子どもをいらない、なんて言ってないけどね。産まないことに決まった、と言っただけ。全然違うけど、その違いはわからないわけだ」

「イファにばかり心の負担を負わせちゃって悪かった。ごめん」

「ヤッシが子どもをいらない理由はわからないけどさ、血のこととか考えてたわけ？　在日と日本人の事実婚でできた子なんて、先々苦労する、とか思ったわけ？」

「え？　いや、それはない。絶対ない。これだけは断言できる」

「わかってます。ヤッシがそんな人種差別的なこと考えてないことも、たんに子どもを欲しくないって思ってることも、だけど産む体なのは自分じゃないから私には言えないでいるってことも」

「そうなの？」

「ほら、ほっとしてるでしょう。全部私が決めたことだもんね。私に丸投げですもんね。私を傷つけないように、ヤッシが自分を押し殺して私に全権委任してくれれば、何もかも丸く収まるってことですねー。私の意思を完全に尊重してくれてありがとう」

「いや、そんなつもりじゃなくて……」

「どんなつもり？　ヤッシの意思も尊重してあげますよ。決定は覆らないけど」

「何と言うか、自分でもどう言えばいいのかわからないんだけど……。たぶん、こんな先のない暗い時代に子どもを育てるなんて、生まれてくる子どもがかわいそうだ、って感じてるんだと思う。だから、作らないというぼくたちの選択は理にかなってる気がする」

梨花は、死を宣告された気がした。やっぱり、先々苦労するから子どもがかわいそう、って思ってるじゃないか！

「荷が重すぎるから」「無理だから」「かわいそうだから」という理由で、今までどれだけ女は肝心なことから遠ざけられてきたことか。その理由を口にするのは男たちで、女の意思を聞かずに、選択を奪ってきた。それと同じ言い方。「かわいそうだから生まれてこなくていい」。それを「ぼくたちの選択」と平然と言うか！

これは私の決断で、あんたの決断じゃないって言ったよね。私が一人で決断するハメに追い込まれたのは、二人で結論を出そうという努力をあんたが許さずに、曖昧に時間切れを狙ったからでしょう、卑怯者。

感情を凍結して見せないことに集中していたので、梨花はこれらの言葉を一語も発することはなかった。無表情な眼《まなこ》で梨花に見つめられて、優志は失言には気づいたものの理由はわからず、うつむいて目線をそらすと、思いつめた口調で、「もしかすると、ぼくは自分で気づいてない死にたい気持ちを、生まれるかもわからない子どもに投影していたのかもしれない」と言った。

「そうでしょうね。それが一番正解に近いのかもね」

梨花は冷たく同意した。何だその同情を引きたいような態度は、という思いと、ようやく自分の心を開陳しようとしたか、と評価してやる気持ちとが、ないまぜになっている。

「かわいそうだって思ってるのは、生まれてくるかもしれない子どもに対してじゃなくて、生まれてしまったヤッシのことじゃないの？　自分が生まれなければよかった、って思いがあるんじゃないの？　だから一生懸命、存在をアピールしてくるんでしょう。私が在日であることも、五歳年上なことも、事実婚であることも、新居に在日のコミュニティがある細川をヤッシから提案したことも、全部、ヤッシにとっては『よき理解者』というステータスを確立するための特典になってるよね。私にとっては自由な選択って問題じゃないのに」

　さすがに言いすぎたと、言葉を全部吐き終わってから梨花は気づいた。優志は青ざめ、硬い表情で床の一点を凝視している。

「あー、すっきりした。ヤッシも反論しなよ」

　優志は固まったまま、まばたき以外の動きを見せない。一瞬が何時間にも延びていく。

「まあいいや。何事も黙っておくのが好きですもんねー」

「罰だと思ってる」と優志は声を絞り出した。「イファの言うことは、全部正しいと思う」

「当然でしょ」

「罰として、正しさの鞭《むち》で打たれる刑に処されてるんだと思う」優志が自分自身に向かって、ため息のようにつぶやいた。

　梨花は瞬間的に怒りの炎で燃え上がり、すぐにその炎が自分にも向けられていることに気づいた。

そうなのだ、私は優志を正しさの鞭で叩き、優志は正しさの鎧《よろい》で私を傷つけてきた。私たちは理解し合いたいと熱望していたのに、いつの間にか正しさを武器や防具に加工して、戦わせ合ってきたのだ。

私たちに必要なのは、互いに武装を解くこと。優志は鎧をつけずに私と向き合えることを知るべきだし、私は優志の鎧を脱がせるために鞭で叩くのではなく、鎧が武器として私を傷つけていることを素直に伝えればいいのだ。

恨みを晴らすための正しさなら、いらない。徒手空拳《としゅくうけん》で生身の自分を互いに見せれば、それだけで十分正しいのだから。

天啓のように梨花には自分たちの進む道が見通せたのに、その言葉を優志に言えなかった。梨花はまだ武装を解けなかったのだ。生き延びるための武装が標準になりすぎていて、どうしたら手放せるのか、見当がつかなかった。これまで現実には、武装を解くことは死を意味していたので。

梨花も言葉を失ってしまい、優志は自分に閉じこもって無言の自己批判をするばかりで、二人の生活からは会話が消えた。

この状態は耐えがたいと互いに感じているはずなのに、糸口が見つからずに沈黙を続けるうち、これまでは問題にもならなかった日常の小さな行動が、気に障り始める。

例えば、出勤前に梨花が洗面所で化粧をしているときに、優志がヘアセットをしにくると、何でタイミングをずらせないんだと苛立つ。優志も、料理をしている最中に、梨花が小さく協力しようと、優志の使い終わった調理器具を洗ったりすると、「邪魔なんだけど」と当たってくる。梨花もムカッと来て、料理ができても一緒に食卓にはつかず、「先に食べてて」と言って風呂に入り、優志の食べ終わるころに風呂を上がって、一人で食事をする。

小さな意地を全力で張り合うような五日が過ぎた週末、テレビの音で真空を埋めながら梨花が時間差の夕飯を食べていると、優志が食卓について、「食事とってる気がしなくない？　餌詰め込んでるだけで」と言い、梨花も疲れを隠さずにうなずき、優志はかたくなな態度をとったことを謝り、梨花も自分も同じだったと認め、不毛な冷戦状態は終わった。

「おかげで二人とも、決定的な衝突に至る前に回避する知恵はついたと思ったんだけどね。巴と紗良が日本で暮らすようになったのも大きかった。それで月美ともつながることができて、それぞれ、愚痴を言い合えるようになったでしょう」

梨花がやけに晴れやかな笑顔で言う。

「それはもう優志さんが骨を折ってくださったおかげ。子育てについて、私がおかしいわけじゃない、って最初に思わせてくれたのも優志さんだし」と月美は言った。

「ヤッシがお義母さんと春好さんに『親バカだ』って言って、月美さんの意思を尊重するように仕向けたやつね。あのときにね、ああ、私が子どもを持たないって決断しなくちゃならなくなったことに対して、ヤッシなりに消化して自分の責任を果たそうと必死になってるんだなあ、ってわかったのね。あれで私のわだかまりも本当にとけた。月美と巴のおかげだよ」

「私も、優志について初めて話せる人ができた。それまでずうーっと、あの特異な兄のことは誰にも話せないと思ってたからね。イファさんが引くぐらい、ぶわぁーってしゃべりまくっちゃった」巴が陽気に言う。

「確かに引いた」と梨花も笑う。

「えー、そんなにヤバい人なの？　私にはいい人だけど。ちょっと堅くはあるけど」月美にとって優志は未知すぎる。

「いい人だよ、ものすごく。過剰に。いい人成分の純度が高すぎて、真面目すぎて、完璧主義すぎて、自分にも他人にも厳しくなっちゃった」巴が説明する。

「ああ、なるほど」そう言われると、月美にもよくわかる。ちょっと自分と同類かもしれない。「だからイファさんに対しても、完璧な相手でいたいと思うわけか」

「そうなのよね。そこが厄介で、私のことも完璧に理解していないといけないと思い込んで、どういう対応になるかというと、私になりきろうとするんだよね。それで、去年の夏、ヤッシは巴の気を引こうとして、私の在日としての人生を語ろうとした。私に成り代わって。でしょ？」

　梨花が巴にバトンを渡す。月美は、今度は巴さんがお兄さんの優志さんについて、いろいろ複雑な感情を語る番だな、と心の居住まいを正す。けれど、眠くて集中するのはもう無理だとも思う。時計は午前二時半を回っている。

「そう。春好の問題で優志は母と対立して、私を味方につけたくて、イファさんの在日という立場について話し始めた。こんな感じに。イファはもし自分が在日じゃなかったら、若いころにアメリカに渡って、巴みたいに現地で知り合った夫との間に子どもを持っていたかもしれなくて、その子は紗良みたいだったかもしれなくて、今ごろは朝鮮半島ルーツを持つアメリカ人として青年になって、どんなアイデンティティをしているんだろうって想像したりしてると思うんだよね、とか言うわけ。もちろん私は、それはヤッシから聞く話じゃないと言って、拒んだけど」

「ほらね。わかってないわけよ。まるで懲りてない。私がアメリカに移住してたら子どもを持ったかもしれないとか、よく平然と第三者に言えるよ。確かに私は巴とサリーを見ていて、そういう想像をすること、あるよ。でも、優志に想像してほしくないし、ましてそれを人に言うか」

梨花の静かな口調が硬くなり始め、月美は緊張してくる。何を言えばいいのか、自分にはわからない。

「あのう、ちょっといいですか」

それまで楽しそうに微笑んで聞いていた夕海が、割って入った。

「今の話ですけど、ここで私たちだけで話してるのって、もったいないと思うわけですよ。これは肝心の優志さんにこそ、聞いてもらうべき話だなって気がするんですよ。だから、この会話、優志さんの前でしません？」と夕海は言った。

梨花は目を丸くし、やはり驚いている巴と顔を見合わせた。

「いやいやいや、夕海、何言ってるの。ありえないって。優志は思い込みが強すぎて、言っても通じないし、イファさんも言うべきことはすでに言ってるでしょう」巴が、苛立ちを隠して子どもに説明するような口調で言った。

「夕海、私はね、説明したいというより、信頼できる友人に愚痴を聞いてもらいたくて話してるの。今は、私の感情のはけ口になってほしいの。そこに当人がいたら、はけ口にならないでしょう」梨花も言う。

「ああ、そういうこともありますね。それはそれでわかるんです。だから今日はいいと思うんです。でも、この話は、イファさんが優志さんと二人だけでじかにやりとりしても、こじれるばっかりなわけじゃないですか。

でも、こうやってちょっと噂話っぽく、第三者の感情的ではないコメントとかが入ったりしてると、何かそこまで追い詰められないんじゃないかって気がするんです。だから、二人だけで話さないで、ここで今みたいに話して、それを優志さんが聞いてるっていうのがいいのかも。何て言うか、みっしりした焼き芋だけ食べてると喉に詰まるけど、ポタージュっぽくなってるのをお茶なんかと一緒に飲むなら楽っつうか」

夕海の比喩は月美にはいまひとつピンと来なかったけれど、この緊迫した局面で芋が出てきたことに、思わず笑ってしまった。

「夕海は人生経験少ないから、楽観的に考えられるんでしょうね。それはいいことではあるけど、私としては難しい」

「夕海案、私は賛成」

そんなことを言い出した自分に、月美は驚愕《きょうがく》した。イファさん、上から目線で夕海ちゃんの発言を封じようとしてる、と思ったら、言葉が出ていた。

「第三者だから能天気でいられるんだ、と思われるかもしれないけど、そうじゃなくて、かたくなに話さなくなるっていう点では優志さんとハリーは似てるでしょ。何か、突破口はここにあるって感じる」言ってから、月美は自分でも納得する。

巴の顔の表面をうんざりした表情がかすかに走ったのを、月美は見逃さなかった。そりゃあ、ハリーの件にまで引きずり込まれるのはうんざりでしょう。でも私一人ではもうどうにもならないのだ。助けがほしくてここに避難してきて、受け入れてもらったのだから、遠慮する必要はない。

「そういう意味でも、イファさんの話聞けて、よかったですよねえ。イファさんの完璧じゃなさを知るって、私たちにも励みになりません？　恨みを晴らすための正しさはいらない、とか、そうだよなあ、ってすごい納得したし」

夕海は月美だけに向かって、そう言った。「私たち」に、巴は入っていないようだった。

月美は少しどぎまぎしながらもうなずき、「少し気が楽になった」と答えた。

「でしょう？　私って理解が遅い人じゃないですか。だから理屈で攻められるとすぐ負けちゃうんだけど、ときどき内心で、正しいからって威張ってんじゃねえよ、って毒吐いたりするんです。そんな自分って情けないから、そのあとさらに落ち込むんですけど、私がそう毒吐くのって、あながち間違いでもないってことですよね？　恨みを晴らすための正しさなんていらない。理詰めで正しいこと言って叱ってくる人に、一度パシッとそう言い返してやりたいなあ」

　夕海はトロいふりをしている、と月美は感じた。頭の鈍いふりをして、私の言いにくいことをあえて口にしてくれている。そして、それとなく、イファさんにやり返している。

「イファさんが自分でそう思ってるってことに、私は癒されたな」

　月美は勇気を持って踏み込んだ反応を、夕海に返した。癒されただけじゃない、わが身を振り返ると、「恨みを晴らす正しさ」を濫用している、と打ちのめされる思いもあったが、そこは言葉に出さなかった。

「イファさん、かっこいいですー。イファさんに私たちにも話してもらえて、よかった。イファさんも話せてよかったです」

　夕海はなぜかガッツポーズをしながら、ようやく梨花に向かって言った。気を損ねるんじゃないかと肝を冷やしながら月美は梨花をうかがっていたが、梨花は温泉上がりのような清々《すがすが》しく上気した笑顔で、「ありがとね」と言った。そして、「自分でもわかってないこと話してて、びっくりした」とつぶやいた。

「よし。そろそろ、寝よう」と巴が言う。「みんな、自分で気づいてないかもしれないけど、あくびばっかしてるから。続きはまた明日ってことで」

「巴案、賛成」と月美は言い、夕海はあくびしながらうなずき、梨花は「デトックスしたあ」と満足そうにつぶやいた。

巴の家の寝室は狭いので、星南は紗良と一緒に寝かしておき、梨花と月美と光人はスペースの余っている夕海宅で寝ることになった。

公団の同じフロアの、吹き抜け廊下のだいたい対角線上に、夕海宅はある。間取りは巴宅とは少し違って、部屋数も多く面積も広い。

足を踏み入れると、月美は違和感を覚えた。若い女性の一人暮らしには感じられない。リビングダイニングの食卓はやけに広く、大きなカップボードに並んでいる食器の量と種類はどう見ても家族用だし、調理台に重ねてある鍋類も大きく種類が豊富で、炊飯器も冷蔵庫も洗濯機も大型だ。一言でいうと、所帯じみていた。

「ここは夕海ちゃんのご実家？」月美が尋ねると、夕海は首を傾げ、「うーん、何と言ってよいのやら」と返答に困った顔をする。

「ワケありなのね」と梨花が訳知り顔で言うと、夕海はうなずいた。

「ワケについて知りたいだろうと思いますけど、今日はもう眠いし、巴ちゃんにもちゃんと話してないから巴ちゃんにも聞いてほしいし、それはまた今度ですね」と言う。

7 秋代

ベランダの植物に水をやりながら、朝のどこまでも透きとおった深い水色の空を眺めて、今日は出かけることにしようと、秋代は決めた。

昨晩の残りのご飯を、やはり昨晩の残りの焼き鮭でお茶漬けにし、納豆にすり胡麻《ごま》を振り、酢とほんの数滴の醤油を垂らしてよく混ぜ、あとは減塩味噌で作り置きしてあるもずくの味噌汁が朝食のメニュー。緑茶を二杯飲みながらＮＫＨテレビで連続銀河小説『いけず』を見る。

その間に回しておいた洗濯機からは、わずか半時間足らずで終了のピー音が鳴る。家じゅうピー音の鳴る機械だらけで、秋代はしょっちゅう、何のお知らせだか警告音なのか、混乱している。

昨日は曇りだったけれど、今日はこの初夏一番の五月晴れなので、洗濯物はたちまち芯まで乾くだろう。雨の予報もないし、干しっぱなしで出かけられる。

家に居続けることが、いたたまれないのだった。在宅しているだけで、未彩人を待っているかのような気分になってしまう。そんな自分に耐えきれなかった。

おとといの水曜日、未彩人が紗良を白人だと思い違いしていたことが発覚した日、その晩にも未彩人は性懲りもなく現れた。きちんと事情を説明したいと言う未彩人に対し、秋代は月美からのアドバイスに従って、扉を開けず聞く耳も持たず、ひたすら「帰らないと警察を呼びます」とだけ繰り返した。

しつこく居座られたら、また月美に電話をすべきか一一〇番すべきか心が定まらなくなるだろうから、すみやかにいなくなってほしいと願っていたところ、未彩人は数分粘っただけで、「そうですか。とても残念です」とつぶやいたきり気配が消えた。ドアスコープをのぞくと、誰もいない。

安堵すると同時に、取り返しのつかない気分がひたひたと迫《せ》り上がってもくる。未彩人らしくない淡白さが、この事件の終わりを表している。未彩人が訪ねてくることはもうないだろう、と確信する。

寝つきの悪いまま秋代が寝床でうとうとしていたら、今度は深夜二時過ぎに月美から電話がかかってきて、春好への不満を猛然とぶつけられた。

秋代も飽和して、春好にさらなる隠れ借金があり、それを返す代わりにもう縁を切ったことを告げた。月美には一生伝えずに次第に距離を置いていこうと決めていたのに、ショックを与える結果になってしまった。

これで、不満のはけ口とされるという歪んだ形であれ、唯一、家族のつながりが残っていた月美とも、関係は切れただろう。自分はまごうかたなく天涯孤独の身となったわけだ。

電池の切れかかった時計が遅れ始めるように、秋代は自分の命のエネルギーが低下して、生きる速度がのろくなっていくのを感じる。

昨日の木曜日は、午前の遅い時刻に目覚め、何をする気力も起きず、考えることもできず、寝間着のままで自宅に引きこもっていた。

頭ではわかっている。危ないところだったのだ、だまされる寸前で被害を未然に防げた自分を褒めてやっていいのだ、と思いはする。それなのに喪失感は膨れ上がるばかり。失ったのは家族だけではない。未彩人に話を聞いてもらう機会を失ったことで、話していられる自分をも失ったのだ。

いなくなってみるとよくわかる。話を真摯《しんし》に聞いてもらうことというのは、要するに、自分がここにまだ存在して生きていることを第三者に確認してもらう作業。誰にも言葉を聞いてもらえない自分は、この世界に存在していないに等しい。つまり、聞いてくれる未彩人を失ったことで、私は自分を失った。

これからだった、と思う。未彩人が来れば、紗良や巴の話だけじゃなくて、やがて春好の問題、月美さんへの罪悪感、優志への不満など、じっくり話していくつもりでいたのだ。頭でそこまで計画していたわけではないけれど、気分はすっかりその構えでいたと、今ならわかる。

だから未彩人には、巴の本物の相手であってほしかった。

未彩人が巴のボーイフレンドだということが嘘だったなんて、知りたくなかったし、知る必要もなかったし、知らせないでほしかった。事実としては偽物でもいいから、私にとっては本物であり続けてほしかった。実際のところ、巴の恋人であるかどうかさえ、どうでもよかった。ただここに来て、ひたすら話を聞いてくれるのであれば。

秋代はそこまで考えてから、思わず苦笑いを浮かべてため息をつく。

ああ、なるほどね、こうして孤独な高齢者は、霊感商法とかマルチとか特殊詐欺とかに引っかかっていくわけね。まわりの人からそれは詐欺かもしれないと注意されても、聞き入れられないのは、自分にとっては本物だ、本当の出来事だと信じたいからか。なぜなら、その間は、誰かに必要とされて、自分がそこにいる実感を覚えられるから。

もし今、未彩人が現れたら、今度は追い返さずにうちに上げるだろう。どうせ惨めに終わるのを待つだけなら、拒んで一人を守るよりも、嘘でも話を聞いてもらって破滅したほうがずっとましだ。

そんなことをぐるぐると考えていると、もう終わったと悟っているはずなのに、一分一秒この瞬間にも未彩人が訪ねてくるんじゃないかという往生際の悪い期待に頭が奪われて、落ち着かなくなる。おかげで、部屋着に着替え、髪も整え、買い物ぐらいには出られた。そして、買い物に出ている間は、未彩人が来ても来なくてもわからないので、気が楽になるのだった。だから、今日、金曜日は、出かけることにした。

空気は爽やかだが日差しは強いので、ＵＶカットの白いカーディガンを羽織り、顔を隠すためにサングラスをかけサンバイザーもかぶり、日傘をさす。かえって怪しすぎると思い直し、サンバイザーは外す。

新緑がまばゆい団地の敷地を出て、しばらく住宅街を歩くと、車の多い目抜き通りに出る。普段スーパー「ラビーダ」に行く際は、その大通りを右にたどる。けれど、今日はここを渡る。この道路が、今住んでいる鳥沼貝塚住宅の生活圏と、かつて住んでいた椋の木台団地の生活圏とを分ける境なのだ。

椋の木台団地では、一九八六年から二〇〇一年までの十五年間を過ごした。子どもたちが小学校に入るあたりから成人する前後までの、秋代にとって子育て真っ盛りの時期だ。だから、子どもを通じた知り合いが大勢住んでいる。

葉座間の一軒家を売るにあたって、最初に考えた引っ越し先は、勝手知ったる椋の木台団地だった。けれど、知り合いたちと顔を合わせれば、確実に子どもの話になる。それは何としても避けたい。といって、この歳でまったく見知らぬ土地で一から生活を始めるのは、不安が強すぎる。それで、椋の木台団地から歩いて二十分程度の鳥沼貝塚住宅を選んだのだった。

しかし、昨日、喪失感に蝕《むしば》まれながら悶々《もんもん》と考えるうち、自分が椋の木台近辺を選んだのは、子育てをしていたころの自分と向き合いたかったからなのではないか、と思い始めた。どこに過ちがあったのか、それとも避けられないことで自分を責めるべきではないのか、過去に戻って検証したいのかもしれない、と。あるいは、こんなことになる前の幸福だった時代に戻りたいだけかもしれない。

いずれにしても、自分の目線は本当は椋の木台団地に向いているらしいから、訪ねてみないと自分が何を欲しているのかもわからない。

道路を渡り、あちら側の住宅街に足を踏み入れただけで、緊張した。かつては半分畑だった見晴らしのよい丘に、城のようなマンション群が新しく建っている。

さらに進んで、椋の木台団地の敷地に入ると、まわりじゅうから監視されているように錯覚する。

一九七〇年代に何期にもわたって拡張していった公団の椋の木台団地は、高度経済成長期初めに作られた市営の烏沼貝塚住宅の数倍も巨大で、敷地内に百葉市立の椋の木台幼稚園、椋の木台小学校、椋の木台中学校がそろっている。秋代の三人の子も、そこに通った。

小学校の校庭に沿った通りに出ると、体育の授業中で、サッカーに興じる低学年男女の体操着姿が目に入ってくる。

ああ、サッカー。

秋代の血が沸き立つ。

この地域はサッカーまみれだった。あのころ、地元の新設校、市立百葉市民高校が冬の高校サッカーで躍進してから、街は新興のサッカーどころとして脚光を浴びていた。

次男の春好もその時代の波にさらわれた。小児リウマチの治療で幼稚園に行けず、長らく家に閉じこもることを余儀なくされた四歳の春好は、『キャプテン翼』にかじりついており、一年後に治ると、鬱憤《うっぷん》を晴らすようにサッカーに夢中になった。団地自治会の主導で創設された地域のサッカー少年団「FCグリーンボーイズ」に入り、全身全霊で吸収したキャプ翼《つば》のエッセンスを惜しみなく披露した。兄の優志と対照的に、とにかく動き続けることに喜びを覚える春好が、病のせいで歩くことにさえ難儀する姿は、両親の心を深くえぐっていただけに、サッカーで輝いている春好を目にして二人とも、できることは何でもしてあげようと誓った。

毎週日曜日の試合は子どもたちの父母が交代でサポートした。全員分のお弁当作り、応援グッズの用意や管理。柊一も送り迎えの車を出し、ペーパードライバーだった秋代もおっかなびっくり運転を始めた。柊一はその縁でつきあいのできた父親たちとサッカーチーム「無謀ズ」を結成し、子どもの試合のない休日には早朝サッカーで汗を流した。

よほどそのサッカーが楽しかったのだろう、「無謀ズ」の活動はじつに柊一が五十代半ばで公団から引っ越すまで続いた。晩年の柊一はしきりに、「じつは俺は社会人になってから友達がいなかったって、あのとき初めて気がついたよ。会社の同僚は友達じゃない。ああして、利害関係なく心から喜び合えるのが、友達なんだね。春好のおかげだな」と繰り返した。

春好のサポートに追われている間、まだ赤ん坊の巴の面倒を見てくれたのは、長男の優志だった。親がてんてこ舞いのときでも細かいことまでよく気がつき、こちらが言わずとも大抵のことはこなしてくれる。本人が手のかからない子どもだっただけでなく、きょうだいの面倒までまめに見て親の負担を減らしてくれる、しっかり者だった。

ただ、性格が正反対のせいか、優志と春好の折り合いは悪く、ケンカが絶えなかった。優志にあれこれ注意されることが春好には気に食わず、いちいち食ってかかる。そういうときの春好を従わせるのは親でも手を焼くので、たいていは聞きわけのよい優志に「お兄ちゃんなんだから、あなたが我慢しなさい」と言って、収めるのだった。

中学生になると優志は、お母さんやお父さんはハリーに甘すぎる、過保護だ、と非難するようになるが、どうしても病気のときの春好に責任を感じてしまう秋代は、春好にのびのびサッカーをさせたいという思いを優先させて、優志に頼ってしまうのだった。

春好はこの地域の同世代の中で、圧倒的なエースだった。背番号10を背負い、対戦相手から恐れられ、徹底マークされても決勝点を決めてしまう、王様だった。中学の部活でもその存在感は変わらず、椋中を歴代最高の県大会ベスト4まで導き、得点王まであと一点に迫る活躍を見せ、大会ＭＶＰに選ばれたりした。

幼児のときからの夢であった市民高サッカー部への進学もこれで叶うだろうと誰もが確実視したが、まさかの選抜試験落ちとなった。その挫折が春好の転落の始まりだった。近所の市立磯浜高校に入り、県でも中堅だったそのサッカー部を強豪に引き上げると息巻いたが、春好のレベルについていけない部員たちをあからさまに軽蔑する尊大で自己中心的な態度は、春好の評価を下げるばかりで、レギュラーからも外され、自棄になった春好は悪い友達に染まり、サッカー部も二年の夏で辞めてしまった。

親として最大限の情熱を何年も注いで支えてきたのにあえなくグレていく春好は、秋代に深い失望と強いストレスをもたらした。流れを変えたくて家庭の外に出てみようと、秋代は団地の商業エリアに店舗を構えていた生協で、レジ打ちのパートを始めた。そして、そのパート仲間から誘われてにわかに虜《とりこ》となったのが、地元のプロサッカークラブ、百葉ハンドレッド・リーブズ・ユナイテッド、通称ハルユー（HuL-U）だった。

発足から五年目のプロサッカーリーグ「ドリーグ」（全日本ドリーム・リーグ）に、ついに百葉のクラブ、ハルユーが参戦したということで、地元は大いに盛り上がった。二部リーグ制となってからはいつも残留争いをしているような弱小クラブだけれど、春好が捨てたサッカーへの愛を代わりに注いでいるようなつもりで、秋代はハルユーのコア・サポーターとなっていった。

ハルユーのホームスタジアムが大会会場に選ばれた二〇〇二年の日韓ワールドカップで、サポーター仲間で会場案内などのボランティアを務めたことは、人生の誇りとして秋代の記憶に刻まれている。

そのころはもう隣の市の葉座間に引っ越しており、そちらで勤め始めたスーパーマーケットのパート仲間に、新鋭の浅田真央という天才を見に行こう、と誘われたのがトリノ五輪直前の二〇〇五年。かつてのジャネット・リン好きの魂に火がつき、あっという間に関心がフィギュアスケートに移っていき、ハルユーが二部落ちしたことも重なって、サッカーからは足が遠のいていった。

そもそも、無類のスポーツ観戦好きである秋代が柊一と知り合ったのも、プロ野球のジャイアンツ戦でだった。今でいう合コンのような形で、当時の勤め先の同僚から誘われ、巨人ファンである秋代は喜び勇んで参加。観戦後の飲み会で意気投合したのが、隣の席になった柊一だった。

一九七一年秋のことであり、巨人はまだV9の過程にあった。二人とも熱烈な巨人ファンであると同時に、札幌オリンピックではジャネット・リンや日の丸飛行隊に燃え、ミュンヘン・オリンピック後はバレーボール熱に取り憑《つ》かれて、実業団の試合を観戦しに行った。思えば、流行りのスポーツばかり追いかけて、長続きしない。春好の飽きっぽさが、自分からの影響か遺伝かと思うと、贖《あがな》えない罪を背負っている気になる。

やっぱりこの団地を歩くのはしんどい、と秋代は思う。かつて自分がはまった落とし穴を一つ一つ探してのぞいて、自分や家族の亡《な》き骸《がら》が落ちているのを確認していくような作業だから。

秋代は早くも疲労を感じ、団地の棟と棟の隙間に設けられているベンチに腰をおろした。泰山木《たいさんぼく》の大樹の葉の隙間から、木漏れ日が降りそそぐ。団地の敷地内は舗装されておらず、「森の団地」と呼ばれるほどに豊富な種類の木が植えられている。木も人も集まって暮らす、というコンセプトが、この団地の新しさだった。

その木々は、二十年も見ないうちに、太く大きく立派になり、五階建ての団地群にほどよい日陰を提供している。その名をもらった椋の木をはじめ、欅《けやき》、楡《にれ》、榎《えのき》、エゴノキ、ブナが少し。大好きだった白木蓮《はくもくれん》の大木は、春の薄く霞《かす》んだ青空に純白の炎を燃え上がらせて、とても幻想的だった。もちろん各種の桜、梅、桃、杏《あんず》、林檎《りんご》、木瓜《ぼけ》にサンザシ。夏蜜柑《みかん》に柚子《ゆず》、キンカン。今は藪《やぶ》が血を流しているような躑躅《つつじ》類が盛りだ。皐月《さつき》に石楠花《しゃくなげ》、芍薬《しゃくやく》。藤棚も今が見ごろだし、花水木《はなみずき》もそろそろ花だけでなく葉が茂り始めている。

優志の植物への尋常ならざる愛着は、この環境が作り出したものだろう。家に籠っていることが好きだった優志を、外で遊びなさいとけしかけると、友達と遊ぶのではなく、木々や虫をいつまでも観察していたものだった。

柊一には悪いけれど、自分もこの団地が一番好きだったかもしれない、と思う。

結婚してから十三年は、東京との境の街にある社宅に住み、巴が生まれて狭くなりすぎたので、椋の木台に移ってきた。さらに十五年後に、柊一は自分の唯一の夢であった戸建て住宅を葉座間に建てた。建築士と密に打ち合わせを重ねて、自分の理想を隅々まで実現した、柊一のゴールだった。完成したばかりの家を見上げてはしつこいほど写真を撮り、ローマ字で家族全員の名前が刻まれた青銅の表札を指でなぞりながら、「これこそが俺の生きた証だよ」と柊一が独りごちたのを、秋代はさまざまな意味で鮮烈に覚えている。二人とも五十歳を越え、長男の優志は翌年から社会人だった。

ちょっと遅かったのよねえ、と秋代は記憶の柊一に語りかける。

子どもたちが自立していく時期にマイホームを建てても、家族の一体感はもう薄れている。勤め始めればただの寝る場所でしかなくなるし、翌々年に横浜の大学に入った巴は家を出て一人暮らしを始めるし、いたずらに部屋が余ってがらんとしてしまった。

私も友達と離れて、地域に溶け込むのに労力がかかったし、どうも借り物感というか、身の丈に合っていないような居心地の悪さがあって、自分のホームという感覚が持てなかったな。もう少し早ければ、なじんだのかもしれないけれど。結局、悪い思い出のほうが多いし。

　そう指摘しながら、秋代の胸は鈍い痛みに見舞われる。マイホームが遅くなったのは、自分にも原因がある、と思ってしまうからだ。

　一九七三年に結婚してから、子どもが生まれるまでに五年もかかったのだ。あの時期のことを思い出すと、自分が悪いんじゃない、と不当な気持ちになるのに、自分の責任だという重さから解放されることもない。

　最初は、それぞれの両親から急《せ》かされるだけだった。十分にプレッシャーだったが、秋代自身も子どもは欲しいと思っていたので、意思を否定されているとまでは思わなかった。それに柊一の親が「孫の顔はまだ見られないのかな」などと言うと、普段は流されやすい柊一が珍しく「まあ、それはぼくらの問題なんだから、あんまり言わないでくれよ」とやんわり制してくれて、救われた気持ちになった。

　けれど、柊一が趣味として方眼紙にしょっちゅう描いているマイホームの間取り図がふと目に入り、そこに「長男の部屋」「長女の部屋」が描き込まれているのを知ったときは、自分でも驚くほどのショックを受けてしまった。

　妊娠に至ることにすらこんなに苦労しているのに、自分はもう男の子一人女の子一人を産むことに決まっているのかと思うと、自分が養鶏場の雌鶏に思えてきた。柊一が子を望むことは何も悪くないし、秋代に要求したわけでもないのに、秋代は誰も味方がいないという孤立感に襲われた。

　秋代との間で子どもの話が出るたびに柊一は、「大丈夫だって。心配しなくてもそのうちできるって」と、その楽観的な姿勢を崩さない。最初はその言葉に癒されたが、子ども部屋のある設計図を見てからは、「子どもができない場合」というのは想定されていないんだ、という圧迫感のほうが強くなった。そしてその圧迫感はさらに、自分でも子どもは欲しいのだから、できない場合を想定すること自体が冷酷な裏切りだ、という罪の意識を植えつける。

　子なしの主婦として家で無聊《ぶりょう》をかこち、心内で自分を痛めつけ始めた秋代は、後楽園球場に逃げた。それまでも柊一と月に一、二回のペースでジャイアンツ戦に行き、結婚してもこんなデートが続けられるなんて、自分たちは幸せな夫婦だと思っていたが、それ以外の日にも自分一人で足を運ぶようになり、さらには敵地への遠征も始める。柊一は「家計は大丈夫なんだよね？」と念を押しながらも、秋代の気分を逆なでしないよう、深くは追及しなかった。

　だがそれも、一九七五年に長嶋巨人が最下位に終わったときまでだった。秋代はひどく落胆し、つい自分の運命まで重ねて考えて絶望し、観戦をやめてしまう。そして次の正月にそれぞれの親や親戚から儀式のように同じ期待を浴び続けた直後、とうとう子作り自体に嫌悪を覚え、柊一を受けつけなくなった。

　その一年間、秋代は子作りにすっかり背を向けていたのだが、当初は静観していた柊一も、十一月十六日の秋代の誕生日祝いにフランス料理の名店「麝香《じゃこう》亭」に行った際、「来年のアキの誕生日には、いい知らせがあるって予感がするんだよね」と言い出した。

「何？　妹さんの結婚？」秋代はわざと話をすり替える。

「いい知らせのために、また努力しようよ」

「努力って何？　努力すれば野球選手みたいに打率が上がるの？　誰がどう努力するの？」

「そらあ、運でしかないのはわかってるよ。でも、運を引き寄せる支度ぐらいは努力できるじゃん？　その支度もなかったら、巡ってくる運も逃しちまうよ」

「子どもを作るために私としたいの？　私としたいからするの？」秋代が問い詰める。

「そんなの、分けられる話じゃないよ。したい気分の何パーセントまでが子作りで、何パーセントが愛情とか、そんなの知りたかないよ」柊一はかわす。

「違う。子どもが大事か私が大事か、どっちなのかはっきりさせないと、子どもなんか作れない」

　自分で言っておきながら、これでは女のヒステリーだ、と自分を軽蔑したくなる。

「比べられないものを比べたら、アキも俺も苦しくなるだけでしょ。やめようよ、そういうのは」

　確かにそのとおりなので、秋代はうなずく。それで少し心が静まる。けれど、柊一はまた次のようなことを言って、秋代の気分を乱す。

「横田んとこも西田さんとこも、下の大島さんとこも、みんなこの一、二年で子どもできただろ。三年もできなかったカッチャンとこも生まれたじゃんか。みんな、支度してるから、運が巡ってきたんだよ」

脳が破裂するような感覚があり、同時に秋代は「わかった。じゃあ、私が三十歳になるまではがんばる。それでだめなら離縁する」と口走っていた。

「おいおい、穏やかじゃないな。まあ、ともかく三十歳までにしよう。それまで、のんびり無理しないでがんばろう。それでも二人のままなら、二人で生きていこう」

秋代は柊一のその言葉を信用しなかった。とにかく、自分の定めた目標だけを頼りに進む、と決めていた。

優志を妊娠したのは、それから一年近くが過ぎた、二十九歳目前の秋だった。その間、秋代は図書館でものの本を読み漁り、尋常ではない頻度で交渉を求め、それでは効果がむしろ落ちると言って柊一が拒むほどだった。

妊娠がわかったときは、秋代は自分の中身がすべて流れ落ちてしまうのではないかと思うほど、泣いた。やはり号泣している柊一が、「な？　心配しなくてもいつかはできるって、言ったじゃん」と言って秋代を抱きしめようとしたときは、殺意さえ覚えてその腕を撥《は》ね飛ばした。

今思えば、柊一はあの時代にあっては理解のある夫だったと思う。能天気で流されやすくて、マイホーム以外はあまり自分の考えというものがない人だったけれど、友人の夫たちの話を聞けば、よほど妻を尊重してくれたほうだ。

結婚前、デートを重ねるうちに惹かれたのも、その穏やかさというのか寛容さというのか、当時は「包容力」だと解釈した性格にだった。

それまで秋代は、もう自分は結婚できないんじゃないかという諦めと、日々戦っていた。

水戸の商人の家で三兄妹の末っ子として、団塊の世代に生まれ、少女時代は陸上やバレーボールといったスポーツに明け暮れ、水戸の県立高校を卒業してから地元の食品会社で経理の仕事に就く。休日は友達に誘われて都心に遊びに行くうち、当時盛り上がっていた学生運動の街頭デモに、若干のお祭り感覚混じりの正義感で参加するようになったのが、二十歳のころ。そのデモで声を掛けられたのがきっかけで、一歳年上の東京の大学生とつきあうようになる。初めての恋人であり、自分を冒険に連れ出してくれる解放者であり、初体験の相手ともなった。

しかしデートできるのは、デモや集会のために秋代が都心に出て行ったときだけ。いくら頼んでも、男は金欠を理由に水戸に来てくれることはない。

会えない時間が多すぎても男が平気でいることに不安と不信を募らせた秋代は、探偵めいた行動に打って出て、男が同じ大学の女とつきあっていることを突き止めた。

二股をかけられたのではなく、本命はその女のほうで自分は遊び相手だとすぐに悟ったのは、デモや集会で、男やその友人たち大学生グループから、秋代は常に子ども扱いを受けてきたからだ。高卒の秋代はわかっていないだろうから教えてあげる、という態度でいつも説明される。影響を受けて意見を言えば、お味噌がよくがんばっているという感じで、褒められながら流される。君らのように大学教育の機会を奪われた人たちが意思を持ってここに参加していることは決定的に重要なんだ、と言われながら、意見を聞かれることはない。

それでも秋代は一抹の幻想を捨てきれずに、男が卒業するまでつきあい続けた。男は安田講堂が落ちる前に活動から離れ、抜け目なく就職し、秋代に「他に好きな人ができたから」と言って別れを告げた。こっちが本命の女に気づいていないと終《しま》いまで思い込んでいられるなんて、どれほど私は彼にとって些細な存在だったんだと我に返らされ、秋代は屈辱感でいっぱいになった。

秋代は結婚相手のいない状態ですでに職場五年目を迎えていた。自分はトウの立った女だと思われている、と秋代は女子社員がひそひそ話をするたびに怯えた。社内や親族のあちこちから、見合い相手を世話してくれる人を紹介する、と言われた。しかし、だまされて若さを奪われたという傷は化膿し、また、学生運動で刷り込まれた自由恋愛の価値観も邪魔をして、その気になれない。こうなったら意地だけで仕事を続けてやるとヤケクソ気味に、やり甲斐のある職場への異動を願うも、その資格がないと拒まれる。没頭できる先は、巨人の応援ぐらいしか残されていなかった。

そしてそこで柊一と知り合い、大学出の男でも、秋代のことを学歴の劣る女と見なさない人がいるのだとわかり、初めて傷が癒えて、人生に踏み出してもいいと思えるようになったのだ。

つきあい始めて間もない一九七二年の冬、札幌オリンピックで二人とも盛り上がった直後に、浅間山荘事件が起こったときのこと。柊一が「怖いよなあ、危ない連中だよなあ」としきりに言うので、学生運動に参加していたことが知られたら自分もそう思われるのかもしれないと秋代はにわかに不安になり、「柊ちゃんたら、日大時代、集会とか参加しなかったのかしら？」と話を向けてみた。

「しなかったね。気持ちは正しいけれど、暴力は嫌だから」

秋代はこの答えを、この人は学生運動に積極的に加わるような欺瞞《ぎまん》的な男とは違うという証明であり、安心材料なのだ、と思うことにした。そしてその安心を守るために、自分の活動歴については嘘を貫こうと決めた。幸い、柊一が尋ねてくることはなく、秋代は嘘をつかずに済んだ。

今になってみれば、柊一の答えは、柊一らしい無関心とご都合主義が混ざった処世術だったとわかる。そもそも、柊一が社会人になったのは一九六八年で、運動の最盛期にはもう学生ではなかったため、流されやすい柊一が流される環境がなかったのだ。

お城めいたラブホテルなる流行りの場所に初めて入ったときには、秋代は経験者だとバレてしまうことに審判を受けるような覚悟で臨んだが、柊一はまったく意に介さなかった。過去の男性歴についての釈明ぐらいは求められると思っていたが、柊一には現在だけが大事なようだった。お互いさまってことなんだろうと秋代は解釈しながら、この人といると気持ちが楽になる、それは自分の人生を左右する一番大切なことだ、と自覚した。

お互いが結婚を熱望しているはずなのに、柊一がなかなかプロポーズに踏み切ってくれないので、秋代は二十四歳の誕生日を迎えるにあたって、「一生を決めるような忘れられないプレゼントが欲しい」と求めた。当日、柊一はその暗黙の要求に応え、指輪を贈ってプロポーズした。

秋代の歓喜は爆発した。間違いなく、人生で最も幸福な瞬間だった。柊一が最高に官能的に見えた。

帰宅後に長電話して寝不足が続くような熱烈な毎日を過ごし、二週間後に柊一の実家に挨拶に行き、クリスマスに秋代の実家に柊一が挨拶に来て、互いの両親に気に入られた。そして、翌年の六月に式を挙げ、秋代は無事に寿退社となり、新婚旅行でハワイを旅した。

その「包容力」が、じつは無関心ゆえのこだわりのなさにすぎなかったと発見したのは、子作りをめぐってこじれ始めてからだった。それでも柊一は、気に入らないからといって秋代の行動を制限するような真似は、あまりしなかった。細かいことを気にしない大らかさは、間違いなく柊一の美点だった。

春好がサッカー部を辞めて夜遊びに走ったときも、秋代のように厳しくたしなめたりはしなかった。

「挫折って人生の糧だし。それに、反抗しない十代なんて、かえって危ないだろ。ときどき声をかけながら見守っていこう」

春好を追い詰めなかったのは、よかったと思う。けれど、きちんと「見守って」いたかというと、心もとない。春好が高校をサボって夜も帰らず、どこで何をしているのか、お小遣いを増やしたわけでもないのに金遣いが荒くなっているのはなぜなのか、親にはまったくわからなかったから。

優志には一度、相談をしたが、「これまで甘やかしすぎたんだから、もう何をしても親のコントロールはきかないよ。破滅して頼ってくるまで、できることはないね」と、けんもほろろの答えだった。

そのころ思春期を迎えていた巴に対し、秋代はそれまでのような優志任せにするわけにもいかず、機を見ては、女性になることの心得を話すようにしていた。ませている巴は、すべて承知済みだと言わんばかりのうんざりした様子で聞いていたが、二人の息子と接点を失いつつあった秋代は、かまわず巴に話しかけた。

巴が中学二年の夏に、春好が何をしているのかわからなくて不安だと愚痴を漏らしたところ、巴は例によって他人事の目つきと表情で、「春好はモテるから、女遊びに狂ってるよ。あれが人たらしなのは、お母さんも自分で体験してわかってるでしょ」と言い放ったので、仰天した。

「何であんたがハリーの行状まで把握してんの。ハリーと会話してるの？」

巴は首を振り、「そんなの、普通に見てればわかる。お母さんは春好の何を見てるの」と言い、それ以上の情報は与えてくれなかった。

その話を柊一に伝えると、柊一は狼狽《ろうばい》し、「巴は大人びてるのはいいけど、身のほど知らずでちょっと怖いところがあるなあ」とつぶやいた。そして「よし、俺が話して、聞き出してみる」と言った。

その後、特に何か説教をしたふうでもなく、相変わらず春好は軟派な格好をし、帰りは遅かった。

「ハリーの話はどうなったの？　何とかするって言ったでしょ」

秋代が柊一に問いただすと、「話したよ。それで心入れ替えて、しっかり受験勉強に身を入れるって約束した。ああ見えても本人はやる気になって努力してるから、見守ってやろう」ということだった。

そして事実、大学なんかもう無理だろうと秋代は諦めていたのに、春好は東京の私立大学商学部にかろうじて現役合格できたのだ。

春好が体育会系のわかりやすい性格をしていたこともあるだろうが、柊一は春好の扱いには比較的長《た》けていた。それに対し、神経質で親よりも先に気を回す優志のことは、もてあまし気味だった。

秋代がリウマチの春好にかかりきりだった期間は、柊一が優志の相手をすることが多かったのだが、キャッチボールも嫌がるし、自転車を教えてもいつまでたっても乗れずに背を向けてしまう。ローラースケートを買い与えても、父を喜ばせるためだけにしか履いていない。

本を読んだり作文を書いていることのほうが好きなので、そちらの方面は苦手な柊一ががんばってつきあおうとすると、「お父さんは無理しなくていいよ。本読みながら想像する世界はぼくだけのもので、一緒に同じ世界を見るのは難しいから、一人で大丈夫だよ」などと言われるので、柊一もお手上げだった。

実際に優志は自分で自分の面倒を見ることができたし、家でも学校でも決して問題は起こさないし、親の考えることは言わなくてもわかっているし、必要があれば自ら要求してくるから、次第に柊一も秋代も、優志の望みどおり放っておくようになった。

ともすると親の介入を拒むほどに優志が囲い込んで一心に世話をした巴も、独立心の強い子に育った。お母さんたちは忙しいんだから迷惑をかけちゃいけない、とでも教え込んだのか、幼いころからほとんど親を頼ろうとせず、意思を見せない。無表情で強情で可愛げがないため、勢い、誰からもかまわれなくなる。優志の言うことにだけは素直に従う。

夏休みなども、春好のサッカーの合宿や遠征試合を優先して、家族での旅行には一度も行かなかった。春好が挫折してから初めて秋代は、家族みんなでの思い出があまりに少ないことに思い至り、夏休みぐらいは毎年、近場の御宿で一泊とかでもいいから家族旅行をすべきだったと後悔したが、時すでに遅かった。幼少期から家族全員で写っている写真がまばらなアルバムを見返して秋代は、優志と巴には申し訳ないことをしたと反省し、それが二人が親に冷淡に育った原因かもしれないと思う。

もっとも、春好の二度にわたる借金問題で優志と口論になったときに、その後悔を秋代が口にすると、優志は「救いようがないね。家族の団結とか信仰してるから、こんなことになるんだろ」と切って捨てたけれど。

でも秋代はやはり、子どものころにもっときょうだいで一緒に何かをして、きょうだいのつながりの意識をしっかり共有させるべきだったと思っている。それが、親として失敗だったと責任を感じている部分であり、月美さんに申し訳ないと思う点だ。

とはいえ、それはそんなに致命的な失敗だったのだろうか。家族が崩壊するほどのミスだったのだろうか。

自分は人生において一度たりとも、分不相応な大それた望みや野心など、抱いたことがない。凡人であることを十分に自覚して、ちょっと退屈だけど大過ない、些細で平凡な幸福を求めてきた。普通の人が望む人生を望み、普通の人が送る日常を送り、月並みな子育てをしてきた。

子どもにも多くは望まなかったし、かといって不当に貶《おとし》めたり無関心だったりしたつもりもない。我欲に執着して無理を押しつけたりもしなかった。生きたいように生きてくれればいいと思っていた。自分の人生じゃなくて、子どもの人生なのだから。

むしろ、ずっと自分を抑えて我慢してきたくらいだ。

それなのに、どうして。

三人の子がそろって異常な性格をしているとも思えない。どの子も、私から見れば普通のいい子たちだ。

三人ともそれぞれ欠点もあるし、それが強く出ている面もあるけれど、長所もたくさん持っていて、つまりその欠点と長所の混ざり具合は、そんなに人並み外れたものでもないと思うのだ。

スーパーで売っているようなごく一般的な食材で、定番料理をレシピどおりに作ったら、なぜか猛毒だった、とでもいうような理不尽さがある。どうしてそれで猛毒になるのか、因果関係がわからない。

小さなほころびが、見ないようにしているうちに広がって、修復不能になったということなのか。

確かに、目をそらしたきらいはある。病気で蟄居《ちっきょ》生活を余儀なくされた春好に対し、親の責任を感じていたにもかかわらず、サッカーでつまずいたときには、支えるのではなく「見守って」しまった。私はハルユーの応援に逃避したし、柊一は葉座間の家作りに逃げ込んだ。

春好を大学に合格させたことだけは柊一の手柄かもしれないが、それで安心したのがいけなかった。柊一も自分も、結局は春好を野放しにしただけで、本当には見守ってなどいなかったのだ。

葉座間の家に引っ越してからも、柊一は棚を増設したり車庫を改造したりと、こまごまとした日曜大工に没頭していた。

やがて、自分たちが高齢者になって体の自由がきかなくなったときに備えてバリアフリー化する改築計画に取り掛かると、日々がそれ一色になった。会話をしてもバリアフリーの話題ばかりで、まだそんな気になれない秋代は、柊一との会話が億劫《おっくう》になった。

そんなことよりも秋代が心配なのは、頑健な自分よりも、一病息災タイプの柊一のほうが長生きしそうなことだった。健康であるがゆえに病気になったときの耐性が低い自分よりも、病気への対応力の高い柊一のほうが、生き延びそうな気がしたのだ。

そもそも、柊一の両親は長生きである。八十代で夫婦でマラソンを走った義父母は、息子が先立った後も、九十代で誰の世話にもならずに、二人で太極拳をしながら岡山に暮らしている。

秋代の母親は、父親より七歳年下だったので、誰もが父のほうが先に亡くなると思っていたのに、母は六十代後半で心筋梗塞《こうそく》で元気なまま逝ってしまった。ちょうど春好がリウマチだったころで、秋代もそちらにかかりきりだったので、実家の面倒は姉と兄に任せてしまった。一人暮らしとなった父の消沈はひどく、アルコールに依存し、母の死後二年で、泥酔して風呂に入り溺死した。今にしてみれば、鬱病《うつびょう》だったのかもしれないと思う。

その経験から、ろくすっぽ自分の面倒を見られない柊一が一人で生きる羽目になったら、簡単に心が折れてしまうかもしれないと懸念したのだった。そのためには、身の回りのことをこなせるようにするだけでなく、一人で生きる心の準備をさせることが肝心だと、秋代は考えた。それで、自動車販売会社を退職してからは、会社が用意してくれる嘱託の仕事ではなく、近所のコンビニでアルバイトをすることで近隣に知り合いを増やすよう、提案した。けれど柊一は、「そんな惨めなこと、俺には無理だな」と取り合わず、嘱託の販売員を続けた。

嘱託期間が残り一年弱となった二〇一一年三月、しきりに体調不良を訴えるので病院で検査を受けたところ、末期の膵臓癌が見つかった。定期の健康診断では見つかりにくい部位だった。

リタイアしたら本格的に自宅改築に取り組むつもりでいた柊一は、何としてでも治る、と宣言した。老後のバリアフリーを実現するために今の癌を治すという考え方自体に、秋代は本末が転倒しているような違和感を覚えた。しかし柊一は、「これはアキのためでもあるんだ。俺が治らなくてもおまえに必要なんだ。だから俺はやり遂げなくちゃならない。そのためには治らなくちゃならない。治って、老後に体が不自由になって、ああ、あのときバリアフリーにしておいてよかったよね、ってアキと言い合いたいんだよ」と言った。

だから、「老後」を鮮明にイメージして生き甲斐にさえしてきた柊一が、「老後」を知る前に亡くなったことも、バリアフリー化を実現できなかったことも、どうしても現実感が湧かなかった。

何よりも、それだけ柊一が「俺の生きた証」だとこだわってきた葉座間の家を、春好の不始末のためにあっさりと手放してしまったことが、自分で許せなかった。柊一を見殺しにしてしまったような残忍さを自分に覚え、失望した。その残忍さには、柊一は結局、家族の深刻な問題にまともに向き合うことなく、さっさと退場して秋代にすべての負債を負わせた、という恨みもこもっていたかもしれない。

さらに、その無念を子どもたちが誰も共有していないことが、また嘘のようだった。その無念を話して、聞いてくれる人さえ、いないのだった。

未彩人以外は。

ああ、とため息をついて、秋代は我に返る。また行きつ戻りつ、考えごとの堂々巡りに飲み込まれていた。一人だと延々と同じことを考えてしまう。というか、私は一人でしか考えてこなかったのかもしれない。一人で考えて一人で決めて。そうせざるをえなかったのが、私の人生なのか。柊一はいつも流されてばかりだったから。

いやいや、私も流されていなかったなんて、とても言えない。何しろ、人並みであることをずっと望んでいたのだ。人並みって、世の中の普通に合わせて流されていくことだという気がする。

私だけがこんな問題に悩まされているのかな。それとも、例えばこの団地の人たちも、そうは見えなくても、本当は同じくらい深刻な絶望と諦めの中で暮らしていたりするのだろうか。

秋代はぼんやりとあたりを見回す。目に入っていたのに意識には捉えられていなかった風景に、焦点が合ってくる。

平日の昼間だというせいだけでなく、団地内は閑散としていた。木陰のベンチにはぽつりぽつりと腰をかけている人がいるが、皆、秋代と同じかそれ以上の年齢の人たちばかり。読書しているおじさん、杖を置いて漫然とあたりを眺めている体が不自由そうなおじいさん、カートを脇におしゃべりしているおばあさん二人はこぢんまりと縮んでいる。

その光景は、いま秋代が住んでいる鳥沼貝塚住宅とそっくり。おそらく、日本中の団地が同じ風景に覆われているだろう。

椋の木台団地の景色は昔と変わっていないが、変わらないからこそ逆に、現在ではなく過去が取り残されているように見える。まるで、「残りの人生」を生きる者たちが、夢として見ている過去が、そのまま現れたかのよう。

私も、まるで時間なんて過ぎていなくて、まだこの森の団地で生活していた自分のままでいるような夢に沈もうとしている。こうして過去に溺れている今、風でも吹いたら、じつはすでに亡き者となっている私は灰となって飛んでいくのかもしれない。

秋代は、そうすれば時間がまた動き出すとでもいうように、ベンチを立って歩き始める。

私だって、はたから見たら、この人たちと何ら変わりはないだろう。平凡に生き、平凡に晩年を迎えているかのような、若いおばあさん。まだ七十になったばかりだから、「若い」とつけさせてはもらうけど、「自分の感覚では、まだおばあさんじゃない」と言い張るのも惨めだと思っている。おばあさんであるかどうかはどうでもよくて、他人の目にそう見えるのならそれでかまわないし、かと言って、自分からおばあさんらしくするつもりもない。要するに、もはや他人の目はどうでもいい。

そう思っているくせに、この団地で知り合いと遭うことを恐れているのは、他人の目を気にしていることにならないだろうか。

だから、こちらに歩いてくる年配の女性からいきなり、「ちょっと！　秋ちゃんじゃない？」と呼ばれたときは、体が跳ね上がって、踵《きびす》を返して逃げ出しそうになった。

秋代の住んでいた二街区九号棟の前にある、最もなじみ深い広場にさしかかったところだった。あちらはサングラス姿の秋代を簡単に識別したのに、こちらは顔をさらしている相手が誰だかわからない。目の前まで来てようやく、隣の十二号棟に住む花下《はなした》繁子《しげこ》さんだと認識できた。春好と同じサッカー少年団に一つ年下の息子さんが所属していた関係で、家族ぐるみで懇意にしていたのだ。一番出くわしたくない人の一人と遭ってしまったが、観念するしかない。

「秋ちゃん、ご無沙汰じゃない。全然変わってないわね。どうしてた？」

　花下さんも以前と変わらない、よどみのないよく通る声で尋ねてきた。ここで花下さんに遭うことは予測できてしかるべきだったし、花下さんだとわかれば間違えようがないほど花下さんのままなのに、なぜ認識できなかったのか。

「変わってないかな？　サングラスしてるのに、よくわかったね」

「やだ、ハリーの試合につきそってたとき、そのサングラス姿、トレードマークだったじゃないの」

「そうだっけ？」

　夏なんかはそういう日もあっただろうけど、トレードマークというほどのことだっただろうか、と秋代は思うが、もう自分でもあまり覚えていない。

「ハリーは元気してる？　そうだ、柊一さんが亡くなってもう何年？」

「今年で八年」

「早いわねえ。あなたは大丈夫？　大丈夫そうには見えるけど」

　秋代は一瞬、返答に窮する。柊一がいないこと自体をいま自分がどう受け止めているのか、感情を他のことで酷使し続けてきたので、よくわからない。

「どうだろう。何か、いつまでたっても慣れないというか」

秋代は自分の実感を手探りしながら曖昧に答えた。どうせ、型通りの意味に取られるだろうな、と諦めながら。

「え？」と花下さんは耳に手を当てて聞き返してきた。何かまずいこと言ったのかと不安になったが、花下さんの顔を見ると、たんに聞こえなかったようだ。迷いから秋代の声が小さくなったのだろう。

秋代が答え直すと、「良くも悪くも、そこにいるのがあたりまえだったわけだから。ま、長年住み慣れた場所を移ったようなもんだよね」と花下さんは言ったので、ドキンとした。まさか花下さんは、私が薬座間から鳥沼貝塚住宅に引っ越したことを知っているのか。

「秋ちゃん、ほんとはここから引っ越したくなかったんでしょ」

花下さんが言い添えたので、秋代はほっとすると同時に、花下さんのこういうところが油断ならない、と思う。

「またまた。繁ちゃんこそ、私たちに引っ越してほしくなかったんでしょう。そうすればダンナ組の朝サッカーも続いて、徹《とおる》さんもうちのダンナとつるんで、家で暇をもてあますこともなかったとか、そういうことでしょ」

花下さんは秋代の冗談に反応せず、やや無表情に黙って顔を見つめ返してきた。

まさか徹さんに何かあったのかしら、不用意なことを言ってしまったのだろうか、と秋代は慌てた。

「秋ちゃん、ちょっとうち寄ってかない？　何かこの団地で用事があるの？」

「うーん、そういうわけでもないけど」

「じゃあ、寄ってきなさいよ。それで少し話しよう」

「そうねえ……」

　案の定、面倒な事態になって、秋代は渋った。

「長時間は拘束しないから。私、ほら、両耳とも聞こえが悪くなっちゃってね。補聴器つけてんのよ。だから、屋外《おもて》だと話が聞き取りにくいの」

　花下さんはそう言いながら、耳の後ろに掛かっている小さな水色の補聴器を見せた。

「へえ、いまどきはこんな小《ち》っちゃくてオシャレなの」

　言われなければ、コードなしのイヤホンだと思うだろう。

「あなたにはここは静かかもしれないけど、やっぱり屋外ってどこかから車の音とか風の音とか聞こえて、あなたの話してる声と混ざって、意味が取りにくくなるのよね」

「そうなの。じゃあ、お邪魔しようかな」

　秋代は蟻《あり》地獄に落ちた蟻のような気分だった。嘘じゃないんだろうけど、花下さんは耳の悪さを利用してる、と思った。でも自分が花下さんの立場だったら、同じことをするかもしれない、とも思った。

　家に行くまで花下さんは、聞こえが悪くなっていった状況について説明した。聞き取りにくいからこちらに話させないように、自分が話し続けるのだろう。

花下さんは、これは老化ではなくて、秋代がこの公団にいたころから左耳が少し聞こえにくかったのだ、と言う。十五年ほど前に悪化して左耳の聴力が著しく落ち、右耳も聞こえが悪くなり始めた。原因ははっきりしないけれど、たぶん、当時高校生だった下の娘がいじめに巻き込まれたことのストレスだろう。

「舞ちゃんが？　あんなに気が強かったのに。目立ちすぎたのかしら」

秋代は花下さんに聞こえるよう、声量を上げてゆっくりはっきり話す。芝居の稽古をしている気になる。

「違う、舞がいじめる側になって、いじめられた子の親から私がえらく非難されたのよ」

「ああ、そういうこと」

春好と相性のよかった、お兄ちゃんの大佑《だいすけ》君も勝気《かちき》な大将タイプだったけれど、お兄ちゃんにずっとくっついていた舞ちゃんも負けん気が強くて、同い年の男子ともよくケンカをしていた。

「黒幕は舞じゃなかったのよ。でもすぐ挑発に乗るタイプでしょ、半ばだまされて煽《あお》られて、いじめの急先鋒《せんぽう》役に押し出されちゃったのね。でも悪いのは確かだから、こちらから言い訳はできないじゃない。そうしたら、うちがもっぱら、いじめられてた子のご両親から鬱憤を晴らされる対象みたいになっちゃって、しんどかった。それでその後、舞も私も体調崩しちゃって、耳もおかしくなったってわけ」

「それはいじめられる子の家庭にも問題があったのかもしれないね」

「あのころ秋ちゃんが引っ越してなかったら、私も愚痴聞いてもらえたかもしれないけど、子どもがらみでつきあいのあった団地の人たちはたいてい、加害者の家族はちょっとって感じで、どこかよそよそしくなるしさ。居づらかったな。でも引っ越せるような経済力もなかったし」

その当時、うちがまだ団地住人だったら、私も距離を置いたかもしれない、と秋代は思ったが、むろん口には出せない。

「それで舞ちゃんはどうなったの？」

靴を脱いで出されたスリッパを履いて花下さんのお宅に上がりながら、秋代は尋ねた。

玄関に散らばる靴の様子からは、花下さんは夫婦二人暮らしのようだ。家にこもる、変わらぬ花下家のにおいを嗅いだとたん、秋代はあの時代に一気に引き戻される。

「しばらくは暗い子になっちゃってね。でもおかげで真面目に勉強して、舞にしてはいい大学に入れて、そこでまた心機一転してからは前向きにはなったんだけどねえ……」

「けどね？」

「私が世間の非難から舞を守らなかったって舞は思い込んで、私とはまったく口をきいてくれなくなったの。それでそのまま就職して独立して結婚もして子どももいるけど、今でもほとんど没交渉よ」

秋代は今すぐ、自分の家族の問題を洗いざらいぶちまけたい衝動に駆られた。話し始めたら感情が決壊して、コントロールもきかず止まらなくなるだろう。

踏みとどまったのは、もし話したら、花下さんがたちまち知り合いにしゃべりまくって団地中の知るところとなる、というイメージが浮かんだからだ。

花下さんが特別おしゃべりだというわけではない。けれど、今の花下さんは、何というか、暇すぎるというか、時間も自分ももてあましている感が強いというか、何かに飢えている雰囲気がある。そう、孤独すぎて誰でもいいから自分の相手をしてほしいと渇望している様子が、滲み出ているのだ。秋代と同じく。

自分を落ち着かせるために、花下さんの家の中をぼんやりと眺める。天井の染みは上の階からの漏水でできたもので、当時よりも濃く黒ずんでいる。あのときの騒ぎは今でも鮮明に覚えている。水漏れが起きるような不十分な造りを公団は改修すべきだ、と花下さんは訴え、退けられて、秋代にこぼし続けたのだ。

「じゃあ、お孫さんとは会えてないの？」

とにかく自分が話し出さないように、質問に徹することにする。

「何年かに一回とか、ごくたまにね。徹には会いに来るのよ。たいてい私の留守を狙ってくるんだけど、たまたま居合わせたり早く帰ってきて鉢合わせたりすると、まあ仕方なく孫と遊ばせてくれはする。自分の冷たい姿を、娘に見せたくないんでしょうね」

秋代はいたたまれなくなって、「徹さんはお元気？」と話題を変えた。この手の質問はただちに自分に返されうる墓穴掘りなのだとわかっていても、このまま娘親子との断絶の話を聞き続けるのはつらすぎた。

「まだ働いてる。週四日でマンションの管理人。真夏に掃除したりけっこうハードなんだけど、仕事してないと逆に死んじゃうんでしょうね。マグロよ、マグロ」

かまわないで、と秋代は断るのだが、花下さんはお茶を淹れたりせんべいやクッキーをお皿に盛って差し出す。

「元気ならいいじゃない」

「それはそう。うちにいると私の具合が悪くなるからね。舞が父親とだけ接触するようになってから、なんだかバランスが崩れちゃってね、私と徹の間もおかしくなっちゃった。本来なら舞と私の間に入って、関係修復に手を貸すべきでしょうに、自分だけ頼られてることに得意になって、何もしないのよ。下手打って、自分まで娘の信頼を失うのが怖いんでしょうね。だから私も口ききたくないし、話せばすぐケンカよ。それで私も、徹の休日にはできるだけ家にいないようにしてるの。

年齢重ねたらダンナの理不尽も流せるだけの老獪《ろうかい》さが身についてくる、なんて、狐崎《こざき》さん言ってたじゃない。ほら、ハルユー・サポのグランマ、狐崎さん。そんなの、私には全然無理。それよか、積もり積もった不満が抑えきれなくなって、爆発ばっかりよ。

そうだ、秋ちゃん、今度またハルユーの試合、行きましょうよ。すっかりご無沙汰でしょう。二シーズン前に一部復帰したの、知ってた？」

秋代は首を振る。そして、また自分の移り気に嫌気がさす。

「じゃ行こう。ゆうちゃんやゴジラやぷんすけ君もまだ一緒に行ってんのよ。そうそう、またあのメンバーで、来年の東京オリンピック、ボランティアしようってことになってるんだよね。ワールドカップのとき、楽しかったじゃない。あれで人生広がったよね。秋ちゃんはオリンピックのチケット、何、申し込んだ？　私はサッカーを申し込めるだけ申し込んだ。ハルサポで手分けしてさ」

秋代の心は、ついて行けない。この団地を訪ねたのは、過去に戻るためだ。オリンピックとかって、私にとっては一九七二年の出来事。

「そうそう、パラリンピックにも行きましょうよ。引きこもりの人たちとパラリンピック観戦をする企画っていうのを、ハルサポ仲間で考えててね。二十五号棟の川名さんっているじゃない。川名さんちの息子さんの遼君がもう十年ぐらい鬱病で、みんなで川名さんに親子で観戦させてあげたいって話になって、じゃあ、引きこもりの人たちがいろいろ参加できる企画にしたら、遼君も参加しやすくなるんじゃないかってことで、支援団体に相談してるところ」

二十五号棟の川名さん、と言われてもすぐには浮かばなかったが、絞るように脳味噌に力を入れたら、秋代が引っ越すころに椋の木台に入居してきた若い夫婦が、十歳ぐらいの男の子を連れてこの地区のハルユー・サポーターに加わったことを思い出した。あの子がその後、鬱病になって家にいるということか。

秋代は、その男の子が鬱病になったことより、それを母親がサポーター仲間に話してみんなが知っている、ということに衝撃を受けた。そしてそのみんなが、親子でパラリンピック観戦させようなどという、お節介を焼いていることにも。

　まわりが他人の家族の問題に首をつっ込んで、心の病が治るものか。その子だってもう二十代半ばの大人だろう。本人の意思を尊重しなくていいのか。そもそも、その子がオリンピックやパラリンピックに興味があるかどうかも、わからないのに。

　そんなこととして、うまくいくのか。そういう善意は、身勝手な偽善じゃないのか。

　秋代の頭の中で、許しがたい気分が破裂した。怒りの大波に、秋代はさらわれた。

　そんな安易に解決するなら、誰も苦労はしない。私だって、こんな目に遭わずにすんだ。なぜなら、春好が借金まみれで最初の結婚に失敗し、出戻ってゲームに依存し引きこもったとき、秋代も柊一も、春好を社会に戻るよう促すことなんか、できなかったから。あんなみっともない春好の秘密を白日のもとにさらすような真似は、できるわけなかったから。

　だから、そんな偽善、うまくいくわけがない。自分たちだって本当は恥だと感じてるくせに。なのに平然とご近所に打ち明けてどうにかしてもらおうだなんて、考えが甘すぎる。親として無責任だ。本人も望んでいるかわからない恥を親がさらすなんて、いったいどんな神経をしているのか。花下さんたちもそんな甘えを受け入れて馴れ合って、現実から目をそらす手助けをしてるようなもんじゃないの。

　そんなことが許されるなら、私の苦労は何だったんだ！

　花下さんは、まだパラリンピックの話を続けている。

「ブラインドサッカーとか。目の不自由な人のサッカー。すごいんだから。ボールに鈴が入ってて、その音だけでサッカーするのよ。見えてない人たちだなんて、まったく見えないの」

花下さんを罵倒したい衝動は、急速に引いていった。目の前にいる安直で憐れな人物は、自分と何一つ変わらない、と感じたから。

秋代は再び、花下家の居間を放心したように眺める。

鳥沼貝塚住宅の秋代の家は、引っ越すときに所持品の大半を処分してしまったので、何もなく殺風景だ。花下家は、何十年にもわたる生活の痕跡が蓄積してくすんでいる。いろいろな色を塗り重ねると次第に同じ灰色に近づいていくのと同じような原理か。

それでも私の部屋と似ている。活力のある子どもが二人いたころのエネルギーほとばしる雑然さとは異なる、何かを諦めて投げやりに放り出したような無秩序が支配している。

「大ちゃんはどうしてるの？」

花下さんの話をさえぎって、息子さんのことを尋ねる。

「オフィス機器のリース会社に勤めてるんだけど、いまだに独身なもんだから、いいように使われててね。三年おきに転勤転勤よ。体力だけはあるでしょ」

「元気ならいいじゃない」

秋代はまた、花下さんの夫に対してと同じ言葉を言う。元気ならいいのであれば、うちの子たちだって全員、元気ではある。

「まあね。大佑、あれでも夏と正月には帰ってきてくれるしね」

　わかっていたことなのに、花下さんのその言葉だけで、秋代の心臓はまた血を流す。つい先ほどまでは、お互いに子どもとの関係では苦しんでいるのだ、自分だけじゃないのだ、と共感していたのに、次の瞬間には、花下さんはいったい何が不満なのだ、甘ったれた考えして、と詰問したくなる。

「ハリーはどうしてるの？　大佑もハリーと会いたいんじゃないかな。今でも業界の人たちとサッカーしてるようなのよ。ハリーとサッカーしたらいいんじゃないかしら。ねえ！　ハルユー・サポで、大人になった子どもたちのフットサル大会でも開いたら、盛り上がると思わない？　それこそ川名さんちの遼君なんかも交えてさ」

　花下さんのこの提案に一緒になって夢中になれれば、どれほどよかったことか。やはりこの団地は時間が澱んでいる。花下さんはいまだに、「グリーンボーイズ」で子どもたちのサポートをしているときの心持ちでいるのだろう。

「春好は仕事が忙しくて難しいと思う。サッカーももうやめてるし」

「だからこそよ。いいの、運動不足でも、太っちゃってても、ハゲちゃってても何でも。場だけ作って引っ張り出せば、あとは当人たちが勝手にのめり込んでどうにかするわよ。もう大人なんだから」

　大人ならば、当人たちが勝手に場作りから始めるものなんじゃないだろうか、と思ったが、言わなかった。言う資格は、秋代にはないから。

「むしろ、徹さんをけしかけたら？　かつてのパパサッカー仲間を誘って」

「ははあ、なるほどね。それもいいかも」

　さすが秋ちゃん、と感心しながらすぐに、参加しそうな人たちを指折り数え始め、具体的な実行案作りに取りかかる花下さんを見て、やっぱり私もフォークダンスや麻雀だけじゃなくて、レジ打ちでも何でも、ダメ元でもっと有益な何かをしたほうがいいのかもしれない、と思う。

「そろそろ、お暇《いとま》するね」

「あら。お昼ぐらいご一緒しない？　時間はあるんでしょ。することなんかありゃしないんだから」

「ちょっと体調崩してて、まだ本調子じゃないのよ」と秋代。

「そうなの？　大丈夫？　ここが悪いってわかってるなら、いい病院紹介できるわよ」

「いいのいいの、風邪気味なだけだから」

「そう？　それならいいんだけど。じゃあ、また連絡するね。ハルユー行こう。あ、連絡先知らないんだった。携帯とかメールとか、教えてもらえる？」

「ああ、ごめんなさい。携帯しかないんだけど、うちに置いてきちゃった。番号、覚えられなくて。繁ちゃんの教えてくれれば、あとでＣメールするから」

　花下さんに書いてもらったメモを受け取るが、あとで連絡するつもりはない。漬物だとかカボチャの煮付けだとかを渡そうとしてくる花下さんに、塩分を控えないといけないだの言い訳をして断り、階段を降りて振り返ると、踊り場で手を振っている。手を振り返して、あとは振り返らないと強く自分に言い聞かせる。もう二度とこの椋の木台には戻らない。

帰宅したのは、午後二時前だった。椋の木台団地でもっとゆったりと過ごすつもりだったのに、わずか二時間少々しかいなかった。

自宅の部屋のドアに鍵を差し込んだとき、手応えがないのでヒヤッとする。

鍵がかかっていない。

空き巣に入られた？

まだ侵入者が中にいるかもしれないと思うと、ドアを開けるのが怖い。

それでも思いきって開けた心理のうちには、ひょっとしてひょっとすると未彩人が来ているのかもしれない、という期待が混ざっていたからだ。

家の中には誰もいなかった。荒らされた形跡もない。

つまり、私が鍵をかけ忘れたってことか、と思い、すぐに絶望が襲ってくる。

鍵をかけ忘れたのはうっかりではないと、秋代は気づき始めている。はっきり意識していなかったにせよ、万一、未彩人が訪ねてきたら、上がって待っていてもらえるよう、メッセージの意味を込めて鍵をかけなかったのだと、秋代は自分の行動を読み解いた。

そこまでするのか私は。

秋代は、自分への感心と憐れみに心を震わせた。

8 巴

きのう早引けした分の残業を終えて、夜九時過ぎにしんがりで帰宅した巴が、念のために郵便受けをチェックすると、尋ね犬のチラシが入っている。拙い手書きをコピーしたものだ。

「うちのワンちゃんを探してます。

白いプードル、オス。名前は「ひめ」。赤い首輪には「ひめ」とゆう名前がぶらさがってます。小がらでひとなつこくてクリクリお目めがかわいいのがとくちょう、11才。

5月13日午後三時ごろ、馬毛屋の前の柵にリードをゆわいつけてあったら、リードを外れて、いなくなってしまいました。

見かけた方は、瀬下までお電話ください。留守電あります」

黒マジックで書かれた文章の下に電話番号と、プードルの写真が三枚、添付されている。

「郵便受けにこんなの入ってた」

巴のうちで夕飯の準備をしている月美と夕海、先ほど帰宅して風呂から上がったばかりの梨花に示す。すでに食べ終えて、そろそろ寝る支度を命じられている紗良と星南も、寄ってくる。

「ああ、これ、二、三日前からこのへんの電柱にたくさん貼ってあるやつ」と夕海が言った。

「郵便受けに入ってたんでしょ？　一戸一戸に配ってるってことだよね。どんだけ刷ってるんだろ」梨花がチラシの裏表を検分する。

「切ないですよねえ。見つからないから何かしないではいられなくて、こうして毎日チラシ刷っては配ってるのかもしれない。生活費もそっちにつぎ込んで。食べることより大事なことだから」チラシを投函する仕草をしながら、夕海が言う。

「こないだも、迷子の猫ちゃんのポスター、あちこちに貼ってあったよね」

　巴の言葉に、「多いよね。ちょっと前はオカメインコのペコちゃんが行方不明だった」と夕海が応じる。ほっぺたの丸いオレンジ模様に渦巻きがイタズラ描きしてあって、それが愛くるしくて巴も覚えている。

「鳥が逃げちゃうと、なかなかきついね」と梨花。

「猫や犬も、見つかってるのかな。いつの間にかポスターが剝がされてるのは、見つかったからなのかな」月美がつぶやく。

「結佳《ゆいか》とかはね、野良犬になったら危ないから、逃がしちゃうような人は動物は飼わないでほしいって、怒るんだよね」紗良が告げる。

「サリーはどう思うの」巴が尋ねる。

「私も前、プリンスで迷子になったことあるでしょ。別に迷子になろうとしてなったわけじゃないからサリーは悪くないって、あとでお母さん、叱らなかったじゃん。ワンちゃんも迷子になろうとしたわけじゃないし、飼い主の人もネグレクトしたわけじゃないと思うから、私は飼い主の人を責める気持ちはないな」

一年前の春休みに、東京湾岸にある巨大ショッピングモール「プリンス・ラベリンス」で、トイレから先に出た紗良が、マカロンのお店のカラフルなウィンドウに目を奪われて歩み寄っているうち、迷子になってしまったのだ。

紗良が見当たらなかった瞬間、何でじっとしていられないのだ、と巴は腹を立てたが、おとなしく顔色を窺っている紗良ではなく弾け回る幼児の紗良の姿が浮かんだとたん、何を自分は望んでいるのだと泣きたい気持ちになった。

「ネグレクトなんて、サリーは難しい言葉知ってるんだね」と梨花が驚く。

「誰々はお母さんお父さんにネグレクトされてる、とか、そんな話がクラスの中で普通にされてるらしいよ」巴が説明する。

「でも、ネグレクト認定された子は口きいてもらえなくなるから、みんな、うちでは構われて親ウザいみたいな話ばっかりする」紗良が平板な声で説明する。

「まじですか」夕海が目を丸くする。

「まじまじ」紗良も夕海を真似て目を丸くする。

「この団地、ペット禁止だけど、こっそり飼ってる人、多いんですよ。一人暮らしのお年寄りとか。猫ちゃん拾ってきたりして」夕海が梨花と月美に説明する。

「でも私ぐらいの歳だって生き物飼うのって、手間かかるじゃないですか。お年寄りにはもっと大変だと思うんですよ。だから、世話に隙間ができちゃって、動物のほうも迷子になったりするのかもしれない。それでも飼わずにはいられないんだと思うんですよ」夕海の言葉に感情がこもる。

「やっぱり一人でずっとただ家にいるだけは寂しいんだろうな」月美がため息をつくように言う。

「寂しいと思います」と夕海。

「園芸とかでその寂しさを紛らわせている人も多いんだろうけど」月美が何の気なしに言う。

突然、梨花が硬い表情を一同に向け、暗いオーラを放ちながら、「私、心当たりある」と言った。

「え、プードルのひめちゃんですか」夕海が聞く。

梨花は首を振り、「ヤッシはベランダでおびただしい数の植物を飼ってて、異常な愛情を注いでるの」と言った。

その言わんとする意味の重さに、皆押し黙ってしまう。

「植物を『飼う』って……」ようやく夕海が言う。

「他に言いようがない。そういう感じなのよ。話しかけながら撫《な》でたりしてるから、一度、言ったことがある。その植物たちには心臓があるんじゃないの、って。そうしたらヤッシは、心臓がないからいいんじゃないか、と答えたんだよね」

あまりに優志らしくて、巴は口もきけないほど疲労を感じた。

「私、何だか、わかるなあ。優志さんだけじゃないけど。要するにみんな、人じゃない生き物に触れていたいんだよね。人間とつきあうのがもう限界って気分なんだと思う。誰も彼も、人間に疲れてるんだと思う。てか、私はそう」

月美が言った。巴は改めて月美の変容に驚いた。世間的に語弊のありそうな、みんなを引かせうるこんな言葉、これまでの月美なら口にすることはなかった。

「優志さんについて、巴さんの話、昨日は途中で終わっちゃったよね」

月美はやけに優志にこだわる。

「とにかく、まずはシャワー浴びてきなよ。夕飯が始められないよ」

梨花に促されて巴は、月美とともに子どもたちを寝かしつけると、手早くシャワーを浴びた。肌や髪のケアを終えると、食卓の準備は整っている。月美の料理した真っ黒いジャージャー麺だ。

ご丁寧にあらかじめ冷やしたグラスに梨花がアンドロメダ・ビールを注ぎ、皆で乾杯する。月美はノンアルコールビールを飲みながら、梨花に尋ねる。

「イファさん、何て言ってましたっけ、ジャージャー麺のこと」

朝、梨花と巴と夕海が出勤する際、留守宅を預かる月美が、今晩の夕飯を作ると申し出、何か食べたいものはあるかと打診した。巴と夕海は「任せる」と答えたのに対し、梨花は考えたすえ、「ジャジャンミョン」と言ったのだ。

「何ですか、それ」夕海の問いに、梨花は「韓国語でジャージャー麺のこと」と説明した。

「あ、いいですね。簡単だし」と月美が了解すると、梨花は「味付けは濃く甘くね。ぼやけたのは残念すぎるから。韓国のジャジャンミョンは、日本のピリ辛ジャージャー麺とは違うんで。あとで参考のレシピ送る」と念押しした。

巴は月美がまた反感を覚えるんじゃないかと懸念したが、月美は苦笑して「イファさん、ひょっとして食べ物にこだわりがあるほうですか？」と率直に尋ねたので、安堵した。

「どっちかって言うとね」と梨花は答えた。

「亭主」じゃあるまいし、そんな要求するか、と巴は梨花の意外な一面にやや呆れつつ、愉快にも感じたのだった。

「韓国ではね、大定番の大衆食で、お箸でこうやって混ぜるんだよね」

梨花は箸を右手と左手に一本ずつ持つと、綿飴でも作っているかのように、うねらせて回して、麺と肉味噌を器用に混ぜる。そして、豪快な一口を咀嚼《そしゃく》すると、「美味い！　合格！」と言った。

「韓国料理って、混ぜるの好きですよね。ドラマとか見てても、韓国ご飯って混ぜるの多いし」

「月美も韓流ファンなんだ！」巴は驚く。

「いやあ、お義母さまがドラマの話ばかりして勧めてくるんで、必要上、ちょっとは見なくちゃならなくて」月美が言う。

「ああ……」巴のやましさが疼く。

「月美は料理のセンスあるねえ。今度は中華のジャージャー麺、食べたいな。あ、台湾の牛肉麺でもいい。あれなしでは生きていけないほど、大好物なんだよね」

「イファさん、食い意地張りすぎ」と夕海は笑った。

「イファさんも作ってくださいよ」と月美も返す。

「もちろん。私は天才肌だよ」と言ってから、「嘘。ヤッシのほうが上手いから、けっこう作ってもらってる」と訂正した。

　巴には想像がついた。優志はイファさんが喜ぶ味とか食感とかを心得ていて、そのように作れるようになることに全力を注いだのだろうし、結果も伴っている、ということなのだろう。

「巴さんは優志さんのご飯食べたことある？」月美が尋ねる。

「あるよ。私が中学高校のころは、母親がパートとサッカー観戦で忙しくて、大学生の優志が作ってくれた。でも味音痴で、栄養のことしか考えてなかったけどね」

「大学生の兄が、中学生の妹にご飯作ってくれるんですか。麗しすぎません？」

「夕海ちゃん、どんな想像してるの。これ、かなりエグいシチュエーションだよ」

「妹離れできない男子大学生」梨花が不味《まず》そうな顔で言う。

「その手のやつ」巴は同意し、優志の底知れなさを全部ぶちまけてしまおうと、気持ちを固める。

「私が生き抜くための戦略として一番重きを置いてるのは、何事でも決断を早くするってことなんだよね。迷わないですぐ決める。一瞬で、あらゆる選択肢を検討する。完璧さは求めない。そして決めたら後悔しない。そうすれば、後手を踏まないで先手を取れるから。それが自分で自分のことを決める権利を守る、私のやり方なんだよね」

「それはわかるな」と梨花が言ったのと、「それ、苦手ー」と月美が言ったのと、「私にできないやつだ」と夕海が言ったのが、重なった。

「この即決方式が磨かれたのは、自己主張の強い人だらけのニューヨークで、様子見なんかしてたら存在できないって事情もあった。でももともとは、優志を出し抜かないと自分を確立できなかったせい。ほっとくと、優志がずっと私を守ってくれちゃうからね」

そう前置きすると、巴は次のように話を続けた。

物心ついたときから、優志が親代わりといってもいいような状態だったな。私がまだ一、二歳のころって、春好は大きな病気をしてうちで療養していたんだけど、春好を病院に連れて行くときとかは、優志が小学校を休んで私の面倒を見たりしていたらしい。七歳離れてるから、そのころ優志は小学二年とか三年だけどね。

春好が治ってからも、親二人とも春好のケアに余念がなくて、私が母親から言われるのは、「ヤッシに遊んでもらいなさい」「ヤッシの言うとおりにしなさい」という言葉ばかりで、親というのは近づいて迷惑かけちゃいけない人だと思ってた。

実際に優志は、どうすれば母を苛立たせずに褒めてもらえるのか、細かく具体的に教授してくれた。それは優志自身が母から受け入れてもらうために築き上げたノウハウだった。不機嫌な母に話しかけるタイミング、夫婦喧嘩が始まったとき無邪気にふるまって気を散らす方法、お使いを買って出たほうがいいときの見極め方、自分の服やおもちゃの片付け方、洗濯物の畳み方、お風呂の洗い方、掃除機の掛け方、等々。そうやって母の代理となって妹を教育していること自体が、優志が母に最も評価してもらえる、得点の高い成果だった。

　子ども時代の優志って、全身全霊で、春好のことで手いっぱいの母や父の役に立とうとしていたんだよね。そして、その生き方を私にも伝授してきた。

　優志は学校が終わるとまっすぐ帰宅して、ままごとしたりお人形遊びしたりお絵描きしたり、テレビアニメを一緒に見てくれたりした。ごく稀《まれ》に優志が友達と遊ぶときも、必ず連れて行ってもらえて、私が放置されることはなかった。

　でも優志が高学年になったころから、雲行きが変わっていった。だんだん、母親と春好の悪口を私に吹き込むようになったんだよね。優志と春好がケンカになった場合、怒ると手のつけられなくなる春好じゃなくて、優志のほうが「あんたは物わかりのいいお兄ちゃんなんだから、あんたが譲りなさい」って言われて我慢を強いられるものだから、優志も不満が溜まっていったんでしょう。

「お母さんには不公平なところがある。ハリーに対して過保護すぎる。だからハリーがマザコンになるんだ」とか批判して、「お母さんがすべて正しいと思ったら、痛い日に遭うからな。おかしいと思うことがあったら、お兄ちゃんに相談しろ。必ず助けてやるから」と諭された。優志も家族から孤立しているという気分を強めていて、私を味方に留《とど》めておきたかったんだと思う。

私もお兄ちゃんの言うことはそのまま鵜呑みにして信じていたから、優志の価値観をそっくり踏襲した。それで、優志以外の家族からは距離を置くようにした。本音は見せず無難にやり過ごす方法ばかり、身につけた。

優志は中学に入っても、私を連れて歩いた。さすがに中学生の男友達は、幼稚園児の妹を連れている優志を疎んじたみたいで、優志は妹の面倒を一緒に見てほしいといって女友達とつるむようになった。幸い、その子たちは私にとてもよくしてくれた。極端な言い方をすれば、優志のことはどうでもよくて、私を可愛がるために優志ともつきあってくれている、という感じだった。

おかげで私はマセガキになった。小学校の低学年のうちにもう、女子中学生の話題に盛んに出てくる恋愛や性愛の知識を仕込んでいた。実際、校内では同学年の生徒を子どもっぽく感じたし、サッカーのエースとして名の知れ渡っている春好の妹という立場もあって、私は超越した存在として一目置かれた。

優志が大学受験するころ、私は思春期にさしかかり、大人びていた私は中学生に間違われたりした。初潮だとか、その時期に必要な性の知識については、兄の女友達がいろいろと教えてくれた。

兄は直接、私への性教育にはタッチしなかったけれど、進捗《しんちょく》状況は女友達から聞いて、把握している様子だった。折に触れ「好きな子はいるのか。それは男子か。どんな子か。告白されたことはあるのか」と、具体的なことを尋ねてきた。

その質問自体はもっと幼いときから聞かれていたし、私も正直に答えていたけれど、思春期に聞かれたとき、初めて嘘をついた。

優志が大学受験で私に構う時間がなくなったことで、私は初めて自由を得て、誰の目もない秘密の時間を堪能できたんだよね。だから遊びまくった。知識だけは発達してるから、中学生に間違われるがまま、遊び人の中学生男子にナンパされてつきあうようになった。今思えば、優志の優等生的な生き方の強制に、無意識に逆らったんだろうな。

それ以来、優志に対しては、素直に自分のすべてを報告しているふりをしながら、秘密をどんどんこしらえていった。

優志が堅物だったのはたぶん、もともとの性格以上に、春好がチャラくてモテ男で女にひどくだらしがなかったせいだと思う。ああは堕落したくない、世を舐めた生き方はしたくない、という気持ちが優志には強くて、必要以上に自分に厳しくなってしまったんじゃないかな。それは、春好がそのように育つのを許した母親への異議だったんだと思う。

何かね、優志にはいっつもその基準がつきまとってた気がする。常に自分の身をもってして、春好のような育て方は間違ってる、と主張し続けてるみたいな。たんに四角四面な性格をしているから堅物に感じるんじゃなくて、ずっと親に異議申し立てをしているような生き方が、他人を息苦しくさせるのかも。

私に対しても、思春期になるまでは、母親の価値観から私を守ってくれて、私に少し年上のお姉さん世代の、より自由な女たちの希望を与えてくれたのは確か。それは感謝している。

でも一方で、優志から見て間違った道に迷い込まないよう、私の日常をものすごくチェックしてきた。母親のような女にはなるな、春好にいいように扱われるような類《たぐい》の女にはなるな、おまえはぼくの言うとおり、自立した主体性のある女になりなさい、と命じられているような状態。言いなりになるような人は自立しているとは言えない、ということは優志もわかっているのに、自分が導かなければ結局は常識的な女の側に取り込まれてしまうんじゃないかという不安に駆られて、私を管理し続けるという矛盾。

その証拠に、優志は一浪して志望の県立百葉大学の教育学部に合格したとたん、また以前のように私を連れ歩こうとした。美術展やら芝居やらコンサートやら、文化に触れさせるという名目で。実際、優志には一緒に行く相手もいなかった。

中学生になっていた私は、優志の執拗な誘いから逃れるために、陸上部に入った。母の遺伝か、春好同様、私は運動能力は高かったんだよね。そこも、優志だけ鈍くさくて、仲間はずれだった。

それでも優志は私の部活のない日を調べては誘ってくるので、さすがにたまりかねて言った。

「お兄ちゃんさ、私にばっかかつきあってると、大人としての経験値が増えないよ。もっといろいろ挑戦したほうがいいよ。サークルとか入りなよ」

そんなことを初めて言われて、兄もグサッときたらしい。「考えてるよ、それぐらい」と言い返してきた。「まだ自分に合うのが見つからないだけで」

確かに見つからないだろうなとは思った。兄の問題は、自分が何をしたいか以前に、他人とカジュアルな会話や生活をともにするのが難しいことなので。母や春好が常に、これが常識人の普通の生き方だと迫ってくるので、それを少しでも感じさせる価値観には、優志は過敏に拒絶反応を示す。スポーツの類は一切受けつけないし、イベントサークル系ももちろんだめ、マニア性の高いものも苦手、音楽も関心なし。

「じゃあ、英語サークルとか？　あるいは、山歩きとか旅のサークルなんか？」と私が提案すると、「旅ね」と反応した。

優志は小さな旅行サークルに入って、国内の貧乏一人旅に精を出すようになった。サークルに入っても一人旅っていう。

「そこでようやく妹離れできて、一人前になり始めたってことね。サークルの経緯は知らなかったなあ」梨花が疲れたように言う。

「そうなんだけど、優志が離れて初めて、私はいかに優志に支配されていたのか自覚するようになって、中学時代はきつかったよ。自分は小学時代を兄に奪われた、あの時代を返せって思ってた。だって、それこそ一般的な子どもが送るような同い年の子との無邪気な遊び方なんて、全然しなかったから。いつも兄やお姉さんたちに囲まれて、必死で背伸びしながら自分も大人のつもりになっている、という、自分を偽ることばかりにかまけてたから」

自分の人生を取り戻して生きたいという衝動が猛然と湧いて、私は大学生になったらこの凪《な》いだ牢獄のような家から脱出する、と決めた。

しかも、私が中学に進むあたりから、高校生の春好にも煙たがられ始めた母が、急に女同士でしか語れない家族の問題があると言って、私にまとわりついてくるようになったし。

そういうときに女を持ち出されるのが、ほんと嫌だった。結局、話してくるのは、自分を邪険にする息子たちへの、僻《ひが》みだらけの愚痴ばっかり。私がすでに他で教わった性教育をちょっと遅れて授《さず》けてくる感じにも、軽蔑を抱いてしまった。だから得意の、真剣な顔して聞き流すことを続けた。

中学は陸上に打ち込み、高校ではストリート系のダンスにハマり、受験の段には、通うには遠すぎるけれど反対もされにくい距離の、横浜市立大学を選び、合格した。ひと月だけ自宅通いをして無理だということを証明すると、すぐさまキャンパスのある金沢八景周辺で下宿を始めた。

そして横須賀で友達と遊んでたとき、プエルトリコ人の米兵と知り合いになってサルサにのめり込み、横須賀や六本木でバイトして外国人相手に英語を身につけ、二十歳のときにニューヨークに留学したというわけ。

一年目は横浜市大に在籍しながら、ニューヨーク市立大学のバルーク校に語学留学して、プエルトリコ人の最初の彼氏作って英語を磨いて、次の年に市立大のシティカレッジに編入学すると、別れた。バイトして大学通いながら、本当はダンスで身を立てようと思ったけれど、まあ、あっち行けば絶対無理ってわかるよね。それで卒業してから、中国系の人が経営している旅行会社に勤めた。

物理的に離れている間は、私の中からも実家が消えて、精神的にはすっきりしたよね。あちらでの生活や恋愛や妊娠出産といった悩みで手いっぱいになってたし。

優志だけは半年ごとにスカイプで連絡してきた。近況を伝えてくるだけじゃなくて、私があちらでの生活に格闘しながら考えたことを、しきりに聞きたがった。優志はそういう話をとても深く理解してくれるので、私もあの時期に優志とスカイプで話すのは嫌いじゃなかった。聞き上手だし、予断で説教してきたりしないんだよね。

「端的に、ヤッシは巴の知見からものすごく学んでたと思うよ。まるで自分が体験しているかのように、真剣に悩んだり考えたりしてたからね」と梨花が言った。

「まさにそう」巴はうなずく。

優志と話してるとね、兄貴は自分の脳から見えない神経の触手を伸ばしてきて、私の脳にそれを潜り込ませて、私の神経繊維とじかに接続させちゃうんだよ。話してるうちに、私が言おうとしていることを次々先回りして話し始めて、いつの間にか、兄貴が私の内面を語っていて、私のほうがあいづちを打ってる、という逆転を起こしてたりする。

それに気づいたときの奇跡感はすごいよ。どうして私のこと、言わないでもこんなにまでわかってるんだろうって驚くし、やっぱり理解されている安心みたいなのを感じるもんね。

二〇一〇年に紗良を産んだときもね、シングルでの出産だったし、ミックスト・レイスだし、なかなか親には言えずにいたけど、優志だけは留保なく受け入れてくれるだろうって思えたから、優志にまずスカイプで告げたんだよね。

びっくりはしてたけど、予想どおり、根掘り葉掘り聞いたりはしないで喜んでくれた。生後二か月の紗良をスカイプ越しに見せたら、「紗良ちゃん、初めまして。伯父の優志です」とか律儀にお辞儀して自己紹介するんで、笑っちゃった。

そのころは春好の借金が発覚して離婚したあとだったので、母親にはタイミングを見て教えないとショックで受け止めきれなくなるだろう、とのことだったから、優志にそのタイミングを見計らってもらった。

そして実際、母は最初は「やだよう、もうそんな、うちの子はみんなして、どうして」と涙ぐんだ。でも紗良を見せたとたん、泣き笑いに変わって、「紗良ちゃん、おばあちゃんでちゅよー」と、とろけ始めて、可愛い可愛いを連発して、以降、しょっちゅう優志にねだってはスカイプで紗良に会いたがった。あれで母はだいぶ立ち直ったみたいだから、孫の威力は大したもんだ。

それでその翌年に東日本大震災が起こって、同じころに父の膵臓癌が見つかって、また実家は揺らいだでしょ。それを乗り越えるのに、優志は孫の威力を使おうとしたんだよね。

その年の夏にニューヨークに来て、私のアパートに三泊して、帰国するよう説得してきた。「みんなで紗良を育てよう」っていう言い方をするんだよ。

「今の生活では経済的にも苦しいだろうし、困ったときに頼れる人も少ないだろう。帰国すればぼくも梨花も力になれるし、孫の顔を見られるだけでおふくろも親父も元気になる。誰にとってもプラスになることばかりだから、とりあえずいったん帰国してはどうだろうか。子育ての大変な時期を乗り切ったら、またアメリカに戻ることを考えたっていい。実家に同居するのが苦しいなら、ぼくと梨花、巴と紗良という二世帯で居を構えるというのもありだ。そうだ、それもいいかも。そうしたら、梨花にいつでも何でも相談できるよ」

「よく言うね、そんな計画。梨花さんも承諾してるんだ?」と突っ込んでみたら、「いや、それはこれからだけど、梨花も乗り気になってくれると思うな」と来た。

私はブチ切れたね。

「何、急に親に媚《こ》びてんの。心の底では、春好の件は母親が自分で蒔いた種だと思ってるくせに、善人ヅラするなよ。その善人ヅラで力になるって言われると、おまえは俺の統治下にある、そのほうがおまえのためになるんだからな、って言われているようで、絶望したくなる。優志、自分の人生を生きろよ。それじゃ母親と一緒だよ」

母と同じだと指摘されて、優志は激しくダメージを受けていた。急に黙り込んで、私が何を言っても答えなくて、何十分もたってから、「そうだな、ぼくは巴が羨ましいのかもしれないな、簡単に親を捨てられて。ぼくもいい加減、自立しないとな」と独り言みたいにつぶやいて、話は終わった。

まさに母と同じだったんだと思う。そうやって母親になろうとしてきたんだよね、優志は。優志なりに、自分らしく生きる道を切り拓《ひら》こうともがいて見出したのが、「母であること」だった。母親の分身となって、私を育てよう、と。それが母親の役に立てるってことなんだ、と。それは叶わなかったけれど、そこで身につけた術で、私やイファさんの心に侵入したんだと思う。

　そう、話してて私も今やっとわかった。優志は、母になりたかったんだ。私だけでなく、イファさんに対しても。

　だから相手になりきろうとするあれは、男の支配じゃなくて、母の支配だ。あのときはムカついたし失望もしたけど、そうわかってみると、責める気持ちは消えるな。

　イファさんや私と紗良を巻き込んで、うちの母から月美をガードしてサポートしたのも、優志はみんなの母になろうとしただけなんだよね。母が月美に取った態度に対し、かつて私を守ったように月美親子を守ろうとして、母っていうのはそうじゃない、こうするもんだ、という実例を、秋代に示そうとしたんだと思う。

　巴が口を閉じると、静けさが部屋の中を覆った。さまざまな形で、優志のその重苦しく切実な願望を、飲み込もう理解しようと努める時間が流れる。

「もうヤッシの話聞かないでもいいや。もう十分、許すよ」と梨花が鼻声で言った。

　月美も赤い目をして、眉根を寄せ、言葉は出せずに何度もうなずいている。

「つまり巴ちゃんは、お母さんが二人いたようなもんだったわけか。それはそれでちょっと暑苦しいというか息苦しいというか。家から逃げ出したくなる気分はわかるなあ。私も他人事じゃないし」と夕海。

「まあ、そうなんだけどね。でも私がこういう生き方をできているのも、変な言い方だけど、優志が母として、女はこう生きていいんだっていうモデルケースを示してくれたからなんだよね。うまく言えないんだけど、私は優志の支配に反発してただけじゃなくて、優志が何かに染まらないように格闘しながら自分らしさを追求している姿に、ものすごく感化されてる。ってことが、今話してて、よくわかった」

「でも、これはヤッシのせいじゃないのかもしれないけど、ときどき、それが気に障るのよねえ」と言って、梨花は二本目のビールを飲み干す。「ヤッシが何であんな苦しそうに必死になって、私に成り代わろうとするのかは、今の巴の話聞いてようく理解できた。自分でも言葉にはなってなかったけど、ヤッシのそういうところこそを私は信用してたんだなって思う。でも一方で、私が盗まれたようで、イラッとくることもあるんだよ」

「イファさんが盗まれる？」夕海が無邪気そうに聞き返す。

「何て言うかさ、私は在日の女だから、ヤッシがあたかも自分も在日の女であるかのような物の言い方すると、おまえは違うって言いたくなる」

「その態度がどこから来るのか、今、実感がつかめたからね、もう優志をそれで批判する気はなくなったけど、長年その盗まれた感を味わってきた身としては、イファさんの気持ちもわかる」巴が共感を表す。

「そうですねー、そっから先は、優志さんご本人の話を聞いてからですねー」

　夕海の言うのはそのとおりなのだが、巴は、この子にも若干イラッとさせられるな、と思う。

「私、優志さんと気が合うように感じるわけがわかったな」今度は月美が言った。「優志さんみたいな姉を必要としてたなあって」

「姉かよ！」と巴は驚き、「母の次は姉！」と夕海も声を上げた。

「うちは母がいなかったので。私が十歳のときに自殺したんです。父の浮気のせいで。それから姉が継母《ままはは》みたいになって、私を痛めつけたものだから」

月美がいきなり衝撃の告白を始めたので、三人ともまた言葉を発せなくなった。

月美はその勢いのまま巴から話を奪って、自分の話を語り始めた。

母はテレビ局のアナウンサーで、頼近《よりちか》美津子《みつこ》さんとかと同じ世代の、女子アナの先駆けでね。そこで同じ局の制作部門にいた父と結婚したんです。父の実家が資産家だったので、ぶっちゃけ、うちは裕福でした。正直、華やかな世界でいい思いしている成金の親のもと、問題が起こるまでは、私も一個上の姉も、鼻持ちならないお嬢だったと思います。

「まあ、世田谷のご実家の豪邸見れば、想像はつくよ」と巴は言った。

バブル期のテレビ局って、ある種、堕落の坩堝《るつぼ》だったみたいで、母が妊娠するや、父は立場を利用して女に手を出しまくっていたそうなんです。それに気づいた母も、浮気し返していたらしい。

私たち娘の前では、共働き平等の理想的な仲よし夫婦を気取っていたけれど、実際は陰でプライドの傷つけ合いで火花を散らしてました。

私がそれに気づいたのは、姉の態度からでした。

姉は聖なる光と書いて「せいこ」と読ませるんだけど、姉も私も、見栄っ張りな母の趣味で、今でいうキラキラネームを付けられたんですよ。母は「恵子」っていう地味で平凡すぎる自分の名前を毛嫌いしてたから。キラキラネームを恥ずかしいと思わないで、選ばれし者の印と見なしていたところが、私たち姉妹のいやらしさだったと思います。友達のうちに遊びに行くときとかも、親が局から持ち帰った、レア物の芸能人のサイン入りブロマイドとかを、恩着せがましくあげたりね。

両親が不在がちの家で、年子の聖光と私は幼いときから二人で遊ぶことが多くて、双子みたいに思われてたし、自分たちもそういう特別感を持っていました。

けれど、私が一年遅れて小学校に入ったときから聖光は、自分のほうが年上であり、物事を決めるのは姉の自分であって妹のあんたではない、ということを、ことあるごとに知らしめるようになったんです。学校の廊下とかで出くわして私が寄っていくと無視したり、「妹をバカにする姉」を演じてみたり、家でも普段は優しいのに、私が見てる最中のテレビのチャンネルを突然変えたり、共有のおもちゃを買ってもらうときにわざと私の嫌がるものを選んだりするんですよ。

姉は、父と母の傷つけ合いを感じ取って、その生き方を自然と身につけてしまったんだと思います。

プライドのしのぎを削り合う中で、父は下劣な陰謀を企みました。家族ぐるみでつきあいのあった同い年の同僚の男が、うちの母に気があるのを知って、わざと浮気させるように仕向けたんです。最初に父がその男の妻を誘惑して落とし、男に、おまえも恵子に手を出していいよというサインを送るという手口。母にも、自分と男の妻との浮気をほのめかして、男の口説きに落ちやすくさせました。

その後に母が男に別れを切り出したとき、男はこう言ったんだそうです。

宅也さん（父の名前）から仕掛けてきたから、こりゃあ最後はみんなでスワッピングだなって、けっこう期待してたんだけど。恵子ちゃんも承知してるとばかり思ってたのに、残念。

この言葉で母は、すべては父の謀略だと気づいたそうです。おまえのする浮気は全部俺の計画のうち、おまえの人生は俺の掌《てのひら》の上、とわからせるための。そして実際、母の自尊心は打ち砕かれたわけです。

私はこの話を、成人してから、当の男に聞きました。そいつは話すのを嫌がったけど、「あなたは母の死に責任がある以上、残されて生きて苦しんでいる私の傷を癒すために、事実を話す必要がありますよね」と言うと、苦しげに告白しました。

なぜなら、表向きは母の死は心臓発作とされていたし、私たち娘もそう聞かされたから。真相がわからずに、自分のせいだと思い込んできたから。大人になって、父にすべてを白状させるまで。父の否定と姉の妨害に、私も幾度も壊れながら。

もちろん、母の葬儀のときから様子がおかしいとは気づいてました。報道陣は詰めかけるし、親戚一同も腫れ物に触るような態度で逃げてしまうし、テレビは見せてもらえない。そして学校でもクラスの子たちが避けるような態度をとってくる。

姉が友達を脅すようにして強引に、「自殺なんでしょ」という言葉を引き出してくるまで、私たちは蚊帳の外に置かれていました。聖光は「お父さんにこの話をしちゃだめ。お父さんは絶対に本当のこと言わないし、私たちが本当のことを知ったってわかったら、私たちも捨てるかもしれない」と私の口を封じます。私も、姉の言うとおりだと思いました。

聖光は、自分を知る人が誰もいない学校に行きたくて、名門私立大学の付属中学を受験して、合格します。

私たちが苦しんだのは、母に捨てられた、という意識にでした。それに耐えられなくなった聖光は、進学後から急に父にべったりになります。その執着の仕方は、異常なまでに独占的でした。

最初は、新しい文具を買いに行くのに一緒に行ってほしいだの、どの子と親友になるべきか相談に乗ってほしいだの、たわいのない頼り方でした。でも次第に本格的な恋愛相談へとエスカレートしていき、あげくは、サイズが合わなくなったから新しいブラジャーを買うのにつきあってほしい、好きな人に告白するから陰でこっそり見守っていてほしい、初めてのデートなので勝負の下着を選んでほしい、といった危険な遊戯に突入していきます。

それも、いつも私の聞こえる前で。

当然、父は異様な頼みごとは断っていました。けれど、もともと弱くて自分に甘い人間なので、自責の念に耐えられるはずもなく、あちこちの女に甘えれば甘えるほど自分のダメ人間ぶりに打ちのめされ、過剰に自分を慕ってくる長女に寄りかかり始めます。

ハイティーンの子がするようなデートを、父と娘がするんですよ。私にできることと言ったら、存在しない母を独占し返すことぐらいじゃないですか！

私は父と姉の会話を邪魔するように、母の思い出を繰り返し語りました。

ママは指がきれいだったよね、ちょっとかすれた高音で歌うのがうまかったよね、ママ、スタイルよかったよね、サイパンでみんなジロジロ見てたよね、あのタレントはママに気があったよね、性格的にきついところもあったけど陰険なことは一切しなかったよね、私は見習いたいな。

もちろん煙たがられて、二人に退けられるばかりです。

絶対入学できると保証する父の勧めを蹴って、私は中学受験せずに、地元の公立中学に進みます。母が自殺したと知っている生徒たちの中で、私は孤立しがちでした。

聖光はその後、ロンドンの大学に留学して、卒業してから父のコネで系列のラジオ局に入社しました。アナウンサーではなくて、番組制作のほうです。今もあの家に父と二人で暮らしてることは、みんなの知ってのとおり。

だから、実家に子育てを手伝ってもらうなんて、論外でした。自分がそこから逃げてきたカルト教団に手助けを頼むなんて、ありえないでしょ。

だから、優志さんのしてくれたことは、本当にありがたかった。人生で初めて、自分に普通に味方してくれる人がいるんだって感覚を味わうことができたんです。それが男性の下心からじゃなくて、母であろうとする気持ちからだって、巴さんの分析聞いて、ものすごく納得した。私にとって男とは父のような種族を表していたのに、優志さんには嫌な感じを受けないのが不思議だったから。

「その話、春好にはしたの？」巴は思いきって尋ねた。

「まさか。話してみようとはしたんだよ。でも、ハリーは人の話を聞き流すのは上手いけど、親身に聞くことはありえないので」

「だよね。春好じゃあ、『普通に味方してくれる人』にはなれないよねえ」巴が容赦なく言う。

「父親を嫌悪してるくせに、父親に似ている人を選んでる、って言いたいんでしょ」月美が珍しく感情をむき出しにする。

「誰も月美を責めてないって」巴が静かに答える。

「ごめん。私が自分を責めてるんだね」月美の声は小さくなった。「男なら誰を見ても、父に似てるか似てないかで分類しちゃう。彼氏ができても、人間的に父親に似てるから自分はつきあってしまったのか、逆に似ていないから選んだのかって、ずっと気にして休まらない。それに疲れちゃって、こんなことでは誰とも生活を築けないと思って、機械的にマッチングしてくれる婚活サイトに頼った次第」

「春好のことは最初どう感じてた？」と巴。

「あのとおり、機嫌のいいときはとっても感じがよくて陽気で優しいでしょ。不機嫌になるときは理由がすぐわかるから、まあ、御《ぎょ》しやすいと思った。この人なら、私が主導権を握れるし、そのことを気にしないだろうって。ありがちだけど、実家に居場所がなかったから、結婚したら私の意思で決められる家庭を作ろうとしたんだろうね」月見は自分に腹を立てているような、自嘲の色の濃い口調で言った。

　巴は、春好のあの容姿が、月美の高いブランド意識に適合したという側面もあるよね、とも思ったが、さすがに致命傷を負わせる言葉は口にできなかった。

　けれど、月美は敏感に、巴の飲み込んだ言葉を感じ取ったらしかった。

「まあ、その互いの打算の面が、どこか釣り合ってたんでしょうね」と自虐的な調子で付け加えると、「それより巴さんはハリーのこと、ずっとどう思ってきたの？　私に遠慮して、ハリーの話はあんまりしないよね。だから私も巴さんにハリーについての愚痴は言いにくかったし、それでお義母さまにばっかり当たってしまったという面はある。巴さんがハリーの批判をすると、ろくでなしを選んだ私にも非があるって雰囲気になるから、避けてきたんでしょ」と牙を剝《む》いてきた。

　巴はみぞおちを打たれたような打撃を味わった。確かに月美の言うとおり。春好なんかと結婚した月美を、私はどこか憐れみの目線で見ていたのかもしれない。今、月美は、その目線を指弾したのだ。

　巴は腹をくくった。

「この話をすると、また月美はショックを受けるかもしれない。春好のしたことだけじゃなくて、私に対しても。これは私と春好と父しか知らない出来事だから」

今度は巴が重い話を始める。

中学三年になる前の春休み、その昼下がりに家にいたのは私だけだった。

呼び鈴が鳴ったので出ると、高校生ぐらいの女の子がいて、思いつめたような暗い顔で、「お母さんかお父さんはいますか」と聞いてきた。美人でスタイルがよくて、これは春好の彼女だな、とピンと来た。そして、春好は何かやらかしたな、とも。

私は「春好に妊娠させられたんですか」と聞いた。

その子は真っ青になって私の顔を睨み、「親を出せって言ってるの」と怒鳴った。

「今誰もいないんです。両親も兄二人も。私だけ。春好のやりそうなことはわかってます。妊娠ですか、強姦ですか」と私はまた尋ねた。

その子は泣き始めて「そんなことはされてない」と言うから、まずうちに上がってもらって、「じゃあ、何されたんですか。兄が悪いことは私はわかってます。その責任を逃れようとすることもわかってます。秘密は守るんで、私でよければ話してください。うちの親にいきなり言うより、私が間に入ったほうが、親もパニクって否定するとかならないですむと思います」とか何とか促した。私は中二の夏に陸上部の先輩である彼氏と初体験はすませていたから、問題をちゃんと認識できることも説明したら、その子は話し始めた。

「巴、中二のときから今のまんまじゃない。それって、普通じゃないよね」と梨花が珍しく気圧《けお》されたようにつぶやいた。

「だからさっきから言ってるじゃないか、私はちっさいときから大人びさせられてきたって」

その子が言うには、三日前の月曜日、湾岸でデートしていて、誰もいないビルの屋上から夜景を見ているうち盛り上がって愛撫《あいぶ》が始まったのだけれど、コンドームを持ってなかったので、そこで終わると思っていたら、春好は本番に移ろうとした。

「嫌だってば。ナマは絶対だめ」と抵抗したが、春好は「だって安全日だろ？　それに俺は寸止めして外で出すの上手いから大丈夫」と聞く耳を持たず、強引に挿し入れた。そして約束を違《たが》えて、中で果てた。

その子が泣きながら怒ると、春好は「いやー俺、思ってたより寸止め下手だわ。カッコ悪」などと冗談でごまかすが、その子は受け入れられない。なぜなら、春好が中に出したのは、その子が拒んだことへの懲罰だと感じられたから。

その子の怒りと屈辱感はたぎるばかりで収まらず、さすがに度が過ぎたと気づき始めた春好は、「俺、人間が不注意でアバウトだから。がさつすぎた。妊娠したらちゃんと責任とるから」と謝る。

その子は、春好が自分の暴力に無自覚なことが許せず、「不注意じゃない、ハルはわざとやった。私に惨めな思いさせたくてわざとした」と詰《なじ》る。

「ひでえ言いがかりだな。そんな目で俺を見てるのかよ。最低な女」春好もかたくなになり、その子を貶め始める。

つらくなって春好を振り切るようにして帰った後も、メールで謝罪を要求したが、春好は無視している。日が経つにつれて、その子は自分が許せなくなり、自分を罰したい気持ちが湧いてくる。こんなダメな、もう傷モノで価値のない女は、いなくなったほうがましだ、と思いつめる。けれど春好のことを考えると、自分がいなくなる前にすることがある、死ぬのならどんなことをしても恥だと思わない、と怒りに衝き動かされ、春好の親にすべてをぶちまけようと、こうして来たのだという。

私はテーブルで向かい合わせに座ってたんだけど、途中からその子の横に移って背中をさすりながら、ティッシュを次々渡してた。

「ご両親には話したんですか」

「親になんか言えるわけないでしょ。言ったらうちから叩き出されるだけ」

「率直に、どうしてほしいですか」

「ハルに自分のしたことを認めて、心から謝ってほしい」

「わかりました。ほんとにひどい目に遭って、傷つくのは当然だと思います。ただ、うちの母親も問題ありの親なので、直に聞かされたら逆上しかねませんから、まず父と相談して、父にことの重大さをわからせます。それで父を通じて、兄を説得します。大丈夫です、私を信じてください」

その子は了解して帰った。

その晩、私は父親が帰ってくる時間に、団地の入り口で待っていた。父は、タバコをふかしながらＰＨＳ《ピッチ》で彼氏と電話している私を見て、凍りついた。その顔にはすぐに怒りが浮かんできたけど、私は父が口を開く前に、タバコを踏みにじりながら、「春好が彼女を妊娠させたらしいよ。しかも、嫌がってるのに無理やりナマ出しして。それってレイプでしょ。春好はレイプして妊娠させたらしい」と一気に言った。

　父はまた凍りついた。

「嘘つくな。何でおまえがそんなこと知ってるんだ」とやっと口を聞く。

「何でわざわざおまえに打ち明けるんだ？」

「レイプされた当人から聞いた」

「春好に言っても、過ちを認めないんだと。それで今日うちに来て、親に言いつけようとしたんだけど、私しかいなかったから、私が話聞いた」

　父は舌打ちして、「よりによって……」と言いかけたけれど、私はさえぎった。

「どうすんの。強姦して妊娠だよ」

「そんな言い方するな。ガールフレンドとのことなんだろ？　妊娠はまずいけど、強姦は言いすぎだろ」

「強姦だよ。嫌がってるのを無理やりやるのは、恋人だろうが夫だろうが、強姦だよ」

「俺はそうは思わない」

「へえ。じゃあ、私がセックスしたくないのに彼氏に力ずくで私のあそこにペニスを挿入されて人格破壊されたとして、彼氏の親から、それは恋人同士の合意の範囲内だから仕方ありませんね、二人の責任ですね、って言われたら、お父さんは、はいそうですねって答える？」

「絶対に答えない。そんなわけないだろ」

「でしょう？　よかった、私を守ってくれて」

「レイプだとか強姦だとかいう言い方がよくない。刺激が強すぎる」

「でもレイプなんだよ、春好のしたことは」

「頼むから、あんまり強烈な言葉を使わないでくれよ。まだ十四歳の自分の娘からいきなりそんな言葉を連発されて、俺はものすごく動揺してるよ」

「そりゃそうでしょう。私の言葉遣いよりも、春好のしたことがひどいんだから」

「まあ、そうなんだろうけど」

「どうするの」私は父に問い詰める。

「とりあえず母さんには言うな。優志にも」

「あたりまえでしょ。そんなことわかってるから、お父さんに相談してんだよ」

「ああ、そうだな。俺と巴だけが知ってればいいことだ」

「春好も知らないとだめでしょ」

「ああ、もちろんだ。俺が春好を連れて、その彼女さんに謝って、どうしたいかを聞いてくる」

「そうだね、そうするのがいいね」

「よし。この件は以上。結果はあとでおまえに話す」

その後、父が春好をどう説き伏せるか、様子を窺っていたんだけど、私が夜更かししていた深夜に、ダイニングで話しているのを察知した。父が自分と一緒に謝罪に行くよう説得しているのに対し、春好は適当に受け流していて、父が「それならすべて母さんに言うぞ。それでもいいのか」と脅すと、ひるみながらも「言えるもんなら言えばいいでしょ」と開き直った。

親父《おやじ》は舐められていると私は判断すると、ダイニングに入ってあえて二人の視界を横切りキッチンの冷蔵庫まで行き、水を飲んでまた引き返し、春好にも見えるように父に目配せした。父はびびっていたけれど、うなずき返した。春好はすぐに父の提案を受け入れた。春好も、黒幕が私なら、ためらいなく母親に告げ口するだろうことは、わかるから。

密室のカラオケボックスで会って謝ることになった、妊娠はしてないそうだ、と父から報告を受けたとき、その安堵の表情を見て私は、「まさか中絶用のお金、渡そうとか思ってるんじゃないだろうね？」と問いただした。父からは曖昧な呻《うめ》き声しか返ってこない。「そんなことしたら商売女扱いするようなもんだから、よけい傷つくでしょ。理解してもらえるまで誠意を尽くして謝るしかないんだよ」と厳しくたしなめると、「大したもんだ。かなわんよ。その年で、どこで覚えてくるんだ、そんな機微。俺と母さんの娘とは思えない」と感心した。

もちろん、私は傷ついたよ。お父さんはまったく感じ取ってくれなかったけれど。

この件以降、父は、私には関わらない、本人のしたいようにすればいい、という姿勢をより強く取るようになった。私も父のことは諦める気持ちが増した。

　でもね、お父さんが癌で亡くなる直前に一時帰国したとき、紗良を見たとたん泣き出して、言ったんだよね。

「兄のレイプを糾弾した中学生が、今こうして子どもを産んで一人で育てるまでになって、俺はもう言うことないよ。ちゃんと成長してくれて、ありがたいよ」って。そして、「春好の件では、父さんを信頼して相談してくれてありがとな。あれで俺はこの家族の中で親の役割を果たせてる、って自信を持てたんだ」とか言って、手を握ってくるわけ。

　病と人生を終える弱りとで、感傷的になってたんだと思う。私は紗良を会わせることができてよかったという思いと、父が元気だったら反論しただろうなという、ひねた思いとを抱いた。お父さん、あのときはお父さんが居場所のない人だったから頼めたんだし、そもそもあの家はすでにバラバラで「家族」は存在してなかったよ。

　春好も父同様、どうせ私に怯えて警戒してるんだろうなと思ってたけれど、じつは違った。

　その春休み中に一度、家の中に私と春好だけがダベっているという午後があった。

　椋の木台団地の時代は、私は女の子だからってことで一番いい個室をもらって、優志も受験のために個室もらって、両親には寝室があって、春好だけ、廊下をカーテンで囲った間に合わせの個室もどきに寝てたんだよね。春好がいつも夜遊びしてたのも、自分にだけ個室という居場所がないってことも影響してたと思う。

　それでその日、リビングで漫画を読んでた私に、テレビを見ていた春好が暗い目を向けて、

「こないだはサンキューな」って言ってきたんだよね。

「何が」

「俺が彼女に謝るよう仕組んだの、巴だろ」

「聞くまでもないでしょ」

春好が反撃してくるのかと、私は身構えた。

「俺のしたことの意味、確実に俺にわからせるようにしただろ。親父の頭からは、あんな言い分は出てこないもんな」と春好。

「だから？」私は警戒を解かない。

「間違ったこととして、何が間違いだったかきちんと理屈をつけて叱ってもらったの、俺、人生初めてかもしんないんだよね」

「そうかもね」

「巴の計画かって気づいた瞬間、俺はほんとにヤバいことしたんだなって、ガツンと来た。岩が頭に降ってきた感じ。それまで彼女に言われようが親父に言われようが、何きれいごと言ってんの、としか思わなかったのに」

「そう」

「マジ落ち込んでる。まともに扱ってもらうって、こういうことなんかなって感じた」

「ふうん」

「もしかして、家族の中で、俺のこと、まともに間違ってるって一番思ってるのって、巴なのかもな」

「そんなわけないよ。優志でしょう」

「あれは俺を目の敵にしてるだけだろ」

「私の春好観は、全部優志から来てるから」

「おまえさあ、お兄ちゃん、とか言えないの？」

「言ってほしいんだ？」

「ほしくねえよ。あー、うぜ。やっぱ今の話、取り消し。おまえら、うぜえし。俺、あんなこと言われても、何《なん》も反省してねえし」

「春好、中二かよ」

「巴こそ、中二らしくしろよ」

　春好は悪ぶって出かけていったけれど、私はちょっと感動していた。

　春好は脱皮の時期が来ていると思った。ついに親の引力圏から脱出して、自分で生きていこうとしている。だから自分の暴力性に初めて気づいて、自分の醜い姿にショックを受けている。

　実際にあの事件のあと、春好はひどく気落ちして、じつは図書館に引きこもってたんだよね。今思えばけっこうな抑鬱《よくうつ》状態で、かなりつらそうだったけど、あのころは自業自得だと思ってたから、私も冷淡に見ていた。相変わらず家にはいないので、家族は変化に気づかなかったみたいだけど、私はときどき春好と話をした。

春好は、ダメな自分を変えたくて、自分の意思で大学に進むと決めて、図書館で勉強を始めたと言っていた。そして、まさかの合格をするんだよ。

私が大学で一人暮らしを決意したのも、春好でさえ自分で自分の目標を決めて実現できたのだから、私だってできる、と思ったからでもある。

大学時代の春好は、フットサル場でバイトして、あの社交的な顔の広さで大学内外の人を集めてフットサル・サークルを主宰した。教える立場だし、例によってモテまくって、またしょうもない軟派な生活してたみたいだけど、本人なりに倫理は模索してたらしい。私が彼女とかの探りを入れると、春好は「そのレントゲンみたいな目つき、やめてくんね？　俺は今まともなほうに進化してる最中なんだから、やましいことはしてないって」と勝手に言い訳してきてた。

私が実家を出てからはまた疎遠になったから、詳しい経緯は知らないけど、春好は就職氷河期に直面して進路がなかなか決まらず、卒業間近になってようやく怪しい不動産屋の営業職にありついた。

それがよくなかったんだよね。

月美はもう知ってると思うけど、リーマンショックの前あたりかな、春好は顧客として知り合ったやけに金回りのいい投資家に誘われて野球賭博に手を出したんだよね。

お約束どおり最初のうちは大勝ちして大金を手にして、株で儲《もう》けたとか言って後輩や友達に派手に奢《おご》りまくった。その心地よさが忘れられずに繰り返すうち、たちまち借金を膨らませて、返済のためにその投資家からギャンブル・フットサルの選手の副業を紹介されて、さらに転落した。深夜に郊外の駐車場とかでこっそり催される賭博フットサルで、選手は春好みたいな債務者ばっかりなんだと。

　そこで賭博客として知り合ったファンの女から、結婚して借金を一緒に返そうと迫られて、応じてしまった。この相手なら借金を隠さずに暮らしていけると思うと、かけがえのない理解者と出会えた気がしたわけ。すぐに破綻して離婚するのは、必定だよね。

　私が病気の父を看取《みと》るために一時帰国したとき、久しぶりに春好とじっくり話したんだよね。借金の経緯を素直に話してくれた。母や優志には細かく嘘をついたんだそうだ。なぜなら、正直に言えばさらに批判が厳しくなるだけだから。もうこれ以上失望させてはいけないと思うから。

　私は非難しないだろうと春好が思っていることは、春好の態度から私も感じた。春好は、私は帰国すべきだという母や優志の意見には無関心で、ひたすら私のアメリカでの生活を知りたがった。

「すげえよなあ、黒人の子ども産むとか。俺と血がつながってることが、すごい不思議だよ。こんなん、あるんだなあ」

「黒人って言い方はやめてくれる。プエルトリコ人の子」

「だってアフロ系じゃん」

「確かにルーツはアフリカ系も入ってるけど、プエルトリカンにはアフリカ系以上にプエルトリコ人だっていう意識が強いから、プエルトリコ人と日本人とのミックス」

「そういうのも、住まないとわかんないよな。ほんとに住んじゃって家族作って、すげえよおまえは」

「誰でもできる。何なら、春好もアメリカに来ちゃえばいい。人生なんて、どこでもやり直せる。アメリカ以外でもいいし」

「無理無理無理無理無理。俺にそんな勇気と行動力があったら、こんな人生送ってねえし」

「できるって。人間なら誰でもできる。人間なら誰でも言葉使うことできるようになるのと同じ」

「それはできるやつの言い分。できない人間ってのは、誰にでもできることができないんだよ。誰にでもできるはずのことだから、それをできない感じってのは、誰にも理解されねえんだよ」

「春好が自分をどう思おうが関係ないね。私は春好はできるとわかってる。それだけ」

春好は黙り込んで、しばらく唸《うな》ってた。

「無理は無理だけどね。カネの問題とかもあるし。でも、巴は偉いな、って思うときの自分だけは、俺は素直に信用できる」と言った。

「何言ってんのか、わかんない」

それが春好とまともに話した最後だった。

語り終えた巴は、ぐったりと疲れを感じた。この話を月美にするのは、想定していた以上に、巴を消耗させた。

その月美は、狐《きつね》に取り憑かれたような表情でしきりに瞬きを繰り返し、独り言のようにつぶやいた。

「すっごいな、私。これで何度目だろう、ハリーのことで隠し事されてたの。性懲りもないな。はっ、まさかレイプ野郎だったなんてね」

「ごめんね。でもこの件を黙ったままでは、本音で春好の話することはできなかったから」

「それはわかってる。私が望んだんだし。私が隠し事されたのは、巴のせいじゃないし。私に話すべきはハリーだったのであって。知らないで子どもとか作った私が、救いようのないバカだってだけで」

「それは関係ない。問題があるのは教えなかったほう。知らされなかった月美には何の責任もないでしょう」梨花が柔らかい声色で言う。

「だから、そんなことわかってる。子どもに罪はないでしょうよ。問題はハリーがこんなにいくつも隠し事しなけりゃならない人間で、私がそれを見抜けない無能だったってこと」

「月美には責任を感じてほしくないから、今まで春好の話は深く話さないようにしてきたし、今は全部ぶっちゃけた。月美は何一つ悪くない」巴もまた念押しする。

「だからそんなことわかってるって言ってるでしょ！」月美が激昂する。

「私は悪くない。そんなことわかってる。私はバカなだけ。結婚して家庭作って子ども作って、引き返せなくなってからいろいろ過去の過ちを打ち明けられてるんだからね。それも、本人の口からじゃなくてさ。先に知ってれば、それを受け止めて一緒に乗り越えて進もうって気持ちにもなるけど、そしてそういう気持ちがある限り信頼は続くけど、毎回毎回、後出しされたら、今まで苦労して築いた信頼関係は何だったんだってことになるでしょう。そのたんびに一から作り直しなんだよ。だって、嘘のハリーの姿の上に信頼を作ってたんだからね。その嘘を取り除いたら、私のハリーの像は土台ごと崩壊でしょ。

　わかる、ずっと偽物をつかまされ続けてる人の気持ち？　だまされるのは、だまされる人がバカだからでしょ。だますほうが悪いけど、だまされるほうもバカなんでしょ。何度もカモになるのは、バカでだましやすいからでしょ。私が本当に信用されてたら、最初から全部話してくれるよね。何で私はこんなに、実家でも新しい家族の中でも、バカにされ続けなきゃならないの！」

　月美の魂の叫びに、三人は言葉を出せなかった。

「そこで黙んないで何か言ってくれないと、私が惨めでしょ」月美が苦しそうに呻く。

　巴がうなずいて口を開いた。

「月美の言うのは、そのとおりだと思う。こんなやり方されたら屈辱だし、しんどすぎると思う」巴はそこでいったん言葉を切り、かすかにためらってから続けた。

「ただね、月美は春好の最低な過ちを具体的に全部知らなくても、春好がどんな人間かは誰よりもよくわかっているし、受け入れようと努力してると思う」

「そりゃそうだよ、もう引き返せないんだから！　子どももいるんだから！」

「それでも、もう本当にだめで、星南ちゃんや光人ちゃんにマイナスしかないって判断したら、月美は春好と離れると思う。月美はそこの判断は、最後には間違わないし、我慢しすぎたりもしないから。だって、私が今話した、春好の自分との格闘、月美はわかりすぎるほどわかってるでしょ」

「わかってるよ。ハリーがいっつも自分と戦い続けてることは、嫌ってほど知ってる。でも問題は、その戦いに性懲りもなく負け続けることなんだよ。私がいようが星南がいようが光人が生まれようが、ハリーは自信を持っていいんだって寄り添おうが、その戦いの助けには何もならないんだよ。私たちは何のためにこの人と家族なんだろうって、ほんとにつらくなる。この人に必要なのは私たちじゃないんだって、何度思わされてきたことか。もう無理なんだよ。限界なんだよ」

「月美がいなかったら、春好はもっとどうしようもなかったと思う」

巴のいらぬ慰めが、月美を爆発させた。

「あんな借金繰り返してるのに、十分どうしようもないでしょう！　それでも、まだマシだとか言うんなら、私はそんなごまかしの通用するほどオツムの弱い女ってことだね」

巴はにわかに自分の考え方に自信がなくなった。月美は間違っていないと励ますことと、月美と春好の関係をまだやり直せると考えることは、もう分けたほうがいいのか。けれど、春好と自立した共同生活を送れる人なんかいないと、はなから思っていた身としては、それを月美に言うことは、「ほら見ろ、やっぱり破綻した」とシニカルに勝利宣言をするようなもので、そんな人非人な態度は取れない。

「そうね、限界かもね。距離を置くことを試してもいいのかもしれない」と言ったのは梨花だった。「本人の努力をわかっているんなら、もう手を貸さないで、自力で立ち上がるのを待つしかないかも」

「私はそうしてきたつもりなんですけどね」月美は虫のようなため息をつく。

「あのですね、さっき月美さんは、巴ちゃんが春好さんの話をしたがらないから、お義母さまにばっかり当たってしまった、みたいなこと言ってましたよね。それはその、どういう感じなんですか」

　夕海の問いに、月美をさしおいて答えたのは、巴だった。

「春好の二度目の借金を、私の母が実家を売って返済したので、月美は春好への批判をつい母にぶつけてしまうってことでしょう」

「ははあ、なるほど」と夕海は思案顔になった。

「何で巴が答えてるの。人に成り代わるのって、その人を支配してることだって、優志さんの件で言ってたばかりでしょ。そこまで優志さんに影響受けてるってこと？」月美がさっそく糾弾してくる。

「それで思ったんですけど、月美さんは、春好さんもさることながら、お義母さまから距離を取ろうと思って、ここに駆け込んできたんじゃないですかね」

　月美と巴のやり合いになりそうなところを、夕海はさえぎるようにして話を進めた。

「それだ！」と梨花が同意した。

「何でみんな、私の答えを私より先に言うんですか」

「そうですよ、私は月美さんに聞いてるんで」夕海が、釈明しかける梨花を制し、「で、どうですかね」と月美に振る。

「夕海ちゃんの言うとおりかもしれない。私はもう、誰にも恨みをぶつけたくないし、誰のせいにもしたくないんだよ。結局、全部自分に返ってきて、自分がボロボロになるだけだから。自分を助けたい。さもないとみんな共倒れする」

そう言い切ると、月美はうつむいて口を固く閉じた。

「今夜はこのへんにしときますか」と夕海が誰にともなくつぶやき、巴と梨花は立ち上がって片付けを始める。

巴の心の中は荒れ狂っていた。何でみんながこんなに苦しんでいるのか、まったくわからない。母と父と優志と春好それぞれに責任があり、自分はその複雑怪奇な暴力の力学を精確に把握していると思っていたのに、優志の話をしても春好の話をしても、批判をぶつけるどころか、自分でもまったく気がつかなかった理解に自分が達していたことを、発見するだけだった。

自分の立場を見失うような混乱の中で、巴は自分を罵り倒したい衝動に襲われた。何を罵りたいのかも不明なまま。

のろのろと立ち上がった月美が、恨みがましいようなまなざしでこちらを見て、「ごめんね、巴ちゃん」と言ったとき、巴の感情は決壊した。

素知らぬポーカーフェイスで顔を固めてトイレに急ぐ巴に、梨花が言った。

「ここにいなよ。いいんだって、感情見せたって。ここではもう、防御は必要ない」

我に返ったとき、巴は自分でも驚くような泣き方をし、ずっと月美に謝っていた。

「何で巴ちゃんが謝るの」と月美も洟《はな》を垂らしながら問うが、巴は混濁したまま「わからない。でもごめんね」と繰り返す。

疲労の極致で朦朧《もうろう》としながら眠りに落ちたことは、何となく覚えている。

朝日に目覚めて、隣の布団で寝ている月美と目が合ったとき、二人の体の底から喜びが湧き上がって、笑いあった。私たちはともに、何かが底を打ったと感じてる、と確かな手応えとともに巴は了解した。

9 優志

静かだった。静かすぎた。

一人で過ごす真夜中の寝室は、真空のようだった。寝息や寝返りのような、落ち着きを感じさせてくれるノイズがなく、無限の静寂が宇宙空間のごとく優志を圧迫してくる。

三日前の水曜の晩、先に帰宅した優志が例によって夕飯の準備をし、しかし八時を過ぎても九時を回っても梨花から帰宅の連絡がなく、今夜は帰ってこないなと確信したときは、してやられたと思った。

致命的な失言をしてしまった己に愛想を尽かして失踪したいと優志が思っていることも、梨花に見透かされ、その衝動の機先を制するように、梨花のほうが失踪して見せたわけだ。される側の気分を味わってみよ、と言わんばかりに。その陰には、優志が逃げたら本当に取り返しがつかなくなるのだから私が失踪しておいてあげよう、という配慮まで感じる。

苦笑いを浮かべつつ、梨花がかろうじて与えてくれた挽回の機会をフイにはすまい、と積極的な気持ちも湧いてきて、その晩は平穏な眠りにつくことができた。

だが、翌木曜日の晩にも連絡が来ないことには耐えられなかった。

「どこにいるかは聞かない。いつまで待てばいいかも聞かない。ただ安否だけは定期的に知らせてほしい」とメッセージを送っても、返信はない。これが梨花の戦術なのだとわかっていても、不安が収まらない。

寝つきだけはよい優志が、眠れない。襲いかかる空白を叩き潰すように発泡酒をあおり、ケン・ローチの『わたしは、ダニエル・ブレイク』のＤＶＤを見かけて重苦しくなってやめ、何かもっと軽いのをと、梨花の愛蔵コレクションから『ビバリーヒルズ高校白書』を引っ張り出して視聴してみる。

このドラマを梨花は、優志には見せたこともないような切ない表情で見入っていたことがあって、「あれえ？　いいとこのイケてる白人ヘテロ男女の恋愛話なんて、普段のイファからしたら敵の物語なんじゃないの？」とからかったことがあったが、「敵、とか嫌な言い方しないでよ。このドラマの価値観がどうあれ、私のハイティーン時代はこれで形成されちゃったんだから。青春期を過ごした昔の家《うち》みたいなもん」と意に介さない反応だった。その後も梨花は、ひどく疲れていたりストレスにまみれているときなど、優志に隠れてこっそりこのドラマに浸っているらしかった。

優志にとってはやはり自分を締め出す世界観であり、とてものめり込めるものではなかったが、それでも先が気になって、結局未明の四時過ぎまで見てしまった。

二時間程度しか眠れなかったが、朦朧としているほうが不安の感覚も鈍くなる。残業せずに帰宅すると、発泡酒とともにドラマの続きを見ながら寝落ちした。

土曜日の今日も、朝十時ぐらいに目が覚めるなり、ひたすら見続けた。順列組み合わせをしらみつぶしにしていくかのように同じ仲間内で恋愛を繰り返すだけなのだが、見てしまう。子どものころに団地の敷地で、蟻の行列や蜜を集める蜂を延々と観察して飽きなかった感覚と似ている。

昼過ぎに携帯が鳴らなかったら、食事もろくにとらずにドラマ内に居続けただろう。

携帯に「巴」の名が表示されたのを見て、梨花関連だなこれは、と予感した。

巴は探るような挨拶を交わすと、「今晩、ちょっと時間ある？」と打診してきた。

来るぞ、と身構えたが、梨花ではなく紗良の話だった。

「こないだ、なでしこジャパンの親善試合を一緒に見てたら、紗良が急に、タトゥーしてるサッカー選手は嫌い、とか言い出したから、あれっと思ったんだよね。ミリアムは腕にタトゥー入れてて、紗良はそれをかっこいいって憧れてたから。どうして急に意見が変わったのかな、何かなければ意見は変わらないよね、と質《ただ》したら、学校でトラブルになったんだと。

スマホを持ってる子と放課後にアメリカの女子代表選手の写真を見てたとき、クラスのサッカーしてる男子がのぞき込んできて、女のくせにタトゥーとか生意気、と言ったんで、紗良がカッときて、このクールさがわからないなんてダサすぎ、と言い返したところ、その男子は、刺青《いれずみ》はヤクザの証拠って知らねえんだ、この女やっぱ日本の常識何もわかってねえ、とディスってきて、紗良はタトゥーは普通のオシャレだって言い返したけれど、誰も味方してくれなくて、間違ってるのは自分だと思うようになったんだと」

「なるほど。難しいな」

「それで私も迷い始めてね。こういう男子たちに引きずられていったら、紗良はどんどん自分を否定する子になっちゃうでしょ。思春期の前に、まともな成人男子と日常的に接触しておく必要があるなと感じたんだけど、いないんだよ、そんな男。せめて男らしくない男というと、優志ぐらいしか思いつかなくて。仕方ないから、今晩、紗良と夕飯を一緒に食べてくれないかな」

「仕方ないのか」

「仕方ないでしょう。腐っても優志だから」

　これまで来訪を拒んできた巴が自宅に来てくれと頼んでいるのだから、裏がないはずがない。うまく誘い出されたという自覚はありながら、優志は夕方になって巴の団地に向かった。たとえ口実であれ、紗良の力になれるのは心躍ることなのだ。

　梨花が贔屓《ひいき》にしているスイーツ店で、ピンク色したラズベリーのチーズタルトをホールで買い、紗良へのお土産とする。

　そうして巴宅の呼び鈴を押したところ、はたして現れたのは梨花だった。

「やっぱりな」

「私がいることは予測して来たんでしょ。だったら今さら意地張ってもしょうがないんだから、入りなよ」

「兄貴が警戒してるような話じゃないから。ほんとに紗良のためだから」巴も脇から顔をのぞかせて言う。

「じゃあ、何で隠すんだよ。最初から普通に言えばいいじゃないか」

「言えば来ないでしょうが。それは自分でもわかるでしょ。だましたんじゃなくて、来やすいようにプライドを傷つけない配慮をしたことを評価してほしいね」

「あ、ユウ・コグレのタルトでしょ、それ」と梨花が喜びの声を上げる。

「イファにじゃないよ、紗良にだよ」

「早く夕飯食べてデザートにしよう。今夜は中華風のジャージャー麺食べ比べだから」

梨花は意に留めず、優志の腕をつかんで玄関に引っ張り込む。何か普段と違う梨花の雰囲気に、優志も飲まれてしまう。

リビングには赤ん坊を抱いた月美までいて、満面の笑みで「ご無沙汰してますー。すごくお会いしたかったんで、嬉しいです」と挨拶され、優志は戸惑う。

「紗良は？」と巴に尋ねると、「星南ちゃんと外で遊んでる」と答える。

「何を企んでるのか、いい加減、教えてくれよ」優志は梨花の顔を見て言った。

「企みってわけじゃないのよ。なりゆきに任せてたら、自然とこうなっちゃったというか」

梨花は同意を求めて巴と月美を見る。

「そうなんです。私が自分のうちにいることに限界になって、ここに逃げ込んできたら、もうイファさんが来ていて」

優志は、自分だけが使っていたはずの「イファ」という呼称を、月美が自然に口にしたことに驚いたが、動揺を悟られぬよう素知らぬふりをした。

「それで私はヤッシの話をして、月美は春好さんの話をしたんだよね」

「私も二人の兄の話をしたし。そうしたら、これまで気がつかなかったことを、いつのまにか話してたんだ」巴が言う。

「そう、ヤッシは母になろうとがんばってたとかね。私も死角から斬りつけられたような大発見だったけど、すごく納得した。ヤッシが抱え込んでた重くてネバネバな物の正体は、それかあって。だからもう、私はヤッシを非難する気持ちはないの。それは言葉どおりに受け取ってほしい」

　優志は数字で話されてるような、奇妙な理解不能さに陥った。なので、「言葉どおりにって、その言葉自体がわからない」と言った。

「そりゃそうだ。私たちだって、突然言葉が出てきて、しばらくしてからその意味がじわじわ沁《し》みてきたんだから。当人はもっと時間かかるでしょう。だから、この件はあとでまたゆっくり話そう」巴が言う。

「でね、いろいろと気持ちの向くままに話してたら、わかったのは、みんなが苦しんでいることのおおもとには、ヤッシのお母さんの問題があるんだってこと。それで、ヤッシにもお義母さんについて相談したくなったわけ」

「ハリーとお義母さまのことを理解するためにも、優志さんのお話を聞きたいんです」月美がつけ加える。

「全然、話の展開が見えないよ。おふくろの話と紗良のことがどうつながるのさ？」

「何というか、転換が起こったんだよね。背を向けてたら悪くなる一方だって気づいたというか。だから、紗良から兄貴を遠ざけるのは、やめにしようって思って」

「巴ちゃん、その説明じゃ全然わからないよ」と月美が笑った。

「とにかく、ヤッシは私がここにいることは想定済みで来てくれたんだから、話したい気持ちは持ってるわけでしょ。ここにはヤッシを責める人は誰もいないから、楽にしてほしいの」

「ふうむ。これはこれで、何だか不気味だなあ。警戒するなって言われてもなあ。ぼくはいったい何を求められてるんだ？」

「まずは紗良と夕飯を食べること」と巴。

「もう二十分くらいでできるっていうから、行きましょう」

スマホで誰かとやりとりしていたらしい月美が告げる。

一同は支度をするでもなく、部屋着のままつっかけなどを履いて玄関を出る。

「どこか定食屋でも行くの？」と優志が巴に尋ねると、「すぐそこのうち」と大雑把な返事が返ってくる。

細長い回廊の対角線上にある部屋まで行き、巴は呼び鈴も押さずに鍵のかかっていない扉を開けた。玄関から上がると、スパイシーな香りが優志を包む。

ダイニングでは見知らぬ若い女が大量の麺を茹《ゆ》で上げている。リビングでは女の子二人がアニメを見ている。

「このうちの主《ぬし》の夕海ちゃん。今じゃ、紗良の血のつながらない叔母みたいなもん。夕海、これがあの優志」と巴が女性を紹介した。

「初めましてー」夕海と呼ばれた女性は、麺を茹でながら海老のようにピクンと腰を曲げて挨拶した。

「あ、どうも。優志です」夕海についての説明が足りないと思うが、口には出せない。

「サリー、覚えてる、ヤッシおじちゃん？」

四肢がすらりと伸びて年齢以上に大人びている紗良の姿に、優志は内心で目を瞠ったが、態度には出さないように気をつけた。そして紗良の目線まで屈《かが》むと、笑顔で「紗良ちゃん、こんばんは」と言った。しかし紗良は巴のところまで来たものの、目は泳ぎ、表情が落ち、体はこわばり、何も反応できない。

「ほら、ご挨拶する約束でしょ」

紗良はうつむいて優志を見ず、巴に半ば隠れるような姿勢で、息の漏れるような小声で「こんばんは」と言った。

「おじちゃん、ピンクのケーキもおみやげにくれたんだよ」と月美が言い、箱を開けて見せる。

優志が「ピンク好きだよね」と言うと、まだうつむいたまま小さくうなずく。

「まあ、こういうわけよ。月美やイファさんには最初から慣れたんだけどね、男の人はまだ難しい」と巴が説明する。

「まだ警戒中ってわけか。気持ちはわかるよ」と優志が言うと、月美が笑い出した。

「よし、じゃあご飯にしよう」

梨花が号令をかけ、紗良はテレビを消して星南を食卓に連れてくる。

優志は、紗良と星南が座った角っこと対角線上の、一番遠い席に着いた。「星南ちゃん、ヤッシおじちゃんだよー」と言って手を振ると、紗良といるときは物怖《ものお》じしない星南は、はしゃいで手を振り返す。

「さすが、イファさんのソースは違うね」月美が感心する。

「イファが作ったの？　ぼくも初めて食べるんだけど」

「そうだ、明日の晩ごはんはヤッシが作ってよ。料理といえばヤッシでしょう」

「え、ぼくは明日もいるの？　今晩、泊まるってこと？　何のために来たんだ？」

「みんなでごはんを披露する集い」

「まだ夕海の料理、食べてないね」

「麺を茹でましたよ」

「私、ハンバーグ作れる！」

「そうだ、紗良にハンバーグ作ってもらおうか」

「私もごはん作る！」

「そうだね、星南ちゃんも一緒に作ろう」

「サリーは他に何が好き？」

どさくさに紛れて優志が笑顔で聞くと、「モフォンゴ」と答えが返ってきた。

「わお！　それはお母さんも食べたい」

巴がすかさず反応し、顔がはてなマークになっている一同に、「プエルトリカンのソウルフード。ミリアムがよく作ってたんだよね」と言って、どんな料理かを説明する。

「うーん、うまそう」と夕海がよだれを拭く真似をすると、「夕海ちゃん、病みつきになること請け合い。超うまいから」と紗良が言い、巴のほうを向いて「ねえ、お母さん、お願い。Por favor」と言った。

優志は驚愕を心のうちにとどめ、巴に「作るしかないな」と同意した。

隣に座る梨花が、優志の背中を軽くなでる。

チーズタルトも好評を博し、みんなで床に車座になってトランプで盛り上がるうち、紗良は優志にうちとけていった。一緒に皿洗いもし、紗良がハンバーグを作る日には優志と星南が助手を務めることになった。

この日は夕海の家にそのまま泊まるという紗良と星南と光人を寝室に寝かせると、大人たちはリビングでビールを開けた。

「サリーはがんばってくれたなあ」と優志がつぶやくと、「優志も疲れたでしょう。子ども相手は得意じゃないだろうし」と巴がねぎらう。

「自分が巴の兄だった時代を思い出したよ」と優志はおどける。

「あれは兄でもあったけど、母だったでしょう」巴が言う。

「さっきの『ヤッシは母になろうとがんばってた』ってのは、そういう意味か」

紗良の相手をしながらも、優志はその言葉に縛られて呼吸がしにくいような苦しさを感じ続けていた。

「私に対して母親代わりになろうとしていたってだけじゃなくて、誰に対しても、完璧に世話を焼こうとしてきたでしょ」

優志は今しがたまで心身を満たしていた気力が、一瞬にして毒に変化して、自分の隅々を冒していく感覚を味わった。疲労で四肢の末端が腐食していくかのようだ。

「結局、その話か。ぼくは男であるという形の権力を捨てて、相手になりきるという支配を確立した、ってやつだろ。母になる、というのは、そのことを指してるわけか」

「違う。きついかもしれないけど、批判じゃないから、聞いて」梨花が静めるように穏やかに言った。

「どうしてヤッシが母にならざるをえなかったかというと、ヤッシが子どものときには、それ以外の選択肢がなかったからだって気がしてきたの。そうしないとお母さんに受け入れてもらえない、ってヤッシは無意識に感じてたからなんじゃないか」

優志は再び、言語ではなく数字で話されているような届かなさを感じた。何を言われているのか、わからない。脳が痺《しび》れているような気がする。

「何て言うのかな、完璧な尻拭いをしないと大事な相手には認めてもらえない、というプレッシャーを生きてきた、みたいな」

　巴が優志を傷つけないよう顔色を窺うような言い方をする。優志は、自分はやはり腫れ物なのだという自嘲にまみれそうになりながら、巴も梨花もこちらをやり込めようとはしていない、ということも理解した。

「だから、相手に非難されないように完璧を目指そうとして、相手になりきろうとがんばるんじゃないか。支配しようと意図しているというより、ずっとそうやってヤッシは呪縛されてきたから、そういう関係の作り方しか知らないのかもしれない、って思えてきたのよね」

梨花は言いつのる。

　月美が涙ぐみながら何度もうなずいているのが、優志の目に入る。なぜ月美さんが泣いてるんだ、とぼんやり思う。

「言いたいのはね、ヤッシはもう母になろうとがんばらなくていいってこと。相手のことを完璧に理解しようと懸命にならなくていいし、必死で何もかもフォローしようとしなくていい。ヤッシの頭が相手のことで埋め尽くされればされるほど、ヤッシは自分がすべき義務で手いっぱいになって、逆に相手が見えなくなって、お互いに傷つけ合うほうへと突き進んでしまう。そんなこと、まったく望んでいないのに。私たち二人とも、もっと楽になっていいと思うんだ。もっと適当で、ザルな人間で」

　優志は、自分は今、何かを思いきり叫んで叩きたい衝動に駆られているな、と他人事のように思った。惨めだね男は、と思った。自分自身からの強い嘲《あざけ》りを感じたとたん、何かを叫んで叩きたい衝動はすぐに引っ込んだ。男であることに身を任せて暴れるぐらいなら、死んだほうがマシでしょう、と思った。なぜなら、自分は男であって、男じゃないんだから。

　こういう気分や感覚はまったく理解しようとしないくせに、「母になろうとしていたってことがわかった」なんてよく言えるな、と今度は巴や梨花に対して具体的な怒りが湧いてきた。こっちはまわりをこんなに理解しようと全身全霊を注いできたのに、こっちのことは理解しようと努力されたこともない。

　おいおい、理解されようと努めたこともないでしょう、できもしないでしょう、と冷笑的な気分が迫り上がってくる。男であって男でないという曖昧な立場なんて、自分でも自分に説明できないくせに、他人に理解されようはずもない。

　だったら、今話せばいい。話してみればいい。そういうことなんじゃないか、「母になろうとがんばらなくていい」というのは。楽になっていい、という言葉の意味は。

　優志が押し黙って、そんなめまぐるしい脳内での一人論争に身を委ねている間、女たちは急かすことなく静かに待っていた。何か釈明せよ、というような、いつもの梨花との軋轢《あつれき》の際に感じる圧力は、ない。

「母になる、って言い方で、ぼくを理解しようと努めてくれたことはわかった」と優志は切り出した。四人はうなずく。

「その意味をぼくは完全には理解しきれてないかもしれない。ただ、母っていう言い方だけでは、ぼくの実感としては不十分なんだよね。もっと違う迷いがずっとつきまとってる。でも、どうやっても説明できないので、これまで話そうとはしてこなかった。今も説明できるのかわからないけど、どうもその時が来たらしいので、試してみようと思う」

　四人は黙ってうなずき、さらに言葉が継がれるのを待っている。

「たぶん、子どものうちは、本当に母親のつもりで巴の面倒を見てたんだと思う。母の代理で、母の真似をして。でもそれだけですまなくなったのが、ぼくが中学に入ってからだった」

　優志はそこで一息入れたが、にわかに、こんなことを話してしまったら取り返しがつかなくなる、世間どころかこの四人からも気色の悪い変態と認定されて拒まれるだろう、という恐怖でパニックに陥りかける。絶対に理解されないことは経験上わかっているのに、そんな無謀に踏み出して、人生終わりにするつもりなのか、と自責する声が聞こえる。

「『お熱いのがお好き』って映画、知ってるよね？　マリリン・モンローの代表作の一つ」

　自分の口を封じようとする内心の声を振り切って、優志はそう口にした。梨花と月美はうなずき、巴は「見たことはない」と言い、夕海は首を傾げている。

「あの中で、ジャック・レモンが女に化けて、若い女性たちからビーチに泳ぎに行こうって誘われて、一緒になってはしゃいでいるうち、自分が女になりすました男であることも忘れて、ビーチボール遊びに夢中になるシーンがあったの、覚えてる？」

　誰も反応しない。

「だろうな、あんな些細な場面に反応してるの、ぼくだけだよね。あのときのジャック・レモンの悦《よろこ》びに満ちた存在感が忘れられなくて。女性たちと無心に戯れて同化している自分に、すっかり充足している感じ。ぼくはあれが羨ましいし、理想なんだよね。あの瞬間のジャック・レモンが体現しているのは、男でも女でもない人間だったから」

「へえ、見てみたいですね」と言ったのは夕海だ。

「中学生になると、小学校時代とは違う友人の組み換えが行われるよね。幼稚園から帰ってきた巴が友達と遊ばないで家にいることがけっこうあって、ぼくは母に任せるのが嫌で、放課後、新しくできた中学のグループでつるむときに、そいつらに事情を話してときどき巴も連れていった。それがどんな結果になるかは、察しつくでしょ」

巴以外の三人が、何となくうなずく。

「男子グループの中では思いきり浮いて、すぐにハブられたんだよ。気色悪いってことで」

「そこで巴に八つ当たりして、友達を優先しなかったんだ？」梨花が尋ねる。

「そうだよな、普通そうするよな。でも何か、使命感があったんだよ。そこはやっぱり、ぼくが母だったからかもしれない」

梨花は深くうなずき、巴はうつむく。

「仕方なく、放課後に帰ってきてから団地の砂場とかで巴と遊んでたら、小学校のときに同級生だった、同じ椋中の女子が、声かけてきたんだ」

「マメちゃん」と巴がつぶやく。

「そう、金子あずき。あいつが新しい友達の一団と歩いてて、ぼくと巴を見つけて、巴のこともよく知ってたから、巴に話しかけてきたんだよね。それでぼくにも、夏川は中学になってもずっと巴ちゃんと遊んでるの、と聞いてきた。こっちは恥ずかしくて顔から火が出てしまって、しどろもどろになってろくに答えられなかった」

あのときの感情がよみがえるようで、優志の顔は火照った。今、本当に真っ赤になっているかもしれない。

「まあ、ぼくの様子がそうとう憐れだったんでしょう。マメちゃんはぼくと巴を自分たちのグループに入れてくれた。一緒にいた女子たちもみんな、巴のこと可愛らしいってかまってくれてね。

でもぼくは、本心ではこの女子たちはこっちのことをキモいと思っているに違いない、と思い込んでた。だから、あくまでも巴のためにこうしているんだ、と言い聞かせて、出過ぎないようにしていた。たいていは、女子たちがおしゃべりする脇に置いといてもらっている感じだったけど。つまり、ぼくはお味噌だった」

優志はそこで息継ぎを入れた。誰も何も言わない。そこからは、優志の一人語りとなった。

初夏の今ぐらいの日だったかな、どういう経緯だったか、一人がバレーボールを持ってきていて、団地の公園でバレーボールが始まった。落とさずに何回続くか、ってやつ。巴が混ざれないからぼくも脇で見ていたんだけど、こっちにボールが飛んできたとき、思わずトスで返した。そうしたらみんなが次々トスをくれるので、いつの間にかぼくも加わっている格好になった。

楽しかったんだよ。まさに我を忘れて夢中になっていた。自分が男子であることも、みんなが女子であることも、巴のいることも、全部消えていた。あの時間だけ、自分の人生からはまったく独立した幻みたいな記憶になっている。夕暮れの始まりにも似た、水色と淡いピンク色とがグラデーションになって混ざっている空の色で、永遠の時間なんだ。

あのときから、ぼくはマメちゃんのグループにお味噌ではなく正式な一員として認めてもらったみたいだった。ぼくも、日陰者みたいな意識が退《の》いて、もう少し積極的にみんなの話に参加できるようになった。そして、ぼくのそんな態度を見ていた巴も、いっぱしに一人前の顔をし始めた。

変な話だけど、男仲間から外れてしまって、お情けで女子グループに加えてもらったはずが、それまでより無理をしている気分は減ってきたんだ。

春好がサッカー一途《いちず》だったから、当初はぼくも家族で試合の応援に行って、遊びでミニゲームに混ぜてもらったりした。ひどく下手でもなかったけれど、少しでもミスするとどやされるし、失点すると八つ当たりされるし、その理不尽さが耐えがたくて、応援から足は遠のいた。

春好と折り合いが悪かったのも、春好はぼくに対していつも、勝ち負け優劣で関係を測ろうとしてくるからだった。こっちは春好を威圧するつもりなんてなかったから、あれはサッカークラブで養われた感性なんだろうなと、うすうす思ってた。

女友達とバレーボールしてると、そういうのはないんだ。勝負のない、ただトスの交換だけなのに、すごく盛り上がる。こっちのほうが自分にはフィットするように感じた。

もちろん、ぼくは女子じゃなくてお客さんだから、女子同士の競争意識というのはわからなかった。だから、女子に生まれていたら、女子であることに違和感を抱いたかもしれない。いや、確実に抱いたでしょう。

妹を連れて女子グループに居場所を見つけた男子、なんて、男子たちからしたら、もうトップクラスにキモい存在だよね。だから、ぼくの浮き方は半端じゃなかった。でも、女子たちから一定の信頼を得ていたので、男子たちも攻撃はしにくかった。男子も、女子のマジョリティから嫌われたくはないから。

男子たちからの侮蔑に、「優志子《やさしこ》」「ヤサコ」というのがあった。ぼくが女だというわけだ。女のようにふるまってはいないけど、いつも女の中にいて男臭くなかったから。

そういう揶揄よりもぼくが悩まされたのは、自分は本当に女なんじゃないか、という惑いだった。男の友達グループにハブられてからこっち、男子の一員と見なされることには強い拒絶感があった。けれど、女子のような格好をしたいわけでもないし、母の服でこっそり女装をしてみたときは鏡に映る自分をグロテスクに感じたし、女子の好きなこまごまとした可愛いアイテムには興味ないし、男子にも関心がない。

そう、男子を好きにはならなかった。中学二年でクラス替えがあったとき、好きな女の子ができてしまった。一目惚れで、その大きな目と厚い唇でこちらを向かれたとたん、風景がサイケデリックな色に着色された。

これには混乱した。女子に恋心を抱くということは、やはり自分は男なのかと思うと、ちょっと絶望するような感覚があった。絶望を感じるということは、じつはぼくはやっぱり女で、しかも女子を好きなのかもしれない、とも思ったけれど、自分が女だという実感はどうしても持てない。

こんな状態で人を好きになっても、可能性があるとはまったく思えなかった。誰かに相談したいけれども、相手がいない。好きな女子がいる、という打ち明け話をするなら男子にも混ぜてもらえるかもしれないけれど、悩んでいるのは似て非なる部分。

色気づいた中学生男子がすることといえば、ちょっとワルを気取って好きな女子にアピールするとかだけど、それが苦痛なんだ。ワルだとか目立つとかカノジョをリードするだとか守ってあげるとか、一言でいえば男らしさを偽って演じたところで、長続きしないから。

そぐわない恋愛感情を抱いている自分に手を焼いたぼくは、修学旅行の最中、女友達のグループに衝動的に打ち明けてしまった。

夜、男子部屋で一人でいることに耐えがたくなって旅館の中を放浪していたら、マメちゃんたちとばったり出くわして、さすがにぼくが女子部屋に入るわけにはいかず、みんなで非常階段の踊り場に行った。修学旅行の夜の常として、当然ディープな恋話《こいばな》で盛り上がるよね。

ぼくはあくまでもその他大勢の聴衆の一人にすぎず、語る役は期待されていないことは、重々承知していた。にもかかわらず、皆が順繰りに好きな人を打ち明けていく感じになったとき、ぼくも意中の人の名を口走っていた。

場は緊張が走って凍りついたよ。みんなで男子話をしてたはずなのに、突如、女子の名前が出てきたんだから。女子たちはぼくのことを男子だとは意識せずにつきあい、おしゃべりしてきたわけであって、この人は女子を色恋でまなざす男子なんだ、と我に返ったとたん、にわかに警戒心が働いただろうし、どういう態度をとっていいかわからなくなったんだと思う。

ぼくはその反応を漠然と予測してたと思うけど、現実となるとやはり威力があった。身構えた女子たちの防御力に圧倒されて、黙り込んでしまった。

やがて、こちらの落ち込みに気づいた一人が警戒を解いて、「あの子、まだ特に好きな男子はいないはずだよね」などと、ぼくの恋話を受け入れる態度を示した。するとみんなも、あれこれと可能性はあるようなことを言って、応援を始めた。

自分の不自然さが惨めだった。そんな惨めさを女友達に憐れんで助けてもらおうとしているなんて、卑怯な野郎だと自分を軽蔑したくなった。その状況すべてが屈辱となって襲いかかった。

思いあまったぼくは、翌日の団体行動の合間に意中の子に近づき、隙を見てだしぬけに「つきあってください」と告白した。

その子は、目玉がごろりとこぼれ落ちるのではないかとこちらが慌てるほど目を丸く見開いて「まじ？　私、女だけど」と当惑したきり、しばらく返答できずにいた。それから、ごめんなさいと謝られた。

その晩、また非常階段で女子グループの仲間に、じつは昼間に告白してフラれたと報告した。そして、その理由はあの子がぼくをどう思っているかではなくて、ぼくが男でも女でもないからだと思う、と説明した。

言ったとたん、それまで知らなかった感情が噴き出し、ぼくは泣いていた。「こんなことで女子の前で泣く自分が情けない。でも、それを情けないと思う自分のことはもっと嫌いだ」と言った。

「確かにそんな理由で男は泣かないから、夏川は男とは違うかもしれない」と一人が言って、もらい泣きを始めた。すると、全員が連鎖して泣いて、「うちら、そんな夏川のこと好きだよ」と誰かが言い、みんなも一斉に同意して、また泣くことに盛り上がる。

ひとしきり泣くと、落ち着いた。皆、雨上がりの空みたいになり、顔に虹ができたりしていた。ぼくも、やはり可能性はゼロだったと確信できたことで、恋愛感情につけ入られそうな隙は封じることができた。

彼女たちがありがたかったのは、ではぼくはいったい何者なのか、と問いはしなかったことだ。男か女か、どっちなのか、はっきりさせようとはせず、友達としてつきあい続けてくれた。まあ、どう考えていいかわからなかったんだと思う。それで、そのことは傍《わき》に置いて、ぼく個人と向き合ってくれた。

そんな体験を生きているうち、ぼくは巴との関わり方に強い信念を抱くようになった。巴を男と親和するような人間に育ててはならないし、そのためには、春好を男らしくすることに血道を上げている母親の影響を完全に排さなくてはならない、男からはみ出てしまう自分はそれをアドバンテージとして活かすべきだ。それが小学生になった巴への、ぼくの教育方針の核となった。

　たぶんそのあたりからなんだと思うね、ぼくが誰かに成り代わることで理解しきろうとするやり方を身につけていったのは。自分が何なのかわからず、いつも空白というか架空というか、幻想的な存在に感じていたから、何か自分に形を与えてくれるものが必要だったのかもしれない。液体のように自分が流れ出して、果てしなく広がって消えてしまわないよう、枠を作っておく必要があったんだろう。それが具体的に、巴にとってのロールモデルとして、男だとか女だとかの役割に縛られない姿を見せる、という方向を取ったんだと思う。

　だから、確かに最初は母に成り代わろうとしていたかもしれないけど、思春期からはその成り代わった母であることをやめようと悪戦苦闘していた。それがぼくなりの新しい「母」のあり方だって言うなら、そうなのかもしれないけど。

　でも高校になると、また日常の友人の組み換えが行われて、今度はさすがに中学のようにはいかなかった。女子のグループには入れず、主流派からは外れている地味な男子のグループに何となく混ぜてもらった。中学のときよりは男子度の低そうな、恋愛に縁の薄そうな男子生徒も多く、お互いに気が合うとは思っていないけれど拒絶するわけでもない連中の末席に置いてもらっていた。気になる女子ができたりもしたけれど、「ぐいぐい引っ張ってってくれるような人が好き」とか話しているのを聞くと、何もかもに萎えてしまった。

「ああ」と月美が嘆息する。「それ、私も言ってたな……」

「好きなタイプを聞かれたら、回答の上位三つに必ず入ってた言い方だよね」巴が言う。

「え、巴ちゃんがそんなこと言ってる場面、想像つかない。そういうこと言う人を軽蔑してる目つきしか、浮かばない」月美が厳しく突っ込む。

「それはそのとおり。でも、現実にはぐいぐい足を引っ張る男と子ども作ってるありさまだから」

「それはお互いさまだね」月美も悪ノリする。

「頼むから二人だけで飛ばさないでください」夕海が苦笑して懇願する。

　部活にも入らずに直帰して巴の相手をしたものの、巴も次第にぼくをうざったく感じるようになって、帰りがぼくより遅くなる日が増えていった。小学生なのにと不安に思って、巴の放課後を観察してみたら、中学に出入りして不良っぽい女子たちの仲間になってたんだよね。

「やっぱり知ってたんだ」巴が低い声で言う。「逃げられないとは思ってたけど」

「今はあんな監視はアウトだと思うけど、あのころは義務感に取り憑かれてたから」

「巴ちゃんの感じた圧迫も、ヤッシさんの強迫観念も、どっちもわかるなあ」夕海の暢気《のんき》な声に、巴も仕方なさそうにうなずく。

　高校二年の文化祭のフィナーレでのこと。体育館でバンドの人気投票の最終ラウンドを聴いているときだった。ぼくの背後から、出演するバンドの一人がベースを持って走ってきていたのだけど、ぼくは気がつかなかった。同じクラスのラグビー部のやつが、ぼくに向かって言った。

「ゲイバー、後ろ」

ぼくはすぐに避《よ》けてぶつかりはしなかったけど、そのラグビー部のやつと一緒にいるお笑いキャラの人気者が、「本人に向かってはまずいっしょ」とささやくのが聞こえた。

「ゲイバーって、ぼくのあだ名？」とぼくはじかに尋ねた。ラグビー部は少しうろたえたけれど開き直って、「だって、ゲイバーのママみたいだから」と答えた。

「何、ゲイバーって」

ぼくは尋ねた。本当に知らなかったので。

ラグビー部とお笑いキャラは大ウケして、ラグビー部が「いやいやいや、いいの、知らないなら知らないで。健全な人は知らなくていいから」と言った。お笑いキャラは「知らないんだったらゲイバーじゃないじゃん」とまた爆笑した。

以来、どれほど拒絶しても、公式にぼくのあだ名は「ゲイバー」になった。「ゲイバー」が何であるか、高校生の間はぼくは意地でも知ろうとしなかったけれど、どういうニュアンスの侮辱をされているのかは正確に把握していた。中には、自分も傷ついているのにぼくを「ゲイバー」と呼ばざるをえなかった男子も、いたかもしれない。

大学に入ると、コミュニティの縛りは弱くて楽になるよね。旅サークルで一人旅をするようになったのもよかった。どこへ行ってもよそ者という感じが、自分の架空の生き物感に合ってたので。

最大のイベントは、三年の夏休みにアメリカのペンシルバニアへ一か月の短期留学に行ったこと。白人家庭にホームステイしたら、ベンという同い年の大学生の息子がいて、やたらと人懐こくて親しくなった。帰国前には、ベンが自分の車で近郊の旅に連れて行ってくれた。男で本当に友達だと思えたのは、ベンが初めてだった。外国で言葉は不十分で自分は完全なよそ者という距離の遠さゆえに、近づけたことがかえって錯覚を呼び込んだのかもしれない。

晩にモーテルの部屋で「日本に恋人はいるのか」と尋ねられたとき、「じつは恋愛をしたことがないんだ」と思いきって答えた。ベンは驚き、「話したくなければ無理に言わなくていいけど、恋愛できない理由は何かあるのか」と聞いてくる。もう話し始めたのだから行くとこまで行け、と自分を鼓舞し、「ぼくは男でも女でもないから」と答えた。英語で意味がどれだけ通じるかわからないけれど、日本語でも説明は難しいのだから、同じこと。自分を表現する言葉が見つからないという意味では、ぼくはいつでも不慣れな外国語を話しているようなものだ。

ベンは「じゃあ、バージンなんだな？」と確認してきた。英語では未経験のことを男女かかわらず「バージン」と表現するけれど、当時は知識がないから、ベンはぼくを女として扱っているのか！と新鮮な驚きがあった。ぼくは少し誇らしい気持ちさえ覚えて、「イエス、アイム・ア・バージン」と歌うように答えた。

しかしベンは気の毒そうにぼくを見ると、「セックスをしてみたら、いろいろと自分についてわかることもあるかもしれないよ」と言った。

「うーん、それはちょっと気持ちがついてかない」

「よし、それなら、今からしてみよう」とベンは立ち上がる。

「いや、無理って」とぼくは難色を示す。

「俺に任せて。せっかくアメリカまで来たんだから、これまでと違った姿勢で、何か未知の体験をしてほしい。そのためにできることを俺はしたいんだ」と譲らない。

ぼくは笑顔になって、「今こうして、この悩みを初めて男の友達に話せてるだけで、ぼくには大きな一歩だよ」と言った。

「ぶっちゃけ」とベンは顔を曇らせ、やさぐれた口調で言った。「バージンを捨てると自由になれる。逆にバージンのままでいると、恨みに取り憑かれて、他のことが何も考えられなくなる。諸悪の根元は自分がバージンのまま置き去りにされてるせいだ、って考えるようになる。だから、形はどうあれ、いったん捨てちまうのが最適なんだ。ヤッシの意思なんか関係なく」

かくして、ベンの気を損ねて友情を失うのが怖くなり、そういう場所に半ば強引に連れていかれてしまった。

ぼくは導かれるまま小部屋に入った。何もしないで話だけして帰るつもりだった。けれど甘かった。部屋に現れたジェニーと名乗る女性は、東南アジア系だった。てっきり白人かアフリカ系の人が現れると思い込んでいた自分の迂闊《うかつ》さを呪った。わけのわからない罪悪感が幾重にも押し寄せ、ぼくを打ちのめした。

　そんなぼくの内心は、固まった表情に表れていたのだろう。ジェニーは、話しかけてもろくに答えないぼくに対して、急に怒り始めた。パニックになっているぼくは、その訛《なま》りの強い英語をあまり聞き取れなかったが、あんたは私のプライドを傷つけている、というような非難らしかった。まさに、ぼくが打ちのめされているのは、そんな自分の何重もの無意識の差別を目の当たりにしたからだった。

　ジェニーは尻込みするぼくを、有無を言わせず丸裸にし、バージンでなくしてしまった。本当はぼくは心のどこかでこうして無理やりされることを望んでいたんじゃないか、と自分を疑った。そう思えば思えてくるし、やはりそんな気持ちはなかった、思い込まされているだけだ、というのも真実な気もする。

　要するに、ぼくは何が自分の欲望か、まったくわからなかった。それを確認するための手がかりさえ、見つからない。

　残されたのは、しょせん自分はこういう力関係を受け入れている男なわけだ、という卑屈なやましさと諦念だった。ジェニーはぼくに呪いを植えつけるために、行為に及んだのかもしれない。

　ベンは上機嫌だった。まったくの無邪気な善意からぼくの背中を押して、人生の大事なステップを上るのを手伝った気でいるようだった。

「あした目が覚めたら、自信がついてるさ」と言った。もちろん、その逆だった。ベンとはそれきりになった。男の友情は、やはりぼくには幻覚でしかなかった。

　自分はそういう男なのだ、という哀しい事実を受け入れようとして、帰国してから風俗に行こうとした。けれど、店の前でうろうろしたあげく入れずに帰ることを繰り返しただけだった。あの晩のことを思い出さないでいることは難しく、思い出すたびに涙が出た。性器を切除する手術のことを真剣に考えたりもした。

　そして常に、このことを悩んでいる自分を嘲笑し切り捨てる、なり損ねた男の自分もいた。何だかんだ言いながらあのときは興奮して気持ちよかったくせに、と、起きたことのほんのわずかだが否定もできない事実を持ち出して、ぼくを嬲《なぶ》って優越感に浸る男。

　この傷は、六年後に初めて女性とつきあって鍛えられるまで、ずっと膿《う》み続けた。社会人五年目に大学時代の旅行サークル仲間に誘われて四国を旅したとき、同行したメンバーに、高校の日本史教師の富士懐子《ふじなつこ》さんという同い年の女性がいた。

　おっとりのんびり明るい懐子さんとは会話の波長が合い、中学時代の女友達とおしゃべりしている感覚がよみがえって、珍しくぼくから懐子さんを食事に誘った。

　会話を重ねて信頼が積み上がるうち、ぼくは自分の男としての違和感について話すようになった。懐子さんは眉をひそめたりせず淡々と聞いて、男か女かという分け方は生物学的な絶対の真理ではなく、人間の価値観による分類法であり、時代や場所によって変わりうる相対的なものだと、明解に解説してくれた。ぼくは初めて、牢獄だと思っていた場所に鍵のかかっていない小さな扉を見つけたような解放を味わった。

夏休みには、一緒に北海道を旅行しようと提案した。懐子さんからは、「いいんじゃない。私も男じゃない男としかつきあう気ないし」と答えが返ってきた。

「私、懐子さんの話知らなかったけど、イファさんは知ってた？」巴が懐疑的なトーンで聞いた。

「まあ、一応は」梨花は眉を上げて、おどけた表情でうなずく。

「なら、いいんだ。私がニューヨークに留学するって優志に告げたのが、同じころだったなと思って」

「あっ、そうなんだ。なるほどねえ。私に一緒に暮らそうってヤッシが言い出したのは、ニューヨークの巴に帰国を促して断られた後だったよね」

「こんな人たち相手ですけど、優志さん、話、続けます？」

月美がそう言ったことに、優志は度肝を抜かれた。さらに驚いたことには、梨花と巴はきまり悪そうな顔で「はい、黙ります」とおとなしくなった。ここのボスはじつは月美なのかと優志は思い、自分は確かに今、未知の領域にいるなと手応えを得た。

「このあとの展開は例の、相手に成り代わるという支配なので、イファと巴は邪魔したくなったんでしょう」と優志は話を続ける。

懐子さんの説く世界観を自分のものにしようと必死になるあまり、ぼくは懐子さんそのものになりたくなっていった。距離がどんどん縮まって、相互に同化して、どちらがどちらかわからないまでに混ざりたい、と熱望した。懐子さんも当初は「君みたいになりたい」などと口にしたので、ぼくは誤解した。

二人の会話は、男社会への不満をぶちまけ合っているときに最も盛り上がった。日常的に起こる理不尽を互いに報告し、二人で怒り合う。

懐子さんは職場の男性優位に対してだけでなく、教師たちが生徒に男らしさ女らしさを前提に授業をし生活指導をすることにいつも苛立っていたし、それはまさにぼくが生徒の立場で苦しんだことだったので、批判を聞くことでぼくも過去の自分が救われる気がした。

ぼくのほうは、懐子さんから学んだ観点に立って、異動したばかりの男女共同参画課で急進的に仕事を進めようとし、なかなかそうはいかないことに腹を立て、懐子さんに共有してもらう。

そんな発散のあとでうっかり、「ああ、二人でいるとほんと性差から自由になれるなあ」と口走ったことがあった。懐子さんは「君、それはわかってなさすぎだな」と即座に異を唱えた。

「君が性差から解放されたんなら、私も性差から解放されてるはずだけど、そうなってないもん。君に男女の線引きが見えなくなっただけで、相変わらずそこにあるって」

二人で同じ光景を見ていると思い込んでいたぼくは、梯子《はしご》を外された気がした。

「いや、だって、二人でいるときは優劣ないでしょ。そんなの求めてないし」

「それはそう。でも、例えばレストランでお会計頼めば伝票はごく自然に君に手渡されるとか、私は依然として女にされたままなのに、その私の前で性差から自由になれたって言うって、あんまりに能天気で鈍感だと思わない？」

「それってぼくのせいなのかな」

「そういう話じゃなくて、私の悔しさを君にも分担してほしいってこと。気の向いたときだけ共感するって、性差の線引きを見ようとしなければ見ないでいられるからで、結局は君は男のカテゴリーに甘んじてるんだなって穿ちたくなっちゃうよ。君自身の自認がどうであれ」

　すっかり懐子さんに同化した気でいたのに、おまえには男の部分があるのだから私とは違う、と否定されたことは、ぼくにとって死の宣告に近かった。

　以降、いっそう懐子化しようと躍起になるが、懐子さんのほうは、私たちは同じ人間ではないという姿勢を強め、ぼくから距離を置いた。次第に距離をめぐる陣地合戦の様相を呈していき、不毛な神経戦を一年近く続け、とうとう懐子さんが音を上げた。

「君といると先が見えなくなってくる。君は吸血鬼」と言った。「自分がラップに包《くる》まれて、皮膚呼吸ができなくて、干からびていく」とも言った。「とにかく、一人にしてほしい」と。

　こんなにも男からはみ出て男に苦しめられてきたのに、自分の根幹には男の原理で動く人間が巣食っているという現実を突きつけられて、ぼくは破綻しかけた。自分を苦しめるものが自分の内側を乗っ取って、それがぼくの大切な人をも侵害しようとしているって、耐えがたい。戦っている敵の暴力の責任を、ぼくが引き受けなきゃならないという、不条理な状態。

イファとは同じ過ちを繰り返さないよう、内なる男を監禁したつもりだったのに、イファがやっぱりぼくは支配してきてるって感じるんだから、そいつは力を振るってるわけで、全然自信はないな……。

　ふうう、と深いため息をついたのは、口をつぐんでうつむいた優志ではなく、眉間にしわを寄せながらも、柔らかく切ない表情をした梨花だった。

「ヤッシの言うとおりだと思う。それは否定しない。私の中にも、君、それはわかってなさすぎ、ってヤッシを非難したい気持ちと、ここまで苦しかったね、でも目をそらさずによくもがいてきたね、とねぎらいたい気持ちとが、両方ある」

「私は優志さんは限界まで戦ったと思います」月美が梨花をさえぎるように言った。

「月美はそう言うと思った。月美がそう思って口にできて、私も踊り出したいくらい嬉しい。でも、イファさんは当事者なので、直接関わっていない人は持っていない、複雑な思いがあるんだよね」

　巴が嚙んで含めるように言うと、月美はすぐに反論した。

「私もそれはわかってるって。巴ちゃんもまた当事者だから、イファさんとも微妙に異なる複雑な気持ち、あるでしょ。それでも、優志さんがこんなに格闘しながら、人生で一度も話せなかったことを話そうとしたことは、それだけで拍手したい、私は」

「そのことをね、誰よりも称《たた》えたいのは、私だって」

　梨花はそう言うなり泣き出した。夕海が「わあ、あのイファさんが泣いてる」と声に出して言い、月美はすぐにつられて涙ぐみ、梨花を抱き締めた。

「ヤッシの中に男がいることは、ヤッシのせいじゃない」

梨花は涙を拭きながら、落ち着きを取り戻した声で言った。

「だって、ヤッシはそいつが暴れないように、二十四時間、四十年間、いっときも休まないで抑え続けてきたんだから」

今度は巴が泣き出した。

優志は、修学旅行の夜のようだと思った。鼻水をすすったら、自分の目からも涙が流れていることを知った。最初に泣き出したのは、自分だったのかもしれない。感情も溢《あふ》れ出ていることに気づく。

「何がつらいって、ぼくだって男のあり方に痛めつけられてきた側なのに、女の側から見たら、いつだって加害者の男の一人って見なされる。それは事実でもあるから、懸命に自分を処罰するでしょ。そうすると、痛めつけられてきた自分は、どこにもその苦しさを訴えることは禁止されるんだよ」

優志は嗚咽《おえつ》を漏らし、すぐに自制する。

「でも、自分の本体は、痛めつけられてきた側にあるから。男に支配されて、男であることに苦しんで、男であることをやめようと必死になって、男であることを変えようとしてきたのに、それでもおまえは男だって決定されたら、もう生きてられないよ。目的は同じなのに、何で一緒に手を取り合って戦ってくれないんだよ。何で、ぼくの中のわずかな男の部分ばかり目いっぱい断罪して、それと戦っているぼくをなかったことにするんだよ！」

　叫びたがっていた自分が、ついに姿を現した、と優志は思った。でもそれは言葉にならない叫びではなく、言葉の形をとって伝わろうとする叫びになっていた。

「もうたくさんなんだよ、男か男じゃないか、それで自分の生きる資格を問い続けることは。本当は全部どうでもいい。男であることの利権なんか全部放棄したいし、放棄しようとしてきたし、そもそも望んでなかった。それでも、全部ぼくが悪いのか」

　優志は息継ぎをする。

「ぼくの中にわずかに植えつけられた男の部分があるかぎり、ぼくは男と認定されるんだね。ちょっとでも男があればそれは男。でも男の側からは、ぼくは男ではないと判定されてる」

もう一度息を継ぐ。

「男ではない何か純粋なものにならないかぎり、ぼくはずっとこの監獄に閉じ込められて看守の役からも降りられないわけだ。あるいはやっぱり男は『本物の男』を目指すべきなんですか。どんな罰なんだよ。何をしたっていうんだよ。存在が罰なら、死ねってことでしょ」

　誰も何も言わない。梨花も巴も月美も、悲痛な顔で涙ぐんでいるだけ。

　言葉が見つからないんだろう、と優志は思う。優志が放った言葉は、みんな想像したこともなかっただろうし、想像しかけても、気持ち悪いし怒りが湧いてくるから、すぐに振り払ってきただろう。今、その嫌悪感と葛藤しながら、優志の言葉をまずは受け止めて、飲み込んでみようと努めているところなのだろう。

発酵していた言葉たちが体から出ていった優志は、虚脱して放心する。重力がきいていない感覚がある。

「どこまでが男でどこまでが女、とか、私はよくわからないんですよね。私、輪郭がアバウトなんで、ともすると、どこまでが自分でどこまでが他人かも、混同することあるんですよ」

そんなことを言い出したのは、一人、興味深そうに顔を輝かせている夕海だった。

「プライバシーのない人だもんね」巴が茶化すと、「私生活しかない女」と笑う。

「私の勝手な考えを言ってもいいですか」

夕海に優志はうなずく。

「どこにも境界はないと思うんですよね。引きたい人が勝手に線引いてるだけで。男とか女とか、私には何をもってして決めるのかよくわからないし、自分の中に男の部分があるとか女っぽいところがあるとか、考えてもぼんやりしちゃいます。人からそう言われることはあっても、そういう物差しで自分を測ってないんで、だから何？としか思わないです」

夕海は欧米人のように、大きく両手を広げて呆れてみせる。

「あえてこういう言い方するなら、どんな人もみんな、中間にいると思うんです。純男も純女も、いない。世の中で男とされてる要素と、女とされてる要素、そこには当てはまらない要素、そういうのがどの人の中にもいろいろ混ざってて、お互いの自己認識に影響を与え合いながら、揺れている」

夕海は大きく手刀を切るような身振りを繰り返す。

「だから本当は分類なんてできないと思うんですよ。世の中では便宜上だか何だか知りませんが、そのうちの一面だけを切り取って、男だ女だ、異性愛だ同性愛だと分類してるのかな、って。

　誰だって自分が何者かはっきりしない状態は耐えられないから、その分類をとりあえず自分の正体だって信じたり演じたりしてるけど、実際はみんな中間にいて日々揺れている。私は適当だから、その変化も楽しいって感じるけど、ヤッシさんは自分にすごく正直に向き合って、分類は拒否しながら正体を探してるんじゃないですかね」

「夕海ちゃんは何とも自由だな」月美が羨ましそうに言う。

「いやあ、私も学んだんですよ。自由にさせられたんです」

「夕海の言うとおりなんだけど、世の中はその物差しで優劣を決めたり地位や力を与えたりするから、みんな苦しいことになるんだよ。優志もそれでつらい思いをしてきたわけで」呼吸が苦しそうに巴が言う。

「だよね。だからここでは、そういう力関係なしで、分類もなしで、ぼんやり輪郭のないまま、おしゃべりしようよ」夕海はすがすがしい。

「昨日までのおしゃべりで、ヤッシの困難の正体をわかった気でいたけど、やっぱりじかに話を聞かないとわからないね」梨花が口を開いた。

「私の想像の埒外《らちがい》だったし、聞いてたら自分がヤッシを生身で体験している感覚になって、本当にきつかった。それは私が女だったり在日だったりで経験してるきつさと、同じ重みだった。これだけヤッシと暮らして率直な会話も重ねてきたつもりだったのに、自分はわかってなかったという衝撃に、脳震盪《のうしんとう》を起こしそうになった」話しながら、梨花の表情は颯爽《さっそう》としてくる。

「もっと早くヤッシの話を虚心に聞こうとしてたらって後悔はあるけど、でも、私も聞けるようになるまでにこれだけの時間と経緯が必要だったとも思うのよね。やっぱり私みたいな立場には、受け止めるのにもすごいしんどさが伴う話だから。でも、その時が来て、というかみんなが作ってくれて、ヤッシも話すことさえ奪われていた状態から、話していいんだという機会にめぐり逢えて、話しながら言葉を発見していって、みんなようやくヤッシのナマの姿を見ることができるようになったと思う」

　感極まって梨花は少し声を震わせたが、すぐに冷静に戻り、「うちら、そんなヤッシのこと好きだよ」と言った。

「うちも」「うちも」とみんなで群がって優志を抱き締め、頭を抱えて髪の毛をくしゃくしゃとやり、げんこつの甲同士をぶつけたりした。

　心地よい疲労にまったりしていると、月美が語り始めた。

「私たち女同士だと、抱え込んでた苦痛を吐き出したとき、多かれ少なかれ同じ体験してるから、すぐに共感し合えますよね。でも男同士って、それは難しいのかな。言ったら共感されるんじゃなくて、ヤバって感じで格下げになるというか。だから黙るんですよね。優志さん、そうですよね？　ハリーが黙って背を向けるのは、そういうことですよね？」

優志は自分の脳の殻が割れた気がした。春好も内なる男と格闘していたのか。そして相手が強すぎて敗北したのかもしれない。優志は初めて、弟にかすかな親しみを感じた。

優志が月美にうなずき「春好に話を聞こう」と言ったのと、夕海が「いよいよお母さまの出番ですね」と言ったのが、重なった。

「なら、同時に呼んじゃいましょう」と夕海は左の掌を右の拳の尻で叩く。

「何でここで母親が出てくるの」優志は不審の念を隠さずに夕海に聞く。

「春好さんの心の鍵を握ってるのは、お母さまかなって」

「夕海に賛成」と月美が言った。

「よし。じゃあ、春好さんには月美さんから連絡してもらって、お母さまについては、異論はあるかもだけど、私に任せてもらえませんか」夕海が言う。

巴が、まじか、とつぶやく。

「私のこと追及したい気持ちはわかりますけど、どうせそのうちわかるんで、ここはぐっと抑えて、私に一任てことで。何となくそんな流れにあるって、みんなも思ってたじゃないですかー」

「自分から言うかな」と巴。

「二人がいいなら、私は構わないよ」梨花が言い、月美も「私も」と答え、巴は諦めたように、はいはいと小さく首を振る。

梨花は「でも、それより問題はこの人」と言い添え、優志を指差した。

夕海の爆弾提案がさして問題視されずに受け入れられたことに啞然としていた優志は、いきなり話題が自分に変更され、うろたえた。

「ヤッシ、去年の夏にお義母さんに絶縁を宣言したきり、ずっと接触を絶ってるでしょ。それなのに、あした急に会うって、できるの？」

優志は首を傾げ、泥状の脳みそから言葉を拾い上げる。

「だからまた罠にはまった気分だよ。あの人を受け入れるのは無理だなあ。物に向かって話してるようなもので、ほんのわずかでも理解し合える可能性はゼロだって、四十年かけてようやくぼくも学んだとこだから。でも、みんながあの人と話をする場に同席するぐらいならできるよ。自分は家具のつもりで座ってる」

「そんなことできないでしょう。お義母さんの言い分を聞いたとたんコントロール失って、断罪せずにいられないくせに」

「じつは私も聞いてるんです」と月美が申し訳なさそうに告白する。「お義母さまは、優志さんと口論するたびに私に愚痴ってきたもので」

「やっぱりな」優志の心に、危ない感情が立ち上がりそうになった。「こっちの許可も得ないで、ぼくのプライベートを平気で人に話すんだ。そうやって誰かを強引に共犯者に仕立てて、自分は悪くないって気分を作り出すんだよな」

「私も悪かったんです。春好さんへの鬱憤を、ひたすらお義母さまにぶつけてましたから。

それでお義母さまも、私に同じことを仕返してきたんです」

「あの人はいつもそうだから、月美さんのせいじゃないです」優志は母を擁護する月美に少し苛立つ。

「でもお義母さまは、ご自分の間違いに気づいたんです。それで春好さんの隠れ借金をお義母さまが返す代わりに、春好さんと縁を切ったんです」

「え、何それ？」優志は予期せぬ話に文脈を見失い、みんなを見渡す。

「春好さんにはまだ借金があって、私には隠してたんです。その返済をお義母さまに頼ってきたので、お義母さまはこれで親子関係をお終《しま》いにするって決めたんだそうです。自分が余計な介入をするから問題が止まらないんだと、ようやく理解したって言ってました」

「今さら」と優志はつぶやく。

「それで月美さんが一人で春好さんを抱え込むことになってパンクして、ここに助けを求めてきたわけ」と梨花が解説する。

「みんな抱えきれなくなって、放り出してるの。私も含めて。それはいい傾向なんだと思う。だからヤッシもヘルプを求めていいんだよ、お義母さんの件に関しても」

「そうだね。呼ぶ前にまず優志の感情を私たちみんなに吐き出したほうがいい。それができないなら、お母さんとは会わないほうがいい」巴も促す。

　優志は首を振りながら覚悟を決め、「わかったよ。ぼくも親を放り出したわけだしね。何とか言葉にしてみるよ」と、秋代が春好の二度目の借金問題を相談してきたときのことを話し始める。

　重大な相談があるからうちに来てほしい、と母が葉座間の家にぼくを呼び出したのは、去年の七月だった。春好がまた借金をしたので、自宅を売って返済することにした、と告げられた。

　それは「相談」じゃなかった。母が決めたことをただ承認せよ、という通告だった。ぼくが承認すれば、母の気分は少し楽になるから。意見は聞かないが責任は分担させる、ということだった。子どものころから、母はいつもぼくにそういう「相談」をしてきた。

　だからぼくは頭に来て、問いただした。

「春好に問題を繰り返させてるのは、お母さんじゃないの。最初の借金のときに自分で返させないで立て替えたから、再犯に及んだんだ。あのときだってあとで返させるって言って、春好はちゃんと返したのかよ」

「途中でうやむやになったけど、月美さんとの再婚のお祝いのつもりでチャラにしたのよ」

と母は答えた。

「だったらもう二度と肩代わりなんかしちゃだめだろ。債務整理してでも自分で立ち直らせろよ。お母さんのしようとしていることは、酒が切れて暴れているアルコール依存症者に、飲みたいだけ飲みなさいってお酒をあげておとなしくさせようとしているようなもんだ。そんなことしたら、問題をもっと悪化させてこじらせるだけだって、前も言ったよね？」ぼくは感情を高ぶらせる。

「あんたはわかってない。あのときとは事情が違うの。今は小《ち》っちゃな子どもがいるんだよ。春好を立ち直らせるとか何とかより、子どもが貧乏になったり片親になったりすることを防ぐことのほうが先決でしょう。子どもに罪はないんだから、惨めな育ち方なんかさせちゃいけないの」母の声は震え始めた。

「子どものためだからこそ、春好を自力で立ち直らせなきゃいけないんでしょうが。今春好が自分と向き合わなかったら、今度はもっと大きな問題を起こす確率が高くなるし、そのことのほうがずっと子どもに深刻な影響を及ぼすでしょう。だから安易な道をふさぐことが肝心なんだよ」わかってほしいという願いを込めてぼくは言う。

　だが、母にはぼくの言い分は通じない。

「あんたはきれいごとを言ってるだけ。今回の件で私も目が覚めた。はっきり言って春好はもうダメ、矯正することなんてできない。それは私の育て方が間違っていたからで、その責任は私が負う。でも孫にだけは惨めな思いをさせたくないの。月美さんだってこの解決策を受け入れてくれているし、それを望んでいる。このまま行ったら貧困家庭まっしぐらなんだから」

「だったら離婚という手だってある」ぼくの声も大きくなる。「ハリーはもう立ち直れないって確信しながら、子どものそばに放置しておくなんて、よっぽど罪深いだろ。子どもは良くも悪くも親を吸収して育つんだから。父親として一緒に暮らすなら、自力で立ち直らせるよう支えるのはまわりの大人の責任だよ。それを収入源としてだけ置いとくなんて、また問題が起こる」

「バカ言ってんじゃないわよ。離婚なんてしたら、それこそ明日の食い扶持《ぶち》にだって困ることになる。母子家庭がどれだけ経済的に厳しいか、あんたわかってないのよ」

「何言ってんだよ！」ぼくは声を荒らげた。「俺のほうがお母さんなんかよりずっと詳しいんだよ、仕事でそういうケースを扱ったりしてるんだから。どういう支援が受けられるかも、わかってる。ぼくだって有休取って、保育園の送り迎えでも何でも、できることは何でも手伝うつもりあるし」

「そんなの、足しにもなりゃしない。あんたが骨を折る必要はないから。春好をあんなにしたのは親である私の責任であって、あんたには関係ない。だから私が咎《とが》を背負えばいい。私がこの家を売って、月美さんや星南ちゃんたちに罪滅ぼしするしかないの。これは私の贖《しょく》罪《ざい》。だから私のしたいようにさせて」

「それじゃ子どものためじゃなくて自分の体面のためじゃないか！　そんなことに子どもを巻き込むな！」

　ぼくは激昂した。そうしたら母も怒り狂って、言ってはいけない言葉を口にした。

「あんたは子どもを持ったことがないんだから、わかるわけない！　だから机上の空論みたいなことばっかり言うのよ。親にならない人間にこの気持ちはわからないんだから、あんたは口出しするな！」

　まあ、深傷を負わされたよね。一瞬、二の句が継げなかった。

「そんなひでえ言い方あるかよ。今あんたは梨花のことも侮辱したんだからな。あんたには他人を尊重する心がないんだ。結局はいつも自分の正当化ばっかりじゃないか。だったら何で今日俺を呼んだんだよ。好きなようにするんだったら、黙ってそうすりゃいいじゃないか。ここはあんたの家だろ、あんたの勝手にすればいい、破滅に向かってさ」

「ああ好きにさせてもらうわよ。あんたも住んでた家だし、本来は相続するかもしれない財産だったんだから、一応、前もって伝えておくのが筋でしょ。だから来てもらったまでよ。意見してくれなんて頼んじゃいない」

「相談したいって言ったのはそっちだけどね。もちろん、好き勝手にしてもらって結構。その代わり、俺は一切の遺産相続を放棄するから。もう親でも子でもない以上。自分の子なら意思を無視して、一人の人間として尊重しなくていいと思っているようだから、一人の人間である俺はもうあんたの子どもじゃありません。自分の体面にしがみついて、春好と滅びればいいよ」

「ああ結構。私だってこんな冷酷な人間の親でなんかいたくありません。星南のことをちょっとでも考えたら、そんな離婚だなんて無慈悲なこと、ひと言だって言えるもんですか。あんたは月美さんも突き落とそうとしてるのよ」

「月美さんは怒りに捕らわれてるから、冷静な判断ができないだけだ。きちんと説明すれば、あんたが借金を立て替えることは火に油を注ぐだけだって、わかってくれる」

「はっきり言うとね、月美さんがこの借金はお義母さんが受け持つべきだ、私たちに背負わせるのは筋が違う、って言ってきたの。私もそう思う。だからあんたは余計なこと言わないでちょうだい」

「それは春好に怒りをぶつけても逆ギレされるだけだから、代わりにあんたに怒りをぶつけてるだけだろ」

「違います。私が月美さんに『離婚したっていいんだから』って言ったら、『この人には一生償ってもらうから解放することはできません』って言ったんだよ」

その後も隔週ぐらいで葉座間に出向いては、同じような口論を繰り返した。

ぼくには、職場で多少なりとも支援の現場に関わってきた身として、自分の家族を助けられないのなら何のための経験だ、という思いがあった。

でも母は、「離婚なんてできっこない。あんたは頭でっかちな理想論ばかり振りかざしてる」の一点張り。ぼくが「離婚は選択肢の一つにすぎない。離婚を避けたいなら、債務整理して春好を問題に向き合わせるべきだと言ってるんだ」と強調すれば、「そんな話は聞いてない」と否定し、任意整理や個人再生や自己破産の説明をすれば、「よそ様に頼むなんてみっともない。そもそも春好がそんなの飲むわけないでしょ。あの子はもう無理」と撥ねつける。何度意を尽くして説明しても、「離婚は無理」「そんな話聞いてない」「春好はもう手の施しようがない」を繰り返す。

ぼくのことも春好のことも、なぜ自分の息子を信じてくれないんだという悲しみが、ぼくの中で飽和した。父がカゲロウみたいな存在だったせいで、母は家庭のことは自分で何でも決めて行動してきたから、独断が習い性になったんだろうなとは思う。あれこれ母の身になって考えてもみたけれど、少しは理解できたとしても、不当だという気持ちは消えないどころか、大きくなるばかり。だって、母のほうはこっちの身になって考えてみようとしないんだから。子が親の頭の中を推し量って譲り続けるという関係に、ぼくはずっと絶望し続けてきたんだって、ようく理解できたよ。聞き分けのよい「いい子」でいたことがぼくの罪だったんだと思って、自分を責めたね。

どんな時でも、母はぼくに一度も謝ったことがないんだよね。ねぎらわれたこともない。家族旅行にほとんど行かなかったことを「かわいそうなことをした」と言われたことはあるけど、「でもね、仕方なかったのよ」とすぐに正当化の言葉がついてくる。必ずそうなんだ。あの「仕方なかった」という言葉を聞くと、自分はこの世にいない気になる。ただひたすら親の連帯責任を負うだけの存在として生まれたような気になる。意思を持ってはいけないんだ。でも処分だけは受けるんだ。

口論を重ねるたび、悲しみでやりきれなくて、ぼくはコントロールを失っていった。母親に怒鳴りまくり、しまいには物を投げつけ、ドアを叩きつけて出て行く。

まるで反抗期の中学生だよね。不惑の大人とは思えない。

でも、本当に反抗期の中学生だったんだよ。ぼくには反抗期がなかったから。とにかく春好で大変な母に迷惑をかけてはいけない、と縛られていた。

その象徴が病気でね。小さいころは、風邪を引くと必ず母に叱られた。「やだよう、もう。

いい加減にしてちょうだい」って。病弱な体であること、注意を怠ったことは、ぼくの責任なんだ。母も、春好の病気のことで過敏になってたんだろうけどね。

おかげで今でもぼくは、病気になると、病自体のつらさではなくて、病気にかかった自分に絶望して気鬱《きうつ》になる。それでイファを振り回してる。

だから、反抗期なんてありえなかった。そうして抑え込んであった思春期が、あのときに噴き出したんだろうな。

でも、四十歳の大人がそれをすると、意味が変わってくる。鬱積した怒りは時間をかけて腐敗し凄まじい恨みに変質して、怒りをぶつけるたびにエスカレートした。

八月の家族会議を経てもう一度母親とサシで話したあと、ついにぼくの頭はおかしくなった。母親から物理的に解放されたい、と強く思ったんだよ。

すぐに自分が恐ろしくなった。このままではこれは殺意に変わると思った。距離を置かないと危険だと感じた。それで母親に電話して、最後の絶縁宣言をした。

「もう二度と顔も見ない、話もしない。完全に他人だから。春好も他人だし、申し訳ないけど、月美さんも星南も光人も、全員ぼくとは無関係。相続も放棄するし、老後の面倒も見ない。何と言われようと、俺は自分の身を守るから、あんたたちだけで破滅の道を取ってください」

母親も買い言葉で返してきた。

「優しかった優志がこんなに冷酷になって、誰のせいなんだ。どうせ私の育て方が間違ったんだろ、世の中に申し訳ないよ！」と叫んで電話は切れた。以来、母親のことを考えるだけで動悸がしてめまいに襲われダウンしてしまうので、電話もメールもメッセージも通じないようにした。親子という関係の血管を、まさにこの手で引きちぎった感触が、リアルに残ってるよ。

優志は掌を示しながら語り終えた。

話してみても、優志の中の重い塊は同じ質量で残っている。「男にされる苦しみ」を語ったときのような、言葉にできたことで昇華していく感覚はなかった。きっと、母と話す中でしか見つけられない言葉があるのだろう、と感じた。

「今でもその、いなくなればいいみたいな気持ちはあるの？」梨花が聞きにくそうに尋ねる。

「そんなこと望んでも願ってもないよ。なのに、あの壁のような態度を前にすると、楽になりたいって思ってしまうんだよね」

「明日もそうなる可能性はあるかってこと」

「正直なところ、わからない。ほんとにどうしていいか、わからない」

「私は大丈夫だと思うんですよ」と言い出したのは、夕海だ。「月美さんが吹っ切れたんで、お母さまが責められる要素は減ったと思うんです。だから、責めなければ問題なしです」

「また始まった、夕海の『何とかなる論』」と巴が言った。

「そして、その通りになるんだよね」と月美が補足する。

「少なくとも、私たちはみんな、ヤッシがお義母さんに認めてもらおうと人生かけて証明してきて、それが報われないで苦しんでいることを、理解してるから。その意味ではヤッシは一人ではない」

梨花の言葉に、皆が優志を見てうなずく。

「もう無関係の他人だと思っても、毎日、そんな自分に失望し続けて、消耗してくばかりなんだ。無理かもしれなくても、ぼくだって本当は関係修復したい。今までとは違う形が探れるならね。元に戻るのだけは無理だから」と優志はつぶやいた。

「違う形、始まってますって」と夕海が言い、他の女たちも同意する。優志は、なぜみんなは、得体の知れないこの子にこんなに影響されているんだろうと思う。

10 秋代

日曜日の午前中も、秋代は鍵をかけずに出かけた。

椋の木台団地を散歩した金曜日に、自分が無意識ながらわざと施錠せず留守にしたと自覚して以降、秋代は一切、鍵をかけなくなった。ゴミ捨てでも買い物でも散歩でも、エンジョイ麻雀でも。

これは自己破壊的な態度だという自覚はあるものの、破滅でもいいから何かが起こることのほうを期待している。破滅と引き換えでも未彩人が現れる少ない可能性に賭けるというのは、破綻するとわかっていても借金の深みに自らはまっていく春好の態度とどこか似ていないだろうか、とふと思い、やりきれなくなる。

昨日の土曜も、無施錠で外出した。柊一の存在の証である一戸建てを見に、葉座間に行った。建て替えられずに、知らない家族が住んでいる。漢字で「船越」という表札がかかっているのを見たときは、罰として姓を奪われた気がし、膝や腰の神経が痛んだ。痛みは自分がまだこの世にいる印だ。

今日も鍵を持たずに家を出て、足任せに歩くと、足はためらいもなく椋の木台団地に向かった。もう二度と行かないという固い決断は、二日であっさりと破られた。

休日の団地はさすがに人が多く、家族連れもいる。だから来たのだ、と秋代はわかっている。花下さんでも誰でも、知り合いに出くわす可能性は高くなるから。

だったら、連絡先ももらったのだから、自分から花下さんに電話するなり訪ねるなりすりゃいいじゃない。

そう責める自分に、家族の問題があるんだから無理、話したいけど話したらみんなに知られて恥を掻く、と答える。

破滅さえ覚悟しているはずなのに、結局は自分の殻を破れない。秋代は意気消沈し、ラビーダに寄って買い物をして帰る。

玄関には男物の大きなスニーカーがあった。

ハッと思う間もなく「お帰んなさい！」と未彩人の声が飛んできて、本人が現れた。

秋代は力が抜けて、玄関にへたりこむ。

「鍵かけ忘れるって、不用心すぎやしませんか」未彩人が明るく笑いながら言う。

秋代の胸を温かいお湯のようなものが満たす。これで無施錠というギャンブルの緊張から解放される。

しかし秋代の口から出たのは、「勝手に他人の家に上がっといて、何言ってんですか。帰ってください」という厳しい言葉だった。いざ未彩人を目の前にすると、あんたの罠にはもうはまらない、という意思表示をせずには先へ進めないのだった。

「秋代さん、そりゃないでしょう。わざと鍵開けといてくれたのに、帰れって」

　未彩人には見透かされている。

「帰ってください。警察呼びますよ」

「じゃあ呼んでください。ぼくは秋代さんとお話がしたくてうかがったんであって、秋代さんがそれを犯罪だとみなすなら、そうしてください」

　未彩人の覚悟に、秋代は簡単にひるむ。

「話って何ですか。巴の婚約者だと嘘をついて私をだまそうとしたことについてですか」

　未彩人は頭を掻き、「そこはほんと、ごめんなさい。少しそっちの方向に思い込ませるよう、誘導したのは確かです」と頭を下げた。「でも、婚約って言い方はしてないんです。家族になろうとしてるって言っただけで。しかも、それは本当なんです。本当に家族になろうとしてるんです。巴さんとも、まったくの無関係でもなくて。さもなきゃ、こんなに知ってるわけないじゃないですか」

「どういう関係です。巴は知らないって言ってますよ。家族になろうとしてるって、どういうことです？」

「巴さんの友達の友達なんです。その友達が、巴さんと生活をともにしようとしていて」

「じゃあ、巴には別の婚約者がいるんですか！」

「いやいや、その人は巴さんの女友達です。おかあさん、生活を一緒にするってだけで結婚って思っちゃうの、巴さんは嫌がりますよ」

「他人がとやかく言わないでください」

「水くさいなあ。他人は家族の始まりですよ。もう他人よりは近くなってきたじゃないですか。鍵開けといて自由に出入りさせてもらえるぐらいには」

　未彩人の言うとおりなのだから、もう無意味な防衛だと思いながら、ガードを下ろすタイミングを見失っていた。

「だましてたくせに何言ってんの。だました理由は何ですか。お金目的ですか？」

「お金をだまし取ろうとはしていません。でも経済的な目的がまったくないかっていうと、そうでもなくて」

「家族になって遺産を狙ってるんですか」

「そんな大がかりじゃないですよ。ときどき、一緒にご飯を食べませんか、ってことです。そして、寝る場所を提供してくれるとありがたいな、と」

「こないだみたいに？」

「そう、こないだみたいに」

「それだけ？」

「それだけ」

「嘘おっしゃい」

　秋代はもうほとんど未彩人の言葉を信じていたが、この話は十分に異常であり、罠もあるだろう、とも自覚していた。

「どこかの家族丸ごと乗っ取り事件みたいなのを想像してるんなら、残念ながら違うんだなあ。そんな力量やギラギラがあったら、もっとありきたりの生き方してますよ。でもぼくにはできないし、したくない。本当に他に目的はないんですよ。ぼくは生きていたいだけで」

「うちに来てご飯食べたり寝たりしないと、生きていけないんですか」

「何というか、野良犬でいるより、飼い犬でいたほうが生き延びられるじゃないですか。日本の住宅街で野良犬でいたら、たちまち駆除されちゃうし。駆除されたくないんですよ、ぼくは」

「あなた、本当は家がないの？」

「あるにはあります。丸浜にアパート借りてますし、実家も大久保にあります。でも、もう維持が難しいんです。食えないんなら、少しだけ誰かのお世話になってもいいかなって思って、たまたま秋代さんのことを知って、お会いしてみたら、うまくやっていけそうなんで」

　秋代は頭がくらくらしてきた。だまされているのなら危機的状況だし、仮に言葉どおりだとしても、まったくまともな話ではない。

「秋代さんはぼくと話するの、不快ですか」

　未彩人は恨めしそうな犬の目をする。

　秋代は迷ったが、いつの間にかガードは下がっていた。それで首を横に振った。

「よかった」未彩人は大きく安堵のため息をつき、「今日はちょっと出かけませんか。面白いところに行きましょう」と誘った。

「どこですか」

ふふ、と未彩人は含み笑いをし、「行き先秘密のミステリーツアーです」と言う。

本当は恐怖を感じるべきなんだろうな、と秋代は他人事のように思った。でもその段階は過ぎてしまったので、注意を払う必要はなかった。このまま身を委ねることは、本当は詐欺だったときに取り返しのつかない一歩を踏み出したことを意味する。けれど、身を委ねないという選択は、秋代はもはや世のあらゆる人の視界に入っていない幽《かそ》けき存在であるという、ここ数日で確定した絶望の中に留まることを意味する。まだ死んでもいないのに、幽霊になるつもりはない。

「いいでしょう、行きましょう」

秋代は部屋を見渡しながら答えた。この殺風景な白紙の部屋ともお別れかもしれないし、念のため書き置きを残していこう、と思う。

「やだなあ。そんな悲壮な顔しないでください。拉致するんじゃありません。秋代さんが楽しくなるサプライズです」

都心に出て、地下鉄に乗り換える。聞き上手な未彩人に乗せられて秋代は、椋の木台団地で十数年ぶりに花下さんと出くわし複雑な思いに引き裂かれていることなどを、洗いざらいしゃべる。

「ここで降ります」と未彩人が指示したのは、地下鉄墨田線の東十王駅だった。巴の住んでいる駅だ。

やっぱり未彩人は巴の婚約者だったのか？　何かトラブルがあって別れ、巴を脅すために私を利用しているんじゃないか。

はたして、駅の上に建っている東十王団地の六号棟に入り、エレベーターで四階まで上がり、押した呼び鈴の家は巴宅だった。

「あとは秋代さんが対応してください」と言って、未彩人はインターフォンの前に秋代を立たせる。

「はい？」と巴の声が聞こえた。

心の準備もできないまま、「私。あんたのお母さん」と言ってから、何と間抜けな言い方だと恥ずかしくなる。

秋代の驚いたことに、扉を開けた巴はまったく驚かず、予定していたかのように「上がって」と言った。秋代の背後で自己紹介をする未彩人を認めたときに、初めて驚いた顔をした。

「あの、ぼくがその、噂の中村未彩人です。初めまして。何か緊張するな。はは。そういうガラでもないのに。デビュー、デビュー」と未彩人は言った。

「はあ、どうも」と巴がつぶやくや、未彩人は許可もなしに勝手に上がる。

リビングダイニングに入って、秋代は息が苦しくなった。そこには紗良だけでなく、なぜか優志と梨花の夫婦に、月美までもが星南と光人を連れていた。梨花と月美は秋代に「お久しぶりです」と軽くお辞儀をし、優志は小さくうなずいてすぐ目をそらす。

星南が「おばあちゃん！」と駆け寄ってきて抱きついてくれたおかげで場の緊張が少し破

れ、紗良も近寄って「おばあちゃん、ご無沙汰してます」と大人びたお辞儀をした。

「ぼくのときと違いすぎる」と優志が笑うと、紗良は急に子どもっぽく優志に豚の鼻をかまし、優志が寄り目ひょっとこ顔で応じ、紗良が手を叩いてウケたことに、秋代はまた仰天した。

未彩人が改めて自己紹介すると、月美はあからさまに目をむき、口を大きく開けて手で押さえ息を飲んだ。巴が、もう一人たたずんでいる若い女性に冷たい視線をやる。

女性は「へへ」と情けなさそうに笑うと、秋代に「山下夕海です。この団地の同じフロアに住んでまして、巴さんと紗良ちゃんにはすごくお世話になってるんです」と挨拶した。そして「皆さんの疑念は重々承知してますです。でも、それは後でゆっくり説明しますんで、今はせっかくお母さまがいらしたんだから、そちらを優先してください。私は紗良ちゃんたち連れて、自分ちで待機してますんで」と言った。

「そうね。じゃあ、私も夕海と待機してようかな」梨花も腰を上げる。

「はは。そりゃあこのシチュエーションでは、私は信用されませんよね」夕海が梨花に小声で言う。

不穏な会話の意味を秋代は読めなかったが、巴たちの計画によって自分がここに呼び出されたことは理解した。そして、未彩人とこの夕海という女性がグルで、秋代たち一家に何かを仕掛けており、誰もこの二人を信用していないことも。にもかかわらず、拒絶もしていないことも。

「さ、お子さんたちは夕海んち行っといで」と巴が促し、秋代は「久しぶりに会えたのに」とこぼすが、あまり紗良にこだわるとまた巴が機嫌を損ねるので、「紗良ちゃん、星南ちゃん、あとでね」と手を振る。

「部外者は退散てことで、ぼくも失礼します」いつの間にか玄関で靴を履いている未彩人が言った。秋代は置いてけぼりを食らうような心細さを感じ、つい「どうして」と引き留めかけた。

「また後ほど、ころあいを見て顔出しますから。約束、約束」と笑うと、さっさと出て行った。

秋代は家族といるはずなのに、一人よそ者の中に放り込まれたような場違い感を覚える。

「それで、どういう風の吹き回しなの」と巴に問いただす。

「月美さんが星南ちゃんたちとここにいる理由、想像つくでしょ」巴が答える。

四日前の深夜二時過ぎに、月美は限界を迎えて秋代に電話をしてきたのだから、想像がつくどころではない。

「ごめんなさい、ほんとに私のせいで」秋代は月美を見て頭を深く下げた。

「お母さんを責めようっていうんじゃないんだよ。ただ話をしたいだけ。春好の問題を本気で解決したいから」

巴の言葉を引き取って優志が、「お母さん、隠れ借金を払うのと引き換えに、春好と縁切ったんだってね」と言った。

優志に言われると非難されている気がして体が固くなりかけるが、声には優志特有の逃げ道をふさぐような厳しさは含まれていない。絶縁を宣告してきた優志から「お母さん」と言われたことで、秋代の中のわだかまりが緩んでいく。

しかし口から流れ出たのは、「月美さんだけにあんなのを押しつける結果になって、本当にごめんなさい」という決まり文句だった。

月美は首を振り、「もうその言葉は終わりにしましょうよ」と言った。

「私と春好さんは夫婦なんです。二人で力を合わせていけずに、春好さんがお義母さまの力を頼ることが問題だったんです。だから、私に預けられるのはむしろ当然なんです。春好さんがあんな人間になったことにお義母さまの育て方が無関係だとは思わないけど、それはそれとして、ハリーは自分一人で私のほうを向くべきなんです。一人前の大人なんだから」

息継ぎをして、月美は続ける。

「私はお義母さまと夫婦になったんじゃないんですよ。だから、お義母さまにはもう春好さんの責任を取ってもらう必要はないんです。ハリーの責任はハリーに取ってもらいたい。そのために、こうして話をしてるんです」

星南が生まれて以降、姑を邪魔者扱いする言い分だと秋代は解釈してきた月美の言葉が、今の秋代にはまったく正反対のニュアンスで聞こえてきた。

「私も、自分一人で抱え込まなくていいってわかったんです。優志さんやイファさんの助けも借りていいんだって。もちろんお義母さまの助けも。あくまでも応援団の一人としてね。

だから、春好さんと縁を切るというお義母さまの決断は、最初はショックでしたけど、それが誰にとっても必要だったんだとわかったんです。手を貸さずにただ見守ってほしいんです。私にとって、それが親子の縁を切るという意味だと思います」

見守る。それが一番難しい。無関心でも干渉しすぎでもなく見守ることに、うちは失敗してきた、と秋代は苦く思う。

「お母さんの決断は間違ってないとぼくも思うよ」と優志が言った。

「そうなの？　でもあんたは人が別れることばかり望んで」優志からの意外な肯定に、秋代は弱々しく言った。

「親離れ、子離れだよ。それがうちには必要だったんだよ。月美さんの言ってるのはそういう意味だし、ぼくがお母さんに突きつけた絶縁も、そういうことだと思う。月美さんのおかげでよくわかった」

「私はちゃんと子離れしたつもりだよ。いまひとつ親離れできなかったのは春好のほう」

「お母さんもどこかで甘えるのを許してたんじゃないかな。片方だけ離れるって、できないし。それをお母さん自身が痛感したから、春好と縁を切ったんでしょ」

巴の言うとおりだった。子どもたちに頼られていたい、という気持ちがクセモノだった。そして実際に頼ってくるのは、春好だけだった。

「お母さんが自分でそう気づいたことは、素直にすごいと思う」巴が言うと、優志も「ほんと。お母さんはできることをし尽くしたよ」とねぎらってくれる。さらに月美までもが、

「そうですよ、お義母さまはもう、十分すぎるぐらいがんばりました。それは一緒に苦しんだ私がようくわかってます」と続く。思いもしない展開に、秋代は反応できない。

巴がさらに言葉を重ねる。「十分すぎるぐらいね。と言うのも、お母さんが限界まで尽くしたぶん、春好ががんばる余地が少なくなっちゃった。春好にも、自分ががんばらないとどうにもならないって思う余地は残しておかないと、逆に自信をなくしちゃうと思うんだ。自分なんかどうせ立ち直れないし、無能なクズだからいても無意味だって、自分を責めるだけで。あいつは何かする前から、自分なんかには無理ってはなから諦めてるから」

熱を帯びた声で月美も語る。「私もここに避難してきてから、ようやくその事実を受け入れられるようになったんです。責め続けるのは逆効果だなって。でも気持ちが一息つかないと、こっちもセーブする余裕ないじゃないですか。私もここでみんなといて少し我に返れたんで、お義母さまも気を休めてください」

「そんなこと言ったって、してしまったことは取り返しがつきません」秋代は自嘲的に力なく言う。

「今さ、優志と月美さんが、お母さんはがんばったって言ったとき、お母さん、表情が柔らかくなったの、自分で気づいてる？　ちょっと気持ちが軽くなったんじゃないかと思うんだ」巴が指摘する。

「そんなことない」評価してやったんだから喜べ、と言われた気がして、秋代は反発を覚えた。

「いやいや。ぼくたちが認めたから気持ちが軽くなったというわけじゃなくて、お母さんが自分で春好を突き放す必要があるって判断したことが、お母さんを楽にしたって意味だよ、巴が言いたいのは」

　慌てて優志が取りつくろうのを聞き、秋代は逆に、確かに優志や月美が認めてくれた効果でもある、と思い直す。けれど、口には出さない。

「あとは春好のがんばりを、みんなが正当に受け入れることだね。努力して当然、みたいな態度だと、春好の孤立感は深まると思う」巴がつけ加える。

「どうかしらねえ。今までだってこんなにしてあげたのに、あれだから」こちらが両腕を広げても、背を向けてかたくなに沈黙する春好しか、秋代には浮かばない。

「春好には、本当は自分の素の姿をみんなに見せたい気持ちがある。私には少し見せてるから」巴が言う。

「さっきから、自分だけは春好をわかってるみたいな言い方するけど、あんたは春好とやりとりしてるの？」秋代は、何もしてこなかったくせに今さら口を挟んできた巴に、少し苛立ちを覚え始める。

「もう何年もない。でもごく稀に話すときは、春好は私には素で接してくるよ。こっちは説教とかしないで、ただ聞くだけだから」

「ほら。春好だって、今のままでいたいわけじゃないんだよ。この苦しさから解放されたい気持ち、あるんだよ。でも責められるのが怖いから、自分を守るために殻に閉じ籠ってるだけで」

秋代には、優志の説明が秋代への嫌味のように聞こえた。そりゃあ自分の殻に閉じ籠りたくもなるさ、あんたからみたいに厳しく責められて追い込まれたりすれば、と言いたかったが、実際に声に出したらそっくり同じ言葉を返される気がした。

「お母さんたら、さっきからずっと憮然とした顔してさ。お母さんも自分の殻に閉じこもってるでしょう」

案の定、巴に図星を指された。

「自分ばっかり責められてるって思うから、そうなるんだよね。こないだ、イファさんが言ってた。優志とイファさんが感情的にこじれたときって、お互いに正義で武装してたんだって」

「え、そんな話までしてたの」優志がうろたえた声を出す。

「そりゃあ、するよ。そんなの予測つくでしょ」

「まあ、言われてみれば」優志は独り言のようにつぶやく。

「つまりさ、自分は正しいと思っているときは、反論されると、正しくない人から不当な攻撃を受けてるような気持ちになるんだと思うんだ。被害を受けてる気分ていうかね。でもそれは、お互いに同じ非難の石を拾っては投げ返し、拾っては投げ返しを繰り返してるようなものなんだよね。

今、私も優志も月美さんも、お母さんに対して、非難の石を拾ってないし投げてない。今、話してるのは春好のことであって、お母さんの話じゃない。お母さんの努力はみんな認めてるでしょ。だから、お母さんへの当てこすりみたいに取らないでほしいわけ。誰も責めてないから。優志でさえ」

月美さんの言うように、私は気を休めていいのか。巴の言うとおり、ただ話を聞いてくれてるだけらしい。

そう納得したら、秋代の全身に疲労が滲み出した。疲労感を無理やり抑え込んでいたこわばりが解け始めたせいだ。

自分は長い間、力を入れ続けて生きてきた、と思った。警戒を怠ったらすべてが土台から崩壊すると怯え、力み続けてきた。私が家族を支えている、とずっと思っていた。

そんな必要はなかったことを、今初めて、子どもたちから気づかされている。

なぜ、自分が守ってきたはずの子どもたちから、それを教わっているのか？

それは、私に力が入りすぎて、子どもたちまでをも、防御せねばならない外敵のように扱ってきたせいだ。なぜなら、子どもたちはもう自分で自分の身を守れる大人になっており、私の防御の外に出ているから。私の目にはその現実が映らずに、外から侵害してくる敵だと見なしてしまった。

巣立ちした雛は、敵ではないのに。いつまでも無力な雛を守っているつもりで、当の子どもたちを攻撃していることに気づかないなんて、私は親失格だ。

何という勘違いを犯していたんだろう。子どもたちにひどいことをしてしまった。取り返しのつかない過ちを。

「ひどいことをしてしまった。あんたたちには詫びる言葉もない。私が悪かったんだ。ごめんね。ごめんなさいね」

何かのつかえが外れて、秋代の喉からそんな言葉がほとばしり出た。

「その言葉でもう十分」硬い表情で優志は言う。

「あんたにはどれだけ背負わせたことか」

「わかってくれたなら、もういいんだよ」

固い仮面のような優志の顔にひびが入り、中身の柔らかい部分がのぞいている。

「親として情けない」

「もういいんだって。お母さんもできる範囲でがんばったんだから。うちの家族はみんな自分のことで必死だったから、まわりが見えてなかったけど、じつはそれぞれのやり方で、力を合わせて踏ん張ろうとしてたんだ」

優志がようやく秋代の目を見て言った。秋代も、とうとう話が通じると感じ、ここが語りどころだと思って熱を込めた。

「そうね。あんたたちに責任はない。でも、これだけはわかってほしいのは、私は自分のことに必死だったんじゃなくて、私以外のことに必死だったんだよ。あんたのことが見えてなかったのは、子どものことでいっぱいいっぱいで、ああするしかなかったのよ。だから仕方なかったってことだけは、わかってほしいの」

優志の視線が消えていくのを、秋代は感じた。優志の目を見ようとするが、優志はうつむいて顔を見せない。仮面の割れ目はふさがって隙間はない。

困惑して巴に助けを求めると、巴は目の縁を険しくしてあらぬほうを向き、秋代を見ようとしない。最後に月美にすがるが、月美も眉をひそめて目を落としている。

失言してしまったようだ。促されるがままに気持ちを解放し、心を素直に打ち明けたつもりだったが、まだタブーはあったのだ。言ってはいけない言葉があったのだ。でも秋代にはそれが何であるか、わからない。

「じゃあ、そろそろ行こうか。お母さんお望みの紗良タイムだよ」巴がスマホをいじりながら言う。

皆で玄関を出る。優志は暗い顔で押し黙っている。秋代は言い訳をしたくなるが、また間違ったことを口走りそうで、何も言えない。

夕海の部屋の扉を開けると、子どもたちの歓声が充満している。未彩人が紗良と星南に組み伏せられていた。

「あ、お帰りなさい！　早かったですね」秋代の顔を見るなり未彩人は言い、「ミサトンはもう降参だ。次はティアおばあちゃんの登場だぞ」と子どもたちを退けて起き上がる。

「『ティアおばあちゃん』じゃ芸がないね。おばあちゃん、何て名前？」紗良が聞いてくる。

「ん？　秋代」

「じゃあ、Tia Autumn!」紗良がネイティブの発音で言う。星南もそれを真似て「ティア・

オーラン！」と叫ぶ。

「ティア・オータム、さ、変身だよ！」紗良が秋代に命じ、秋代は何だかわからないままにおもちゃのイヤホンを装着させられる。

「で、どうでした？」夕海が尋ねる。

「打開できたところと、それでも崩せない壁の部分と」巴が答える。

「トータルで見れば大変化あり。私は満足」月美は明るく言う。

「でもあれがね」と巴はあごで、食卓の椅子にぽつねんと座っている優志を示す。「強固な壁にしたたか頭打ちつけてしまって」

「大丈夫だよ。精根を使い果たして放心してるだけだと思う」そう言ったのは月美だ。

魔法の笛で未彩人を共に攻撃するよう紗良に命じられながら、秋代は、自分が踏んだ地雷は何だったんだろう、と思い煩い続ける。優志に申し訳なく思う後ろめたさの奥から、何だか罠にはめられたような不当感がじわじわと湧き上がってくる。

「じゃあ、あとはいよいよ春好さんですね」夕海が嬉しそうに言う。

秋代の心臓が跳ね上がる。次は春好を呼んで私を糾弾させるのか。まるで犯罪に巻き込まれたような気分だ、と秋代は打ちひしがれ、加担した未彩人をも恨みたくなる。

「その前に君だよ」巴が夕海を見る。

「あー、はいはい。ちゃんと説明しますよー」

スマホをチェックしていた月美は、「ハリーからまだ返事来ない。電話も依然としてつながらないし」と巴に言った。

「手綱放されて遊び歩いてるんじゃない？」

「昔のイメージだとそうなんだろうけど、今はそういうことはしないと思う。たぶん、私たちがいてもいなくても、ゲームしてると思う」

「それなら自宅にはいるわけだ」

「うー、たぶん」月美は確信のない様子で答える。

「まあ、急がなくていいでしょう。私たちも明日から仕事だし、こんな合宿みたいなこと、いつまでも続けてられないし。次の週末にでも、また月美が春好を連れて集まればいいんじゃない？」

「私はそうは思ってないんだよねー」夕海が口を挟んできた。

「早く呼ぶべきってこと？」

「春好さんのことじゃなくて、こんな合宿みたいなこといつまでも続けられない、って部分」

「まだまだ合宿は続く、と？」

「まあ、そうとも言えるんだけど、そもそも私は合宿っていう言い方は当てはまらないと思ってて。そういう特別に集まってるんじゃなくて、これがもうそのまま日常でいいんじゃないかと」

巴はため息をつき、めんどくさ、とつぶやく。

「その話は、あんたたちの素性や目的と関係あるわけか」

巴の追及に、夕海はうなずく。

「夕飯、ヤッシが作る予定だったけど、人数も多いし、お寿司でも取ろうか」

梨花が割り込んで提案すると、「えー、お寿司、嫌いー」と耳聡《みみざと》い紗良が難色を示す。

「この子、お刺身が食べられないんだよね。仕方ない、カレー取ろうか。『メグナ』の」

「最初からそう言おうよ。メグナで決まり。私、キーマね」

クラスの友達の美奈ちゃんママから教えてもらった、近所のバングラデシュ人のカレー屋さんで、すごく美味しいのだという。

「それで二人はどういう関係？」夕海と未彩人を見て、巴が聞く。秋代の耳も研ぎ澄まされる。

「何て言うんだろ。友達？　同志？　ぴったりくる言葉がないね」夕海が思案しながら答える。

「あらゆる人間関係について、俺ら、ぴったりする言葉ないじゃん」未彩人が言う。

「そだね。そういうの、もうどうでもいいもんね。そうなんですよ、もうどうでもよくなった話なんです、私がこれからするのは」

「俺と違って、夕海にはどうでもよくなる前の時代ってのがあったもんな」

「そう。だから私、優志さんのお話は、わかりみ深すぎで。要は、第一子あるあるなんですけど」

　そう言って夕海は、そんなことが起こりうるとは秋代にはとうてい信じられない話を始めた。

　うちの父と母はバブル全盛期に、ダンパって言うんですか、そんなんで知り合って、即妊娠、出来ちゃった婚ってパターンです。専門学校生だった父もチャラ男だったけど、証券レディしてた母も遊び人で。それで生まれたのが私なんですけどね。

「ちょっと待って。夕海のお母さまって、今おいくつ？」梨花が聞く。

「えーっと、確か一九六九年生まれだから、今年で五十ですかね。ひえー、淑絵《よしえ》、もう半世紀かよ。あ、母は淑絵って名前なんです。父は克郎《かつろう》で」

「いくつ違い？」

「うちは克郎のほうが年下で、二個下だから、七一年生まれの四十八歳ですね」

「私とほとんど同世代じゃない」梨花は疲れた顔でため息をつき、「私は夕海の親の世代ってことか」とつぶやく。

「イファさんは七三年生まれだったよね」と巴が考えながら言う。

　梨花はうなずき、「つまり夕海はバブル期生まれかあ」と嘆息する。

「そうです。一九九一年です。誕生日は獅子座の八月なんで、今二十七です」

　梨花も巴も月美も、その数字に黙り込んでしまう。

　父は食わせ者の先輩に誘われて、専門学校を中退していい加減な財テクのベンチャービジネスを始めたんですね。

でも当初はすごく儲かった。二十歳そこそこの軽薄な男がいきなり大金手にしたわけですから、遊びまくって浮気しますよ。

母も復讐します。私の二年後に生まれた弟の修策《しゅうさく》を溺愛して独占するんです。とばっちりを食らうのは私ですよ。私、覚えてますもん。三歳の私の誕生日に、克郎が約束を破って帰ってこなかったとき、淑絵が私に吹き込むんですよ。「パパには、ママや夕ちゃんより大事な人がお外にいるんだよ。ママはずっと夕ちゃんの味方だからね、夕ちゃんもずっとママと修ちゃんの味方でいてね」って。

以来、ずっとですよ。私は克郎への悪口と恨み節というお経を聞いて育ったようなもんです。おまえは父には見捨てられた子なのだから、母にまで見放されたら孤児《みなしご》だぞ、って洗脳されたんです。その恐怖があるから、必死で母の言うことを聞いて、いい子でいようとしますよね。

で、修策が生まれたころには、もうバブルがはじけているわけです。ベンチャーの先輩はある日トンズラこいて、克郎は路頭に迷って、また別のいかがわしい先輩の怪しい健康器具販売なんかを手伝ったりしてましたが、一度派手になった金遣いを慎ましくするなんてことはチャラ男にはどだい無理で、貯金を食いつぶしてサラ金に手を出しました。それもすぐに淑絵にバレて、離婚とあいなりました。それが私が五歳のとき。

「けっこう、普通にいるんですよ、借金する人って」

青ざめている月美と呼吸が激しくなっている秋代を見て、夕海はつけ加えた。

「でもうちの親が離婚したのは、借金のせいじゃないです。借金はあくまでも引き金で、克郎に家族とやり直す意思がなかったからです。どんなやさぐれた態度とってても、その意思は本当はあるかもしれなくて、もし克郎にもそれがあったら、まだ他の道も模索できたかもしれないです」

秋代は、なぜ自分はこの見知らぬ小娘から当てつけみたいな話を聞いているんだろうと、不愉快だった。

「淑絵はしたたかなんです。したたかすぎるんです」と夕海は話を続けた。

有利な形での離婚の機会を、ずっと窺ってたんですよ。克郎にはけっこうな額を家庭に入れさせて、その貯金は自分にしか下ろせないようにしてあったので、離婚時にも当面の生活費は確保されていたようです。

父を追い出して、私たちは引っ越すことなく旧姓の「山下」に戻して、母は証券会社時代のつてを頼って生命保険の外交員として働き始めました。そのころは山下のおばあちゃんがよくうちに来て、私たちの面倒を見てくれました。

母は私にだけ、克郎への恨みを延々と垂れ流しました。淑絵にとって、私は娘であると同時に、何でも話せる友人のようでもありました。まだ小学校に上がるかどうかってのにですよ。淑絵としては、娘をあんな大人にしない、あんな男に引っかかる女にしない、という教育のつもりだったみたいですが、違いますよね。

離婚しても父親ではあるので、私は克郎とは月一ぐらいで会っていました。でも、修策については、男の子だから男親である克郎は悪い例として悪影響を及ぼしかねない、と考えた母は、面会を拒絶しました。物心つかないうちから会わないでいれば、父の記憶に苦しむこともないと言い張り、養育費の減額と引き換えに克郎に飲ませました。

面会日には修策に見つからないよう、克郎と私は駅で待ち合わせます。そして遊びに連れて行ってもらい、帰りに養育費を受け取って淑絵に渡します。父はとても優しくて楽しませ上手だったので、じつは私は父のことは好きでした。だから、修策に父のことを秘密にし、母には父を好きでないふりを続けなくてはならないことが、苦痛で仕方ありませんでした。

時が経つにつれ、面会の頻度は減っていきました。父が養育費を払えなくなり、やましくて会いに来づらくなったのです。

金が理由で娘と会わない、という事実も、また私を苦しめました。淑絵がその非難を私に聞かせ続けるのです。その理由を拒むため、小学五年に上がったとき、私のほうから面会を拒否しました。

中学も三年になり、大人の事情もだいぶわかるようになった私は、克郎に憐れみを覚え、久しぶりに会うことにしました。娘の前ではいい格好をしたい克郎は、パリッとおしゃれをして現れましたが、私はその服のサイズが合っていないことに気づいてしまいました。指摘すると、克郎は苦笑いを浮かべて、「夕海ももう大人だな。これは大人同士としての頼みだけど、三万ほど貸してくれないか」と言ったのです。

気づいたら克郎をなじり倒してました。養育費も払わないでそんなこと言えた分際か、会ってもらえるだけでありがたいと思え、今後も会いたかったら、今まで払ってない分も全額きっちり耳をそろえて持ってこい、さもないとあんたのことはもう父親とは思わない、私の前から失《う》せろ。

あの瞬間、私は淑絵だったんでしょうね。洗脳は恐ろしいです。私の意思なんかありませんでした。もちろん克郎は悪いし、私の言い分は理にかなっていたんですが、あのときの異常なキレ方は、淑絵の怒りと淑絵に犠牲にされた私の怒りとが重なって突然変異を起こし、怪物化した結果でした。加えて、罵り倒せば倒すほど淑絵に喜ばれるし、淑絵を喜ばす私には価値があるという有用感に酔うことができる。

克郎は情けない笑いを貼り付けたまま去りましたが、それが私の見た最後の父の顔です。それっきり連絡も取れなくなり、断絶しちゃいました。

そのあと反動が来ました。淑絵への反感です。奨学金を借りて地元高崎の公立高校に入ってから、私は淑絵に見せつけるように遊び始めました。父や母と同じことをしているという嫌悪感に悩まされながら、その嫌悪感にまみれたくて夜遊びしたんです。彼氏もできましたが、まったく楽しくなくて、ひたすら苦痛に耐えているだけ。それも嫌悪感のせいだと思ってました。

何しろお金がないので、遊び仲間から、イメージほど怖くもないと誘われ、年齢をごまかして前橋のキャバクラでバイトを始めました。すぐに淑絵に発覚したのは、淑絵も水商売をしてたからでしょう。保険屋の他にコンビニの夜のシフトも入れてる、と言ってましたが、私も修策も信じてませんでした。

淑絵は私に、自分を大切にするよう説教はしましたが、キャバ嬢をやめろとは言わず、家計に入金する額を指定しただけでした。それはつまり、働き続けろ、という命令でした。私にはまたロックがかかってしまって、いい子になって、稼げるだけ稼ぎました。家計の分だけでなく、自分が大学に行く学費も貯めようと思ったのです。

高三の夏に、家賃を滞納しているから貸してくれないか、と淑絵に頼まれました。今まで大丈夫だった家賃がなぜ急に不足するのか、と私が問い詰めると、もう完治したがじつはごく初期の乳癌だった、それで医療費がかさんだ、とか言い出すじゃありませんか。私は爆発しました。

「そんなこと、家族で隠すか？　もし治らなかったら、私たちは急に母親の死を知らされて呆然とする、ってほうがマシだって、まじで思ってたわけ？　ガキじゃないんだから、心の準備させろよ！」

淑絵は弱々しく、あんたにはつらい思いばかりさせてきたから、告知なんてできっこない、なんて言うので、私はお金を貸しました。その後の家賃も私が払いました。

私は大学受験を諦めざるをえませんでした。家計のためにもうしばらくキャバ嬢を続けることにしたんです。

けれど淑絵は、修策は何としてでも大学に行かせると言います。淑絵のスパルタぶりは凄まじいものがありました。男が大学出られなかったら女以上に人生終わりだ、と修策の尻を叩き、地元の有名公立大学の合格を勝ち取りました。

ところが、入学してからすぐの梅雨の最中、修策は大学を辞めると私に告げます。「何とち狂ってんの」と私が一蹴すると、「望んでもないのに、姉貴の金で大学に通い続けるわけにはいかない」とバカにしたように言います。

「学費なんか出してない」と言い返しましたが、事実は修策の言うとおりだと悟りました。

修策は私と自分を嘲笑し、「姉貴はお人好しすぎるんだよな、おふくろにいいように使われてさ。癌の治療って言って出させられたんだろ。全部嘘。脱毛とか倦怠《けんたい》とか、治療を受けてた様子なんか、何もなかったろ」と、私も気づいていたけれど見ないようにしてきた事実を指摘しました。

「あんたこそ、淑絵の言いなりでしゃかりきになって、行きたいのかどうかもわからない大学入って、どっちがお人好しだよ」私は喚きました。

「だから辞めるんだろ」

けれど、淑絵に懇願されて、修策は辞めることに踏み切れませんでした。そして私も、そんな修策を見捨てるわけにはいかないと思い込み、キャバ嬢を辞めることができませんでした。

修策は次第に大学には通えなくなり、三年に上がるころにはほとんど引きこもり状態でした。就活を始めたら一歩も外出できなくなったので断念し、大学側にさまざまな措置を講じてもらって、かろうじて卒業はできました。

私がようやくキャバ嬢を辞めたのは、そのときです。自分が淑絵に加担して修策をこんなふうにした、と遅まきながら気づいたんです。断固たる覚悟を決め、独立する、と淑絵に告げました。

驚いたことに淑絵は、「そうね、それがいいとママも思う。いつまでも水商売じゃ人生やってけないからね。私も責任感じてるから、こんな仕事がいいんじゃないかと思って」と言って、東京の十王にある携帯電話の販売店を私に紹介してきました。

ほんと情けないんですが、私はこの勧めに従ってしまいました。私も淑絵の庇護《ひご》のもとにいる状態しか知らなくて、啖呵《たんか》は切ったものの、怖くて一人で世間に踏み出せなかった。

「それが今働いてるところか」巴が言う。

「事情があってそこは辞めて、今の携帯の店に移ったんだよね。最初はフルタイムの契約社員だったんだけど、必要なときだけ呼ばれるアルバイトに格下げされて」

「だから家賃が厳しくなった、と」

「そこに至るにはまだ紆余《うよ》曲折があって」

お金がないから最初は高崎から通ったんですが、ひと月で体調を壊したんです。そうしたら淑絵が、「無理しないで、職場の近くで一人暮らし始めなさい。夕ちゃんももう自立したいでしょうし。ずっとうちに縛りつけて悪かったって、ママも反省してる。こんな物件見つけたんだけど、公団だし比較的リーズナブルだと思うんだよね。初期費用は私が出すから」と、部屋を用意して、住むように促してきました。それがこの団地。

疲れ果てていた私は、とにかく実家を離れられて楽になるならそれでいいと、あまり考えずにその部屋に引っ越しました。それが三年前のこの季節です。

夕海はふう、と一息ついた。

「これでようやく、本題のスタートラインに立てました。ごく簡単に前史を話すつもりだったのに、こんな長くなっちゃった。まあ、もうわだかまりもないから愚痴じゃないんだけど、やっぱり聞いてほしかったんですね、それなりに苦しかった私の前半生のこと」

「二十七歳で前半生とか言う？」梨花が突っ込む。

「一寸の虫にも五分の魂ですよー」

一人暮らしを始めて半年弱の、秋の夜でした。東十王の商店街に行きつけの飲み屋ができて、一人で夜遅くまで痛飲しては泥酔する、ってことが続いていました。

その日もベロベロに正体を失って帰宅。鍵を差し込んだら回らなくて、手でノブをひねってみたら開いたので、やべ、鍵かけないで出かけたのか、と焦った瞬間だけは覚えてます。

慌てたのは、目が覚めたときです。人の気配がある。私の頭のまわりを複数人の脚が歩き回ってるじゃないですか。

鍵かけないままダイニングで寝て、誰かに侵入された！

泡を食って飛び起きると、女性と男性が慌ただしく朝の支度をしています。

そこは私の家ではありませんでした。知らない他人の家でした。一瞬、自分は拉致されたのか、とバカな妄想が浮かびましたが、裏返って脱ぎ捨てられている自分の上着を見て、昨晩、間違えて他人の家に帰ってしまったのだ、と気づきました。

呆然としていると、目の合った女性が「おはよう。よく眠れた?」なんて優しく微笑みます。

いやあ、微笑まれてもなあ、と私は戸惑いました。「すんません。私、部屋、間違えたみたいっすね」

「そうみたいね。この団地、そっくりな部屋がぎっしりだもんね。泥酔してると迷うよね」とまた爽やかに微笑むんです。

死にたくなりましたね。小《こ》っ恥《ぱ》ずかしいなんてもんじゃない。

まともに目が合わせられなくて、私はうつむきがちに「お恥ずかしいです、ほんと申し訳ないっす」とつぶやきながら、立ち上がって出て行こうとするんですが、二日酔いで頭痛が走り、よろめきます。

そしたらその女の人、コップ一杯の水を差し出して、「せっかくだから朝食を食べていきなさい。こんなことは滅多にないことだから、記念に」なんて、大らかな調子で言い出すんですよ。「記念」ですよ!

「何号室なの?」

「五三六号です」

「ああ、惜しい。うちは四三五号室。五階のはずが、四階に来ちゃったわけだ」

「すいません」

「あ、皆本《みなもと》です。初めまして。私は薫里《かおり》。この人は夫の協二《きょうじ》くん」と忙しく歯を磨いている男を指差すと、協二さんは頭を下げて手を軽く振ってきます。私もつい手を振り返しました。

「それでこの子はルーク。龍宮って書いて、ルークって読むんですよー」

薫里さんは、食卓の脇の座布団に転がされて上機嫌に声を発している赤ん坊を抱き上げて、私に見せました。

「すごいっすね、王子みたいな名前ですね」

「王子様だもんねー」薫里さんは感情に任せて龍宮に激しく頬ずりします。

「あ、私は山下夕海です」

「今日も会社、行くんでしょ。時間は大丈夫？」

「いや、まずいっす」

「でしょうね。だからうちで食べてきなさい。なんならシャワーも使ってもらってもいいけど、時間ある？」

驚いたことに、私は自分で思ったよりも早く判断を下し、「じゃあお言葉に甘えて」と答えていました。

協二さんが「そんじゃ行ってきます。今後ともよろしくー」と言って小走りに出勤していくのを見送って、急いでシャワーを浴びます。

ベーコンエッグを載せた香りのよいトーストをかじり、濃いコーヒーをすすっていると、よどんだ気持ちが洗い流されていくようで、私の心はじんわりと解放されていきました。

「私が言うのも何ですけど、他人がいて怖くないんですか。犯罪に巻き込まれかかってる、とか考えたりしないんですか。上の階の住人だなんて、私が嘘ついてるかもしれないじゃないですか」

私は一応、尋ねてみました。だって、赤の他人の私がいきなりダイニングで寝てても無理には起こさないで、朝食も出してくれるなんて、侵入された人の態度としては常軌を逸してますもん。

薫里さんは一笑に付しました。

「山下さんは犯罪者じゃないよ、そんな無邪気でいられるんだから。だって、あなたのほうが罠にかかって犯罪に巻き込まれてるって可能性もあるじゃない。それは頭に浮かびもしないんだから、犯罪なんか思いつかない人間でしょう」と返してきます。

「いや、だって間違って侵入したのは、私のほうで」

「でも鍵、開いてたんでしょ？　鍵かかってたら入れないじゃないか。そこは不審に思わないんでしょ。間違って侵入するように誘導されてたのかもしれないのに」

「確かに。普通、寝るときに鍵かけ忘れるなんて間抜けなこと、しないっすよね。罠だったんですか？」

「まさか。可能性を言ってるんであって、事実は単なる鍵のかけ忘れ。山下さんの言うように、抜けてたね」

「あ、すみません、抜けてるのはへべれけになって間違える私のほうで」

「だからね、お互いの抜け作ぶりが偶然重なって、こうして知り合えたわけで、それは素敵な出会いじゃないですか」

「はあ、まあ、何と言いますか……。ひょっとして、間違った侵入、され慣れてるんですか？」

　失礼なこと聞いたもんだと思いますが、薫里さんは笑って、「そうなんだよー。鍵かけ忘れないの苦手で、旅行して帰って来たら、鍵してなかったこともあったよ」と打ち明ける始末。

「まじすか」

「まじすよ」

「それで大丈夫なんですか」

「運がいいんだろうかな」

「運、ですか！」

「運は大事よー」

「そうかもしれないですけど、自分でどうにかできることでもないじゃないですか。自分のコントロールできない部分に安全を委ねるって、危なすぎません？」

「安全は委ねてないよ。私はね、玄関の鍵は忘れること多いけど、廊下側の窓は一人のときは絶対に開けない。開いてたら、外から見てわかるでしょ。玄関の鍵は外からは見えない。

いつも忘れてたらそのうち気づかれるかもしれないけど、普段かけててたまに忘れても、開いてるかどうか試してみる人はまずいない」

「でも、ほら、いるじゃないすか、ゴミ出しのとき鍵かけない家を狙う空き巣とか」

「そうだね。そこは運」

「じゃあ、私が入ってきちゃったから、運も尽きたってことですね。私が悪人だったら、事件になってたかもしれないわけで」

「運、いいでしょう。うっかり入られたけど、悪人じゃないから」

敵《かな》わないと思いました。こういう人のところは犯罪のほうが避けるような気がして。成功する確率が低そうだから。

「山下さんは一人暮らし？」

　薫里さんは龍宮ちゃんにお乳を与えながら聞きます。

「はい、今年から東京で働き始めて、春から念願の一人暮らしを始めたばっかです」

「やっぱり大人になったら自由を楽しみたいよね」

「いやはや、それはもう。何というか、自由に空気が吸えて初めて、いかに首絞められながら生きてたのか、わかりました」

「すごい言い方するね」

「でもほんとにそうだったんです。うち、母子家庭なんで、ずっと母の助けにならなくてはって、そればかり考えてたんで、いつの間にか母の永遠の助手みたいな人生に誘い込まれて」

「それが息苦しくて、実家を出たわけか」

「うーん、何と説明していいのやら。振り切って飛び出したつもりが、公認だったという……。私としては十王で勤め始めてからも、群馬の自宅から通勤しようと、がんばったんです。でも過労でダウンしかけて、母が、自分の体を大事にしなさいと言って、この団地を見つけてきたっていう」

「ははあ……、な、る、ほ、ど……」

　薫里さんは私の目を真剣なまなざしで見つめて、何度もうなずきました。もしかして、自分でもどう説明してよいかわからない話が、薫里さんには通じているのかもと驚き、「この意味、わかるんですか？」と聞いてみました。

　薫里さんは微笑み、「お母さんは合鍵を持っていて、ものすごく頻繁に現れては勝手にご飯とかを作ってくれて、時には泊まってく、自分の部屋みたいに……とか、そんな感じ？」と正確に読み解いたのです。

「……はい」

「全部腑に落ちたな。だから泥酔してたにせよ、ダイニングの床で寝倒れたんだね。家に帰りたくなくてしょっちゅう外で泥酔して、帰宅すれば寝室に入りたくなくてダイニングの床で寝てしまう。人の気配がしてもなかなか起きないのも、いてほしくない親と関わりたくないから。さっきも朝ごはんとシャワー、あっさりと応じたでしょ。それも、自分の部屋への嫌悪感があるからなんだろうね。そもそも、酔ってたとはいえ、うちを間違えたのだって、体が自宅を避けたのかもしれない」

奇跡が起きたような気がし、私の胸の血管の弁が全開になって、身体《からだ》中に血がほとばしりました。

この人、どうしてわかるんだろう。

「泣かなくて大丈夫。大丈夫。そうだ、しばらくうちに住んじゃいなさい。そうしよう、住んじゃおう」

「何、言ってるんですか」

「いいから住んじゃいなさい。今から」

「無理に決まってるじゃないすか。友達んちに居候するのとはわけが違いますよ。今知り合ったばっかだし、お子さんもダンナさんもいるし」

「いいの、それは何とでもなるの。頼むから、住んでくれない？」

「何で頼まれるんですか」

「そうしてもらったほうが私のためでもあるから。それで君のためにもなるでしょ」

「わけわかんないっすよ。やっぱり罠だったんですね」

「違う、違う。私、平日は一人で子育てしてるでしょ。たまに耐えがたくなって、物とかに八つ当たりしたくなるの。だから、誰かにいてほしいの」

「いてほしいって、私は仕事あるんですよ。しかも帰り遅いんです。協二さんと変わらないと思います」

「協二くんともケンカになるんだな。だから、いてくれるだけで、みんな気持ちが落ち着くと思う。つまり私が言いたいのは、うちもいてくれると助かるから、君は何も考えないで、ここにいるといいよってこと。だって、自分の部屋に戻っても、また窒息の毎日が始まるんでしょ。もうそれは限界に来てるってことでしょ。だからここにいるんであって」

「……はい、それはそうなんですけど」

「だから今晩からうちに帰ってきなよ」

そんなわけで、私はこの家のリビングの、そこらへんの隅っこで寝ることになったんです。

夕海はソファの脇のスペースを指差す。

「やっぱり、このうちは他の家族が住んでたんだ」月美が言った。

「しかも、リビングの隅っこで寝るのも慣れてるわけだ」巴も言う。

「最初は慣れなかったよ。縮こまって、アイマスクして耳栓して。邪魔者だという気分消えないし、寝不足になった。でも、薫里さんも協二さんも、私のこと、全然気にしないんだよ。でも無視してるわけでもなくて、気に留めるべきときは気に留めてくれた。二週間ぐらいしたら、もう最初からそこに住んでる感覚で暮らしてたな。重力の少ない月に移住したみたいに体が軽くなった。それが普通になると、地球の重力にはもう耐えられなかった」

　問題は私の母でした。五三六号室を訪ねても私は帰ってきやしないし、電話しようがメッセージしようが、返信なし。「どこで無断外泊してる」「勝手に仕事を辞めてはいけません」

「親を捨てる気か」などと怒り狂った言葉が次々と送りつけられましたが、すべて無視しました。私は行方をくらますために、職場も辞めて、赤羽の別の携帯店に移ったのです。

こっそり様子を窺ってくれた薫里さんによると、淑絵は自宅に帰らず、五三六号室に泊まり込んでいるようでした。

それもひと月後まででした。薫里さんの助言に従い、私は居候を始めてすぐ五三六号室を解約したのです。

退去日だけ、メールで淑絵をおびき出しました。もちろん空《から》約束です。淑絵不在の間に家財道具を処分し、公団に鍵を返します。現れない私に業を煮やして淑絵が五三六号室に戻れば、もう入れなくなっています。携帯も新規に買い直しました。

これで実家とのつながりが完全に断ち切られ、私は出所した元囚人の気分でした。お勤めは果たしたので、もう何もやましくありません。完全に皆本家の一員として、広告代理店の仕事に復帰した薫里さんを助け、三人で龍宮を育て、春には一家で鞆《とも》の浦を旅行したりと、家族生活を楽しんでいました。

さらに一年ほどが過ぎた秋の夕刻でした。私の携帯に薫里さんから電話があって、「今日からそっちに帰らなくなっちゃった。なので、協二くんとご飯食べててくれる?」と言ってきました。何か変な物言いだなとは思いましたが、何しろ薫里さんのこと、その程度は普通のことです。

「帰省か何かですか?」薫里さんのご実家がどこかも知らずに、適当に私は尋ねました。そしてその返答に絶句します。

「ううん、夕海ちゃんのご実家でしばらく暮らすことになってね。さっき淑絵さんを訪ねてみたら、顔とか怪我してるから、事情を聞いたら、修策くんにしょっちゅう殴られてるんだって。それでとりあえず私と龍宮がいることにしたから」

薫里さんて、手順を飛ばすんですよ。薫里さんにはそれが普通のステップなんだけど、世の標準からしたら、めちゃくちゃな桂馬飛びなんですよ。どこ行くかわからないし、地上じゃなくて宙を跳んで進むんです。月面人だから。

「そんな、薫里さんと龍宮ちゃんが危険じゃないですか！」

「大丈夫、まだ修策くんも遠慮してるし、危なくなったらみんなで逃げるから」

「今すぐ逃げてくださいよ」

「それでもいいんだけど、淑絵さんが一緒に逃げてくれないのよー」

「私が行きます」

「だめ。絶対だめ。夕海ちゃんが抜けてせっかく変化が始まったのに、夕海ちゃんが来たらまた元に戻っちゃう。これはプロセスだから」

薫里さんがこの波に乗る、と決めたら、誰にも止められません。協二さんにも連絡があったようで、「龍宮はこっち置いてけばいいのになあ」と不満そうでした。

薫里さんは状況を毎日まめに伝えてきました。聞けば、私が居候してからこの一年、薫里さんはたまに淑絵に電話してたというじゃありませんか！　場所は言えないけれど娘さんは私たちと住んでいて元気にしている、と教えたそうです。それを聞いた淑絵は、警察に訴えるとか喚いていたそうですが、本人の意思による行動だから警察とかは意味がなくて、それよりそっと応援してくださいよ、別に淑絵さんが娘なしじゃ生きてけない、ってわけでもないですよね、と念押しすると、おとなしくなったそうです。

電話のたびに、最近の出来事やら昔話やら淑絵の話を薫里さんが聞いてあげてるうち、すっかりうちとけて淑絵は電話を楽しみにするまでに至ったんだけど、先月、初めて電話に出なかったので、気になったから訪ねたというわけでした。

薫里さんは何と、龍宮を淑絵に預けて仕事に行っていると言います。私は生きた心地がしませんでしたが、ひと月ほどは無事に過ぎました。

緊急にアパートを探して移る、と連絡があったのは、師走に入ろうかというころ。修策と淑絵を二人きりにしないようにしていたのだけど、薫里さんと龍宮がお風呂に入っているとき、修策はもう落ち着いたと勘違いした淑絵が、夕飯をみんなで食べようと修策に声をかけ、爆発した修策に激しく突き飛ばされたのでした。薫里さんは修策に働きかけるのは控えようと言っていたのに、淑絵は我慢ができなかったのです。

「私も避難を手伝います」と申し出ると、「うん、そのときはお願い。一両日中にまた電話する」と薫里さんは了解してくれました。そして、それきり連絡が途絶えたのです。

協二さんからの連絡にも一切応答がありません。大事があったのではないかと不安になり、胆力を振り絞って実家の電話や淑絵の携帯に電話したりメッセージを送ったりしましたが、すでに使われなくなっていました。

翌日、私は腹をくくって高崎の実家に行きました。約一年半ぶりの帰省です。

家にいたのは修策だけでした。

淑絵と薫里さんたちの行き先を尋ねると、「知らねえよ。嵐みたいに急に来て、急に出てって」と言います。当然、修策に行き先は教えないでしょうから、聞くだけ無駄だったと思い、「お母さんに怪我させたの？」と質問を変えました。

「そんなつもりなかったけど、ちょっとどついたら力入りすぎたんだよ！」と、罪悪感を隠すように怒った口調で答えます。

この家で犯罪が起こったわけではなさそうで、私はひとまず安堵しました。

「これからどうするの？」

修策に尋ねると、「コンビニでバイト始めた。金ないから」という思わぬ返答だったので驚きました。

「いつから？」

「あの人たちがいなくなった次の日から」

「え、今日から？」

「先週の月曜からだよ」

「お母さんたち、出てったの、昨日じゃないの？」

「だから、先週」

薫里さんは私に小さく偽ったようです。何でそんなことをしたのでしょう。私は心が打擲され、それ以上薫里さんたちのことを考えるのが難しくなりました。

「あんた、人と仕事できるの？」

「わからない。でも今のところ楽しいね。だって俺、マイナスから始めてるから、成長しかないんだよね」

確かに修策は、警戒を解いてはいないものの、過剰に攻撃してきそうな凶暴な空気はまとってなく、かつてないほどに落ち着いて感じられました。

これが薫里さんの狙いだったのだろうか、と考えましたが、よくわかりません。わからない以上、気を揉んでも仕方ないし、修策は好きなようにすりゃあいい、危機にあるようには見えないから。私は、修策のことなどもうどうでもよくなって、帰りました。そして、どうでもよくなるって大事だな、と学びました。

私は薫里さんと淑絵のことも放り出したくなっていたので、協二さんに「薫里さんのご実家に連絡してみたらどうですか」と投げやりに提案しました。

協二さんはやさぐれた笑みを浮かべ、「できるなら、夕海ちゃん、連絡とってみる？　ブラジルだけど」と答えました。

薫里さんの両親は日系二世で、薫里さんが八歳のとき、一家でデカセギに来日したそうです。でも両親は、十年前のリーマンショック後にブラジルに帰国したのでした。

協二さんによると、薫里さんはこれが初犯ではないそうです。以前も、面識のない家庭にいつの間にか食い込んで、その家族を解体することで問題を昇華させたんだとか。その家族でDVをしていたのが、協二さんだったのでした。協二さんにはそれで別れた元妻と娘さんがいるけれど、薫里さんが追跡不能な形で離したのです。

薫里さんは協二さんから暴力性を抜くことに成功し、夫婦になったそうです。ちゃんと毒を除去して捌《さば》いたフグは美味しいでしょ、渋抜きに成功すれば柿は甘いし、と、事情を知る友人たちには説明したとか。

その後何も問題は起きてなかったのに、突然子どももろとも失踪したため、協二さんは自棄の感情に溺れました。やはり本当には信用されてなかったから捨てられた、自分の本質は変わってなかったんだ、と。

そんな状態の協二さんと二人きりで共同生活を送る羽目に陥ったのだから、私も困りました。秘かに協二さんに怯えつつ、薫里さんの移住が協二さんを見放したからじゃないことは協二さんが一番よく理解しているはず、と繰り返し説きました。協二さんもそれには同意するのですが、喪失の感情はどうやっても手なずけられません。

鬱を深めていく協二さんを、私も協二さん自身ももてあまし、とにかくこのままの生活はよくないということで一致しました。私は実家に戻ろうと思いましたが、協二さんは、自分が出ていく、と言いました。「夕海ちゃんの実家って、弟さんしか住んでないんでしょ。部屋余ってるよね。そこで暮らしてみよっかな」と。

もう私も驚きませんでした。空いてるんだからいいんじゃない、なるようになる、と思いました。

そんなわけで、一昨年の暮れに協二さんは私の実家に移り、私は薫里さんたちが住んでいたこの家に、残された家財道具を預かって一人で暮らしている次第です。

でも私も喪失感に見舞われまして、家賃の高いこのファミリータイプの部屋をがんばって維持する動機を見失いました。悶々として、一度だけ実家に帰りました。

そしたら修策と協二さん、何かすごく仲睦まじく二人暮らししてるんですよ。羨ましくなって、「私も混ぜてもらおっかなー」と言ったら、修策に「お邪魔虫」と断られました。そして協二さんが、「もう夕海ちゃんも経験積んだんだから、誰か適当な人のうちに住み着くなり、あのうちに住まわせるなり、すればいいじゃん」とハッパをかけてきました。

そうか、それでいいんだ！　と、脳の使われていなかった部分が働き始める感があって、ついに私も自分を生きる方法に覚醒したわけです。

「それで我が家がターゲットになった、と」巴が言った。

「前から、団地の公園で紗良ちゃんと遊んでいるのはよく見かけて、素敵なんで話しかけたいとは思ってたんだよね」

「ぶっちゃけ、私、夕海ちゃんのこと、うちに来る前から知ってた。私のこと見てたから」

未彩人の指南で星南と一緒に「ティア・オータム」や「ティア・ムーン」の似顔絵描きに夢中になっていた紗良が、自分の話題が出たとたん耳ざとく反応した。

「まじ？　バレてたのか」

「だから、トイレ借りに来たとき、ついに来たな、って思った」

「サリー、すごすぎ」月美が感嘆した。

「引かないでほしいんだけど、私、巴ちゃんを尾行して仕事場まで行ったこともあってー」

夕海が激白する。

「引くよ！」と巴は声を上げた。「興信所かよ」

「ごめん。さすがにまずいよね。土曜日だったんだけど、出勤のときに巴ちゃん見かけたら、仕事行くの嫌《や》んなっちゃって、そのまま巴ちゃんについてっちゃって」

　大久保の語学学校まで行って、でも私は入れないから、街をぶらついたんですよ。ネパール料理屋でランチしたり、ドリアン買い食いしたり、図書館で各国語の絵本眺めたり、ベトナムコーヒー飲んだり、韓流ショップひやかしたり、一日中いても飽きないですね、あのへんは。

　少し休もうと思って立ち寄った公園に、金網で囲まれたコートがあって、コピー用紙にいろんな色でマジック書きした奇妙なビラが、ベタベタ貼ってありました。

「このサッカーはタダです」

「このサッカーは食事ができます」

「このサッカーは寝床があります」

「このサッカーは友だちできます」

「このサッカーは一人でいられます」

「このサッカーは気が楽になります」

「このサッカーは快感です」

「このサッカーはいい加減です」

「このサッカーはミスしても叱られません」

「このサッカーはサッカーしなくても大丈夫です」とか何とか、いろいろ。

コートの中では、フットサルって言うんですか、五人制のミニサッカーが行われてました。

私はルールとかはわからないんですが、コートの中が貼り紙と同じくらいけったいだということは感じました。

まず、誰も走ってないんです。歩いてボールを追いかけるんです。ボールも空気が緩くて、あんまり弾んだり転がったりしないので、歩いても追いつける。

コート内の人たちは、つかみどころがありませんでした。寡黙にうつむいてものすごいフェイントとかをする上手な人もいるし、ずっと無関係の独り言をしゃべりながらプレーに加わっている人もいるし、ヤクザっぽくて近寄るのも怖そうな風貌なのにとても優しいおじさんもいるし、一人だけ走っていつも注意されてる人もいるし、ダウン症の人もいるし、どこかの違う言葉を話す人もいるし、東アジアの人とは異なる姿の人たちもいる。年寄りも子どももいるし、濃く派手に女装した人もボロボロの服の人もいる。

左足を引きずり気味にふらふら歩いているけどなかなかボールに触《さわ》れないでいる痩せた若い男子のところに、ようやくこぼれ球が転がってきました。その男子は自陣のゴール前にいたんだけど（ゴールキーパーと同じ色のゼッケンしてたから私でもわかりました）、いきなりそのボールを自ゴールに蹴り込んだんです！　そしてガッツポーズをして走り始めました。

　ボールに触れずイラついて暴挙に及んだのかと思いきや、あの喜びようは違った。寄ってきた味方のチームメイトたちも、その男の子と笑顔でハイタッチなんかしてます。得点となった相手チームも苦笑いを浮かべつつ、中にはその男の子に近寄ってハイタッチする者もいます。まったく嫌味や冗談といった雰囲気なく。

　いやあ、テンション上がりました。私も奇声を上げてはしゃいでしまった。すると、一人の賑やかな青年が、「試してみる？」と招き入れてくれます。気がついたら夢中でボールを追ってました。

　サッカーが終わると、声をかけてくれた青年が「参加者には配られるの」と言っておにぎりとサンドイッチを私に手渡し、「このサッカーは、食事ができます」と書かれたビラを指差しました。

「だから、食いもん目的で来る人もいるんだよね。あのおじさんとか、あの女の子とか」と数人を見ます。そして、「俺とか」と自分を指します。

「それがぼくでーす」と未彩人が手を挙げた。皆がいっせいに未彩人を見る。この話も胡乱《うろん》だ、と秋代は思う。

「いや、信じてもらえないかもしれないけど、本当ですって」と皆の疑惑を感じた未彩人は主張した。「だって、ぼくは子どものころからあの仙人公園のサッカーに顔出してた常連だから、あそこに来た人とはほとんど知り合いになるんです。実家の近くなもんで」

「つまり、子どものころから飢えてたので、食べ物目的にそのサッカーに行ってた、ってこと？」真っ先に秋代が尋ねた。

　未彩人は苦笑し、「いやいや、そこまで貧乏じゃなかったですけどね。てか、中流の一般家庭だったんで、夕海みたいな逆風の生活はなかったです。たんに、近所の面白い場所に出入りしてたってだけです」と説明した。

「あのとき夕海に聞かれたんですよ。この食べ物のお金、どっから出てるの、って。じつはぼくもよく知らなかったんで、寄付か何かでしょう、要はお金を出したい人が出してるんだよ、と適当に答えました」

「そんな人がいるなら知り合いたいね」と夕海が言うもんだから、ぼくは「お金のある人が、ない人に、食べる分ぐらいの金を出していれば、世の中、何となく回ってくんだよね。俺はガキのころからずっとそれが普通だった。隣の子とか、お腹すくとうちに来たし、おふくろも平気でご飯出して、みんなで食べてたからね」なんて、偉そうに自分の話を始めました。

　父は製薬会社の研究員、母は専業主婦で、ぼくは一人っ子でした。特に問題なく、ぼくはすくすく育ったと思います。隣のうちの満矢《みつや》家がなければ、ごくありきたりの大人になったでしょうね。

　満矢さんのうちは美容室で、お母さんの翠《みどり》さんとママの正子《しょうこ》さんに、長男の拓史《たくし》がぼくと同い年で、妹の船子《ふなこ》とは年子という、四人家族でした。

この拓史がえらい変わり者でね。ほぼ毎日、船子を連れてうちに入ってくると、自分のうちみたいに過ごすんです。冷蔵庫開けて飲みたいものを飲み、食べたいお菓子を食べ、お風呂に入りたくなれば断りもなく入り、一緒に夕飯まで食べていく。

でも負けてないのがうちの母親で、それをまったく普通に受け入れてたんです。最初の数回ぐらいは戸惑って満矢家に話したりしたみたいですが、満矢さんちの翠さんと正子さんも、「あー、すみませんねえ。でもお宅がよろしかったら、一緒に食べさせてもらって全然構いませんので」なんて調子なものだから、行き来が普通になったんです。その代わり、ぼくも拓史を鬱陶しく感じたときなんかは、満矢さんちに勝手に上がったり、美容室に行って翠さんや正子さんとおしゃべりしたりしてました。

これは成人するころに知ったんですが、満矢家は拓史の生みの親が正子さん、船子の生みの親が翠さんだったんです。正子さんと翠さんに血のつながりはなくて、たまたま近所で同じ美容師の仕事をしていて、幼児を抱えたシングルマザー同士、何かと助け合ううち、廃業しかけた店を共同で継いで、一緒に暮らして子育てしてみようってことになったんだそうです。子どもたちにもどちらも同じ自分の親という意識を持ってほしかったので、「お母さん」と「ママ」と呼ばせたけれど、役割に違いはなかったということです。

とにかく、そんな関係がぼくには普通だったんですね。何しろ拓史がぶっ飛んでいるので、お母さんとママがいることとか、全然疑問に思いませんでした。拓史は、道端だろうが公園だろうが、眠くなれば寝ちゃうし、うんこしたくなればそこにしちゃうんです。

拓史の影響を強烈に受けたぼくは、二人で小学校に上がると、野生児旋風を巻き起こしました。どこの教室でも入っていくし、知らない上級生にもタメ口で話しかけるし、忘れ物はするし、忘れたら誰かのものを無断で借りるし、寝るし歌うし踊るし、まっすぐ登下校できないしで、先生にも叱られてばかり、生徒たちからも大いに疎まれました。まあ、拓史のほうがずっとレベルが高いので、ぼくは陰に隠れてたけど。

母はそんなぼくをあまり心配しませんでしたが、父は快く思っていなかったようです。でも仕事人間すぎてほとんど家にいないので、口も出せないのでした。そんな父を尻目に、母はぼくが中学生のころには美容師の資格を取って、満矢さんの美容室で働き始めました。

学校に収まりきれないぼくと拓史は、近所の仙人公園で月に一、二度、土曜日になると開催されているフットサルにまぎれ込むようになりました。当時は、コロンビア、イラン、韓国、フィリピン、ブラジル、パキスタン、タイなどの人たちが集まってました。

集う人たちの顔ぶれは時とともに激しく変わって、ぼくが中学生になるころにはコロンビアやイラン、パキスタンの人はほとんどいなくなり、中国と韓国の人が増えていきます。それだけでなく、付近の路上や公園で寝ているというおじさんも加わるようになりました。そういう人に声をかけて誘うコーチが現れたんです。タカヒロ・ヒウマ・ハセさんという日系ブラジル人でした。頻度も毎週に増え、さらには火曜の夜にも開かれるようになります。

そこで知り合った人たちと、ぼくと拓史は連日つるむようになっていきました。放課後になると、韓国人やベトナム人の若いお兄さんの働いている飲食店に行ったり、夜にその人たちと公園で遊んだりしたのです。ぼくたちにはワルの魅力をたたえているように映ったのでした。

　実際にはワルの道につながるようなことは何もなかったのですが、母親は気にしていて、フットサルの後にうちに招いたらどう、と提案してきました。一も二もなくぼくらは賛成し、毎月のように盛り上がったフットサル人たちを連れてきます。

　何度目かのとき、普段は不在の父が珍しく休日で在宅していました。ぼくが外国人やホームレスのおじさんを連れてきたことに仰天します。父は取りつく島もないような言い草で、つきあいを禁じました。

　激怒したのは母でした。未彩人はあんたなんかよりずっと人を見る目を持ってる、うちに呼んでるのは私が確認するためでもあって、今のところ問題のあった人なんか誰もいない、あんたこそ父親になりたければ、狭い世界に閉じこもってないで修行してこい、と言い渡したのです。

　筋の通っている母に言われると、父はいつも言い返せません。おう、俺も乗り込んでやろうじゃないか、と啖呵を切って、ぼくと一緒に土曜日のフットサルに参加してみました。

　超上から目線で臨んだくせに、始まったら楽しくなって無邪気に駆け回り、同じチームの人たちと意気投合しているのだから、ちょろいもの。

　それからは街なかで出会うと挨拶する仲となり、ぼくの入り浸っていた店なんかにも顔を出したりし、父の世界は仕事の外に開かれていきました。

高校に進学すると、あれでいて案外頭のいい拓史とは別々になります。拓史がいないと同級生の中でどうにも浮くので、わずか数人の芸術部なる部活に入りました。変人の集まりで、天《あま》の邪鬼《じゃく》なことばかりするのが活動です。高校で落第しかけたぼくは大学を諦め、芸術部の延長のつもりで美術系の専門学校に進みました。

　一人暮らしの上京組とつるみ、そいつらの下宿でだべる毎日でした。しばらくは楽しかったのだけど、ゴミ屋敷化している隣人のおじさんからぼくが醤油を借りたりラジオを借りたりして顔なじみになったところ、友達がだんだんぼくにきつく当たるようになりました。おまえがいないときとかにあのジジイがうちに来るようになって迷惑してる、構ったりすんな、というわけ。暇なら相手すりゃいいじゃん、と言うと、ぜってえヤダ、とかたくなです。話とか面白いよ、普通の人生じゃないし、とさらに勧めると、おまえ頭おかしい認定される始末。

　あのとき、世間との埋めがたい断絶を感じましたね。それで専門学校を中退して、新聞の勧誘員兼配達員として社会人生活をスタートさせます。

　これがシビアでね……。今どき新規で新聞を取ってくれるような奇特な方は少ないんですよ。それでもうバイトの掛け持ち。

　それでも一人暮らししたくて、フットサルで知り合った中国人に相談したら、臨海の丸浜団地を紹介してくれたんです。確かに安い。そこに移り住んで、国営放送の集金人を始めます。

これもきついんですよね。料金引き落としを選ばない人って、払いたくない人なんですよ。そういう人たちから集金するんで、何か借金取りみたいになるんです。悪事に手を染めてるような錯覚に陥って、落ち込みますよ。だから、できるだけ無理やり払わせる形にならないように、いろいろお手伝いするんです。ゴミを片付けたり、換気扇掃除したり買い物行ったり、悩みや自慢話を長時間聞いてあげたり。そのお駄賃みたいな感覚で払ってもらうんです。苦肉の策だったけれど、これが性に合ってるんですな。何やら、すごくうまく行くんです。状況に応じて自分の話もしたり、知ってる事例を参考に挙げたりするんですけど、それが効くんですよ。特に家族問題の場合には。

秋代が大きくうなずくのを見て、未彩人は「嘘じゃないですよね？　秋代さんは実体験した証人ですよね」と確認する。

「未彩人さんがお節介上手なことは請け合います。お話の内容が本当かどうかは、さておき」

「かーっ、おかあさん、厳しー」

やがて、翌月の集金までまだ間があるのに呼びつけられて、用事を頼まれたり困りごとの相談されたりするようになります。そして一緒に考えると、千円ぐらいくれたりする。いつの間にか集金自体より、そちらにかけている時間と労力のほうが多くなりました。

正直、これを商売にすれば俺も食ってけるんじゃないか、とは思いました。才能あるし向いてるし。でも商才がないんです。相手の好意で千円もらう分には素直に受け取れるのに、料金として請求するとなると急に罪悪感が湧いてくる。

そんなんで、相変わらずＮＫＨの集金の仕事してるんですけど、収入は厳しくなるばかりで、丸浜の部屋でさえ維持するのが難しくなってきました。

それなら実家に帰ればいい、と思うかもしれませんが、じつは実家も消滅したんです。吸収合併というか。

去年、父が唐突に製薬会社を辞めたのです。ぼくらの家は製薬会社の社宅だったので、退社したとたん明け渡さなくてはなりません。

すぐに母は隣の満矢さんたちに掛け合い、夫婦で一緒に住まわせてもらう話を取りつけました。拓史はフットサルで知り合ったネパール人と一緒にネパールに行ってから、巡り巡って今はベリーズに住んでるし、船子も独立して中国人の友人とタピオカドリンクの店を開いていたので、一部屋余っていたのです。それ以前からすでに母は半分以上、満矢家の一員でしたから、温情で父を迎え入れてあげた、と言ったほうがいいかもしれません。

フリーになった父は、近所の韓国語学校に通い異様な集中力で言葉を習得して、行きつけの韓国食材店でアルバイトを始めました。

母によると、父はバイト先の同僚の韓国女性に、一方的に熱を上げている様子なのだそうです。「そんなのわかってて、ムカつかないの」とぼくが尋ねれば、「私だって韓流の俳優に恋してるけど、可能性ゼロでしょ。おんなじことよ」と一笑に付されました。「でも生身で目の前にいて会話とか交わしてるわけでしょ」と食い下がると、「私だってミョン様と四六時中会話してるもの」と胸を張ります。「それは空想の中ででしょうが」と言えば、「Qちゃん（父の呼び名です。フルネームは究一郎《きゅういちろう》）と意中の人との会話だって、ほとんど妄想みたいなもんじゃない」と片付け、「いいから、夢見せときな」で終わり。

「未彩人からこの話聞いたとき、たまげたの何の」と夕海が話を引き取った。「だって、薫里さんみたいな月面人がそのへんにごろごろしてるとは思わないじゃないですか。だから私も未彩人に薫里さんの話しましたよ」

　未彩人はうなずき、「今度はこっちが驚く番でした。何かの力が働いて引き合わせられたとしか思えなかったです」と言った。「でもね、よく考えたら、奇跡ってわけでもなかった。薫里さんや満矢さんみたいな人たちは、思ったよりあたりまえに存在してるってことです。じゃなきゃ、あのごちゃ混ぜフットサルなんか、成立しないじゃないですか。だって毎週二回やっても人来るんですよ？」

「そうなんですよ。偶然は偶然だけど、石投げれば当たるほどいるから、半ば必然でもあるんだって」夕海は石を投げる格好をする。

「よく考えると、ぼくの身のまわりの人たちって、どんどん満矢型に変化していったんですよね。父だってあんな堅物がアバウトな人間に変わったし、母だって元はありきたりな専業主婦だったし、ぼくだって根が素直だから、拓史の影響をまんま受けた。拓史がいなければ、世の一般人化してたでしょうね。感染《うつ》るんですよ、いわゆる月面人の性《さが》ってやつは」

「だからあのとき私が、薫里さんがいなくなってつまんないんだよね、とぼやいたら、未彩人は、誰かんち入ってっちゃえば？とか、協二さんと同じこと言うわけです」

「そしたら夕海は、そうなんだよね、そうしようと思って当たりをつけてるうちがあってさ、なんて答えてくるからビックリですよ。こっちは口からでまかせで放言しただけなのに」

　未彩人の答えに、夕海は目をむいた。

「そうだったんだ？　未彩人は、それよ、それ。いいと思うんだよね。俺もね、もうこの仕事で食ってけないし、それならどっか余裕のある家の一員になっちゃえばいいんじゃないか、って本気で考え始めてたとこなんだよね。だますってんじゃなくて、一緒に生活の苦楽をともにするんだよ。互いに気楽に暮らせるように尽くすんだよ。それで何とかなるって、本気で思うんだよ、とか超絶説得力のあること言って、私の背中押したよね」

「そしたら夕海は、中村もどこか当てはあるの、って聞くから、とっさの思いつきで、一人あるかなあ、俺のアパートに来てくれると助かるなってやつが、って答えた」

「巴の婚約者だなんて嘘ついたわりには巴と私の関係に詳しかったのも、この娘《こ》から聞いてたからなのね」秋代が疲れたように言い、はっと思い当たって月美を見る。

「おかあさん、ぼくは婚約者とは一言も言ってないんですって。でもまあ、受け入れてもらえるように、下調べは念入りにしたわけです」未彩人はもはや悪びれずに答える。

「月美さん」秋代は改まって言う。「今やっとわかりました、嘘つかれてるってわかったとき、どれだけ自分が壊されるか。だまされてしまう自分を、どれほど許せなくなるか。私、何度も月美さんをこんな目に遭わせてたのね。春好も一緒になって。自分が実感するまでわからなかったなんて、ほんと恥ずかしい。ほんとに、ごめんなさい」

　月美は口を少しへの字に震わせて、無言のままに秋代に寄っていき、秋代をハグした。そうされると、秋代にはかえって罪悪感があふれ出てきた。

「隠し事の習性ね」と巴が夕海を見てつぶやき、夕海は「残酷でしょー」とうなずき、梨花が「だから言ったじゃない、情報は明かし合わないと対等になれないって」と微笑んだ。その会話を聞く秋代の心に、冷たい風が吹く。

「でも、あなたたち同士で共同生活しようとは思わなかったの？」梨花が未彩人と夕海に話を戻す。

「そっかあ。それは思わなかったよね」驚く未彩人に、夕海もうなずき、「ありえないし。やっぱり可能性って大切で。どう見ても共倒れすることわかってる相手は、最初から除外じゃないですか」と言った。「う。わかっててもショック」と未彩人は心臓を押さえる。退屈して端っこで星南としりとりをしていた紗良が、自分も心臓を押さえて倒れる真似をする。

「それで、のけぞるべきほんとの偶然は、こっからなんですよ」と夕海が勢い込んで言いかけたとき、秋代が割り込んだ。

「あのね。この話、私を説得するためにしたんでしょ？　未彩人さんが私のところに居候する理由として。そのうち私にも適当さが感染るから大丈夫、って」

　秋代は未彩人ではなく、巴を見てそう言った。誰がグルなのか、皆が疑わしく感じられてきたから。

「未彩人さん、お義母さんのところに住む計画なの？」すかさず反応したのは梨花。

「それはもう秋代さんも了承済みなんで。ねえ？」未彩人は秋代を見て言う。

秋代はうなずき、「だって、みんな、そうしてほしいんでしょ」と巴に言った。

「初耳だよ、そんなこと。私たちが賛成すると思う？　未彩人さんとは初対面で、まだどんな人かもよくわからないのに」巴は心外だという調子で答える。

「あんたたちが未彩人さんのことをよく知らないのは、私が言っても聞きやしないからじゃないの。未彩人さんのほうがよっぽど私のことを気にかけてくれるんだから」秋代は思わず強く言ってしまってから、自分のこの態度も原因なのだと思う。けれど、舌は止まらない。

「未彩人さんが私をだましてるかもしれないって、私だって思うわよ。未彩人さんにかまわれるたんびに、詐欺に引っかかってもう引き返せないんじゃないかって、不安でしょうがない。それでも未彩人さんが居候したいって言うのに同意したのは、たとえ詐欺だったとしても、未彩人さんと過ごしてるほうが私にはマシに思えるから。生きてる張り合いが感じられるから。だまされることを避けるために、このまま死んだような無意味な日を一人で送るぐらいなら、嘘でも楽しい時間を過ごすほうを選びます」

「自業自得だ」と未彩人は自分の頭を叩く真似をする。「本当に本当に信じてほしいんですけど、これは詐欺じゃないんです。ぼくが嘘なんかついたから疑われるのも仕方ないと思うんですけど、でもだましてるんじゃないんです。今話してるまんまの意味で受け取ってほしいんです」

「自分から『だましてます』と言う詐欺師はいないよね。これがいかに詐欺じゃないか、信じさせようとするよね。疑う余裕を奪うというか。その手腕がある人がだまし屋になるんだよね」梨花が言う。

「最初はとても優しくていい人だったりしますしね」月美も同調する。

「うーん、どうしたら信じてもらえるかなあ」未彩人がうめく。

「巴はだよ、この未彩人さんの仲間である夕海さんのことは、どうして信じられるんだ？」

それまで無表情に押し黙っていた優志が、不思議そうに尋ねた。巴は首を振った。

「だまされてるかもっていう警戒は捨ててない。でも、この子の言うことは、だますためのデタラメだけでもない、とも思っている。夕海が出入りするようになって、私も紗良も楽になったから」

向こうで紗良が分別くさそうな表情でうなずいている。

「それなら、お母さんだって同じじゃないのかなあ。未彩人さんはだましてるかもしれないけど、お母さんを救ってもいるのかもしれないって、見てて思うよ。ぼくが言うのも何だけど」優志が言う。

「信頼していいのか、警戒を怠るべきじゃないのか、いったいどこで見極めればいいんだろう。だますつもりのない人に結果的にだまされることだって、あるわけだし」

月美が自問するようにつぶやく。秋代は、春好との現在がこの言葉を言わせているのだと思い、またやましさの毒液が内部から湧き出て、この場から消えたくなる。

「見極められるラインなんか、ないのかもしれない」優志が考え考え言う。「信頼することと、疑いを捨てないことは、渾然《こんぜん》一体で、どっちも持ち続けるしかないのかも。夕海さんだって、薫里さんにだまされていたかもしれなくて、でも、だまされてないっていう証拠はないけど、薫里さんを信用して一緒に住んでたわけでしょ」

「そうですねー。私の持論からすると、だまされてない人なんて、誰もいないんだと思います。誰もが互いに程度の差はあれ、ちょっとずつだまし合ってる。私は母にだまされてたし、だまされてることもわかっていたけど、心にロック掛かってどうにもできなかった。でも母も父にだまされてたし、私や修策にだまされてもいた。私や修策は母の信じる偽りの家族像を演じてたから。母は、私や修策を通じて、自分にだまされてたとも言えます。

何て言うのかな……一番悪いのは、だまされてることを受け入れない、というか。そう、だまされてるのに、だまされてないって思い込むことが、厄介なんです。うすうすとでも、自分はこんなだまされ方をしてるって気づいていれば、少しだけ安全地帯ができると思うんです」

「だまされるわけのない自分を大事にしすぎる、というか」月美がつぶやく。

夕海はうなずき、続ける。

「母が私の心をロックしたのは、だまされてないって思い込ませようとしたんです。そこは疑ってはいけない、と。そうするともう、やみくもに信じるしかないわけです。お互いに。だまされてるのに、寄りかかり続ける。そうなると、お互いに苦しくなるんじゃないですかね。何もかもが、だました相手が悪い、か、だまされる自分が悪い、かのどっちかになっちゃう。そしていつでも自分ばっかりだまされてるっていう割の合わない気分で、いっぱいになる。

　薫里さんは、私の心をロックしなかった。そこが違いですね。だから安全地帯があって、互いに寄りかかりすぎずにいられた、って感じ」

　巴も月美も優志も梨花さえも、深くうなずいている。その共感の空気に、秋代はいまひとつ乗りきれなかった。置いていかれているような気分を味わう。そんな秋代を未彩人が見て、

「やっぱり鍵かけないのが秘訣。秋代さんも実践してるやつ」と言ってニヤリと笑った。秋代もつられて笑ってしまう。

「わかった、ぼく自身がわかりやすいように言い換えると、洗脳の話だな。夕海さん、さっきちらっと洗脳の話してたけど、だまされるという状態は、洗脳と言ってもいいと思う」

　優志が熱のこもり始めた口調で語り出す。梨花が小さくため息をつく。

「夕海さんの言うように、何の洗脳も受けていない人はいないと、ぼくも思う。価値観って、一種の洗脳だよね。家に上がるとき靴のままでも汚いと感じるかどうか、とか、麺類を音を立ててすすってもはしたなく感じないかどうか、とかって、正しさの問題じゃなくて、その社会の習慣が価値観になったものでしょ。

　個人の価値観も、親とか社会の価値観の影響を受けて作られるから、やっぱり洗脳。教育って、広く捉えれば洗脳なんだと思う。

洗脳が悪いと言ってるんじゃないよ。あえて洗脳という物騒な言葉を使うのは、価値観は変えることができる、って言いたいから」

巴と梨花は諦めたような顔をして、優志を見ていない。優志のくどい演説志向を鬱陶しいと感じるのは、自分だけではないんだな、と秋代は思う。

「洗脳である限り、時間はかかっても必ず解除できるし、異なる価値観を自分のものへと変えることもできる。社会とか宗教とか親に刷り込まれた常識も、取り換えることはできる。中絶は悪、という洗脳を解いて、中絶は権利、と洗脳され直すとかね。

大事なのは、今、自分はどんな洗脳を受けているのかを知ろうとすること。洗脳を免れることは誰にもできないけど、どの洗脳をされているのか、知ることはできる。そして、それを知れば、当然であったり絶対であったり本質的であったりするように感じられてた物事から、自由になれるかもしれない、という希望にたどり着ける。別のもっとマシな洗脳を選んで、楽になれるかもしれない」

「ヤッシを洗脳し直しておいてよかったよ」梨花が混ぜ返すように言う。

「そうだよ、ぼくなんか、洗脳のプチ選び直しの連続で生きてるようなもんだ」

「やっぱり親が何もかもの元凶なんだね。春好がああなのはもちろん、あんたの厳しさも巴の我が道を行く姿勢も、私の洗脳の結果なんだね」

優志の、親が洗脳といわんばかりの言葉にカチンときた秋代は、黙っていられなかった。

「お母さんが諸悪の根元だって言ってるわけじゃないよ」優志が穏やかに否定するが、秋代の不当だという気分は収まらない。

「そんな、親を新興宗教の教祖みたいな言い方して。何か特殊な信心みたいのがあって、あんたたちをしつけたわけじゃありません。必死の手探りでその時々に子どものためになることをしてきたんであって、私の価値観を植えつけただなんて、冗談じゃないわよ。私の価値観なんて、二の次だったわよ」

「おかあさんが必死で尽くしてたことは、みんなわかってますって。ですよね？」未彩人がすかさず優志や巴の顔を見て確かめる。優志はうなずき、巴は「じゃなきゃ、今日、ここで一緒に話してないよ」と言った。

「ね？　今の話は、現実の親と子の話じゃなくて、他人と自分の関係の喩《たと》えですよ。人は思ってるより他人から影響を受けやすいもんだけど、また別の人からの影響を受け直すこともできるって話。秋代さんだって、フィギュアスケートに誘われて昌磨君にゾッコンになった後でも、韓流ドラマ勧められてヒョンビンに入れあげたりできるでしょ？」と未彩人。

「私は誰にも入れあげたりはしません。そんな、追っかけたりしてない」

「私が心からヒョンビンの麗しさを語れるのは、お義母さまだけですよ」月美が加勢する。

　はぐらかされた気がして未彩人を見ると、未彩人は夕海と目線をかわして小さくうなずいたところだった。

「あのう、ぼくが言うと自己正当化みたいになっちゃうんで何なんですけど、今の夕海と優志さんの、人はみんなだまされ屋さん、みたいな考え、激しく同意です。じつはあの仙人公園のフットサルって、それが日常なんです。例えば、財布盗難事件が事件にならない件というのがありまして」

一年ぐらい前ですかね、火曜夜の仙人サルにふらっと現れてその後ときどき顔を出すようになった男性がいました。年のころ三十代半ば、めちゃくちゃうまいんで、おとなしいけど目立ってました。

三回目か四回目ぐらいのとき、そのおとなしい彼が、休憩中に急に一人で激昂し始めたんです。ぼくはほら、そういうときすぐかまいに行くほうでしょ。「どうしたんですか」って声かけたら、「財布を盗まれた」とお冠です。

「いくらぐらい入ってたんです？」

「一万ちょっと」

「クレカとかの貴重品は？」

「こうやって盗まれたときのために別にしてある」と言って、ＰＡＳＭＯ《パスモ》の入った定期入れを示します。

「危機管理、すごいじゃないですか。なるほどな」

「そうじゃねえだろ、金盗まれたんだよ！」

ぼくは何気ないふりを装いながら、ここが勝負どころだと腹をくくって小さく深呼吸しました。

「いやあ、ぼくも十五年来、ここの常連なんですけど、何回かやられたことあるんです。一万円は少なくない額だから痛手ですよね。参ったなあ。どうですかね、ここの年会費ぐらいの気分で、寄付したつもりになるっていうのは難しいですかね？」

「おまえらグルかよ！　フットサルしに来た新顔を狙ってる窃盗グループかよ！　ここは犯罪の温床かよ！」その男性は急に大声を張り上げました。

　若干の敗北感に打ちのめされながら、ぼくは素知らぬ顔で「まあまあ」となだめました。

「窃盗グループだとか罠だとかってことはないです。ただ、貼り紙にもあるように、ここは困った人がけっこう来るじゃないですか。まれに、出来心で失敬しちゃう人がいるんですよ」

「そんなの野放しにしてるんなら、グルなのと一緒じゃねえか！」

「ぼくも最初のときは、そうやってまわりの人に抗議しました。そうしたら、みんなが言うんです。誰がやったかはおおよそ見当がついている。途中で姿を消したからな。でも証拠はない。だからそいつじゃない可能性もある。である以上、誰もおまえに教えはしないだろう。仲間だから匿《かくま》ってるんじゃない」

「おまえも、誰が犯人か見当ついてるのかよ！　言えよ」

「そこまではっきりはわかりません。だから言いようがないです。ただ、盗んだ人は報いを受けるんです。ぼくのときも、こう説明されました。盗んだやつはもうここに来られない。そうすると、困ったときに頼れる顔なじみや、食べ物や安全に寝る場所をなくす。盗んだ金以上のものを失うんだ。だから、これから非常に厳しい思いに苦しめられる。そして耐えきれなくなったころ、戻ってくる。そしたら、そいつにそっとつぶやけばいい。返すのはいつでもいいよ、とか何とか。そうしたら、そいつは二度とおまえから盗まないから」

「何、善人ぶってるんだよ！　俺はそういうの許せねえの。そんなやつばっかりに囲まれて生きてきて、ウンザリなんだよ。悪事働いたら罰してやるほうが本人のためなんだよ。さもないと、何が悪いかわからないまま生きることになって、そいつはもっと破滅的な目に遭うことになるんだから」

　男の怒りの切実さは尋常じゃありませんでした。

「ぼくが立て替えて弁償したっていいんですが、何度も言うように、ここに来る人はお金に困ってる人だらけで、ぼくもその一人です」

「おまえに弁済してもらおうなんて思っちゃねえよ。たんに警察に行って、この中に犯人のいる可能性が高いですって説明するだけだよ」

「それだけは勘弁してくれませんかね。このフットサルが潰れちゃうんで」

「だから届けるんじゃねえか！　犯罪の温床は潰すのがあたりまえだろ！」

「そうですか」とぼくはうつむいてため息をつきます。「再三言うように、ここは困っている人がほっとできる場所なんです。ぶっちゃけて言えば、のけ者やスネに傷持つ身の溜まり場なんです。ヒョンニムもここに通ってるからには、何か事情があるんですよね？」

「何だよ、ヒョンニムって」

「『兄貴』の韓国語です」

「俺はおまえの兄貴じゃない！」

「アジョシ《おっさん》がいいですか？　それとも先輩？　まあ何でもいいや。とにかく、フットサル超うまいのに、わざわざこんなレベルの低い、いい加減でユルユルのサル、普通は来ませんよね。満足できませんもん。そんだけうまければ引く手あまただろうし、個サルとかでも十分楽しめるじゃないですか。なのに毎週ここに来て熱中してるのは、相応の事情があるんでしょ。もちろん話さないでかまいません。スネに傷持つ者同士は、相手の事情に深入りしないのが、安心を保証する鍵ですからね」

　あまりに図星を指されすぎて、その男は言葉に詰まってしまいました。

「だからですね、苦しいときについ、くすねちゃうことにも、目をつぶってほしいんです。実際のところ、常連は盗みはしませんから、滅多に起こりませんしね。もちろん程度問題ですよ。一万円が見過ごせる額かって言われると、そうとも言えないですけど、そいつに貸したとか寄付したと見なして、見逃してやってくれませんかね。それで来続けたら、ヒョンニムはここですっごい信頼されますよ。そしたらここでもっと充実感味わえますよ」

　当初の烈火のごとき怒りはすっかり鎮火され、男はしおらしくなって「わかった」と了解し、「その代わり、今度フットサルのあと、ご飯奢ってくれよ」と言います。

　彼もこれ以上ことを荒立てると、自分もこのフットサルに出入りしにくくなる、と判断したんでしょう。つまり、彼にもあそこが居場所になっていて、失いたくないってことです。

　そのうえ話したいこともあるんだと了解し、ぼくはその日、フットサルが終わってから一緒に飲みに行きました。

　コート内とうって変わって、ヒョンニムは饒舌《じょうぜつ》でした。陽気で人当たりがよくて話がうまい。こっちが素の姿なんだ、と思いました。コートでは慎重に猫をかぶっていたのでしょう。

「ミサトンはあの仙人公園あたりをシマにしてるんでしょ」

　いきなりなれなれしくあだ名を作って呼んできますが、嫌味はありません。

「シマとか、俺、半グレじゃないし。ただのジモティ」

「あそこで平日の深夜一時とか二時とかに別のフットサルやってたのも、知ってる？」

　ぼくは首をひねり、「仙人公園、いろんな人が出入りして、いろんなフットサルしてるからなあ。真夜中のことまで知らないっす」と答えてから、そう言えば十代のころに母親がぼくの交友関係をそれとなくチェックしていたのは、ヒョンニムたちの中に不良のフットサルに関わっている人がいるかもしれないからだった、と思い出し、そう言いました。

「それよ、それ」と彼はうなずきます。「十年ぐらい前、不定期で開かれててね。仙人公園も会場の一つで、俺は選手だったの。常連の選手で毎回違ったチームを組まされて、観客はチームの勝敗と点差に金を賭ける。オンラインでもＯＫ。中継されるし」

「やっべ」

「言っとくけど、選手が不良なんじゃないよ。まあ、ちっとはワルいことしてるやつもいたけど、基本、みんな借金抱えてんの。それで試合出て勝つことで、その借金を返してくの」

「リアルにそんな世界、あるんだ？　そんで借金、返せたんですか？」単刀直入に聞きます。

　彼は答えず、「あのナイトサルがまだあるのか、久しぶりに見に来てね。したら、あの妙ちきりんなヌルいフットサルに出くわして、マジこれウケるーとか思いながら、からかい半分で参加してみたんだけど、ハマったんだわ。その理由はミサトンならよくわかるよな？」と言いました。

「スネに傷持つ身には居心地がいいですからね。でも、傷の内容はわからないです。借金と関係あるんでしょうけど」

「ミサトンのスネの傷は何？」人懐こく聞いてきます。

「ほら、詮索しないってのが暗黙のルールだって言ったじゃないすか」

「いや、俺ばっか話して悪いかなって思って。いっつも自分のことだけ悩んでるって非難されてるから、俺」

「そのナイトサルってやつは、まだやってました？」

「わからないけど、今のところ、行き当たってない」

　ぼくもそれ以上は深追いしませんでした。借金の片がついていたら、そんなグラディエーターみたいなことをさせられていた忌まわしい場所には戻ってこないだろうな、と思いましたが、現在の事情は知る必要はありません。話したくなれば話すだろうし、肝心なのはヒョンニムがぼくたちのフットサルに来るのを必要としていることです。

　その後もヒョンニムはほぼ毎週現れ、いつしか副コーチめいた役割を引き受けるようになっていました。正コーチも毎週は来られないので、ゲームが始まるまでの四十分ぐらいの練習を、ヒョンニムにお願いするようになったのです。

次第に、生来の陽気で盛り上げのうまい地が表れるようになり、すると教え方もわかりやすくて、たちまち人気者になりました。すぐに、火曜夜だけじゃなくて土曜午後にも来てもらうようになります。

走れない人でも追いつけるようボールの空気を緩くするなど、その時々の参加者ができるだけみんな関われるように特別ルールをこまごまと発案したのもヒョンニムでした。

そうしてヒョンニムとぼくが出会って半年後に、夕海が迷い込んできたんです。

「わかってます、みんなの言いたいことは」

未彩人は、一斉に口を開こうとする巴や優志や秋代のことを、手で制した。

「事実は皆さんの想像しているとおりです。でも、罠でも企んでるんでもありません。本当に全部、偶然なんです」

「さっき私も言いかけたんですけど、のけぞるべき本物の偶然は、これなんです」と夕海も補足する。「未彩人に促されて、私は自信を持って巴ちゃんたちをフォローし続けて、あのサッカーに時たま顔出しては、未彩人に報告してたわけですよ。それである時、その夏川さん親娘《おやこ》が、って巴ちゃんの苗字を口走ったら、未彩人の顔色が変わった」

「息止まりそうになりましたよ。ニューヨークに長いこと住んでてあっちの人と子ども作ってって、ヒョンニムの妹さんとおんなじような経歴の人はそこいらにいるもんなんだなあ、ぐらいにしか思ってなかったから、苗字聞いた瞬間、えっ、当人？って」

「こっちも、未彩人の望んでいる人が、巴ちゃんのお兄さんてわかって、宇宙にだまされてる気がしましたよ。だって、すぐ目の前に春好さんはコーチとしているわけじゃないですか。みんなにヒョンニムとだけ呼ばれて」

「二人とも二の句が継げなくなっちゃってね。これはもう運命以外の何ものでもない」

「薫里さんの言ってた、運、ってやつですね。あ、私、運が来てる、って思った。それでもう、家族ごと引き受けちゃえ、ってことになったんです」

「あなたたちを私たちが引き受けてるんであって、私たちが家族ごとあなたたちに引き受けてもらってるわけじゃないでしょう」巴が言った。

「はは、結局そうなんですよ。私も未彩人も無力で」

「でも」と秋代が思案しながら尋ねた。「今のお話だと、未彩人さんの狙いは春好だったんでしょう？　それがどうして私のところに来てるの？」

　秋代の問いに、未彩人が答える。

「当初は、春好さん、家族とうまくいってないようだから、ぼくの部屋に一時的に逃げてもらおうと思ってたんですよ。それで食費の折半でも、って。だけど春好さんの問題がお金でしょ。それならぼくが春好さんのうちに入り込むほうがいいのか、と夕海と検討して、お母さんのうちが適切だって結論したんです」

「適切って、どういうこと？」秋代は不快そうな声を出す。

「みんなが楽になってうまく回るようになるんじゃないかってことです。ぼくたちが闖入《ちんにゅう》しても、うまく回らなくなったら共倒れじゃないですか。それじゃ意味ないんで。入り込んだことによってうまく行くようになることが肝心なんです。それでぼくらも安心して頼れるわけで」

「いずれにせよ、ぼくたちは二人の計略にはまったわけか」

優志が眉間に皺《しわ》を寄せて言う。

夕海と未彩人が目を見開いて同時に首を振る。

「計略とか、俺ら立てられる人間じゃないよな。行き当たりばったりで、次どうする？の連続」

「予測したとおりになんか全然行かなくて、翻弄されまくりですよ。だって、巴ちゃんちにみんな次々集まってくるんですもん」

「何でそんなことになってるのか、わけわからなかったです」

未彩人の言葉に、梨花が「わけわかってるでしょう、嘘言いなさんな」と異議を唱えた。

「未彩人さんの騒動が起こったから、みんなが動き出したんでしょう。きっかけ作ったのはあなたですよ」

「想定外ですって。でも確かに、お節介すると何か動き出す、ってパターンに慣れてはいますね」

秋代は、先ほどからずっと黙り込んでいる月美が、ひどく青ざめていることに気づき、

「具合悪いの？」と聞いた。月美は、「いえ、問題ありません」と無理な笑顔で首を振る。

「いつものやつです。また私の知らないハリーか、って。まだまだたくさんいるんですよね、私の知らないハリー」

秋代は無尽蔵に湧いてくる後ろめたさに、また自動的に謝る言葉が出てきそうになったが、口にしたらさらに月美さんの具合を悪くすると思い直し、とにかく春好本人が来てちゃんと話せばすむことだと、これまで不可能だったそれが可能な気がし、「春好も呼ぶの？」と誰にともなく尋ねた。

「そうなりますね。この人たちの言うことが事実かどうかを証明できるのは、春好さんだけですから」と梨花が答えた。そして月美に「大丈夫でしょ？」と確認する。梨花はしばらく前からずっと、月美の肩にいたわるように手を置いていた。

月美はうなずき、「呼ぶことに問題はないです。私もみんなと一緒に、隠し事の習性から解放されたハリーの姿を見たいです。ただ問題は、ハリーといまだに連絡がつかないこと」と言った。

「自分を隠しちゃってるか。まあ、いいんじゃない、急がないし。みんな連日で疲れてるし」巴がやや投げやりに言う。

「そういう話じゃないだろ」優志は巴をたしなめ、「未彩人さんが何か知ってるんじゃないの？　何か計画あるんじゃないの？」と優志らしい刺《とげ》を含んだ聞き方をする。

「鋭いすね」未彩人は苦笑する。「昨日の仙人サルには来てました。その顔見てね、やばいなって思ったんです。次の瞬間ぼくは、ヒョンニムさ、死んじゃおうかって本気で考えてません？って口走ってたんです」

皆が息を飲み、ありえない、と夕海がつぶやく。

「俺もさすがに自分に呆れて、張り倒したくなったよ」未彩人は認めて、話を続ける。

春好さんは真っ赤に怒って否定しました。それでぼくは、「じゃあサッカー終わったら誰もいない家に戻って、またいつもどおりゲームして、これから毎晩そうやって過ごし続けるつもりでいるんですか」と言っちゃいました。ヒョンニムは今度は青くなって、「何でそんなこと知ってるんだ」と聞いてきます。それでとりあえず、ぼくの丸浜の部屋でじっくり話すことにして、一緒に帰りました。

ぼくは夕海とのいきさつと、巴さんちで起こっていることを話して、「ヒョンニムも明日、巴さんち行って、洗いざらい気持ちを語り尽くしちゃったらどうです」と勧めました。

春好さんは無理無理無理無理と拒みました。緊張すると何を言い出すか自分でもわからないし、月美やヤッシやおふくろが目の前にいたら、相手に受け入れてもらおうと嘘をついたり、わざと嫌われようと傷つけること言ったりするかもしれないし、そういう自分をコントロールできない、と言うんです。

「でも、ぼくには普通に話せてるじゃないですか」と指摘すると、「そうなんだよ。だから俺の気持ちはミサトンからみんなに話せばいいだろ」なんて言い出しました。

つまり、話したい気持ちはあるんですよ。それでぼくはちょっと考えて、「それじゃ不十分ですね。今からぼくに話して、それを録画して、明日ヒョンニムもぼくも巴さんちに行って、みんなで見るっていうのはどうです。そのあとで、みんなとやりとりするんです」と提案しました。

「そんなまだるっこしい真似してられっか」とか言うから、「じゃあ自分でじかに話してくださいよ」とぼくも反論して、「そもそも何で話さなきゃならねえんだよ」と逆ギレし始めて、ぼくはまたうっかり「何もしないで死ぬよかマシでしょ。できることだけは全部し尽くしてくださいよ」と焚きつけてしまいました。そしたら、しばらく黙ってから、わかったよ、とオーケーしたんです。

　未彩人がスマートフォンをいじりながら話し終えた、ちょうどそのタイミングで、呼び鈴が鳴った。秋代は、未彩人の合図に応じて春好が来たのだと思った。秋代だけでなく未彩人も含めて全員がそう思っただろう。実際、すぐに席を立って玄関の扉を開けたのは未彩人だ。

「こんちわー、メグナでーす」と玄関先の浅黒い男は言った。

「キーマ、キーマ！」と紗良が叫び、星南も復唱する。

　夕飯に注文した、バングラデシュのカレー屋さんだった。

「キーマカレー二つ、チキンカレー二つ、海老カレー一つ、フィッシュカレー一つ、ライス三つ、全部で五千八百円です」

　スパイスのいい香りがたちまち部屋中に充満する。

　皆で食卓を整え、席につく。秋代はさりげなく紗良の右隣に座る。

場にはやけにかしましいおしゃべりが満ちた。秋代の右隣の優志は、未彩人に優志らしくない大声で、仙人公園のフットサルのことを根掘り葉掘り聞いている。

紗良は小皿にキーマカレーを取り分け、ライスも取り分け、星南の前に置く。そして夕海にヨーグルトがあるかを尋ね、自分で冷蔵庫から持ってくると、「こうするとマイルドになって、子どもでも食べられるから」と言って、カレーの上にかける。

「あら、そうなの？　おばあちゃんにもかけてくれる？」

秋代はいいネタができたとばかりに、自分の小皿に盛ったフィッシュカレーを差し出す。紗良が「どのくらい？」と聞くので、「サリーに任せる」と答える。そして紗良がカレーとヨーグルトを混ぜて食べるのに倣《なら》う。星南も真似る。

秋代が「あれ、ほんとにからくなくなって美味しい」と感心すると、星南も「からくなくて美味しい！」と叫ぶ。紗良はまんざらでもない顔になって、「でしょ？　おばあちゃんも星南ちゃんも、おうちでもやってみて」と言う。

「どこでこんな知恵を教わったの？」

「アーミナがやってたからね」と言ってから紗良は声を落として、秋代の耳に口を寄せて、「でも美奈はほんとは日本のカレーライスのほうが好きで、それを言うと美奈のお母さんががっかりするから、お母さんのカレーにヨーグルトかけるのが好物のフリしてるの。これ、内緒ね」と告げた。

秋代は嬉しくなって、「わかった。秘密にしとく」と紗良の耳元でささやき返す。

星南が「何、なーに？」と不満そうに紗良に尋ねる。紗良は意地悪な笑みを浮かべて、「大人の話。星南ちゃんももう少し大きくなったら教えてあげる」と言った。

星南が本当に泣きそうになったので、紗良は慌てて「このカレーは大人の味だから、星南ちゃん、食べられるなんて大人だね。光人にはまだ無理でしょ。さっすがお姉ちゃん」と適当に取りつくろった。星南は得意げに、「これ、美味しいと思う」と言った。

秋代は可笑《おか》しくてたまらなかった。星南の隣の月美も、ニヤニヤと笑いながら二人を見ていて、秋代と目が合うと、「星南、サリーお姉ちゃん大好きだもんね？」と星南に確認する。星南は「わりとね」と答え、紗良が滑る真似をする。

月美は「星南、うちにいるときよりずっと無邪気で、私も楽しくって」と秋代に言った。

「サリーは私の真似してるんだよねー」と夕海が加わる。

秋代は、また嫌味を言われたのかどうかわからず混乱し、ただ笑みを返した。

「まあ、お手本になってることは認める」紗良は上から目線で夕海を見る真似をする。

「夕海と二人のときは、紗良が星南ちゃんみたいになるときもあるけどね」と、梨花と小声で話し込んでいた巴も言う。

「そういうこと、他人にばらす？」紗良が不満げになじると、梨花が「私は他人じゃないじゃん。それに、見てればわかるし。サリーも隠し事したいんだ？」とからかった。

「誰にだって、甘えたい時はある」紗良の口調が真剣だったので、誰もそれ以上からかわない。

「サリーはカレーも上手なんだって？　今度ぼくと作ろう」優志が大声をかけてくる。

「いいでしょう。ヤッシはお皿洗って」紗良は上から目線で答えた。

「じゃあ、私、食べる人」梨花が手を挙げる。

「カレーならぼくが専門ですよー。ねえ、おかあさん？　ぼくのカレー、美味しい美味しいって食べましたよね？」未彩人も輪に入る。

「未彩人さん、お義母さまに料理まで作ってあげたんですか？」月美が心底驚いた声を出す。

「カレー能力だけ発達してるんです」

「確かに美味しかったです。でも現れた最初の日に、頼んでもないのにいきなり作り始めたんですよ。常識外れっていうか」

「食べたお母さんも、とんでもない」巴が少し呆れたように言う。

「私、ハリーが来たら、サリー・アンド・ハリー結成しようかな。ハリー、おとなしいんでしょ。なら、私がボケて、ハリーがツッコミかな」

　唐突に紗良が春好の話を始めたので、座が一瞬静まりそうになる。梨花が「ヤッシ、本格的なチャイ淹れるの、得意でしょ」と促した。

「ちょうど巴ちゃんにもらったのが、何かいろいろありますよ」夕海が材料を出してくる。

「サリー、私の名前の理由、知ってる？」夕海が紗良に聞く。「ゆうみは、ユーとミーなんだよ。だから、英語で自己紹介したら、マイ・ネーム・イズ・ユー・アンド・ミーになっちゃう」

「ほんとだ！　ウケるー！」紗良は大袈裟なほど大声で笑った。

「私の名前はあなたと私です、か」優志も一人でぼそっと言って笑う。

「ぼくの名前は君とぼくだよ」未彩人がすかした調子でおどける。

「ほんとにそういう意味なの？」月美が尋ねる。

　夕海はうなずき、「夕暮れの海のイメージに、目の前にいる人と自分の関係を大切にする、っていう願いを込めたんだそうです」と解説した。

「へえ、いい名前じゃん」巴が言う。

「ちょっと刹那的なにおいもしますけどね。目の前にいない第三者のことは、視界から漏れやすいっていうか」夕海の口調に、らしくないシニシズムが滲んだ。

「なるほどなあ」チャイのためのしょうがをすりおろしながら、優志は言った。

「だから、誰であれ、常に目の前に入れるようにするんです。それが私の生きる知恵です」

「巴たちが夕海さんを頼もしく感じる気持ち、やっとわかってきた」

　優志の無遠慮な感想に、「ヤッシ、第三者になるな。ヤッシは今、夕海の目の前にいる」と梨花がたしなめた。

「けっこうスパイスそろえてるなあ。紅茶もこれ、いいやつだし。ディクサムか」優志はそちらに気を取られている。

「そうなの？　全部もらいもの。スパイスはアーミナのお母さんが帰国したときのおみやげでもらった」気がなさそうに巴は答える。

優志が淹れた、確かにまろやかで絶妙な香りの立つチャイを味わいながら、おしゃべりはもうしばらく続き、巴が月美と一緒に子どもたちを連れて自分の部屋に引っ込んでいった後も、春好は現れなかった。

11　春好

自分についていつも不思議なのは、試合になると、どんな激しい感情も制御できること。試合中にキレたことはないし、それでトラブルを起こしたりレッドカードを受けたりしたこともない。

それなのに、日常では、悲しくなるほど些細なことでも、怒りが爆発してしまう。相手の言っていることは正しいと理解できていても、はねつける態度を示してしまう。意思でそうするというより、反射的に出てくる。

もちろん、怒りの対象は相手ではなく、本当は自分だ。自分に腹が立って許せないのに、相手を突き放してしまう。そんな自分がさらに情けなくなる。その繰り返し。

だから、今日は試合に出るのだ、と春好は思うことにした。しかも、大きな大会の決勝。今度こそ、目前で逃げ出すわけにはいかない。

付き添ってくれている未彩人が、いいね？と念を押すようにこちらを見る。春好はうなずき、未彩人は巴宅の呼び鈴を押す。

春好は、右掌で額《ひたい》をピシピシと二回軽く叩く。高校までのサッカー部時代に習慣だった、験担《げんかつ》ぎのおまじない。こうすると、サッカー純度百パーセントの邪念のない春好が体に入ってきて、日ごろのダメダメな春好を締め出してくれる。でも、サッカー純度百パーセントの春好はサッカー専用なので、日常生活では、ダメダメな春好を使うよりほかないのだ。

扉を開けてくれた巴は、無表情に「久しぶり」と言った。春好も「おう」とうなずく。リビングにたむろしている面々を見て、春好はもう心が折れそうになるが、びびるな、これは決勝だ、相手はエースぞろいのベストメンバーだ、と言い聞かせる。優志はこちらを睨んでいるように見える。薄く微笑んでいる梨花さんにだけ、軽くお辞儀する。来ているはずの母親の姿はない。そして月美は、感情の読み取れない不思議な表情で、真っすぐにこちらを見ている。

試合前に声をかけられないよう、誰とも目線を合わせない。雑談はせずにすぐ本題に入るよう、事前に了解してもらっている。

星南と光人はいない。夕海がどこかで、紗良と一緒に面倒を見ているのだそうだ。

仙人公園のフットサル仲間の夕海と未彩人が、自分のトラブルの深い部分にこうして関わっていることが、何だか幻想のように思える。春好が巻き込んだわけではないのに、なぜこいつらがこうしてお膳立てをしてるんだろう。

「ぼくはレッカー車みたいなもんだから、ここでお役ごめんですね。あとはヒョンニムが主役ですよ。ヒョンニムのための舞台だから」

そう言い渡すと、未彩人もあちら側の床に座った。キックオフだ。

が、頭は真っ白だ。何を言っていいか、わからない。昨晩から眠れずにあれこれ考えてきたはずなのに、それを口にするのが不快でたまらない。考えてきた内容を予定どおりに話せたところで、意味なんかない、と感じてしまう。そんな茶番をやらされるのはゴメンだ。

一つだけ、固く決意してきたことがあって、それは決して謝らないということ。謝罪や反省の言葉を口にのぼせたとたん、今日が茶番になってしまうから。のっけから頭を下げそうになる自分を懸命に抑え、昨晩、未彩人にさんざん言われたことを思い出す。

「そのまま、思いついたことを言葉に出せばいいんです。気なんか使わなくていいです。まとまらなくても、言ってることが途中で変わろうとも、かまわない。みんなに気を回す暇を自分に与えないで、しゃべっていけばいいんです」

その言葉に納得して、踏ん切れたのだ。

だから、そのようにしてみる。

「一つだけ決めてきたことがあって、とにかく安易に謝る言葉や反省の言葉は言わないようにしようと思ってる。そうすれば許される、みたいなのも嫌だし、謝ったのに何だ、とか自分が逆ギレするのもウンザリだし」

そこで言葉がまた途絶えてしまうが、黙っても誰も何も言わない。ジャッジしないようにしてくれているんだ、と理解しているものの、じつはみんな内心イライラしてるんじゃないか、と勝手に圧迫を感じ、早くも今のセリフに対して後悔が始まり撤回したくなってくるので、振り返らないよう必死で、頭の中を浮遊する言葉にしがみつく。

「ミサトンが思いついたまま話せばいいって言うんで、俺もそれならできるし、それなら嘘くさくないかもと思って、やってみることにした。先週はできなかった。ミサトンから合図があったら四三五号室の呼び鈴鳴らすって話で、俺はこの団地の敷地内で一時間以上待機してたんだけど、呼び鈴押せなかった。

カレー屋が来てたでしょ。俺も真似して、コンチワー、カレー屋でーす、ってふざけて続けばできるかもとも思ったけど、無理だった」

そこで一息つく。スイッチが入ったようで、言葉が次々浮かんでくる。春好は、独り言でかまわない、と言い聞かせながら、その言葉を声にしていく。

そんとき何考えてたかっていうと、俺が行けば、よく気力出して来てくれた、ハリーはがんばってる、とか何とか、評価してもらえるかもしれない。絶対に責めないって約束になってる、ってミサトンから聞いてたから、そういうことなんだろうと思った。そこで俺がスネたりキレたりしないで、どんだけ自分を許せないでいるか、変わろうってすごい思ってるのに変われないでもどかしい思いをしてるか、正直に話せば、みんなの気持ちもちょっとは清算できて、迷惑の負債も少しチャラにしてもらえるかもしれない。

でもさ、それが落とし穴だって、俺もいい加減、わかってるわけよ。受け入れてもらって、がんばったね、とかねぎらわれれば、いい気になりやすい安易な自分がたちまち起動して、問題を直視しようともがく自分をなぎ倒して、俺を支配してしまう。変わりたい、もうこれで最後にしたいっていう切実な思いは、結局は何とかなるじゃん、このままで無問題じゃん、って安直さに取って替わられる。

俺の人生がこの繰り返しだってことは、わざわざ俺が説明するまでもないよね。いい気になると、俺は弱くなるんだ。ほんのちょっと注意されたり批判されたりするだけで、相手をコテンパンにしないと気がすまなくなる。俺を負け犬扱いするやつは許さないって怒りに、自分が乗っ取られる。どんな些細な逆境にも耐えられなくなるし、うまくいかないのは全部人のせいだって気がしてくる。だから、自分がどれほど理不尽な目に遭ってきたかばかり考えてしまう。

この繰り返しを断ち切りたいから、家族にはもう俺の言い分を理解したり受け入れたり支えたりしてほしくないんだ。厳しくしてほしいんだ。

って望むんだけど、やっぱり俺のしでかしたことを並べ立てられて厳しく批判されると、気が狂いそうになる。そんなこと、自分が一番わかってる、だから偉そうに説教してくるんじゃねえ、って言いたくなる。こんな人間は死んだほうがいいんだろ、と荒《すさ》んでくる。本当に死にたくなる。死ぬことでわからせてやりたくなる。死んでやるよって思う。

厳しくしてほしい、というのが、実際には何をしてほしいのか、自分でもわからない。いくら考えても頭が朦朧としてきて、疲れ切ってしまう。だから何も話せない。言葉が見つからない。だから無理。そう思うと、こないだは呼び鈴押せなかった。

「春好が理不尽な目に遭ってきたっていうのは、それはそれで事実だと思うけどね。自分のせい、とばっかり考える必要はないと思うよ」

巴が口を挟んできた。春好は、必死で空を飛んでいたのに、それは気のせいで本当は飛べるはずなんかなく、幻覚が破れて墜落する感覚を味わった。

「わかってる。っていうか、俺を放置して話させてくんないかな。他の言葉入ってきちゃうと、自分の言葉がどっか行って、見つからなくなってしまうんだ。そうすると、焦って、みんなが望んでいるのはこんな言い分だろうとか、無意味なことにかまけ始めて、出任せしか言えなくなる。今、俺の見えないところから言葉来てるんで、それが出てくるがままにさせてほしいんだ」

「わかった。ごめん」巴は口にチャックをする真似をした。

春好は見失った言葉を探すが、もう見当たらない。目の前に漂う別の言葉を拾うことにする。

とにかく、こないだは無理だったんで、さらに小一時間、このあたりをうろついて、四三五号室の窓を外から見たりして、引き上げることにした。みんなが帰るとこにぶつかったら気まずいし。

でも帰る先がない。約束破ったから、ミサトンのとこに戻るのもためらわれたし、何となく大久保の仙人公園に足が向いた。サッカーでときどき一緒になるおじさんがそこで寝てるって聞いてたんで探したけど見つからなくて、公園のベンチに座って一晩を明かした。ウトウトはするけど、眠れなかったね。

公園から出社して、その晩は船橋のネットカフェに泊まった。そこからまた仕事行って、同じネットカフェに戻ろうと思ったけど、こうやって失踪するみたいなのも、一種の意思表示じゃん。人を心配させて溜飲《りゅういん》を下げる、みたいな。そういう幼稚な表現に頼ってる自分にほとほと嫌気がさして、その日は火曜日だったから、仙人公園のフットサルに顔出して、ミサトンに会って、終わってから一緒に丸浜のミサトンの団地に帰った。

　顔見るなり「よかった、生きてた」ってミサトンに言われたとき、惨めだった。こんなふうに心配させて、おまえは何をしたいんだって、改めて自分にがっかりした。

　ミサトンは俺がどうしてたかとかも聞いたりしないで、「今週末にでも仕切り直しですね。今度はおかあさんは一人で行けるだろうし、ぼくと一緒に行きましょう」と言った。

「ちょっと待ってよ。俺は最後のチャンスを自分でつぶしたんだよ。もう無理っしょ。これでまだ挽回の機会あるとか、ふざけてるって。俺の甘えを助長するだけだって」

　俺はかなり苛立った。でもミサトンはどこ吹く風だ。

「ぼくは、人生に最後のチャンスなんて存在しないと思ってるんですよ。生きてる限り、何度でもトライし直せばいいんです。無限にチャンスはありますって。最後のチャンスだったというのは、死んでからわかることで。だからまた行きましょう」

「いや、無理って。俺が行ったら、どのツラ下げて来てんだって、みんなムカつくだろうし。俺だったらムカつくよ。そんなん、ぜってえ許さねえよ」

「ムカつかせときゃいいじゃないですか。ムカつくのはあたりまえだって、ヒョンニムも思うんでしょ？　だったら、それは避けられないじゃないですか」

「そんなの、やだろ。申し訳ないよ」

「申し訳ないと思うなら、行きましょうよ。その気持ちを表さないと伝わらないですから」

「俺の反省なんて、受け入れてくれないって。俺も受け入れてチャラにしてほしくなんかないし。そんななりゆきになったら、また俺の甘えの虫が出て、同じこと繰り返すし」

「受け入れてくれるかどうかなんて、どうでもいいじゃないですか。ヒョンニムは、ヒョンニムがする必要のあることを、しときましょうよ。それぞれがどう思って、どう受け止めるかは、あちらに任せるんです。ヒョンニムがそこまでコントロールできることじゃないじゃないですか」

　ミサトンの二枚腰っつうのか、十枚腰ぐらいの吸収力に、俺はだんだん返す言葉が見つからなくなった。

「でも何言っていいか、頭真っ白で、わからないんだよ」とつぶやくと、「簡単です。今ぼくに話したようなことを、思いつくままに言えばいいんです。きれいに言おうとか、わかってもらえるように言おうとか、思わなくていいです。混乱したら、しばらく黙ってもかまいません。言葉が出てくるまで待てばいい。みんなも待たせておけばいい」って返ってくる。

「別に今回ですべて完了するとも思わないし。何度でもすりゃいいんですよ。必要だと思えば。それが筋を通すことになってくと思うなあ」

　こいつ、うまいこと言いやがるな、って思ったね。俺は「筋を通す」って言葉に弱いのよね。自分はまったく筋通せてないくせに。だから、自分が筋を通せるようになるって聞くと、そっかあ、って説得されちゃって。

それで今こうしてここに来て、話してるわけだ。いまだに、何を話せばいいのか、わからないまんま。でも、頭に浮いてくる言葉を捕まえて、口に出してる。少しずつだけど、浮かんではくる。

覚悟決めるためにね、俺は今日、サッカーの重要な決勝に臨むんだって自分に言い聞かせてきたんだよね。不思議なんだけど、試合中の俺って、すごい感情のコントロールができるんだよ。あの自分が日常なら、問題なんて起こさないと思うんだよ。

だから、今日は試合なんだってつもりで来た。

子どもっぽいよね。それはわかってる。いまだに中学生気分かっていう。一番輝いてた中学時代の自分が、いまでも俺の中心に居座ってるのかもしれないね。もう輝いてないってことを、二十年たってもまだ受け入れられないのかな。

でも今でも、仙人公園のフットサルしてるときは落ち着いてるんだよな。ミサトンがそれは証明してくれるよ。あの自分を何とか日常に延長できないかなって、思ってる。その割合を増やして、いい気になりやすい安易で弱い自分が少しずつ減ってくと、もう少し息もできるようになるかもしれない。月美と普通に話せるようになれるかもしんない。

いい気になりやすい自分がどうしてのさばるようになったかっていうと、それはおふくろのせいもあるとは思うんだよね。子ども時代の俺が甘やかされすぎてたのは確かだし。巴とか見てて、ほんと、そう思ってたよ。

でも、おふくろを責めようってんじゃないんだよ。俺はもう大人なんだから、やっぱり自分の責任なんだよ。自分の過ちについて、おふくろを非難するのは筋違いだって、わかっちゃいる。わかっちゃいるけど、感情があっぷあっぷになってると、習慣になった行動が自動的に出ちゃうんだね。それで親のせいにして尻拭いしてもらうわけだ。つまり、やっぱり子どものまま。

あと、兄貴との関係もあったよね。皆さんご承知のとおり、俺はずっとヤッシのことを苦手に思ってきた。ヤッシはいっつも正しすぎるから。俺はヤッシといると、常に間違った悪い側にいることになっちゃう。学校の教師に諭されてやましさを強要されてるような、息苦しさがあった。

春好は上目遣いで優志をチラリと盗み見るが、優志は特に顔色を変えず、相変わらず気難しそうに額に皺を寄せて春好を見ている。

だから俺はヤッシの逆に振れようという感じで、よけい悪ぶってたかもしれない。でも、そういうことを巴に愚痴ったら、巴が言ったんだよね。ヤッシが堅物なのは、春好がチャラ男で世を舐めすぎてるのにうまく渡ってるから、というのもある、って。

つまり、お互いに相手に影響を与えすぎて、気にしすぎて、それぞれ歪んじゃったのかもしれないって、そのとき理解した。理解したけど、態度は変えられない。

優志はかすかにうなずく。

何かそういうふうに考えると、うちの家族、みんな影響を及ぼし合って、それぞれ歪んでるのかもしんないよね。俺はみんなを歪ませたけど、俺が歪んでるのも、いろんな力を受けたからかもしれない。丸いおまんじゅう十個とかをさ、小さすぎる四角い箱に強引に詰め込んだら、形がいびつになるよね。そんな感じかな。

　でも俺、こんなこと考えたことなかった。俺がいけないって思ったり、まわりのせいだって思ったり、どっちもどっちでお互いさまなのに自分ばっかり責められて不公平だ、筋が通らない、って思ったりしてたけど、こんなふうに考えたことなかった。

　俺、うまく話せてるかな。こんなんでいいのかな。最低限、話す必要のあること話せてる手応えあるんだけど、それはいい気になってるからなのか。自分ではわからないんだよね。

　言葉を切って、みんなの顔を見るが、誰も何も言わない。

「この沈黙はやっぱり、俺がいい気になってるだけで、勘違いしてるってことなのかな」

「ヒョンニムは、安易に受け入れないでくれって言ったじゃないですか。だから、受け止めてるけど、受け入れてないんじゃないですかね。と言って、拒絶してるわけでもない」未彩人が仕方なさそうに注釈した。

「言葉が尽きるまで話させてくれって言ってたし。だから、終わるまでじっと聞いてるよ」巴もつけ加える。

「ありがと」と春好は言った。自然に微笑んでいた。月美が軽く目を見開いた。春好は、自分の中から形だけでないお礼の言葉が発せられたことに気づいた。

「そっか、今、俺、形だけじゃないお礼の言葉、言えたんだ。俺、うちでそんなことすら、できなかったもんな。嫌味とか皮肉抜きでツッキミーにありがとうって言えたこと、もう何年もないかも。最低すぎて笑える」

そう言って春好は笑おうとしたが、顔が強張ってうまくいかない。

「笑えない。へへ。もうそういうひねた表現、体がしたくないのかもね。わかるよ、わかる。俺も嫌だもう。素直になりたい」

春好は自分が泣き出すかと思った。けれど、泣きはしなかった。

「うーん、泣くこともできない。まだ素直じゃないのかな。きっとまだ試合中だから、感情が制御されてるんだね。勝負中は冷静でいられるから。

たとえ試合に負けても、どんなに悔しいって感じても、キレたりやさぐれたりはしないんだよな。結果は受け入れたうえで、悔しいから今度は負けないって思えるんだよね。

ああ、つまりそういうことか。弱い自分を駆逐して、いつでも冷静でいたいと思うから、ずっと勝負していようとしちゃうのかもしれない。それでギャンブル系のものに手を出すのかも。ゲームもそう。

俺のしてるゲームって、その世界を放浪して仲間集めて、サッカーチーム作って、試合で勝負するんだよね。でも仲間とうまくいかなくて決別することが多くて、そうするとガチャで特殊能力を引き当てないと強いチームにならないから、金がかかる。

冷静でいたいから勝負をし続けるって、頭スッキリの状態でいたいからドラッグをやり続けるっていうのと、何か似てるね。だとすると、サッカーのときだけ冷静な自分って、しっかりしているように見えて、じつは全然まともじゃないってことになる。

だから、今、こうして話してる俺は、じつはまともじゃないのかもしれない。

何だか、しゃべるのがつらくなってきた」

そう言って、春好は口を閉じた。

しばらく沈黙が続いてから、巴が「終わり？」と尋ねた。春好はうなずく。脳内のどこを見渡しても、もう一言も言葉は見つからない。まだ出てきていない言葉がたくさんあることは承知しているものの、今はもう見つけられない。

「そのサッカーゲームは何ていうゲームなんだ？」と優志が言った。春好は、最初に聞くことがそれか？と思ったが、「ワイルド・ワイルド・フットボール。通称ワイワイ」と答えた。

「人気あるのか？」

「いや、マニアック」

「やってみたいの？」梨花が驚いたように優志に聞く。

「いやあ、春好とチーム組んでみようかって、ちょっと思って」

「素人にできるゲームじゃねえよ」春好は笑った。

「そうか」優志はがっかりしたようだった。

「優志さん、それだったら、仙人公園のフットサル、行きましょうよ」と未彩人が誘った。

「リアルよりゲームのほうがまだ適応できそうなんだけどな」優志は独り言のようにつぶやく。

「いいんじゃない？　私、行ってみようかな」と梨花が言い、優志は「まじか」と漏らした。

「私も紗良連れて行ってみよう。だって夕海も常連なんでしょ」

巴がそう言ったとき、ちょうど夕海が光人を抱き、紗良が星南の手をつないで、玄関から入ってきた。春好を見ると、星南が「あ、パパ！」と声を上げ、「おっ。ヒョンニムさん」と夕海も嬉しそうに微笑み、固まりかけた紗良は、思い直したように「ハリー」と春好を指差し、「アンド・サリー」と自分を指差すと、きゃあきゃあと笑って、つられて影響を受けてきゃっきゃっ叫んでいる星南の手を引き、寝室へ駆け込んでいった。

「弾けてんな、星南」春好は月美に言った。

夕海から光人を抱きとった月美は、おむつを確かめて交換の準備をしながら、「いい感じでしょ」と言った。

「今日の話聞いて、決めた。私も早くハリーと普通に話せるようになりたい。だから、しばらくハリーは未彩人さんのところで暮らしてくれる？」

春好は耳を疑った。

「俺が借金のこととか説明もしなかったし謝りもしないから、出てけってことか」

いけない、と思うのに、弱い春好が癇癪《かんしゃく》を起こしかける。

「違う。そういうふうに受け取らないでほしい。そういうのはもうやめるって宣言だったでしょ。だから、それを信じて、自然な関係を新しく作り直すために、一歩踏み出そうっていうんだよ。そのために、少しだけ時間と距離が必要なの。今の、巴ちゃんたちといるような時間が」

　疑う心が先立ちそうになるが、「おまんじゅうの詰め直しですよ。いったん、おまんじゅうを全部、箱の外に出さないと」と未彩人に言われたら、すごく納得できた。

「わかった」

「でも、星南の父親ではあるんだから、毎日、未彩人さんところから車でうちに来て、星南を保育園に連れてくのはやってね。もちろん、帰りのお迎えもね」

　春好はうなずき、「でも、ミサトンはそれでいいの？　許可も取らないで勝手にミサトンちに住めとかって、ツッキミー、ちょっと横暴じゃね？」とふざけるように尋ねた。

「仙人サル一緒にやってて、そういうことに関して、ぼくに問題あるって思います？」

「いや。ないってわかってんだけどさ」

　そう言ったとたん、春好の体内から、凝固剤みたいなものが流れ落ちるのを感じた。隅々までを金縛りのように固めていた緊張が解け、体が柔らかく動いて、軽く感じられる。

「ミサトンと夕海のおかげだなあ。感謝してる」と自然と口をついて出た。

「私にも早く言ってほしいな」と月美が言った。

「それにしても、どうしてこんなに俺によくしてくれるんだ？　何でお節介焼いてくれんのか、そのへんは謎なんだよな」春好は未彩人と夕海に言った。

「いやー、皆さんにはこないだ話したんですけどね」と未彩人。

「まあ見た感じで十分わかるけど、夕海もすっかり巴と紗良と打ちとけてるみたいだし。紹介した身としては、ほっとしてる」

巴と梨花と優志が「えっ？」と漏らして、驚いた固い表情になり、夕海を見た。

「お。お。それはですね、感謝してます」夕海は激しくうろたえている。

「のけぞるべき偶然、とか言ってたよね？」巴が夕海を追及する。

「ちょびっとだけ、演出したかもしれない」夕海は情けない笑いで顔じゅうを覆う。

「夕海さんは、巴と紗良を知ってから、仙人公園フットサルで未彩人さんと知り合って、さらに春好を知ったって言ったんだよ。それで巴の兄だと知って、のけぞったと」優志が冷たく説明する。

「はあ？　何でそんな嘘ついたの？　巴と紗良のことは、俺とミサトンと夕海で最初に飲み行ったとき、俺が教えたよね。去年の秋ぐらいだっけ？」

「はい」夕海が小さくなっている。「でも、ほんとに偶然は偶然なんです。同じこの団地の同じ棟に住んでるっていうのは」

「それなら、そう言えばいいでしょう。何で演出したの？」

「同じ団地ってだけじゃ、偶然度が少ないって感じたんです。よりありえない偶然のほうが、かえって人は信じやすいじゃないですか。ドラマチックなほど、まさかと思いながら、受け入れたくなるんですよ。だって、そのほうが楽しいから。楽しい、は違うか。面白い？　奥が深くなって、いい経験したって気分になるじゃないですか」

「一個嘘つかれると、他のことも全部信じられなくなるんだけど」月美の声が鋭くなる。春好の罪悪感が激しく刺激される。

「いやあ、ほんと申し訳ないっす。そんな私が言うのも何なんですけど、こないだも言ったようにですね、私はほら、人は皆だまされ屋さんだと思ってるわけで、この一件だけで私を信頼できるかできないか、結論を出すのは難しいかな、と」

「自分で言うか」巴が呆れた声を上げる。

「はい、自分で言わないと、みんなロック掛かっちゃうので。演出したことに、深い理由はないんです。もしかしたら、本当はあるかもしれないけど、自分ではわからないです。少なくとも、詐欺とかの企みのためじゃないです。だから、もうしばらく曖昧にしておいてもらえるといいかなって」

「ごめん。俺、何かハイになってきちゃった」春好はニヤニヤするのを抑えられなくなった。

「何だか夕海の術中にはまってるだけって気もしなくもないけど、術中にはまって改善したことがけっこうあるから、もうしばらくだまされておくしかないか」

巴が言い、「そんな感じじゃね」と梨花も同意し、月美は「でもまだ抵抗もあったりするけどね」と一言いい添え、優志は薄笑いを浮かべて一同を眺めている。

寝室から黄色い声が響き、どたどたと星南が走って現れ、「サリーがね、パパのこと、かなりイケてるって！」と叫び、逃げる星南を捕まえた紗良が「裏切り者！」とその口を塞ごうとする。

12 紗良

「ヘイ、美奈！」と呼んでも、例によって美奈は一人でドリブルして相手にとられてしまう。

もうわかってるから仕方ない。そのうちパスがつながる快感に目覚めると思うから、それまで待つしかない。あとちょっとで夏休みは終わりだけど、それまでには目覚めてくれるといいな。

うちの団地の公園に柵で囲われた場所があって、そこで私たちはフットサルしてる。

チーム作ったのは私。雨ちゃんとかあっぽんとかでサッカーしようって誘って遊んでたら、やっぱりここでサッカーしてる男子たちと勝負になったことがあって、ボロ負けしてから私たちの心に火がついた。それで、ハリーに頼んだら、たまにコーチしてくれて、チームになった。モンさんとか、学年の違う女子とかもいる。

私がサルに目覚めたのも、ハリーとフットサルしてから。ミサトンとハリーがサッカーしてるっていう、仙人公園のフットサルに連れてってもらった。お母さんの働いている日本語学校の近くだから、お母さんとか夕海ちゃんとかで見に行った。イファちゃんも来てた。

あの日本語学校に行ったのは二年ぶり。同じころ生徒だった人たちは、ほとんどいない。

でも一人だけ先生になってるベトナムのカオさんがいて、会ったとき、カオさん、大人になったなあ、と思った。そしたら、「それはこっちのセリフでしょ。大人になったはサリーでしょ。背、高いね。言葉も完璧、私はまだ外国人の日本語だけど、サリーはもう完璧ねえ」と言われた。子どもって得だなと、ちょっと思った。

公園でのハリーは、めっちゃかっこよかった。声援飛ばしてたら、ハリーに手招きされて、私は固まった。

夕海ちゃんが「さ、行った行った」ってお尻をポンポンやるから、行くしかなくて緊張したけど、行ったらタッチされて、心臓バクバクしたと思ったら、交代でいきなりゲームやらされてびびった。

わけわかんないまま走っただけだったけど、すっごい気持ちよかった。終わったとき、ハリーが頭なでてくれた。私、これ、もっと練習すればうまくなれるって、何か確信した。

それでサルしたくてたまらなくなったけど、放課後、男子のサッカーに混ぜてもらうのはどうしてもプライドが許さなかった。それで友達を誘ったというのもある。

でも、それだけじゃない。ハリーがかっこよかったから。あんな問題な大人なのに、フットサルではかっこよかった。フットサル、いいかもって気がして、私も利用してみたくなった。これ使えば、美奈とか雨ちゃんとか私とかがビクビクしないですむようになるんじゃないかって。だから、いまいち私たちとうまくいってない泰子《やすこ》とか、美奈を怖がってるゼンちゃんとか、いろいろ声かけた。

ハリーが、月美おばちゃんとか、私のお母さんとか、ヤッシとかに、お荷物みたいに思われてて、みんな困ってたのは、だいぶ前から知ってた。四年前、私がまだ学校に上がる前、星南ちゃんちにお母さんとよく遊びに行ってたときから、ハリーは浮いてたから。正直、いつも不機嫌で近寄るのが怖かった。星南ちゃんも、ハリーがいるときといないときで、感じが違ってた。

五月に、イファちゃんがうちに急に来て、月美おばちゃんも星南ちゃんと光人ちゃん連れてきて、それからヤッシも来て、ミサトンがおばあちゃん連れて来たとき、ハリーのことを話してるんだってわかった。夕海ちゃんとミサトンがじつはハリーの知り合いだって話したときは、私もぶっ飛んだ。夕海ちゃんスパイかよ、って思った。

そのときはハリーが来なくて、みんなものすごくがっかりしてたけど、その次の日曜日にミサトンがハリーをちゃんと連れてきて、私は四年ぶりにハリーと会って、超ドキドキした。

ミサトンはハリーのことを独自にヒョンニムって呼ぶ。兄貴って意味。それを雨ちゃんに教えてあげたら、「美奈はヒョンニムだな」って言った。雨ちゃん、センスよすぎ。だから私と雨ちゃんの間では、美奈のことを内緒でヒョンニムって呼んでる。バレたらやばい。

夕海ちゃんもミサトンと同じで、ハリーのことをヒョンニムさんって呼ぶ。少し丁寧に「さん」がついてる。私も一回、ハリーに「ヒョンニム！」って声かけたら、ハリーは人差し指立てて違うなっていうふうに振って、「俺たちはサリー・アンド・ハリーだろ」って言って、ウインクした。できねー、普通。

ハリーがうちで話した日、私たち子ども組は夕海ちゃんちに行かされた。その前にハリーが来るはずで来なかったときは、私たちも一緒に待ってた。だから、あの日にハリーが来て話してたら、私たちもハリーの話、聞けたかもしれない。

でも、実際にハリーが来た日には、夕海ちゃんちで待たされた。

それっておかしくない？と私は思った。同じ出来事なのに、大人の態度が変わった。そもそも、その前から、月美おばちゃんやイファちゃんが来てから、子どもが寝たあとで何か真面目な話し合いしてる。寝てても聞こえるし。大人には大人の時間があるってことはわかってるけど、問題は、私や星南ちゃんの話もけっこうしてるってこと。

どうして本人の前で話さないの？　そういうの、隠し事っていうって、夕海ちゃん、言ってたじゃん。私たちのこと、子ども扱いしすぎじゃない？

ハリーが来た次の日、そういうふうに私は夕海ちゃんに抗議した。

夕海ちゃんは、そうだよね、私もそう思うよ、って賛成してくれた。それでハリーがどんな話したか、教えてくれた。

夕海ちゃんは私に質問した。例えば私が問題起こして、自分が悪いことした人間だからサリーとは話す資格ないって思って、サリーに話しかけられても黙ってたら、サリーはどんな気持ちになる？って。

それはやだなって私は思った。何で黙ってるか、言ってほしい。言ってくれないと、わからなくて、私が無視されてると思っちゃう。ネグレクトっぽい。星南ちゃんネグレクト認定されるの、きつい。

でしょ?って夕海ちゃんも言った。

ヒョンニムさんの一番の問題は、自分の気持ちを月美さんに説明できないことなんだよね。ヒョンニムさんも説明したいんだけど、どう説明していいかわからないから、説明やめちゃうんだよ。

私は、わかりみー、って思った。だって、日本語うまく話せなかったとき、気持ちの説明なんてできなかったから。黙ってるしかなかった。下手に言うと、違うふうに思われて、怒られた。

だからハリーは正直なんだと思う、って夕海ちゃんに言った。

「サリー、ナイス!」って夕海ちゃんはハイタッチしてきた。サリー、正しい、って言ってくれた。嬉しかった。

サリーはヒョンニムさんとうまくやっていけるよ、って言う。だから、ハリーのフットサル見に行ったとき、私はハリーに期待できたんだと思う。

でもハリーのこと少し怖く感じてることも、夕海ちゃんには言った。そしたら夕海ちゃんは、それがヒョンニムさんのもう一つの問題って言った。

夕海ちゃん的には、ハリーは勝負してるときのほうが気持ちが落ち着くから、いつでも一か八か勝負する人生を選びたくなるんだろう、って。何でも勝ち負けで考えるから、負けてると感じると、不機嫌になったり問題起こしたりするってことらしい。

「意味わかる？」って夕海ちゃんに聞かれたんで、私は考えて、「殿、ご乱心ってこと？」って答えた。

夕海ちゃんが「はあ？」って顔してるから、ほんとは敵はいないのにそこに敵がいると思い込んで、成敗してくれるわ！ってティアソードとか振り回してたら、危ないでしょ、って答えた。

夕海ちゃんは、サリー、頭いいな、って褒めてくれた。

夕海ちゃんもね。ハリーの怖いところ、よくわかった。

でも夕海ちゃんは、ヒョンニムさんはサリーにはそういうことしないから大丈夫。だってサリーはハリーと仲間でしょ、ハリーはサリーのこと敵だと思ってないから、うまくやれる。みんながヒョンニムさんの味方だってわかれば、戦う必要なくなるでしょ。そのために、みんなでハリーのフットサル見に行くんだよ。

ハリーは日曜日とかは暇で、私たちのサルのコーチしてくれたりする。

ハリーはかっこいいから、超人気。フットサルにみんながけっこう来てるのも、ハリーがモテるからっていうのもある。ぶっちゃけ、私もそれ、狙ったとこあるし。美奈なんか、ハリーを好きなこと、見え見え。あの子、隠し事できないから。だから雨ちゃんとこっそり言ってるんだよね、「ヒョンニムはヒョンニムが好き」って。

ま、夕海ちゃんの言ってたとおり、私とハリーは気が合う。何だかんだ言って、ハリーも私だから来てくれるんだと思う。嘘、嘘。調子乗んな、サリー。

こないだは、ミサトンがおばあちゃんと一緒にうちのサルに来た。ミサトンは半分、おばあちゃんちに住んでる。もう半分は、自分ちでハリーと暮らしてる。忙しい。

その日はハリーはいなかったから、ミサトンがコーチしてくれた。ハリーほどじゃないけど、ミサトンもけっこううまい。

おばあちゃんは日傘差してサングラスして、ギャングみたいな格好で見てた。暑いから、少ししたらおばあちゃんはお母さんと一緒に私の家に入った。そしてまた戻ってきたとき、ウェア着てた！

おばあちゃんも練習するっていう。どうしちゃったの、って思ったけど、おばあちゃんは本当に一緒に練習した。

ただボール蹴る練習だけで、ゲームはしなかったけど、おばあちゃん、やばかった！　そしてかっこよかった！　うちのチームの子たちも、秋ピーって呼んで盛り上がった。柿ピーみたいだ。

おばあちゃんも喜んで、この日のために未彩人さんと練習してきたんだから、って言うんで、私、ぶっ飛んだよ。

ミサトンが、ハルユーっていうサッカーチームの試合に連れてってくれるんだって。おばあちゃんは昔そこのファンで、よく見に行ってた。それで、昔の友達とミサトンと、また見に行くようになった。ミサトンがしつこく誘うから、行くしかなかった、って言ってた。ミサトン、熱いから。

それで、また仲良くなった昔の友達と、その友達の家族とかと、フットサルしたんだって。おばあちゃんは全然できなかったから、悔しくてミサトンと練習した。

しかも、おばあちゃんはミサトンと一緒に働いてもいるんだって。おばあちゃんちの近くのスーパーで、ミサトンがバイト始めて、おばあちゃんも一緒に働けるようにミサトンが話つけたらしい。レジの仕事は、ミサトンよりおばあちゃんのほうがうまいって、おばあちゃん、自慢してた。

夏休みに一回、星南ちゃんとディズニーシーに行った。光人ちゃんはまだちっちゃいから、ハリーとお留守番。

そのあと、イファちゃんのうちに行った。ベランダに草がいっぱいあって、ジャングルみたいだった。景色がめっちゃやばかった。

イファちゃんと月美おばちゃんは、お母さんにダンス教わってた。お母さんが踊るの、久しぶりに見た。お母さん、ニューヨークではサルサのダンサー目指してたでしょ。月美おばちゃんはわりとイケてて、イファちゃんはがんばってる段階。休んでるとき、お母さんが独り言みたいに、「私、ずっと中途半端な人生だな。何も達成できてない」ってイファちゃんにつぶやいたの、私には聞こえた。

そのあとで今度は、月美おばちゃんの頼みで、イファちゃんが韓国語教えた。私と星南ちゃんも習った。イファ・ソンセンニムって言葉覚えたよ。先生って意味。今度、おばあちゃんも呼んで韓国語教室開こうって盛り上がった。

途中からヤッシも混ざってきてから、私は疲れちゃった。

ここだけの話、私はちょっとヤッシが苦手。いい人なんだけど、何て言うか、ふざけにくい。普通にふざけるんだけど、じつは私、少し無理してふざけてる。ヤッシが無理してふざけるから。

そう思ったのは、五月にみんながうちに集まった日。ハリーが来なくて、何となくがっかりした感じになってて、私はハリーが来たら「サリー・アンド・ハリー結成する」って、ふざけたでしょ。そのあと、子どもは先に寝るために私のうちに行くんで、みんなにおやすみなさいって挨拶したとき、ヤッシが私のお母さんに言った。

「子どもに家族のことを背負わせないようにね。紗良がぼくのような人間になるのが心配だから」

お母さんは笑って、「わかってるって。気を回しすぎるの、やめなよ」って言った。

ヤッシは今度は私に、「これからこうやってサリーのうちに、月美おばちゃんが星南ちゃんと光人ちゃん連れてきたり、未彩人さんとおばあちゃんが来たりすること増えるけど、サリーはみんなが仲よくするようにがんばったりしなくていいんだからね。それは大人の仕事で、サリーはお友達とどうしたらもっと楽しく仲よくなれるか、考えるのがいいよ」って言った。

ウザ、って思っちゃった。言わなかったけど。

でも、私はヤッシの言うとおりにしてる。それでサルのチーム作ったっていうのもある。

チーム名はもめてて、まだ決まってない。美奈が「サムライ・シスターズ」って言い張って、私と雨ちゃんはそれはダサいと思ってて、私は「サルだからモンキーズ！」って言ったら速攻却下で、ハリーは「ハリー・アンド・サリー」とか適当で、ミサトンの「カーニバルズ」が一番ありえるかな。

ちなみに、夕海ちゃんはあのあとすぐにうちに引っ越してきて、荷物少し持ってきただけで、前の夕海ちゃんちはもう別の人が住んでる。ほとんどの荷物は、夕海ちゃんの弟に送った。

夕海ちゃんもサルに誘ったけど、「私、運動はどれもこれもダメ」って嫌がる。それでも一回、無理やり来てもらったら、ほんと、すごく下手だった。たぶん私たち子どもより下手。だからみんなで教えてあげたら、かえって盛り上がった。

もしかして夕海ちゃん、私たちが盛り上がって仲間っぽくなるために、わざと下手にしてるのかなって、ちょっと思ったけど、やっぱりほんとに下手なだけだった。

でも仙人公園のサルは別で、下手とか関係ないから楽しいんだって。だから今でもときどき、土曜日にお母さんと一緒に大久保に行ってる。

こないだはヤッシがおばあちゃん連れてきて、ヤッシとハリーが黙ってパスの練習してるの見て、おばあちゃん泣いたって。

夕海ちゃんは、仕事が休みで大久保にも行かない土曜日は、私とお出かけする。こないだは飛行場に連れてってくれた。

飛んでいく飛行機を一個一個指差して、それがどこ行きか、地図アプリでその場所を教えてくれる。どんな街か、写真も見せてくれる。

ニューヨーク行きもあった。「ニューヨークのこと、どのくらい覚えてる?」って夕海ちゃんは聞いてきた。私は「ミリアムの声とか、においとか」って言った。ミリアムがよく、歌いながらちょっと踊ってるのとか。

私はその真似をしてみた。けっこうできたので、自分でびっくりした。気持ちが飛行機に乗っていく気がした。

「いつか、みんなに内緒で、私と二人だけでニューヨーク行っちゃおうか」

夕海ちゃんがすごく真面目な顔で私を見た。心が爆発しそうになる。

「お母さんにも内緒で?」

「そう、内緒で。冒険してみよっか?」

私は泣きそうになった。夕海ちゃんは私がうんと言ったら、本当にそうする、とわかった。

泣きたい気持ちが静かになって、私は夕海ちゃんに返事した。

夕海ちゃんは、光が飛び散るように笑った。まぶしすぎて、私の目は何も見えなくなる。

主要参考資料

出版物

◆信田さよ子『母が重くてたまらない――墓守娘の嘆き』春秋社、二〇〇八年
◆信田さよ子『さよなら、お母さん――墓守娘が決断する時』春秋社、二〇一一年
◆信田さよ子『タフラブという快刀――「関係」の息苦しさから自由になるために』梧桐書院、二〇〇九年
◆信田さよ子『共依存――苦しいけれど、離れられない』朝日文庫、二〇一二年
◆加藤伊都子『私は私。母は母。――あなたを苦しめる母親から自由になる本』すばる舎、二〇一二年
◆田房永子『母がしんどい』角川文庫、二〇二〇年
◆田房永子『しんどい母から逃げる!!――いったん親のせいにしてみたら案外うまくいった』小学館、二〇一八年
◆田房永子『うちの母ってヘンですか?』秋田書店、二〇一四年
◆レイチェル・ギーザ（冨田直子 訳）『ボーイズ――男の子はなぜ「男らしく」育つのか』DU BOOKS、二〇一九年

◆濱野ちひろ『聖なるズー』集英社、二〇一九年
◆浦河べてるの家『べてるの家の「当事者研究」』医学書院、二〇〇五年
◆浦河べてるの家『べてるの家の「非」援助論——そのままでいいと思えるための25章』医学書院、二〇〇二年
◆向谷地生良『技法以前——べてるの家のつくりかた』医学書院、二〇〇九年
◆向谷地生良、浦河べてるの家『新　安心して絶望できる人生——「当事者研究」という世界』一麦出版社、二〇一八年
◆熊谷晋一郎 編『みんなの当事者研究』臨床心理学増刊第9号、金剛出版、二〇一七年
◆熊谷晋一郎 責任編集『当事者研究をはじめよう』臨床心理学増刊第11号、金剛出版、二〇一九年
◆綾屋紗月 編『ソーシャル・マジョリティ研究——コミュニケーション学の共同創造《コ・プロダクション》』金子書房、二〇一八年
◆『統合失調症のひろば』No.11「特集　居場所がない⁉」日本評論社、二〇一八年春号
◆『統合失調症のひろば』No.12「特集　逃げていい」日本評論社、二〇一八年秋号
◆岡檀『生き心地の良い町——この自殺率の低さには理由《わけ》がある』講談社、二〇一三年
◆森川すいめい『その島のひとたちは、ひとの話をきかない——精神科医、「自殺希少地域」を行く』青土社、二〇一六年
◆小川さやか『都市を生きぬくための狡知——タンザニアの零細商人マチンガの民族誌』世界

思想社、二〇一一年

◆レンタルなんもしない人『〈レンタルなんもしない人〉というサービスをはじめます。――スペックゼロでお金と仕事と人間関係をめぐって考えたこと』河出書房新社、二〇一九年

◆ヤーコ・セイックラ、トム・エーリク・アーンキル（高木俊介、岡田愛 訳）『オープンダイアローグ』日本評論社、二〇一六年

◆斎藤環 著訳『オープンダイアローグとは何か』医学書院、二〇一五年

◆松本俊彦 編『「助けて」が言えない――SOSを出さない人に支援者は何ができるか』日本評論社、二〇一九年

◆松本俊彦『薬物依存症』ちくま新書、二〇一八年

◆石川結貴『ネトゲ廃女』リーダーズノート、二〇一〇年

◆田中紀子 著、ワタナベチヒロ 漫画『三代目ギャン妻の物語――祖父・父・夫がギャンブル依存症！』高文研、二〇一五年

◆康潤伊、鈴木宏子、丹野清人 編『わたしもじだいのいちぶです――川崎桜本・ハルモニたちがつづった生活史』日本評論社、二〇一九年

◆朴沙羅『家《チベ》の歴史を書く』筑摩書房、二〇一八年

◆ナディ『ふるさとって呼んでもいいですか――6歳で「移民」になった私の物語』大月書店、二〇一九年

◆木村元彦『橋を架ける者たち――在日サッカー選手の群像』集英社新書、二〇一六年

◆森岡薫、北健一郎『生まれ変わる力――森岡薫自伝』白夜書房、二〇一三年
◆名越啓介 写真／藤野眞功 文章『Familia――保見団地』世界文化社、二〇一六年
◆清水睦美、「すたんどばいみー」編『外国人の子どもたちの挑戦――いちょう団地発！』岩波書店、二〇〇九年
◆原武史『団地の空間政治学』ＮＨＫブックス、二〇一二年
◆蛭間芳樹『ホームレス・ワールドカップ日本代表の　あきらめない力』ＰＨＰ研究所、二〇一四年
◆稲葉剛、小川芳範、森川すいめい 編『ハウジングファースト――住まいからはじまる支援の可能性』山吹書店、二〇一八年
◆雨宮処凜 編『この国の不寛容の果てに――相模原事件と私たちの時代』大月書店、二〇一九年
◆村山満明、大倉得史 編『尼崎事件　支配・服従の心理分析』現代人文社、二〇一五年
◆小野一光『新版　家族喰い――尼崎連続変死事件の真相』文春文庫、二〇一七年
◆豊田正義『消された一家――北九州・連続監禁殺人事件』新潮文庫、二〇〇九年
◆川崎市『川崎市外国人市民意識実態調査（インタビュー調査）報告書』二〇一六年三月
◆ＮＰＯ法人神戸定住外国人支援センター『二〇一六年度　外国人の子ども・青少年　エンパワメント事業報告書』

映画

◆フレデリック・ワイズマン監督『ニューヨーク、ジャクソンハイツへようこそ』二〇一五年

◆坂上香監督『プリズン・サークル』二〇一九年

テレビドキュメンタリー

◆NHK ETV特集『わたしのCasa（家）〝日系南米人〟団地物語』二〇一六年十一月十九日放映

◆NHK ノーナレ『〝幸せホームレス〟との10日間』二〇一八年五月二日放映

◆NHK ETV特集『わたしは誰　我是誰～中国残留邦人3世の問いかけ～』二〇一八年九月二十二日放映

◆NHK ハートネットTV『変わり始めた精神医療2▽治療の最前線オープンダイアローグ』二〇一九年六月十一日放映

◆NHK BS1スペシャル『僕が性別〝ゼロ〟になった理由《わけ》』二〇一九年十一月二十二日放映

解説　ちゃんと話を聞いて、言葉を探すこと

大前粟生

「あ、ぼくです」と言ってその男、未彩人《みさと》はやってきた。

古い公営団地にひとりで暮らす七十歳の夏川秋代《なつかわあきよ》の家にぐいぐいと押し入ろうとする。男は、秋代の娘の巴《ともえ》と「家族になろうとしている」のだと言う。そのための挨拶にきたそうだ。

「いやあもう、まずはおかあさんから家族になっちゃいましょうよ。ぼくはそのつもりなんです」

まだ巴から紹介されてさえいないのだ。怪しい。怪しすぎる。

詐欺じゃないか？

しかしその疑念を抱くよりも先に、秋代は未彩人を家にあげてしまう。

未彩人は、巧みな話術というよりも空気を読まない不躾《ぶしつけ》さでもって、秋代から家族に関する情報を引き出すとともに、秋代の心に取り入ることに成功する。

やっぱり、詐欺なんじゃないか？

その思いは、秋代が未彩人を信用していくのと反比例するように読者の心に残り続ける。

物語は、夏川家の家族の問題と、未彩人と、これまた巴の家に転がり込んだ夕海《ゆうみ》という謎

の人物、このふたりは一体何者なのか、というふたつの軸をもとに進んでいく。

『だまされ屋さん』では登場人物たちが半生を振り返りながら、きちんと話をする、きちんと話を聞く、ということによって家庭の問題に由来する困難を打破しようとする。そのため、登場人物を詳しく見ていくことがそのままあらすじの紹介となりそうだ。なお、ここから先は本編を未読の方はネタバレにご留意頂きたい。

まず、夏川家の面々とそのパートナーたちから見ていこう。

夏川秋代は夫を癌で亡くし、次男の春好《はるよし》が起こした借金問題から夫の夢でもあったマイホームを手放し、現在は団地暮らし。春好はもちろん、長男の優志《やさし》、長女の巴とも疎遠になっていて、気軽に話ができる友人もいないようだ。孫の紗良《さら》や星南《せいな》、光人《らいと》にも満足に会えていない。そんな秋代は「恥」や「仕方ない」という言葉をよく口にする。世間体を気にするあまり、孤独を深めてしまっている。

長男の優志は、市役所勤務の四十歳。NPOで理事を務める在日韓国人の池梨花《ちりか》と事実婚をし、共に暮らしている。いわゆるポリティカルコレクトネスなどの現代的なものの考え方に造詣が深く、「正しい」ことをよく口にするのだが、その「正しさの鎧」で梨花を傷つけてしまっている。梨花もまた、そんな優志のことを「男であるという形の権力を捨てて、相手になりきるという形の支配方法を確立した」と「正しさの鞭で叩」いている。昔から男社会に馴染めなかった、けれど女性になりたいというわけでもない優志自身、「当事者になれない者の苦しみ」を抱えているのだ。優志は、実家を売るという秋代との口論の果てに、秋代と絶縁してしまった。

　次男の春好は、借金という一番わかりやすい形で問題を抱えている。春好の借金によって、秋代をはじめ家族の面々が意固地を強めてしまったと言ってもいいだろう。また春好は、高校時代にも看過できない事件を起こしている。短気でもあり、「批判されると、気が狂いそうになる」けれど、「がんばったね、とかねぎらわれれば、いい気になりやすい安易な自分」が姿を出してしまう。その繰り返しをどうにかしたいと思っているが、自分ではどうにもできずにいる。家庭ではろくに子育てをせず、妻から引きこもるようにスマホゲームにのめり込んでいる。

　春好の妻の月美《つきみ》もまた問題を抱えている。なにを言っても春好が聞く耳を持たないからと、春好に由来するトラブルや現状の困難への愚痴というか罵りを義母である秋代にぶつけているのだ。

　長女の巴は、秋代から見ると「独立自尊を大事にして家族でさえ容易に踏み込ませない」人物だ。この性格は、子どもの頃に母代わりとして優志に面倒を見てもらったということが大いに影響しているのだろう。二十歳の頃にニューヨークに留学し、現地の旅行会社に勤める。プエルトリコ人のパートナーに暴力を振るわれたため、彼と別れてひとりで紗良を産んだ。その際、彼の妹であるミリアムやその同年代の女友達、プエルトリコ人コミュニティに紗良の子育てを手伝ってもらっている。そのためか、物語に大きく関わってくる謎の人物、夕海の自由奔放さに親しみを覚えている。紗良が五歳の頃に帰国したが、秋代からの援助は断ってきた。

それぞれ個性的な登場人物たちだ。彼ら彼女らと同じ経験をしたわけではなくとも、その根底にある頑固さや、どうしても気持ちを言葉にできないためらいなどは、多くの人が共通して持つものだろう。

家庭の中で、ゆっくりと培われてきて、お互いがお互いを貪《むさぼ》り合うようにして成長してきた頑固さ。この人はこうだから話をしても仕方がない、という思い込み。そんな家族の呪縛とでもいうようなもの。ひいては社会に蔓延《まんえん》する閉鎖的な空気感を解きほぐす役割を担うのが、家の外からやってきた未彩人と夕海なのだ。

一体どういうことだろう。そのふたりは詐欺師ではないのか。そう、ふたりは夏川家の人たちをだましているのだが、そのことが実質的に家庭の呪いに風穴を開けているのだ。

未彩人と夕海の存在はまるで窓のようなものだ。ちょうどいい他人として、家の内と外とを繋いでくれる。凝り固まった家庭の空気に風通しをもたらし、ふたりの価値観を通して新しい景色を見せてくれるのだ。

ふたりは、その自由な振る舞いはもちろん、会話を促すことによって夏川家のしこりをほぐしてくれる。

ふたりの計略により巴の家に集まった面々は、育った環境のことを徹底的に話し合い、当人のメンタルがどのように形成していったのか、思いを馳せていく。カウンセリングかなにかのようにして、その性格や頑固さの要因を予想し、それを本人の前で語ることで言葉を促していく。

その様はまるで犯人に犯行動機を突きつける推理小説のようでもあり、スリリングだ。ただ、この小説にはわかりやすい特定の犯人はいない。誰もが加害者で、同時に被害者でもあり、とことん話し合うことで、家族間での「加害」や「被害」というものがかく乱されていく。誰もがしんどかったし、誰もがしんどいなりに助け合ってきた。ちゃんと話をして、ちゃんと話を聞くことで、頑固さという形で凝り固まった言葉の枠組みを解体していく。それは同時に、言葉にできない、という状態をもケアしていく。沈黙さえも聞く姿勢を持つということなのだ。最後まで人の話を聞く。そのことによって、言葉というものが人のメンタルに作り出す思い込みや孤独感に、徐々に穴が穿たれていくのだ。

胸がすく、けれどある意味ではおそろしい小説でもある。登場人物たちはことごとく「隠し事」を家族に話し、胸のうちを明かしていくのだから。そのことによって、自身の常識や思い込みというものを変えていこうとする。この小説を読むと、自分にこうした勇気が持てるだろうか、とつい考える。すぐには難しいかもしれない。けれど、そのための第一歩にはなってくれる。窓になってくれる。その窓からの景色はどのようなものか、向こうから見たこの家はどうなっているのか、まずはこの小説をきっかけに想像してみたい。

『だまされ屋さん』を読み終えた頃には、なにか新しいコミュニティに足をつっこみたくなっているかもしれない。そうでなくとも、自分の居場所は今のこの場所だけではないのだと、わくわくしたものを感じるだろう。

（おおまえ・あお／小説家）

『だまされ屋さん』　二〇二〇年十月　中央公論新社刊

初出　『読売新聞』
二〇一九年六月十日〜二〇二〇年五月二日夕刊

中公文庫

だまされ屋《や》さん

2023年12月25日　初版発行

著　者　星《ほし》野《の》 智《とも》幸《ゆき》

発行者　安 部 順 一

発行所　中央公論新社
〒100-8152　東京都千代田区大手町1-7-1
電話　販売 03-5299-1730　編集 03-5299-1890
URL https://www.chuko.co.jp/

DTP　ハンズ・ミケ
印　刷　三晃印刷
製　本　小泉製本

Published by CHUOKORON-SHINSHA, INC.
Printed in Japan　ISBN978-4-12-207459-0 C1193

各書目の下段の数字はISBNコードです。978－4－12が省略してあります。

中公文庫既刊より

ぬ-3-1　文庫で読む100年の文学
沼野充義／松永美穂／阿部公彦／読売新聞文化部 編

二一世紀に読み継いでいきたい文学作品とは。第一次世界大戦前後から一〇〇年の海外文学六〇冊、日本文学四〇冊を厳選。ポケットに入る世界文学全集の提案。

207366-1

お-51-5　ミーナの行進
小川洋子

美しくて、かよわくて、本を愛したミーナ。あなたとの思い出は、損なわれることがない——懐かしい時代に育まれた、ふたりの少女と、家族の物語。谷崎潤一郎賞受賞作。

205158-4

お-51-6　人質の朗読会
小川洋子

慎み深い拍手で始まる朗読会。耳を澄ませるのは人質たちと見張り役の犯人、そして……。しみじみと深く胸を打つ、祈りにも似た小説世界。〈解説〉佐藤隆太

205912-2

お-51-8　完璧な病室
小川洋子

病に冒された弟と姉との時間を描く表題作他、デビュー短篇を含む最初期の四作収録。みずみずしい輝きを放ち、作家小川洋子の出現を告げる作品集。新装改版。

207319-7

お-51-7　あとは切手を、一枚貼るだけ
小川洋子
堀江敏幸

交わす言葉、愛し合った記憶、離ればなれの二人の哀しい秘密——互いの声に耳を澄まして編み上げたのは、純水のように豊かな小説世界。著者特別対談収録。

207215-2

お-101-1　魯《ロ》肉《バ》飯《プン》のさえずり
温又《ゆう》柔《じゅう》

理想の人と結婚した桃嘉は、夫に「大切なもの」をふみにじられていく。台湾と日本の間で母娘の痛みがこだまする長篇。織田作之助賞受賞作。〈解説〉渡邊英理

207400-2

か-57-1　物語が、始まる
川上弘美

砂場で拾った〈雛型〉との不思議なラブ・ストーリーを描く表題作ほか、奇妙で、ユーモラスで、どこか哀しい四つの幻想譚。芥川賞作家の処女短篇集。

203495-2

各書目の下段の数字はISBNコードです。978－4－12が省略してあります。

な-74-2
愛のようだ
長嶋　有
四十歳にして初心者マークの戸倉はドライブに出かける。友人の須崎と、その彼女琴美とともに――。著者史上初「泣ける」恋愛小説。
206856-8

ま-51-1
おばちゃんたちのいるところ Where The Wild Ladies Are
松田青子
追いつめられた現代人のもとへ、八百屋お七や皿屋敷のお菊が一肌ぬぎにやってくる。お化けの妖気が心のしこりを解きほぐす、ワイルドで愉快な連作短篇集。
206769-1

ま-51-2
女が死ぬ
松田青子
「女らしさ」が、全部だるい。天使、小悪魔、お人形……〝あなたの好きな少女〟を演じる暇はない。シャーリイ・ジャクスン賞候補作を含む五十三の掌篇集。
207070-7

ま-51-3
持続可能な魂の利用
松田青子
会社に追いつめられ、無職になった三十女が、女性アイドルに恋して日本の絶望を粉砕⁉　現実を生き抜くための最高エネルギーチャージ小説。〈解説〉松尾亜紀子
207369-2

ま-55-1
52ヘルツのクジラたち
町田そのこ
二〇二一年本屋大賞第一位。自分の人生を家族に搾取されてきた女性・貴瑚と、母に虐待され「ムシ」と呼ばれていた少年の新たな魂の物語――。〈解説〉内田　剛
207370-8

や-65-1
賢者の愛
山田詠美
想い人の諒一を奪った百合。復讐に燃える真由子は、二人の息子・直巳を手に入れると決意する――。『痴人の愛』に真っ向から挑む恋愛長篇。〈解説〉柚木麻子
206507-9

や-65-3
つみびと
山田詠美
灼熱の夏、彼女はなぜ幼な子二人を置き去りにしたのか。追い詰められた母親、痛ましいネグレクト死。圧巻の筆致で事件の深層を探る、迫真の長編小説。
207117-9

や-74-1
ニセ姉妹
山崎ナオコーラ
正子、三十五歳、シングルマザー。挑戦したのは気の合う友人と〝姉妹生活〟。苦しい日常に風が吹く、ポップで自由な家族小説。〈巻末鼎談〉阿佐ヶ谷姉妹
207172-8

か-57-2
神様 川上弘美
四季おりおりに現れる不思議な生き物たちとのふれあいと別れを描く、うららでせつない九つの物語。ドゥ・マゴ文学賞、紫式部文学賞受賞。
203905-6

か-57-5
夜の公園 川上弘美
わたしいま、しあわせなのかな。寄り添っているのに、届かないのはなぜ。たゆたい、変わりゆく男女の関係をそれぞれの視点で描き、恋愛の現実に深く分け入る長篇。
205137-9

か-57-6
これでよろしくて？ 川上弘美
主婦の菜月は女たちの奇妙な会合に誘われて……夫婦、嫁姑、同僚。人との関わりに戸惑いを覚える貴女に好適。コミカルで奥深いガールズトーク小説。
205703-6

か-57-7
三度目の恋 川上弘美
稀代のモテ男・生矢と結婚した梨子は、夢のなかで吉原の遊女や平安の女房に生まれ変わり……。『伊勢物語』をモチーフに紡ぐ、千年の恋の物語。〈解説〉千早 茜
207414-9

て-11-1
架空の犬と嘘をつく猫 寺地はるな
羽猫家は、みんな「嘘つき」である――。これは、破綻した嘘をつき続けたある家族の素敵な物語。寺地はるなの人気作、遂に文庫化！〈解説〉彩瀬まる
207006-6

な-64-1
花桃実桃 中島京子
会社員からアパート管理人に転身した茜。昭和の香り漂う「花桃館」の住人は揃いも揃ってへんてこで……。40代シングル女子の転機をユーモラスに描く長編小説。
205973-3

な-64-2
彼女に関する十二章 中島京子
五十歳になっても、人生はいちいち、驚くことばっかり――パート勤務の宇藤聖子に思わぬ出会いが次々と。ミドルエイジを元気にする上質の長編小説。
206714-1

な-74-1
三の隣は五号室 長嶋 有
今はもういない者たちの日々がこんなにもいとしい。小さな空間の半世紀を驚きの手法で活写する、アパート小説の金字塔。谷崎潤一郎賞受賞。〈解説〉村田沙耶香
206813-1